어머니 내게 오시네

Mother Mary
Comes To Me

어머니 내게 오시네

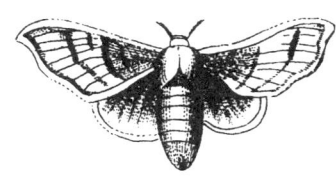

Arundhati Roy

아룬다티 로이 지음
민승남 옮김

문학동네

나와 함께 바다를 건넌
LKC를 위하여

"렛 잇 비"*라는 말을 단 한 번도 한 적이 없는
메리 로이를 위하여

손님들이 떠나며
그녀의 정수리에 입맞췄고
그녀는 목소리로
그들을 알 수 있었다.

—존 버거

차례

일러두기

* 주석은 모두 옮긴이주다.
* 본문 중 고딕체는 원서에서 이탤릭체로 강조한 부분이다.
* 원서에서 전체를 대문자로 강조한 부분은 볼드체로 표시했다.
* 단행본과 정기 간행물은 『 』, 시와 글의 제목은 「 」, 앨범명은《 》, 영화, 방송, 노래 제목은 〈 〉으로 표시했다.

마피아

그녀는 9월을, 가장 좋은 달을 택해 움직였다. 몬순이 물러간 케랄라는 산과 바다 사이에서 에메랄드 띠처럼 빛나고 있었다. 비행기가 착륙을 위해 비스듬히 날면서 땅이 일어나 우리를 맞이했을 때, 나는 지형이 이토록 뚜렷하고 물리적인 고통을 줄 수 있다는 사실을 믿을 수가 없었다. 나는 그녀 없는 그 사랑스러운 풍경은 알지 못했다. 상상해본 적도, 떠올려본 적도 없었다. 그녀를 빼고는 그 언덕과 나무들, 초록빛 강, 시멘트로 덮여 줄어든 논(흉물스러운 웨딩 사리와 더 끔찍한 보석을 선전하는 거대한 광고판들이 우후죽순으로 솟은)을 생각할 수 없었다. 그녀는 그 모든 것 속에 스며들어 있었고, 내 마음속에서 어떤 광고판보다도 거대했으며, 범람하는 강보다도 위험했고, 빗줄기보다 무자비했으며, 바다 자체보다 더 생생했다. 어떻게 이런 일이 일어날 수 있었을까? 어떻게? 그녀는 아무 예고도 없이 떠났다. 그녀답게 예측 불가였다.

교회는 그녀를 원하지 않았다. 그녀도 교회를 원하지 않았다. (거기에는 신과는 무관한, 야만적인 역사가 있었다.) 그래서 우리는 그녀가 그 지역에서 차지했던 위상과 지역의 특성을 고려해 그녀에게 걸맞은 장례를 준비해야 했다. 지역 신문들은 머리기사로 그녀의 죽음을 다뤘고, 대부분의 전국 신문들도 그 소식을 실었다. 인터넷은 지난 수십 년 동안 그녀가 세운 학교에서 공부하며 인생이 바뀐 학생들, 그리고 케랄라의 기독교 여성에게 동등한 상속권을 쟁취하게 해준 전설적 소송에 대해 아는 이들로부터 쏟아진 사랑으로 환히 밝혀졌다. 이렇듯 부고 기사가 홍수를 이루었기에 그녀가 마땅히 누려야 할 예를 갖추어 제대로 작별하는 것이 더욱더 중요한 일이 되었다. 하지만 그 '제대로'란 어떤 것이었을까? 마침 그녀가 세상을 떠난 날은 학교가 휴교중이어서 아이들이 모두 집에 돌아간 상태였다. 교정은 온전히 우리의 것이었다. 무척이나 다행스러운 일이었다. 어쩌면 그것 또한 그녀가 미리 계획했는지도 모른다.

그녀의 죽음과 그것이 우리, 특히 나에게 미칠 결과에 대한 대화는 내가 세 살이던 때부터 시작되었다. 당시 그녀는 서른 살이었는데, 천식으로 몸은 쇠약한데다 빈털터리였고(재산이라곤 교육학 학사학위가 전부였다), 남편—즉 내 아빠라고 해야겠지만 그 말은 왠지 이상하게 들린다—을 떠난 직후였다. 그녀는 여든아홉이 다 되어 세상을 하직했으니, 우리는 그녀의 임박한 죽음과 마지막 유언장을 놓고 무려 60년 동안이나 이야기해온 셈이다. 그녀는 상속과 유언에 골몰한 나머지 거의 2주마다 유언장을 새로 썼다. 그녀가 보낸 허위 경보와 아슬아슬한 위기, 기적 같은 탈출의 기록은 후디니*조차 고개를 가로저을 만했다. 그런 일들은 우리를 일종의 재난 불감증 상태로 만들었다. 나는 정말로 그녀가 나보다 오래 살 거라고 믿었다. 그런데 그녀가 죽자, 나는 무너졌고 심장이 산산조각났다. 나 자신의 반응이 이렇게까지 격렬하다는 사실이 당혹스럽고 적잖이 부끄럽기도 하다.

오빠는 나의 아픈 곳을 날카롭게 찔렀다. "난 네 반응을 이해할 수 없어. 엄마는 누구보다도 너에게 제일 모질었잖아." 어쩌면 그의 말이 옳을지도 모르지만 내 생각에는 그 트로피를 쥔 사람은 바로 오빠였다. 그는 내가 어린 시절 우리에게 일어난 일을 인정하지 않음으로써 나 자신을 모욕하는 것처럼 느꼈을 것이고, 나는 그런 기분을 이해할 수 있다. 하지만 나는 이미 오래전에 그 일을 잊었다. 나는 그런 슬픔, 그런 체계적인 박탈, 그런 지독한 사악함, 그런 지옥의 온갖 변주들을 목도하고 글로 써왔기에 오히려 내가 굉장히 운이 좋은 축에 속한다고 여겼다. 내 삶은 진정 중요한 것들에 붙은 각주쯤으로 생각해왔다. 내 삶은 결코 비극적이라고 할 수 없었고, 유쾌하고 즐거울 때가 많았다. 아니, 어쩌면 그건 내가 나 자신에게 하는

* 헝가리 출신의 곡예사로 탈출 곡예의 명수.

거짓말일지도 모른다. 어쩌면 나는 바람이 가장 거센 곳에 텐트를 치고 내 마음이 몸에서 깨끗이 날아가버리길 바랐는지도 모른다. 어쩌면 내가 지금부터 쓰려는 이야기는, 지금의 내가 되어버린 사람이 어린 시절의 나를 배반하는 일일지도 모른다. 그렇다면 그것은 작은 죄가 아니다. 하지만 나는 그것에 대해 판단할 입장이 아니다.

* * *

나는 열여덟 살이 된 후 집을 떠났다—정확히 말하면 집이라고 불리는 곳으로 돌아가기를 중단했다. 그때 나는 델리에 있는 건축학교에서 3학년으로 막 올라간 참이었다.

그 시절 우리는 열여섯 살에 고등학교를 마쳤다. 그리하여 나는 1976년 여름에 열여섯 살의 나이로 건축학교 입학시험을 치르기 위해 힌디어도 제대로 못하면서 홀로 초행길인 니잠우딘역에 도착했다. 겁에 질린 상태였고, 가방 속에 칼을 지니고 있었다. 델리는 코친에서 기차로 2박 3일 걸리는 거리였고, 코친은 우리가 살던 코타얌에서 차로 세 시간을 달려가야 했으며, 코타얌은 내가 어린 시절을 보낸 아예메넴이라는 작은 마을에서 몇 마일 떨어져 있었다. 다시 말해, 나에게 델리는 완전히 다른 나라였다. 언어도, 음식도, 기후도, 모든 것이 달랐다. 그 도시의 규모는 내 이해 범위를 넘어섰다. 나는 모두가 서로의 집을 아는 곳에서 왔으니까. 딱하게도 나는 오토릭샤 기사에게 엄마의 언니인 조지프 부인 댁으로 데려다줄 수 있는지 물었다. 그가 이모의 집을 알 거라고 여겼던 것이다. 그는 비디 담배를 한 모금 깊이 빨아들이고는 심드렁하게 고개를 돌렸다. 그로부터 2년 뒤 나도 비디 담배를 피우며 권태와 무시가 담긴 심드렁한 표정을 짓는 사람이 되었다. 시간이 흐르면서 나는 칼 대신 대마초와 대도시적 태도로 무장했다. 나는 이주자가 되어 있었다.

내가 엄마를 떠난 건 사랑하지 않아서가 아니라 계속 사랑하기 위해서였다. 엄마 곁에 머물렀다면 그건 불가능했을 것이다. 집을 떠난 뒤로는 수년 동안 엄마를 만나지 않았고 연락도 하지 않았다. 엄마도 나를 찾지 않았다. 내가 왜 떠났는지 묻지도 않았다. 그럴 필요가 없었다. 우리 둘 다 알고 있었으니까. 그래서 우리는 거짓말을 선택했다. 괜찮은 거짓말. 내가 지어낸 것이었다 ─ "사랑으로 나를 보내준 나의 어머니에게." 엄마에게 헌정한 나의 첫 소설 『작은 것들의 신』 헌사에 쓴 글이다. 그녀는 그걸 자주 인용했다. 하느님의 진리라도 되는 듯이. 오빠는 그게 그 책 속에서 유일한 진짜 허구라고 농담을 한다. 엄마는 생을 마감할 때까지 내가 도망자였던 그 7년 동안 어떻게 지냈는지 단 한 번도 묻지 않았다. 내가 어디서 살았는지, 어떻게 학업을 마치고 학위를 받았는지 묻지 않았다. 나도 말하지 않았다. 나는 그럭저럭 잘 살아냈다.

그러다 우리의 불안정하고 조심스러운 재회가 이루어진 뒤, 나는 독립한 성인으로서, 자격을 갖춘 건축가로서, 프로덕션

디자이너로서, 작가로서, 그리고 무엇보다도 사랑과 존경—그리고 상당한 불안—을 안고(그녀의 위대한 자질뿐 아니라 그 반대되는 것들 때문이기도 했다) 다른 여자를 바라보는 한 여자로서 수년간 정기적으로 그녀를 찾아갔다. 그 시절 여자들에게 주어진 선택지는 신물 나는 미덕—혹은 그 흉내—뿐이었던 보수적이고 숨막히는 남인도 소도시에서, 엄마는 마피아처럼 대담하게 처신했다. 나는 그녀가 그 작고 배타적인 시리아 기독교 사회에서 자신의 모든 면모—천재성과 기벽, 급진적인 친절, 투쟁적인 용기, 무자비함, 관대함, 잔혹함, 괴롭힘, 사업 수완, 그리고 사납고 예측할 수 없는 성미—를 아무 거리낌 없이 쏟아내는 것을 지켜보았다. 그 공동체는 교육 수준과 상대적 부유함 덕에 나라 전체를 휩쓸고 있는 폭력과 극심한 빈곤의 소용돌이로부터 멀리 떨어져 있었다. 나는 그녀가 그 작은 세계 안에서, 자기 전체—그녀의 모든 자아—를 위한 자리를 만들어내는 것을 지켜보았다. 그것은 기적과도 같은 일이었고, 두렵고도 경이로운 광경이었다.

나는 영혼을 짓밟는 그 비열함으로부터 자신을 (어느 정도) 보호하는 법을 배우고 나니, 모성 자체에 대한 엄마의 분노에 매료되기까지 했다. 가끔은 그 뻔뻔스러운 적나라한 모습에 웃음이 나오기도 했다. 크게 소리 내어 웃는 웃음이 아니라 혼자 있을 때 찾아오는 그런 웃음이었다. 어떤 사건을 그 상황에서 수술하듯 도려낸 후 맥락이 제거된 상태에서 무심하게 바라볼 때의 웃음. 마치 그녀가 다른 사람의 엄마이고 그녀의 분노가 내가 아닌 다른 사람에게로 향해 있었던 것처럼 말이다.

＊　＊　＊

어린 시절 나는 아이들이 다 그렇듯 엄마를 비이성적으로, 속절없이, 두려움 속에서, 완전하게 사랑했다. 성인이 되어서는 차갑고 이성적으로, 안전한 거리를 두고 그녀를 사랑하려 애썼다. 그러나 자주 실패했다. 때로는 처참하게. 나는 책에 그녀의 변주된 모습을 썼지만 정작 그녀에 대해 쓰지는 않았다. 그래도 그녀는 그런 변주들을 좋아했고, 『작은 것들의 신』 속에 나오는 암무라는 인물을 자신이라고 말하며 기꺼이 받아들였다. 그녀는 자신이 암무가 아니라는 걸 아주 잘 알았기에 암무가 되고 싶어했다. 어느 짓궂은 기자가 책 속 암무처럼 비극적인 사랑을 한 적이 있느냐고 묻자, 그녀는 기자의 눈을 똑바로 바라보며 "왜요? 내가 그 정도로 섹시하진 않나요?"라고 되물었다. 그때 그녀는 이미 예순이 넘은 나이였고, 스스로 만들어낸 디바였다. 하고 싶은 말을 마음껏 할 수 있었다.

책이 출간되었을 때, 그녀는 혹시 비밀이 드러날까봐 걱정했다. 안전을 위해 병원에 입원했다. 병원에서 책을 서둘러 읽은 뒤 폭로성 글이 아니라는 사실에 크게 안도했다. 처음에 그녀는 왜 그렇게 야단법석인지 이해할 수 없다고 했다. 그러다 책을 꼼꼼히 읽어보았다. 세 번인가 네 번인가 읽은 후—그때는 퇴원해서 집에 있었다—그녀는 나를 침대로 불렀다. 화창한 오후였고 커튼 사이로 스며드는 햇빛이 사창가의 붉은 불빛 같았다. 그녀는 눈을 감고 있었다. 그녀는 좋은 책이라고 말했다. 잘 썼다고. 그리고 한 구절에 대해 알고 싶어했는데, 암무의 일곱 살짜리 쌍둥이 에스타펜과 라헬이 부모의 싸움을 기억하는 장면이었다. 부모가 거인처럼 거대해져서 아이들을 서로에게 떠밀며 "당신이 데려가. 난 아이들을 원하지 않으니까"라고 말하는 부분이었다.

"누가 너한테 이 얘길 했니? 넌 그 일을 기억하기엔 너무 어렸잖아."

"그건 허구예요."

"아니, 그렇지 않아."

그러더니 그녀는 벽 쪽으로 돌아누웠다.

나는 그 기억의 무게나 슬픔을 느낀 적이 없었다. 정말로 그것이 허구라고 믿고 있었다. 그날 나는 우리들 대부분이 기억과 상상이 뒤섞인 살아 숨쉬는 수프 같은 존재임을, 그리고 우리가 기억인지 상상인지 판단할 수 있는 최고의 판관은 아니라는 것을 깨달았다. 그러니 이 책을 소설로 읽어달라. 이 책은 그 이상의 권리를 주장하지 않는다. 하긴 그 이상의 권리란 있을 수 없다. 소설은 작가가 자기 것이라 믿을지라도 완전히 소유할 수 없는 이상한 것, 연기 같은 것이다. 소설은 어디서 오는 걸까? 우리의 과거, 현재, 독서, 상상력 —그렇다. 하지만 어쩌면 미래에 대한 예감에서 오는 것이기도 하지 않을까? 그렇지 않고서야 내 두번째 소설 『지복의 성자』 속 인물들처럼,

나 또한 일종의 게스트하우스 안에 있는 일종의 무덤을 돌보는 처지가 된 것을 어떻게 설명할 수 있을까? 그건 기이한 일이다. 나는 그 생각에 밤잠을 설친다. 그러나 나는 스스로에게 묻는다. 우리는 왜 모든 것을 알아야만 하지?

* * *

나는 엄마의 마음을 헤아리고, 그녀의 관점에서 세상을 보고, 그녀를 받아들이고, 무엇이 그녀를 아프게 했는지, 그녀가 왜 그런 행동들을 했는지를 이해하고, 다음에는 무엇을 하거나 하지 않을지 예측하려 애쓰는 과정에서 하나의 미로가 되었다. 지하를 지그재그로 누비다가 이상한 장소들에서 지상에 이르는 통로들의 미궁이 되어, 나 자신이 아닌 다른 사람의 시각을 얻으려 했다. 엄마에 대한 내 경험에 완전히 물들지 않은 렌즈를 통해 엄마를 바라보자 한 여성으로서의 그녀를 존중하게 되었다. 그것이 나를 작가로, 소설가로 만들었다. 왜냐하면 소설가란 곧 미로이기 때문이다. 그리고 이제 이 미로는 엄마 없이 미궁 같은 자신을 이해해내야 한다.

내가 이 책을 쓰는 건 엄마가 제자들에게 남긴 사랑의 유산과 내게 심은 가시들(아직도 나의 혈관 속에서 작은 부유물처럼 떠다니며, 내 피가 심장을 오갈 때 여린 조직에 낚싯바늘처럼 걸리는) 사이의 깊은 틈을 메우기 위해서다. 쓰는 것이 힘든 만큼 쓰지 않는 것도 힘든 일이다.

어쩌면 나는 엄마의 죽음을 애도하는 딸이기보다는 가장 매혹적인 주제를 잃은 작가로서 더 깊이 애도하고 있는지도 모른다. 이 책 속에서 나의 엄마, 나의 마피아는 살아 있을 것이다. 그녀는 나의 안식처이자 폭풍이었다.

도망자들

교사는 엄마가 늘 원하던 일이었고 교사 자격증까지 갖고 있었다. 그러나 아삼 지방의 외딴 차농장에서 부관리인으로 일하는 아빠와 결혼해 살던 시절에는 무슨 직업이든 일을 하고 싶다는 꿈 자체가 위축되고 사라져갈 수밖에 없었다. 그 꿈은 그녀의 남편이 외딴 차농장에서 일하던 다른 많은 젊은 남자들처럼 가망 없는 알코올중독자가 되었음을 깨달으면서 (꿈이라기보다는 악몽의 형태로) 다시 불붙었다.

1962년 10월 인도와 중국 사이에 전쟁이 터지자 국경 지구의 여성과 아이들에게 대피 명령이 떨어졌다. 우리는 캘커타로 옮겨갔다. 캘커타에 도착한 후, 엄마는 아삼으로 돌아가지 않기로 결심했다. 그곳에서 우리는 나라를 가로질러 남쪽 끝 타밀나두의 작은 산간 피서지 우타카문드(우티)까지 내려갔다.

오빠 LKC(랄리트 쿠마르 크리스토퍼 로이)는 네 살 반이었고, 나는 세번째 생일을 한 달 앞두고 있었다. 우리는 스무 살이 될 때까지 아빠를 다시 보거나 소식을 듣지 못했다.

우티에서 우리는 외할아버지 소유의 별장 절반을 차지하고 살았다. 외할아버지는 델리의 영국 식민정부에서 고위 공직자―제국 곤충학자―로 일하다 은퇴했다. 외할머니와는 별거 중이었고, 아내는 물론 자식들과도 수년 전부터 연을 끊고 살았다. 그리고 내가 태어난 해에 세상을 떠났다.

우리가 어떻게 그 별장에 들어갔는지는 잘 모르겠다. 어쩌면 다른 반쪽에 살던 세입자가 열쇠를 갖고 있었을 수도 있다. 우리가 문을 부수고 들어갔을 수도 있고. 엄마는 그 집이 익숙한 것처럼 보였다. 그 마을도. 어쩌면 어렸을 때 부모님과 함께 온 적이 있었는지도 모른다. 별장은 습하고 음울했으며, 차가운 시멘트 바닥에 금이 가 있었고 천장은 석면이었다. 합판 칸막이가 우리 방과 세입자가 쓰는 방의 경계 역할을 했다. 세입자는 패트모어 부인이라고 불리는 영국인 노부인이었다. 그녀는 머리를 부풀려 높이 틀어올렸는데, 우리는 그녀의 머리에 뭐가 숨겨져 있는지 궁금해하곤 했다. 오빠와 나는 말벌일 거라고 생각했다. 밤이면 그녀는 악몽을 꾸면서 비명을 지르거나 신음했다. 그녀가 집세를 냈는지는 모르겠다. 누구에게 집세를 내야 하는지 몰랐을 수도 있다. 확실한 것은 우리가 집세를 전혀 내지 않았다는 점이다. 우리는 세입자가 아니라 불법 거주자, 침입자였다. 우리는 죽은 제국 곤충학자의 고급 옷―실크

넥타이, 드레스 셔츠, 스리피스 양복—이 가득 든 거대한 나무 트렁크들 사이에서 도망자처럼 지냈다. 커프스단추가 가득 들어 있는 오래된 비스킷 통도 발견했다. (외할아버지는 식민정부의 열렬한 협력자로서 자신의 직함에 붙은 제국이라는 단어를 진지하게 받아들였음이 분명했다.) 나중에 오빠와 내가 그런 걸 이해할 수 있는 나이가 되었을 때, 우리는 외할아버지에 관한 전설 같은 가족사를 들었다. 그의 허영심(할리우드 사진관에서 증명사진을 찍을 정도였다)과 폭력성(자식들에게 매질을 하고 집에서 쫓아내곤 했으며, 황동 꽃병으로 외할머니의 머리 가죽을 찢어놓은 적도 있었다)에 대한 이야기들. 엄마는 그에게서 벗어나기 위해 자신에게 처음으로 청혼한 남자와 결혼했다고 우리에게 말했다.

엄마는 그곳에 도착한 지 얼마 안 되어 브릭스라는 지역 학교에서 교사로 일하게 되었다. 당시 우티에는 학교가 넘쳐났는데, 그중 일부는 인도 독립 후에도 인도에 남은 영국 선교사들이 운영하고 있었다. 엄마는 백인들만 다니는 러싱턴이라는 학교에서 학생들을 가르치던 선교사들과 친구가 되었다. 그 학교는 인도 전역에서 활동하는 영국 선교사들의 자녀를 위한 곳이었다. 엄마는 그들의 허락을 얻어 시간이 빌 때 그 학교의 수업을 참관했다. 그녀는 초등학생을 위한 그들의 혁신적인 교수법(플래시카드를 이용한 읽기와 발음 수업, 색색의 퀴즈네어 막대를 이용한 수학 수업)을 맹렬히 흡수하면서도 한편으로는 인도와 인도인을 향한 그들의 친절하고도 악의 없는 인종차별에 불편함을 느꼈다. 엄마가 일하러 나간 동안, 우리는 침울한 여자에게 몇 시간씩 보살핌을 받았고 이따금 이웃집에 맡겨지기도 했다.

도망자 생활 몇 개월 만에 케랄라에 살던 외할머니(죽은 곤충학자의 아내)가 장남―우리 엄마의 오빠 G. 아이작―을 대동하고 우리를 쫓아내러 왔다. 내가 그들을 본 건 그때가 처음이었다. 그들은 엄마에게 트라반코르 기독교 상속법에 따라 딸은 아버지의 재산에 대한 권리가 없으므로 즉시 집을 비워야 한다고 말했다. 우리가 갈 곳이 없다는 사실은 그들에게 중요하지 않은 것 같았다. 외할머니는 말을 많이 하지는 않았지만, 나를 두렵게 했다. 그녀는 원추각막증이 있어서 불투명한 선글라스를 쓰고 있었다. 그때 엄마가 오빠와 나의 손을 잡고 공포에 질린 채 마을을 뛰어다니며 변호사를 찾았던 기억이 난다. 내 기억 속에서는 밤이었고 거리는 어두웠다. 하지만 그랬을 리가 없었다. 왜냐하면 우리는 결국 변호사를 찾아냈고, 변호사는 트라반코르 법은 케랄라에서만 적용되며 타밀나두에서는 유효하지 않다고, 그리고 무단거주자라도 권리가 있다고 말해주었던 것이다. 그는 누군가가 우리를 강제로 내쫓으려 한다면 경찰을 불러도 된다고 했다. 우리는 덜덜 떨면서, 그러나 의기양양하게 별장으로 돌아왔다. 오빠와 나는 너무 어려서 어른들이 무슨 말을 하는지 알아듣지 못했다. 하지만 어떤 감정들이 작용하고 있었는지는 알고도 남았다. 위협, 두려움, 분노, 공포, 안도, 안심, 승리감.

G. 아이작 삼촌은 여동생을 아버지의 별장에서 쫓아내려 한 것이 훗날 자신에게 몰락의 씨앗이 될 줄은 그때는 미처 몰랐을 것이다. 엄마가 트라반코르 기독교 상속법에 맞서 케랄라에서 아버지 재산의 동등한 상속권을 요구할 수 있는 수단과 지위를 갖추기까지는 수년이 걸릴 터였다. 그때까지 엄마는 이 치욕의 기억을 마치 귀중한 가보처럼 지키고 보호했다. 어떤 의미에서는, 그것은 정말로 귀중한 가보였다.

* * *

우리는 법적 쿠데타 후 별장을 더 넓게 쓰며 공간을 확보했다. 엄마는 제국 곤충학자의 양복과 커프스단추를 시장 근처 정류장에서 택시 기사들에게 나눠주었고, 그 덕에 한동안 우티는 세상에서 가장 옷을 잘 입는 택시 기사들을 보유하게 되었다.

어렵사리 얻어낸, 아직은 불안정한 안도감에도 불구하고 모든 일이 우리 뜻대로 되지는 않았다. 우티의 춥고 습한 기후는 엄마의 천식을 악화시켰다. 엄마는 철제 침대 위에서 금속성 광택이 도는 두꺼운 분홍색 퀼트이불을 덮고 가슴이 들썩거리도록 거친 숨을 몰아쉬며 며칠씩 누워서 지냈다. 우리는 엄마가 죽을 거라고 생각했다. 그러나 엄마는 우리가 주위에서 얼쩡거리며 지켜보는 걸 싫어해서 우리에게 밖으로 나가라고 명령했다. 그래서 오빠와 나는 다른 구경거리를 찾아다녔다. 대개는 삼각형 부지 구석에 있는 금방이라도 부서질 것 같은 낮은 대문에 매달려 흔들거리며, 신혼부부들이 손을 잡고 우리 집 앞을 지나 우티의 유명한 식물원으로 사랑을 속삭이러 가는 모습을 지켜보았다. 가끔 그들이 걸음을 멈추고 우리에게 말을 걸었다. 사탕과 땅콩을 나눠주기도 했다. 어떤 남자는 우리에게 새총을 주었고, 우리는 며칠 동안 조준 연습을 하며 놀았다. 우리는 낯선 이들과 친구가 되었다. 한번은 어떤 남자가 내 손을 낚아채듯 잡더니 집안으로 데려갔다. 그는 엄마에게 당신 딸이 수두에 걸렸다고 심각하게 말했다. 그는 내 배에 생긴 물집을 엄마에게 보여주라고 했는데, 나는 그걸 자세히 들여다보고 싶어하는 사람이라면 누구에게든 과시하듯 보여주곤 했었다. 엄마는 격노했다. 남자가 떠나자 내 뺨을 후려치면서 앞으로는 절대 낯선 사람, 특히 남자에게 치마를 올려 배를 보여선 안 된다고 말했다.

엄마는 병이나 약 때문이었는지 성질이 몹시 고약해져서 우리를 자주 때리기 시작했다. 그럴 때면 오빠는 도망쳤다가 해가 떨어져서야 집에 돌아왔다. 그는 조용한 소년이었다. 절대 울지 않았다. 속상할 때면 식탁에 머리를 박고 잠든 척했다. 행복할 때는, 그런 경우는 많지 않았지만, 허공에 대고 주먹을 휘두르며 내 주위를 빙빙 돌다가 자신이 캐시어스 클레이*라고 말했다. 나는 그가 누구인지 몰랐다. 어쩌면 오빠는 그 이름을 아빠에게서 들었을지도 모른다.

* 권투선수 무하마드 알리의 본명.

26

나는 우티에서의 그 시절이 나보다 오빠에게 더 힘들었을 거라고 생각한다. 그는 기억을 갖고 있었기 때문이다. 더 나은 삶을 기억했다. 아빠와 함께 살았던 차농장의 큰 집을 기억했다. 사랑받던 때를 기억했다. 다행히도, 나는 기억하지 못했다.

오빠는 나보다 먼저 학교에 들어갔다. 그는 몇 달 동안 러싱턴, 즉 백인들의 학교에 다녔다. (필시 선교사들이 엄마에게 베푼 호의였을 것이다.) 그러나 오빠가 우리 같은 현지 아이들을 "저 인도 애들"이라고 부르기 시작하자, 엄마는 그를 러싱턴에서 빼내어 자신이 근무하는 브릭스 학교에 넣었다. 내가 다섯 살이 되었을 때, 엄마는 나를 무섭게 생긴 호주 출신 선교사 미스 미튼이 운영하는 유치원(인도 아이들을 위한 곳)에 보냈다. 미스 미튼은 팔에 주근깨가 있는 잔인한 여자였다. 입이 있어야 할 자리에 가늘게 째진 구멍만 있었다. 입술은 없었다. 그녀는 나를 좋아하지 않는다는 걸 분명히 드러냈다. 우리교실은 풀이 듬성듬성 난 목초지 가장자리에 있는 창고였는데, 밖에서는 엉덩이뼈가 앙상하게 드러난 말라빠진 암소 몇 마리가 풀을 뜯고 있었다.

엄마는 천식이 아주 심한 날에는 채소와 생필품 쇼핑 목록을 작성해서 바구니에 넣은 다음 우리에게 그 바구니를 들려 마을로 보냈다. 당시 우티는 차가 거의 다니지 않는 안전한 작은 마을이었다. 경찰들은 우리를 알고 있었다. 가게 주인들도 늘 친절했으며 가끔 외상까지 해주었다. 그중 가장 친절한 사람은 뜨개질 가게에서 일하던 쿠루삼말이라는 여자였다. 그녀는 우리에게 터틀넥 스웨터 두 벌을 짜주었다. 오빠 건 유리병의 진녹색, 내 건 자두색.

엄마가 몇 주 동안 몸져눕게 되자 쿠루삼말이 우리집으로 들어와 함께 살았다. 그로써 우리의 불안정한 생활은 끝이 났다. 쿠루삼말은 우리에게 사랑이 무엇인지, 기댈 수 있다는 게 어떤 건지, 안긴다는 건 어떤 느낌인지 알게 해주었다. 그녀는 우리를 위해 요리를 하고, 장작불을 피워 커다란 솥에 물을 끓여서 살을 에는 우티의 추위 속에서도 바깥에서 우리를 씻겨주었다. 오빠와 나는 지금까지도 몸이 거의 삶길 정도로 뜨거운 물로 목욕해야만 제대로 씻은 것 같은 기분을 느낀다. 그녀는 우리를 목욕시키기 전에 머리를 빗겨 이를 잡고 우리에게 이 죽이는 법을 가르쳐주었다. 나는 이를 잡는 걸 좋아했다. 엄지손톱으로 눌러 으깨면 만족스러운 소리가 났다. 쿠루삼말은 번개같이 빠른 속도로 뜨개질을 할 수 있었을 뿐 아니라 뛰어난 요리사이기도 했다. 그녀는 재료가 거의 없어도 음식을 만들어내는 데 전문이었다. 밥에 소금과 싱싱한 풋고추만 있어도 그녀가 접시에 담아주면 맛이 있었다.

쿠루삼말이라는 이름은 타밀어로 '십자가의 어머니'라는 뜻이었다. 우리집에 자주 들르던 그녀의 남편 이름은 예수라트남으로, '예수의 보석' 혹은 '보석 중의 보석'이라는 뜻이었다. 그는 목에 있는 갑상선종을 두꺼운 모직 머플러로 가리고 다녔다. 그도 우리처럼 늘 장작 연기 냄새가 났다.

결국 엄마는 병이 너무 깊어져서 직장생활을 유지할 수 없었다. 스테로이드를 대량으로 써도 소용이 없었다. 우리는 돈이 떨어졌다. 오빠와 나는 영양실조에 걸려 원발성 결핵까지 앓게 되었다.

엄마는 전방위로 악전고투를 벌이며 몇 달을 더 처절하게 버틴 끝에 결국 백기를 들었다. 자존심을 굽히고 케랄라, 즉 외할머니가 사는 아예메넴 마을로 돌아가기로 결심한 것이다. 그때쯤엔 엄마와 외할머니, 외삼촌 사이의 갈등도 한풀 꺾여 있었다. 설령 그렇지 않았더라도 엄마에겐 다른 선택지가 없었다.

나는 쿠루삼말과 헤어진다는 사실에 가슴이 찢어질 듯 아팠다. 하지만 몇 년 후, 나는 그녀를 다시 만나게 된다. 그녀가 우리와 함께 살기 위해 케랄라로 온 것이다.

코즈모폴리턴

우리가 탄 기차가 타밀나두의 주경계선을 넘어 케랄라로 들어서자 땅은 갈색에서 초록색으로 바뀌었다. 전봇대를 포함한 모든 것이 식물과 덩굴로 뒤덮여 있었다. 모든 것이 반짝였다. 기차 창밖으로 스쳐지나가는 거의 모든 사람들이 남녀 할 것 없이 흰 옷을 입고 검은 우산을 들고 있었다.

내 마음은 노래했다.

그다음엔 낙담했다.

우리는 환영받지 못하는 불청객 신세로 아예메넴에 도착했다. 보이지 않는 구걸 그릇을 들고 우리가 찾아간 곳은 외할머니의 언니, 미스 쿠리엔의 집이었다. 그녀는 그때 육십대였을 것이다. 숱이 적은 희끗희끗한 곱슬머리를 당시 페이지보이라고 불리던 스타일로 잘랐고, 바스락거리는 **빳빳한** 사리와 크고 헐렁한 블라우스 차림이었다. 미스 쿠리엔은 당대 대부분의 여성들보다 훨씬 앞서 있었다. 독신이었고, 영문학 석사학위 소지자였으며, 스리랑카(당시엔 실론)의 대학 강단에 선 경력이 있었다. 그녀는 자기 집을 소유하고 있었다. 저축과 연금, 그리고 스스로를 돌봐야 한다는 걸 아는 비혼 직장 여성의 지혜와 한결같음을 모두 지니고 있었다. 하지만 자신 말고도 얼마나 많은 사람을 돌보게 될지는 미처 예상하지 못했을 것이다.

엄마는 미스 쿠리엔에게 직장을 구할 때까지만 머물겠다고 약속했다. 선량한 기독교 신자임을 자부하던 미스 쿠리엔은 우리가 그 집에서 지낼 수 있도록 허락했지만 우리와 우리 처지를 탐탁잖게 여기는 마음을 굳이 숨기려 하지 않았다. 그녀는 우리를 무시했고 그 집에 찾아온 다른 친척 아이들에게만 섬세한 애정을 쏟았다. 그 아이들에겐 선물을 주고, 피아노를 치면서 떨리는 목소리로 노래를 불러주었다. 그녀는 우리를 좋아하지 않는다는 걸 분명히 했지만(그래서 우리도 그녀를 좋아하지 않게 되었다), 가장 어려운 순간에 우리를 도와주고 살 곳을 제공해준 단 한 사람이었다.

외할머니도 그 집에서 함께 살았다. 그때쯤엔 원추각막증이 악화되어 거의 앞을 보지 못했다. 외할머니는 여전히 짙은 선글라스를 끼고 있었다. 밤에도. 그리고 두피를 가로질러 긴 흉터가 불룩하게 솟아 있었는데, 그 유명한 황동 꽃병에 맞아 찢긴 자국이었다. 가끔 외할머니는 내가 그 흉터를 손가락으로 더듬을 수 있게 해주었다. 그리고 이따금 잠자리에 들기 전 내가 그 숱 없는 머리를 쥐꼬리처럼 땋는 걸 허락해주기도 했다.

매일 저녁 외할머니는 베란다에 앉아 바이올린을 켰다.

그녀는 뛰어난 바이올린 연주자였고, 제국 곤충학자였던 남편이 빈에 부임했을 때 레슨을 받기도 했었다. 바이올린 선생님이 제국 곤충학자에게 아내가 콘서트 바이올리니스트가 될 자질이 있다고 말하자 남편은 레슨을 중단시키고 발작적인 질투와 분노에 휩싸여 아내의 바이올린을 때려부쉈다.

나는 너무 어려서 외할머니가 바이올린을 얼마나 잘 켜는지 알 수 없었지만 아예메넴에 어둠이 내려앉고 귀뚜라미 소리가 높아질 때 그녀의 음악은 그곳의 저녁과 몹시도 어두운 밤을 한층 더 멜랑콜리하게 만들었다.

외삼촌 G. 아이작은 본채에 딸린 별채에서 살았다. 나는 처음에는 외삼촌이 무서웠다. 내가 아는 그는 우티의 집에서 우리를 쫓아내려 했던, 키 크고 뚱뚱하고 성난 남자일 뿐이었다. 하지만 아예메넴에서는 그가 달리 보이기 시작했다. 더 흥미롭고 덜 위압적으로 느껴졌다. 외삼촌이 오빠와 나를 강으로 데려가 그의 배 주위를 빙빙 돌며 물장구치게 하면서 수영을 가르쳐주기 시작한 후로는 그를 사랑하게 되었다.

G. 아이작은 인도 최초의 로즈 장학생 중 한 명이었다. 그의 전공은 그리스 로마 신화였다. 식탁에서 그는 불쑥 "술과 황홀경의 신이 있다는 건 멋진 일 아닌가?" 같은 말을 꺼내곤 했다. 그러면 모두들 멀뚱히 그를 쳐다봤고, 그는 디오니소스나 그날 그의 관심을 끈 신에 대해 이야기했다.

외삼촌은 몇 년간 마드라스에 있는 대학 강단에 선 후 학자로서의 경력을 포기하고 고향으로 돌아와 모친과 함께 피클, 잼, 커리가루 공장을 시작했다. 공장 이름은 '말라바르 코스트 식품회사'였다. 그들은 코타얌 시내에 있는 제국 곤충학자의 생가에서 공장을 운영했는데, 버스를 타면 금방 갈 수 있는 거리였다. (이 집은 훗날 엄마가 트라반코르 기독교 상속법에 이의를 제기하면서 재산 분쟁의 중심지가 된다.) G. 아이작은 유산과 사유재산에 대한 관심이 지대하면서도 마르크스주의자였다. 그는 영세 산업 육성과 지역 고용 창출을 위해 학문을 버리고 공장을 시작했다고 말했다. 옥스퍼드에서 만난 스웨덴인 아내 세실리아는 그의 헛소리에 질려 어린 아들 셋을 데리고 스웨덴으로 떠나버렸다.

*　*　*

삶에서 패배한 이 비범하고 별난 코즈모폴리턴 무리는 저마다 기이하고 다양한 방식으로 작은 마을 아예메넴으로 모여들었다.

덥고 습한 기후는 엄마에게 잘 맞았다. 천식은 여전히 심각한 고질병으로 남아 있었지만 조금은 나아졌다. 엄마는 앞으로 어떻게 살아야 할지 모색하는 동안 우리에게 홈스쿨링을 시켰다. G. 아이작이 가끔 기분좋을 때 관심을 보이긴 했지만 거의 모두가 우리를 무시했다.

아예메넴에서의 삶은 언제라도 누군가에게 밀려 떨어질 수 있는 절벽 위에서 사는 것 같았다. 심지어 요리사 코추 마리아조차 우리에게 그곳에서 살 권리가 없다고 말하곤 했다. 그녀는 점잖은 사람들 입장에서 아빠 없는 아이들과 한 지붕 아래 산다는 게 얼마나 부끄러운 일인지에 대해 구시렁거렸다. 그집의 코즈모폴리턴들은 며칠에 한 번꼴로 말다툼을 벌였다. 싸움이 시작되면 집 전체가 흔들렸다. 접시가 박살나고 문이 부서졌다. G. 아이작과 엄마의 관계는 도무지 종잡을 수가 없었다. 때로는 둘도 없는 친구처럼 지내다가도 별안간 예고도 없이 철천지원수가 되어버리곤 했다. 싸움은 대부분, 놀라울 것도 없이, 돈 문제로 일어났다. 엄마가 생활비도 안 내고 밥값도 하지 못했기 때문이었다. G. 아이작은 오빠와 나를 그 싸움에 끌어들이지 않으려 조심했다.

고성이 오가기 시작하면, 나는 도망쳤다. 강이 피난처였다. 강은 내 삶에서 잘못된 모든 것을 보상해주었다. 나는 강둑에서 몇 시간씩 보내며 물고기, 벌레, 새, 식물에 이름을 붙일 정도로 그들과 친밀한 사이가 되었다. 마을의 다른 아이들(그리고 몇몇 어른들)과도 친한 친구가 되었다. 나는 말라얄람어를 금세 익혔고, 곧 누구와도 아주 쉽게 소통할 수 있었다. 그들은 나와는 완전히 다른 세계에 살고 있었다. 대부분 근처 논과 고무농장에서 일하거나 지주들의 넓은 소유지에서 코코넛을 따거나 가사도우미로 일했다. 그들은 초가지붕을 얹은 진흙 집에서 살았다. 그들 중 다수가 '불가촉천민'으로 여겨지는 카스트에 속했다. 당시 나는 이 끔찍한 현실에 대해 잘 몰랐는데, 아예메넴 집 사람들은 서로 싸우느라 바빠서 나를 가르칠 겨를이 없었던 것이다.

아예메넴에 살지만 코타얌의 말라바르 코스트 식품회사의 공장에서 일하던 한 젊은 남자가 나의 가장 사랑하는 친구가 되었다. 우리는 많은 시간을 함께 보냈다. 그는 대나무 줄기로 낚싯대를 만들어주었고 미끼로 쓸 최고의 지렁이를 구할 수 있는 곳도 알려주었다. 그는 나에게 낚시하는 법을, 가만히 앉아 조용히 기다리는 법을 가르쳐주었다. 그는 내가 잡은 작은 물고기를 튀겨주었고, 우리는 그걸 잔치 음식처럼 맛있게 먹었다. 그는 『작은 것들의 신』에서 암무의 연인으로 등장한 벨루타라는 인물을 만드는 데 영감을 준 사람이다. 만약 내가 그때 여섯 살이 아니라 열여섯 살이었다면, 누가 알겠는가, 운이 좋았다면 그는 내 사람이 되었을지도 모른다. 그는 내가 본 남자들 중에서 제일 친절하고 제일 미남이었다.

아예메넴에 살기 시작한 지 몇 달 만에 나는 그 풍경의 일부가 되었다. 발바닥에 굳은살이 박이고 마을에서 강으로 가는 모든 숨겨진 길과 지름길을 훤히 꿰고 있는 야생의 아이. 나는 주로 밖에서 살았고 집에는 거의 들어가지 않았다. 사람 아닌 존재 중에서 나의 가장 가까운 동무는 내 어깨 위에서 살며 내 귀에 대고 속삭이던 줄무늬 야자나무다람쥐였다. 우리는 비밀을 공유했다. 그녀는 내 반려동물이 아니었다. 그녀에겐 자신의 삶이 있었고 그 삶을 나와 함께 나누기로 했을 뿐이었다. 그녀에겐 할일이 있었기에 종종 사라졌다. 그러나 식사시간이 되면 나타나 내 접시에 앉아 음식을 조금씩 갉아먹었다. 그녀는 파인애플을 제일 좋아했다. 그녀는 늘 경계를 늦추지 않으면서 언제 다가올지 모를 위험에 대비했다. 그녀는 나에게 많은 걸 가르쳐주었다.

다람쥐의 생존 기술은 벼랑 끝 같은 아예메넴에서의 삶을 헤쳐나가려는 사람에게 소중한 자산이었다.

"너를 두 배로 사랑해"

엄마는 자신이 견뎌야 했던 싸움의 스트레스와 일상적인 수모를 오빠와 나에게 풀었다. 우리는 엄마에게 하나뿐인 안전한 항구였다. 그러잖아도 나빴던 엄마의 성미는 비이성적이고 통제 불가능한 지경에 이르렀다. 나는 무엇이 엄마를 화나게 하고 무엇이 기쁘게 하는지 예측하거나 가늠하는 게 불가능함을 깨달았다. 나는 지도 한 장 없이 그 지뢰밭을 조심스레 통과해야 했다. 그러다보면 지뢰가 터져서 발과 손가락, 때로는 머리까지도 날아가버렸지만, 그것들은 한동안 멋대로 떠다니다가도 마법처럼 다시 제자리에 붙곤 했다.

　엄마는 나에게 화를 낼 때면 내 말투를 흉내내곤 했다. 흉내를 잘 내서 내가 듣기에도 내 말투가 우스꽝스럽게 느껴졌다. 나는 엄마가 그렇게 했던 모든 순간의 모든 것들을 똑똑히 기억한다. 그때 내가 무슨 옷을 입고 있었는지도 기억난다. 나는 엄마가 그림책에서 나를―내 모양을―날카로운 가위로 오려 낸 뒤 갈기갈기 찢어버리는 것 같은 기분을 느꼈다.

처음 그런 일이 있었던 건 우리가 마드라스에서 2주 동안 머문 뒤 집으로 돌아오는 길에서였다. 엄마의 언니인 조지프 부인이 남편과 휴가를 떠나면서 자신의 세 아이들을 돌봐줄 수 있겠느냐고 엄마에게 물었던 것이다. (훗날 내가 델리에서 오토릭샤 기사에게 조지프 부인 댁으로 가달라고 했던 바로 그 조지프 부인이다.) 엄마는 그러겠다고 했다. 아마 그곳에 있는 동안만큼은―명목상으로나마―밥값을 할 수 있으리라 생각 했을 것이다.

싸우기 좋아하는 아예메넴의 코즈모폴리턴들과는 달리, 조지프 부인에게는 인도항공 조종사인 번듯한 남편과 번듯한 아이들, 하인들을 갖춘 번듯한 집이 있었다. 이런 점에서 조지프 부인은 형제자매는 실패했지만 자신은 성공했다는 사실을 강하게 의식하고 있었다. 그녀는 아름다웠고, 풀 먹여 다림질한 사리와 단정한 머리 모양에 잘 어울리는 높고 우월감에 찬 목소리를 갖고 있었다. 그녀는 다 안다는 듯한 딱딱한 미소를 보였으며 언제나 상대방에게 은밀한 비밀을 털어놓는 것처럼 말했다. 성격이나 외모나 조지프 부인과 엄마 사이에는 공통점이 전혀 없었다.

조지프 부인이 휴가에서 돌아왔을 때, 두 자매는 무슨 일 때문이었는지는 몰라도 심한 말다툼을 벌였다. 우리는 그다음날 비행기를 타고 케랄라로 돌아왔다. 이모의 조종사 남편이 공짜 비행기표를 구해줄 수 있었던 것이다.

우리는 비행기를 타본 적이 없었다. 좌석에 앉자 나는 비행기 동승자들에게 어울릴 법한 합리적이고 어른스러운 대화를 나눌 요량으로 엄마에게 조지프 부인이 엄마의 친언니인데 그분은 왜 그렇게 말랐냐고 물었다. 엄마는 발끈해서 공격적인 태도로 내 말을 흉내냈다. 나는 살갗 속에서 쪼그라들어 몸 밖으로 빠져나가 개수대 배수구로 빨려 내려가는 물처럼 소용돌이치며 사라져가는 기분이 들었다. 그러고는 엄마가 말했다. "넌 내 나이가 되면 나보다 세 배는 더 뚱뚱할 거야." 나는 내가 뭔가 끔찍한 말을 했다는 건 알았지만 그게 정확히 무엇인지는 잘 몰랐다. (그때 나는 너무 어려서 '뚱뚱하다'와 '마르다'가 가치판단이라는 것을 아직 몰랐다.) 몇 년이 지나 내가 지금도 자주 그러는 것처럼 그 일에 대한 기억을 되새기며 내 감정을 배제한 상태에서 이성적으로 차분히 생각할 수 있게 되었을 때에야 비로소 내 말이 엄마에게 얼마나 큰 상처를 주었을지 깨달을 수 있었다.

엄마는 스테로이드를 복용하면서 갑자기 몸이 불었다. 전형적인 코르티손 문페이스*가 되었다. 눈에 띄게 아름다웠던 섬세한 이목구비는 부은 볼과 이중턱 뒤로 사라져버렸다. 엄마는 더 날씬한 언니의 완벽한 집을 다녀오면서 아마 쓸쓸하고 절망

---

* 코르티손 호르몬 부작용에 의해 얼굴이 달처럼 부풀어오르는 증상.

적인 기분이었을 것이다. 엄마의 앞날에는 화려한 경력이 기다리고 있었지만, 당시에는 그런 기미조차 보이지 않았다. (세월이 흐르면서 엄마는 자신의 몸집과 체형을 받아들였다. 그리고 여학생들에게도 그렇게 하라고 가르쳤다. 엄마는 오십대에 학교 패션쇼에서 수영복 모델이 되어 학생들에게 무대 위에서 뽐내며 걷는 법을 몸소 보여주었다.) 엄마의 마른 언니에 대한 내 질문은 아픈 상처에 식초를 들이부은 꼴이었을 것이다. 경솔한 아이의 경솔한 말. 그래서 엄마는 나를 공격하며 여섯 살짜리 아이의 말투를 흉내냈다. 그리고 나는 스스로에게 분노를 돌렸다. 그 비행기 안의 공기가 기억난다. 거기엔 공기가 없었다. 내 원피스 색깔도 기억난다. 하늘색 바탕에 물방울무늬. 곧은 머리카락과 사슴 같은 커다란 눈을 가진 완벽한 사촌이 물려준 완벽한 헌옷이었다. 나는 그 원피스가 내 무릎과 어울리지 않는다는 걸 깨달았다. 내 무릎은 상처와 흉터투성이였고, 그것들은 내가 아예메넴 미나칠 강둑에서 보낸 거칠고 불완전하며 아빠도 없고 조종사도 없는 삶의 종합적인 기록이었다. 나는 완벽한 사촌과 마음속에서 경쟁을 벌였고, 거뜬히 이겼다. 사촌에겐 조종사 아버지가 있었다. 아름다운 머릿결도. 하지만 나에겐 초록빛 강이 있었다. (그 안에는 물고기가 있고, 하늘과 나무도 들어 있고, 밤이면 부서진 노란 달이 잠겨 있었다.) 그리고 나에겐 다람쥐도 있었다. 발을 내려다보니 내 발은 신고 있는 샌들과 어울리지 않았다.

끔찍한 사람들로 가득한 끔찍한 하늘의 끔찍한 비행기였다.

나는 비행기가 추락해 우리 모두가 죽기를 바랐다. 특히, 부모의 사랑을 듬뿍 받는 응석받이 아이들이 미웠다. 나는 집단 처벌에 대찬성이었다. 그러나 잠시 후, 엄마가 말했다. "나는 네 엄마이자 아빠야. 그러니까 널 두 배로 사랑해."

그러자 비행기는 괜찮아졌다. 하늘도 괜찮아졌다. 하지만 내 발은 여전히 샌들이 낯설었다. 그리고 아직 해결되지 않은 문제가 남아 있었다.

내 몸이 엄마의 세 배가 된다면, 앉을 좌석도 세 개가 필요할 것이다. 그러니 무료 표도 석 장.

두 배. 세 배. 수학 수업. 풀어야 할 문제.

두 배의 사랑을 세 배가 된 내 몸으로 나누고 거기에 무료 표를 곱하고 경솔한 말로 나누면 무엇이 될까? 털로 뒤덮인 차가운 나방 한 마리가 겁에 질린 나의 심장 위에 내려앉았다. 그 나방은 나의 영원한 동반자였다.

나는 가장 안전한 장소가 가장 위험할 수 있음을 일찌감치 깨달았다. 심지어 그렇지 않을 때조차 내가 그렇게 만들어버린다는 것도.

세월이 흘러 삼십대에 들어섰을 때 나는 성인 여성이자 책을 낸 소설가로서 갓 결혼한 친구 집을 방문했다. 그 행복한 부부는 며칠 동안 온종일 서로 혀짤배기소리로 정답게 속삭였다. 사흘째 되던 날, 나는 그 집에서 뛰쳐나오다시피 해서 도로로 뛰어들었다. 그러면서도 왜 그렇게 기분이 나쁜지 몰랐다. 지금 이 글을 쓰다보니 비로소 알 것 같다. 그들은 아무 잘못도 없었다. 문제는 나였다. 내 오랜 친구인 차가운 나방이 불쑥 찾아왔던 것이다.

(그래도 나 같은 사람들을 위해 혀짤배기소리로 말하는 어른들에게 법적 경고문을 붙인다면 도움이 될 것이다.)

스르르 접는 학교

그 불행했던 마드라스의 조지프 부인 댁 방문 이후, 우리는 아예메넴의 위태로운 절벽 위 삶으로 돌아왔다.

하지만 그때, 구원이 찾아왔다.

구원은 신발을 신고 꽃무늬 원피스를 입은 영국인 중년 여성의 근엄한 모습으로 나타났다. 매슈스 부인은 우티에서 엄마와 친분을 맺은 선교사 중 한 사람이었다. 그들은 계속 연락하면서 계획을 세우고 있었다.

1967년에 매슈스 부인과 엄마는 코타얌에 학교를 세웠다. 나는 일곱 살이었고, 오빠는 여덟 살 반이었다.

그들은 코타얌 로터리클럽 소유의 작은 홀 두 개를 빌렸는데, 그곳은 클럽 회원들이 저녁에만 사용하던 공간이었다. 학교는 학생 일곱 명으로 시작했고, 거기엔 오빠와 내가 포함되어 있었다. 간단한 일처럼 보이지만 엄마 혼자서는 절대 해낼 수 없는 일이었다. 매슈스 부인의 존재―백인이자 순결한 기독교 선교사―덕에 새로 문을 연 학교에 처음으로 자녀를 등록시킨 학부모들의 신뢰를 얻을 수 있었던 것이다. 매슈스 부인이 없었다면, 외지인과 결혼했다가 이혼한 제멋대로인 현지 여자에게 자녀 교육을 맡길 사람은 아무도 없었을 것이다.

지금 돌이켜보면 로터리클럽에서 엄마에게 시설 일부를 빌려주도록 거든 사람은 G. 아이작 외삼촌이었을 가능성이 크다. 그는 그 클럽 회원이었으니까. 그것이 그들 남매의 관계를 전형적으로 보여주는 모습이었다. 서로 도움을 주는 만큼 해코지도 하는.

매일 아침 매슈스 부인, 엄마, 오빠 그리고 나는 제시간에 학교에 도착하기 위해 버스를 타고 시내로 향했다. 가끔 오빠와 나는 외삼촌과 함께 걸어서 등교했는데, 나무들이 태양을 향해 일제히 기울어진 고무나무숲과 논을 가로질러갔다. 몬순 홍수로 도로가 물에 잠기면 작은 배를 타고 건너갔다. 우리는 피클 공장에서 일하는 젊은 여자들 집 몇 군데를 들렀는데, G. 아이작이 구애중이거나 청혼하려던 여자들이었다. 우리는 외삼촌의 보호자 노릇을 했다. 그는 그 여자들의 가족에게 자신의 의도가 진지하다는 걸 보여주기 위해 일부러 우리를 동반했던 것이다.

코타얌에 도착하면 외삼촌은 우리를 새 학교까지 데려다주고 자기 공장으로 향했다. 휴일이면 오빠와 나는 공장의 조립라인에서 커리가루를 포장하고 피클 병에 라벨을 붙이는 일을 할 수 있도록 허락받았다. 우리는 감청색 앞치마를 입고 흰 머릿수건을 썼다. 그리고 몸에서 피클 냄새가 났다.

* * *

로터리클럽에서 오빠와 나는 매슈스 부인과 엄마를 도와 클럽 회원들이 남기고 간 담배꽁초를 쓸어내고 더러운 컵과 유리잔을 치웠다. (클럽 회원들은 물론 전부 남자들이었다. 그들에겐 청소를 하거나 깨끗이 치워야 한다는 생각 자체가 없었다.) 우리는 탁자 하나, 걸상 몇 개, 그리고 스탠드형 칠판을 꺼내놓았다. 오후 세시까지는 학교를 접고 모든 것들을 벽에 붙여 쌓아놓은 다음 스르르 빠져나와야 클럽 회의와 시간이 겹치지 않았다.

나는 우리의 새 학교를 '스르르 접는 학교'라고 생각했다.

로터리클럽의 회의실은 대로변에 위치한 자동차 정비소 위층에 있었다. 클럽에 가려면 정비소를 지나 옥외 계단을 올라가야 했다. 그곳은 평지의 2층이라기보다는 가파른 언덕 비탈에 자리한 두 층짜리 건물에 가까웠다. 클럽 회의실과 같은 층에는 수석 정비공의 작은 집과 정원이 있었다. 그의 이름은 아난드였고, 타밀나두 출신이었다. 나는 그를 무척 좋아했다. 정비소의 기름때와 먼지가 용케 계단을 타고 올라와 클럽 회의실의 거칠고 우툴두툴한 마감되지 않은 콘크리트 바닥 표면에 달라붙었다. 빗자루로 바닥을 쓸면 그 기름때가 묻어 옷이 까매졌다. 나는 재채기를 너무 많이 해서 항상 선홍색의 예쁜 항히스타민제 캡슐을 달고 살았다.

학교는 금세 성공을 거두었다. 학생 수는 기하급수적으로 늘기 시작했다. 유치원생 학부모들은 아이들이 계속 그 학교에서 공부할 수 있도록 학급을 더 개설해달라고 엄마와 매슈스 부인에게 요청했다. 오빠와 나는 선발대, 즉 새로운 교사를 시험해보는 실험실 쥐 같은 존재였다. "그 선생님 마음에 들었니?" "그 선생님이 가르친 걸 이해할 수 있겠어?"

엄마는 새 환경에서 번영을 구가했다. 곧 아예메넴 집 생활비를 보탤 수 있게 되었다. 코즈모폴리턴들의 싸움은 전보다 덜 사나웠다. 자신감을 얻은 엄마는 나름의 교육관을 키워가기 시작했다. 학교는 기독교 선교라는 출발점에서 벗어나 독자적인 성격과 신념을 갖기 시작했다. 엄마와 매슈스 부인 사이의 의견 충돌은 점점 더 격해지고 잦아졌다. 결정적인 순간은 두 명의 젊은 전통무용수, 바바니와 그녀의 남편 첼라펜이 우리에게 바라타나티얌*을 가르치러 왔을 때 시작되었다. 우리는 바라타나티얌을 통해 라마야나와 마하바라타**의 이야기를 배웠다. 우리는 그 이야기를 성경만큼 잘(혹은 잘못) 알게 되었다.

* 인도 타밀나두에서 유래한 전통무용으로 주로 힌두 신전에서 여성이 신을 찬미하며 추던 춤이다.
** 인도의 대표적인 고대 서사시. 이중 마하바라타는 바라타족의 전쟁을 다루며, 마하바라타 6권의 바가바드기타는 힌두교 사상의 정수를 다룬다고 평가받는다.

매슈스 부인은 분노했다. 그녀는 첼라펜바바니(우리는 그들을 언제나 하나의 단위로 여겼다)가 악마의 화신이라고 말했다. 매슈스 부인은 바라타나티얌 공연이 시작될 때 시바 신에게 바치는 서두 기도문 '반다나'에 극렬히 반대했다. 그것은 이교도적이고, 비기독교적이며, 자신에게는 용납할 수 없는 것이라며 첼라펜바바니와 자신 중 하나를 선택하라고 요구했다.

애석하게도 매슈스 부인은, 그 두 아름다운 사람들을 상대로는 승산이 없었다. 그들의 눈빛 하나하나가 교태였고, 몸짓 하나하나가 고급 예술이었으니 말이다. 그리하여 매슈스 부인은 처음 등장했을 때처럼 홀연히 떠나갔다. 슬픈 일이었지만, 피할 수 없는 일이기도 했다. 그녀가 떠났어도 학교의 열의가 꺾이거나 성공의 기세가 주춤해지는 일은 없었다.

불과 2년 만에 학교는 크게 성장했고, 엄마는 로터리클럽 옆에 있는 방 세 개짜리 낡은 주택을 빌려 외지 학생들을 위한 기숙사를 열 수 있게 되었다. 우리는 아예메넴을 떠나 이 기숙사 겸 집으로 이사하여 삶의 다음 단계를 시작했다. 엄마가 '집주인'이라고 부르는 남자가 매달 1일이면 월세를 받으러 왔다. 나는 그 남자가 엄마를 바라보는 눈빛이 마음에 들지 않아 그가 올 때면 엄마와 함께 방에 있으려고 애썼다.

기숙사 학생이 늘어나자, 우티에서 쿠루삼말이 와서 주방을 맡았다. 나는 뛸 듯이 기뻤다. 엄마는 쿠루삼말 외에도 젊은 여자 두 명을 보조교사로 고용했다. 쿠루삼말이 온 것만으로는 나를 행복하게 만들어주기에 충분치 않기라도 하듯 또다른 선물이 찾아왔다. 내가 잃어버린 강에 대한 보상으로 강아지를 한 마리 키우게 된 것이다. 엄마는 크리스토퍼 말로의 희곡에 나오는 카르타고 여왕 디도의 이름을 따서 그 강아지를 디도라고 불렀다. 디도는 다람쥐(이제 다람쥐 왕조의 엄마로 살게 된 나의 친구)를 대신해 나의 새로운 사랑이 되었다.

빌린 집의 침실 두 개는 다인실로 개조했다. 체크무늬 침대보가 덮인 작은 침대들이 줄지어 놓였다. 나무 옷걸이에는 밝은 색깔 비옷들이 걸려 있었다. 기숙사생들은 저마다 머그잔, 칫솔, 비눗갑을 하나씩 갖고 있었다. 그곳은 마치 백설공주와 일곱 난쟁이의 집 같았다. 아니, 좀더 정확히 말하면 메리 로이와 열다섯 난쟁이의 집이었다. 그 열다섯 명 중 두 명은 오빠와 나였다.

엄마는 그 독특한 지역에서 독특한 학교의 주인이자 교장, 그리고 자유로운 영혼이 되었다. 그 학교는 장차 독특한 싸움들을 벌이게 될 터였다.

페데리코 펠리니와 코타얌 산타

말이 '내 엄마'지, 엄마는 학교를 열면서 더이상 나만의 엄마
가 아니었다. 학생들이 학교에 들어서는 순간, 그 아이들의 엄
마이기도 했다. 비유적으로가 아니라 문자 그대로 그랬다. 학
교가 기숙학교로 바뀌자, 엄마는 몸이 아프거나 향수병에 걸린
꼬마들을 자신의 침대에 눕혔다. 아이들 목욕도 직접 챙겼다.
뜨거운 물이 담긴 커다란 철제 양동이보다 키가 약간 큰, 올챙
이 같은 그 아이들은 눈을 꼭 감고 원을 그리듯 배를 문지르는
게 목욕의 전부라고 생각했다. 엄마는 그들에게 비누칠을 해서
몸을 구석구석 닦는 법을 끈기 있게 가르쳤다. 어쩌면 우리 학
교는 목욕 수업이 있는 유일한 학교였을지도 모른다. 나중에
아이들이 더 자라면 학교 화장실 청소도 가르쳤다. 그 결과 우
리 모두 화장실 청소의 달인이 되었다.

다른 아이들이 오빠와 내가 특별대우를 받는다고 느끼지 않도록, 우리도 공적인 자리에서는 엄마를 로이 선생님이라고 불러야 했다. 그런데 공적, 사적인 지리적 경계가 유동적이다보니 상황에 맞추기가 항상 쉽지만은 않았다. 우리에게는 학교가 집이고 집이 학교였으므로 실수가 잦았고 가끔은 사적인 자리에서도 "실례합니다, 로이 선생님……"이라고 부르기도 했다. 나에게 그녀는 여전히 엄마라기보다 로이 선생님이다. 엄마는 학생들을 편애하지 않는다는 걸 반드시 보여줘야 한다는 생각에 자식인 우리에게 특히 엄격했다. 우리는 다른 아이들이 저지른 잘못 때문에 벌을 받을 때도 많았다.

*　*　*

엄마는 많은 아이들을 돌보면서 식사와 회계, 점점 늘어나는 교사와 직원들을 관리해야 하는 책임 때문에 다시 천식이 악화되었다. 하지만 이제 발작은 하나의 사건이 되었다. 하나의 연극이 되었다. 학교 전체를 술렁이게 만들었다. 사람들이 몰려와 엄마를 둘러싸고 속삭였다. 사람들이 수족처럼 엄마의 시중을 들었다. 엄마는 몸이 아픈 것이 사람들을 통제하고 기민하게 만드는 효과적인 방법임을 금세 깨달았을 것이다.

엄마는 자주 나에게 자신은 언제든, 당장이라도 죽을 수 있다고, 그럼 넌 어떻게 할 거냐고 묻곤 했다.

누군가가 나를 거두어주지 않는다면 길바닥에 나앉게 될 거라고, 너를 거두어줄 사람은 아마 없을 거라고 했다. 그러니 스스로를 돌봐야 한다고, 스스로 준비하고 계획할 줄 알아야 한다고 했다.

하지만 어떻게?

예고도 없이 천식 발작이 찾아오면 엄마는 거칠게 숨을 몰아쉬었고, 나는 엄마의 들썩거리는 가슴을 보면서 공포에 사로잡혔다. 우티에서 살던 시절과는 달리, 나는 돌이킬 수 없는 최후로서의 죽음이 갖는 의미를 이해할 만큼 나이를 먹은 상태였다. 엄마의 쇄골 근처 깊게 팬 곳에 모여든 그림자들이 마치 서로 부딪치며 조롱하는 해골들의 연합체 같았고 그들이 거짓 웃음을 지으며 이렇게 묻는 듯했다. 이제 어떻게 할 거니, 꼬마야? 엄마의 쌕쌕거리는 숨소리도 더 높은 음역으로 똑같이 물었다. 이제 어떻게 할 거니, 꼬마야? 내 대답은 언제나 같았다. 내가 대신 숨쉴게, 엄마. 나는 그녀를 위해 숨쉬려 했다. 나는 그녀의 폐가 되었다. 그녀의 몸이 되었다. 그녀가 알아차리지 못한 방식으로 그녀의 몸에 붙었다. 나는 그녀의 용감한 장기臟器 중 하나가 되어, 비밀요원이 되어 내 생명을 그녀에게 불어넣었다.

* * *

마침내 엄마는 나를 거두어줄 수도 있는 한 가족을 지목했지만, 그로 인해 모든 것이 훨씬 더 끔찍해졌다. 그 가족은 내게 암담한 지평선 위의 작은 가능성, 실낱같은 희망이었다. 물론 그 가족은 그걸 전혀 알지 못했고 엄마의 일방적인 추측일 뿐이었다. 엄마와 장기-아이 사이에만 공유된 비밀 계획이었다. 그 가족은 자신들도 모르는 사이에 주어진 임무에 여러모로 완벽하게 어울렸다. 학교에서 일하는 젊은 과부의 가족이었는데, 그녀의 자녀들은 나보다 조금 어렸지만 내 친구들이었고 우리 학교에 다녔다.

그들, 선택된 그 가족은, 넓고 바람이 잘 통하는 집에서 살았다. 문제는 그 집의 할아버지였다. 집안의 가장. 마을의 존경받는 어르신. 로터리클럽 크리스마스 파티에서 빨간 점프슈트를 입고 솜 수염을 붙이고서 "호! 호! 호!"라고 웃던 땀투성이 갈색 산타. 엄마는 주말에 가끔 나를 그 집에 보냈다(아이들에게는 곧 영원한 언니가 될 나에게 익숙해지고 나 역시 그들에게 익숙해지도록 그런 것 같았다). 그는 그 집에서 내가 혼자 있는 기회를 잡으면—나는 책 읽기를 좋아하는 아이라 그런 기회를 잡는 건 어렵지 않았다—"호! 호! 호!"라고 웃는 대신 쿵쿵대면서 내 가랑이 사이를 더듬고 속옷을 벗겼다. 나는 그가 하고 있는 행동이 잘못된 것임을 알 수 있었고 그것이 아기를 갖는 일과 관련되어 있다고 느꼈다. 그래서 반드시 도망쳐야 한다는 것도 알았다. 그는 몸집이 크고 굼뜬 남자여서 나는 늘 간신히 도망칠 수 있었다. 하지만 그래도 그건 사냥이었고, 나는 그의 먹잇감이었다. 다른 사람들 눈에는 그가 코타얌의 친절한 산타—허둥대는 다정한 할아버지—로 보였겠지만, 내 눈에는 식사시간에 식탁 건너편에 앉은 그가 안경 쓴 사람 크기의 돼지, 쿵쿵대는 멧돼지로 보였다.

나는 무사히 피했다고 확실히 말할 수 있다. 하지만 그때는 내가 무엇을 피한 건지 알지 못했다. 아기를 갖기 위해서는 정확히 무슨 일이 일어나야 하는지 몰랐다. 나는 제때 피한 걸까? 나는 임시 교실―우리가 다니던 로터리클럽 내 스르르 접는 학교의 탁자 하나와 낮은 나무 걸상 몇 개뿐인 공간―에 앉아 엄마의 뜻에 따라 나를 상대로 시범 수업(힌디어나 말라얄람어, 역사, 지리)을 하고 있는 가여운 선생님을 보면서 그런 생각을 했다. 혹시 임신한 걸까? 나 같은 아이도 임신할 수 있을까? 그 생각만 해도 식은땀이 났다. 땀이 다리 뒤로 흘러내렸다. 나는 식은땀이 다리 뒤쪽을 타고 흘러내리는 것이 임신의 확실한 징후라고 굳게 믿었다. 길쭉한 날개를 가진 실링팬이 조용한 오후 내내 빙글빙글 돌았다. 그 소리가 파멸을 예고하는 듯했다.

나는 엄마에게 그 멧돼지나 사냥에 대해 함구했다. 이유는 잘 모르겠다. 확신이 없었기 때문일 것이다. 아마도. 내가 잘못 생각한 것이라면? 그건 그저 멧돼지식 애정 표현이었다면? 그럼 난 얼마나 배은망덕한 아이로 보일까? 누가 나(비기독교적인 나쁜 아이)를 믿어줄 것이며, 친구들은 어떻게 생각할까? 어쨌든 나는 그를 막아낼 수 있다고 생각했다. 그래서 간단한 규칙들을 세웠다. 사람들 속에 숨는다. 절대 혼자 있지 않는다. 늘 경계하고, 책을 읽지 않는다. 그렇게 하루이틀만 버티면 된다. 기껏해야 하루이틀만.

하지만 만약 그렇지 않다면? 만약 엄마가 죽고 내가 그들과 함께 살아야 한다면?

그때 나는 엄마가 죽으면 나도 죽어야 한다는 걸 깨달았다. 어떻게든 방법을 찾아야 했다. 그런 생각 때문에 무너지지는 않았지만 마음 깊은 곳에서 두려움의 주제곡이 지속적으로 울려퍼졌다. 마당에서 즐겁게 돌차기 놀이를 하는 순간에도 그 소리가 공포 영화의 배경음악처럼 흘렀다. 나는 엄마를 살리기 위해 온 힘을 다해야만 했다. 엄마를 대신해 숨을 쉬어야 했다.

＊　　＊　　＊

나는 다른 아이들의 엄마들을 매의 눈으로 살피며 내 엄마와 닮은 구석을 찾으려 애썼다. 하지만 한 번도 발견하지 못했다. 내 엄마가 친구들의 엄마처럼 되길 바랐던 건 아니다. 그건 아니었다. 그 엄마들은 언제나 조금 겁먹은 듯, 주저하는 듯 보였고 마치 늘 누군가의 지시를 기다리는 사람들 같았다.

한번은 친구 집에서 열린 생일 파티에 초대받은 적이 있었다. 그건 매우 드문 일이었는데, 그곳에서 우리는 아웃사이더로 여겨졌기 때문이다. 우리 가족은 충분히 기독교적이지도, 충분히 말라얄람 사람답지도, 충분히 부유하지도 않았으므로. 그래서 그날은 특별한 날이었다. 나 혼자였다. 로이 여사는 없었다. 집주인은 부유한 플랜테이션 농장주였다. 깊은 베란다와 긴 진입로가 있는 저택에 여기저기 사슴이 보이는 사유지가 있었고, 많은 하인들을 거느리고 있었다.

생일을 맞이한 아이의 엄마는 통통하고 안전해 보였다. 그녀의 눈부신 다이아몬드 귀걸이는 작은 탐조등 같았다. 아이들 파티였지만 부모들도 대부분 그 자리에 있었다. 테이블에는 음식이 산더미처럼 쌓여 있었다. 벽에 붙어 있는 거울들 때문에 파티도, 테이블도, 음식 산더미도 여러 개로 보였다. 생일인 아이의 아빠가 봉투를 들고 방으로 들어왔다. 마치 여러 명의 아빠들이 여러 개의 봉투를 들고 들어온 것처럼 보였다. 아니면 내 상상력이 그를 여럿으로 둔갑시켰는지도 모른다. 그는 봉투를 바닥에 내던졌다. "에디 니나코루 에주투 반누." 몹시 무례한 말투였고, "여편네야, 편지 왔다"라는 뜻이었다. 그 안전해 보이는 엄마는 다이아몬드 귀걸이를 반짝이며 몸을 굽혀 그 편지를 집어들었다. 모두가 보고 있는 앞에서. 그녀는 너무나 외로워 보였다. 나는 그녀를 안아주고 싶었지만, 그런 엄마를 갖고 싶지는 않았다. 그리고 그 순간, 아빠가 없다는 사실에 안도했다. 끔찍한 말이라는 건 알지만, 그 시절의 나에게 아빠는 극히 위험한 존재로 느껴졌다.

그때쯤 오빠와 나는 아빠에 대한 기억이 완전히 희미해진 상태였다. 우리는 그를 단지 로이 여사가 잠가둔 찬장에서 가끔 꺼내 보여주던 회색 사진첩 속 신비한 낯선 사람(우리는 그가 꽤 잘생겼다고 생각했다)으로만 알고 있었다. 사진첩에는 부모님의 결혼식 사진도 있었다(우리는 꽤 힌두식이라고 생각했다). 그 사진첩 속 엄마는 아빠만큼이나 낯설고 신비해 보였다. 아삼 농장주 클럽의 고리버들 의자에 앉아 섹시한 민소매 블라우스 차림으로 담배를 피우고 있는 엄마의 사진도 있었다. 그녀는 로이 여사가 아니었다. 전혀 다른 사람이었다.

로이 여사는 아삼 이야기를 전혀 꺼내지 않았다. 그녀가 남편에 대해 유일하게 했던 말은 "그는 아무것도 아닌 남자였어"였다.

*　　*　　*

학교가 초등학교에서 중등학교로 성장해가면서, 로이 여사는 코타얌 사람들의 말처럼 남녀공학이 방종과 성적 문란의 소굴이 아니라는 것을 입증하여 학부모의 불안을 잠재워야만 했다. 로이 여사는 엄격한 도덕적 규율을 세우고 학생들의 연애를 과도하게 감시하는 방식으로 학부모들을 안심시켰다. 그러면서도 남학생과 여학생이 함께 놀고 공부하고 성장해야 한다는 신념을 굽히지 않았다.

초기 몇 년 동안 그녀는 지나치리만큼 촉각을 곤두세웠다. 기숙사 남학생들이 여학생들의 가슴과 브래지어를 놀림거리로 삼기 시작하자 특별 회의를 열었다. 로이 여사는 주동자 남학생 두 명을 시켜 자기 옷장에서 브래지어를 가져오게 했다. 그것은 코르셋과 우리가 지금 브라로 알고 있는 것의 중간쯤 되는 인상적인 물건이었다. 당시에는 브랜드가 '메이든폼' 하나뿐이었다. 그것은 갑옷 같은 느낌을 주었다. 겁먹은 두 소년의 손에 들린 그녀의 브래지어는 꽤 커 보였다. (그런 이유를 비롯해 다른 많은 이유들도 있기에 내가 페데리코 펠리니의 영화를 처음 보았을 때 그를 사회적 리얼리스트라고 믿었던 것은 용서받아 마땅한 일이다.) 그녀는 말했다. "이건 브래지어야. 모든 여자가 이걸 입어. 너희 어머니도 입고, 너희 누이들도 곧 입게 될 거다. 이게 그렇게 흥분된다면, 내 걸 가져가도 좋아." 거친 방식이긴 했지만 그날은 학교에서 남학생과 여학생 사이의 권력 균형이 영원히 바뀐 순간 중 하나였다.

로이 여사는 남학생들이 마치 신이 내려준 자격을 지닌 것처럼 구는 편견을 바로잡아주는 걸 사명으로 삼았다. 그녀는 그들을 사려 깊고 예의바른 남자로 길러냈는데, 코타얌에서는 보기 드문 남성상이었다. 어떤 의미에서 그녀는 소년들까지도 해방시킨 셈이었다. 사회가 남자에게 요구하는 무거운 짐에서 벗어나게 해주었으니까. 그녀는 수십 년 동안 다정한 남자들을 길러내어 세상으로 내보냈다. 그녀가 여학생들에게 해준 것, 그들에게 심어준 정신은 가히 혁명적이라고 할 수 있었다. 그녀는 그들에게 용기를 북돋아주고 날개를 달아주었으며, 그들을 해방시켰다. 그녀는 그들에게 변함없는 관심과 엄격한 사랑을 전했고, 그들은 눈부시게 빛나며 화답했다.

그러나 그 혁명은, 모든 혁명과 마찬가지로 대가를 요구했다.

부수적인

로이 여사는 남자, 즉 자신이 생각하는 남자라는 존재(특히 그녀의 아버지와 남편, 오빠)에 대한 분노를 아들에게 집중시켰다. 나의 오빠 LKC. 엄마는 오빠가 예닐곱 살밖에 안 되었을 때부터 사소한 잘못이나 실수만 저질러도 남성우월주의 돼지라고 불렀다. 오빠가 아홉 살이 되자 기숙학교로 보냈고, 2년 뒤 나도 따라갔다. 그때쯤 우리는 로이 여사의 학교에 다니기엔 나이가 너무 많았다.

우리가 새로 들어간 기숙학교는 요즘 사립학교만큼 등록금이 터무니없이 비싸진 않았는데도 엄마는 학비를 대느라 허덕거렸다. 우리는 수년간 학비로 엄마에게 얼마나 큰 빚을 졌는지에 대해 지겹게 들어야 했다. "너희 은행으로서 하는 말인데……"로 시작하는 대화가 많았다.

나는 기숙학교에 가는 게 싫었다. (우리는 고통을 주는 존재를 얼마나 필요로 하는지.) 우리가 들어간 학교, 내가 6년 동안 다닌 그 학교는 우티 인근의 닐기리스, 즉 블루 마운틴 지역에 있었다. 큰 광궤 열차로 하룻밤을 달린 뒤 다시 그보다 작은 열차를 타고 가파른 산악지대를 세 시간 동안 올라가야 했다. 나는 떠들썩하고 행복한 학생들에게 둘러싸여 학교로 돌아가는 길에 고독이 무엇인지 절실히 깨달았고 감정을 절대 드러내지 않는 법도 배웠다.

새 학교는 로이 여사의 학교와는 완전히 딴판이었다. 훌륭한 명성과 상징적인 시계탑, 널찍하고 아름다운 교정을 갖추고 있었다. 하지만 내게 가장 먼저 눈에 띈 건 불결함이었다. 기숙사도 더럽고 주방도 더럽고 식당에는 파리가 득실거렸다. 그중에서도 제일 더러운 건 화장실이었다. 나같이 잘 훈련된 노련한 화장실 청소 달인에게 그건 충격이자 모욕이었다.

군사학교임을 자부하는 그곳에서 우리는 군인 출신 교관의 호령("왼발, 왼발, 왼발-오른발-왼발. 발뒤꿈치 박고 발가락을 굴려라. 왼발, 왼발, 왼발-오른발-왼발")을 들으며 오랜 시간 행진 훈련을 했다. 교관은 몸을 숙이고 우리 발꿈치에 대고 고함을 질렀다. 나는 그의 크고 무성한 콧수염을 밟을까봐 걱정스러울 정도였다. 그곳에서는 조회 시간에 브라를 보여주는 일 같은 건 없었다. 남학생들은 남학생답게 행동하도록 교육받았다. 그들의 교복은 카키색 반바지와 카키색 전투 재킷이었다. 학교에 군악대가 있었고 오빠는 거기서 나팔을 불었다. 그림과 조각 수업도 있었다. 여학생은 극소수였다. 우리에겐 전투 재킷도 군악대도 없었다. 그림이나 조각 수업도 없었다. 대신 노부인 스타일의 브이넥 카디건과 회색 주름치마를 입고 '가정' 과목과 바느질을 배웠다.

중간 방학 주말마다 나는 급우들이 부모와 즐겁고 다정한 재회 시간을 갖는 광경을 넋을 잃고 바라보곤 했다. 그들은 부모와 함께 하룻밤 외박을 한 뒤 음식, 새 옷, 새 신발을 한아름 안고 돌아왔다. 로이 여사도 가끔 찾아와주었다. 그녀는 케랄라에서 혼자 와서 우리를 기숙사에서 데리고 나갔다. 엄마는 수많은 부부들 가운데 유일한 싱글맘이었다. 나는 부부들 사이에 서 있는 엄마를 볼 때면 그녀에 대한 사랑으로 가슴이 터져버릴 것만 같았다. 우리는 제국 곤충학자의 추운 별장에서 주말을 보내곤 했다. 그 시간을 즐거웠다거나 다정했다고 말한다면 거짓말일 것이다. 그래도 나는 로이 여사를 다시 만날 날을, 그 시간을 손꼽아 기다렸다.

오빠와 나처럼 부잣집 출신이 아니라서 주말마다 부모가 데리러 올 수 없는 학생들도 있었다. 그중 제일 가난하고 우리보다 훨씬 가난한 학생들은 '성적 장학생'이었는데, 그들의 부모는 여행을 가거나 호텔에 묵을 여유가 없었다. 하지만 그들은 단연코 가장 총명한 아이들이었다.

내 마음속에는 별도의 인간 부류가 있었는데, 나는 그들을 엄마아빠 인간들이라고 불렀다. 나는 그저 스쳐지나가는 흥미로 그들을 바라보았고, 그 시선에는 내가 의도적으로 길러낸 경멸이라는 감정이 가랑비 같은 보호막을 이루고 있었다. 나는 스스로 그들과 완전히 다른 종에 속한다고 믿었다.

그 학교에서 내가 사랑한 건 육상 트랙뿐이었다. 지금도 천국에 대해 생각할 때 내 머릿속에 떠오르는 이미지는 작가들의 천국이 아니다. 도서관이나 책의 낙원이 아니다. 운동장의 경계를 이루는 풀이 우거진 둔덕 위 거대한 떡갈나무 그늘에 앉아 운동화 끈을 매고 있는 내 모습이다. 나에게 달리기는 고독을 몰아내는 방법이었다. 나는 식사시간에도 달렸다. 수업시간에도 달렸다. 자면서도 달렸다. 가만히 서 있을 때조차 달리고 있었다. 아마 포레스트 검프처럼 영원히 달릴 수도 있었을 것이다.

* * *

우리는 1년에 두 번, 방학을 맞아 집으로 돌아왔다(집이라고 해도, 다시 로이 여사의 학교로 돌아가는 것이었다). 우리는 (다른) 학교의 성적표가 우편으로 도착하는 날을 두려워하며 지냈다. 우리의 은행인 엄마가 확실한 투자 수익을 기대했기 때문이었다. 그 기대가 충족되지 않으면 결과는 끔찍했다.

어느 날 밤 엄마가 방에 들어와서 오빠를 깨워 자신의 방으로 데려갔을 때—오빠는 몽유병에 걸린 어린 소년처럼 걸었다—나는 자는 척하고 있었다. 나는 소리 죽여 조용히 따라가 열쇠구멍을 통해 엄마가 두꺼운 나무 자가 부러질 때까지 오빠를 때리는 걸 지켜보았다. "나는 '보통'이라는 성적표를 받아오는 아들 둔 적 없다." 엄마는 우리의 기숙사 겸 집에 거주하는 다른 아이들을 깨우지 않으려고 목소리를 높이지 않은 채 속삭임으로 분노를 쏟아냈다. 그 속삭임이 오히려 더 큰 공포를 불러왔다. 오빠는 아무 반응도 보이지 않았다. 그게 엄마를 더 화나게 만들었다. 결국 엄마가 지치자 오빠는 시체처럼 조용히 침대로 돌아왔다. 나는 계속해서 잠든 척했다. 그러나 우리 둘 다 내가 깨어 있다는 걸 알았다. 아침이 되자 엄마가 나를 끌어안으며 말했다. "아주 우수한 성적을 받았구나." 나는 수치심이 밀려드는 걸 느꼈다. 나 자신이 미워졌다. 그날 이후 나의 개인적인 성취는 늘 불길한 예감을 동반했다. 사람들이 나에게 찬사나 갈채를 보낼 때면 언제나 다른 방에서 누군가 조용히 매를 맞고 있을 것만 같은 기분이 들었다. 잠시 멈추어 생각해보면, 그건 진실이다. 누군가는 늘 그랬다.

그렇다고 해서 오빠와 내가 싸우지 않은 건 아니었다. 우리는 거의 매일 죽기 직전까지 육탄전을 벌였고, 그 과정에서 램프나 다른 깨지기 쉬운 물건들을 부수곤 했다. 오빠가 훨씬 강해진 뒤에야 달라졌다. 그때부터 오빠는 나의 든든한 보호자가 되었다. 하지만 로이 여사는 그걸 달가워하지 않았다.

오빠가 십대였을 때, 엄마는 오빠에게 이렇게 말한 적도 있었다. "넌 못생겼고 멍청해. 내가 너라면 차라리 죽어버렸을 거야." 그러나 오빠는 못생기지도, 멍청하지도 않았다. 그저 조용하고 자신감이 없었을 뿐이었다. 오빠는 아빠를 기억하고 있었고, 아빠를 잃은 것에 대한 트라우마가 나보다 더 깊었던 것이다. 이 아들 숭배자들의 땅에서 로이 여사가 자신의 아들에게 그런 끔찍한 말들을 할 수 있었던 건 놀라운 일이었다. 이 나라의 아들들은 딸들보다 모든 걸 ─ 관심, 사랑, 돈, 교육, 유산, 심지어 음식까지 ─ 더 많이 받았다. 수백만 명의 딸들이 태어나기도 전에 혹은 태어나자마자 목숨을 잃는, 여아 낙태와 살해가 만연한 땅이었다. 엄마는 가끔 그 모든 것이 오빠의 잘못인 양 행동했다. 세상의 죄를 대신 물을 수 있는 유일한 남자, 그녀의 손이 미치는 유일한 남자가 바로 그였으니까. 그녀가 아들을 대하는 방식은 페미니즘에 대한 내 시각을 영원히 기묘하고 복잡하게 만들었으며, 경고로 가득 채웠다.

아들 숭배는 당연히 어머니 숭배로 귀결된다. 이 나라는 어머니를 숭배하는 곳이기도 하다. 아니, 더 정확히 말하면 아들을 낳은 어머니, 그리고 아들을 신격화하는 어머니를 신성시하는 땅이다. 오빠와 나는 그 달콤한 꿈과 우리의 변덕스러운 악몽 사이의 틈바구니에서 자랐으며, 그중에서 어떤 게 더 나쁜지 항상 알지는 못했다. 그러나 굳이 둘 중 하나를 선택해야만 했다면, 결국 나는 악몽을, 오빠는 꿈을 골랐을 것이다.

낙살라이트

오빠를 향한 로이 여사의 분노가 학대와 괴롭힘에 가까웠다면, 나를 향한 분노는 그것과 전혀 다른 특성과 결을 지녔다. 그 분노는 더 모호했지만, 결코 덜 가혹하지는 않았다. 내가 자라면서 분노의 윤곽이 점점 더 뚜렷해졌는데, 어쩌면 내가 그 분노에 더 익숙해졌을지도 모른다.

내가 오빠를 따라 기숙학교에 가기 전해에 우리 기숙사 겸 집 거실에 처음으로 전화기가 설치되었다. 1969년, 내가 아홉 살 때였다.

그날은 좋은 날이 아니었다. 지금도 우리집 전화번호가 기억난다. 2793. 전화기는 검은색 베이클라이트 재질의 기기였다. 코즈모폴리턴 로이 여사는 전화에 대해 알고 있었다. 그녀는 델리에서 자랐고, 마드라스에서 공부했으며, 캘커타에서 결혼했고, 아삼에서 살았다.

　그러나 당시 나는 아직 시골 아이였다. 어떤 것들에 대해서는 많이 알고 있었지만, 어떤 것들에 대해서는 거의 알지 못했다. 나는 즉석에서 낚싯대를 만드는 법, 물고기 잡는 법, 그리고 미끼로 쓸 가장 좋은 지렁이를 어디서 찾을 수 있는지, 새끼 새와 다람쥐를 어떻게 기르는지는 알고 있었지만 전화에 대해서는 아무것도 몰랐다.

　우리—기숙사생들과 나—는 전화가 설치되는 과정을 경외감을 가지고서 숨죽여 지켜보았다. 설치 기사가 떠나자 로이 여사는 다이얼을 돌렸다. 나는 그녀가 검은 기기를 귀에 대고 방안에 있지도 않은 사람과 이야기하고 있다는 걸 믿을 수가 없었다. 나는 그녀가 혼잣말을 하거나 무언가를 연습하는 것이라고 생각했다. 새로 들인 기계에 매혹된 나는 반짝이는 한 쌍의 크롬 버튼을 눌렀고 통화가 끊어졌다. 로이 여사의 눈빛이 차갑게 변했다. "개 같은 년." 그녀가 말했다. 모두가 보는 앞에서. 나는 그 말의 의미를 몰랐지만 말투로 보아 나쁜 뜻인 것 같았다.

　나는 또다시 싱크대 배수구로 소용돌이치며 사라지는 기분을 느꼈다. 나는 그 순간을 잊으려—그 말 자체보다는 그녀의 눈빛 때문에—부단히 노력했지만 결국 실패했다. 엄마가 세상을 떠나기 몇 해 전, 내게 델리에서 키우는 개들이 수컷인지 암컷인지 물은 적이 있었다. 그러니까 어쩌면 오래전 그날 "개 같은 년"이라고 했던 건 나쁜 뜻이 아니었을지도 모른다. 하지만 다른 한편, 엄마는 개들에게 가차없었다. 그렇다면 정말로 나쁘게 말한 것일 수도 있다. 디도―나의 크고 아름다운 검은색 셰퍼드―이야기는 꺼내기 힘들지만 언젠가는 하게 될 것이다.

아마도 그 "개 같은 년" 사건이 내 기억 속에 그렇게 단단히 박힌 이유는 그날이 이중으로 나쁜 날이었기 때문일 것이다. 우리가 처음 전화를 놓은 그날, 신문에 낙살라이트가 코타얌 북쪽 지역에서 지주 한 명을 참수했다는 보도가 실렸다. 그의 사진도 있었다. 흐릿한 흑백사진이었다. 내가 기억하기로는 잘린 머리가 몸에서 조금 떨어진 곳에 놓여 있었고, 몸은 기둥에 묶여 있었다. 그 주위 땅이 피로 검게 젖어 있었다.

낙살라이트는 인도의 주류 마르크스주의 정당에서 갈라져 나온 극좌 급진 반군집단, 즉 마오주의자*들이었다. 그들은 마르크스주의자들이 주류에 편입되어 선거에 참여하면서 부르주아화되고 공산주의의 핵심 원칙을 위배했다고 믿었다. 낙살라이트는 무장혁명을 신봉했다. 그들은 의회를 "돼지우리"라고 규정하고 "계급의 적을 전멸"시켜야 한다고 외쳤다. 이를 위해 그들은 충격적이고 과시적인 폭력 행위를 저질렀다. 1957년 인도 최초로 민주적으로 선출된 공산당 주정부를 구성했던 케랄라의 주류 마르크스주의자들은 이들을 적대시하며 무정부주의자이자 모험주의자라고 불렀다. 두 집단은 비공산주의자들보다 서로를 더 증오했다.

---

* 마오주의는 마오쩌둥의 사상을 따르는 공산주의 분파를 일컫는다.

서벵골의 낙살바리 마을에서 시작된 낙살라이트 봉기는 분노와 좌절에 빠진 학생들과 청년들의 상상력을 자극하며 전국으로 빠르게 확산되었다. 케랄라에서 지주가 참수된 곳은 차, 커피, 향신료 플랜테이션이 모여 있는 팔라카드 지역이었다. 신문 보도에 따르면 낙살라이트들이 즉결 재판을 열어 지주의 범죄—살인, 노동자 착취, 여성 학대—를 그에게 읽어준 뒤 목을 잘랐다고 했다.

그후 몇 주 동안 우리에게는 공포의 검은 그림자가 드리웠다. 로이 여사의 학교에 다니는 거의 모든 학생들, 특히 기숙사생들은 낙살라이트가 "계급의 적"으로 간주하는 지주나 플랜테이션 소유주의 자녀들이었다. 나는 그들이 모두 참수당하고 지주가 아닌 로이 여사와 LKC와 나까지도 얼결에 같이 죽게 될까봐 걱정되었다. 우리는 혹시 협박 전화가 걸려오지 않을까 해서 전화기를 예의주시했다. 개중 용감한 아이들은 벨이 울리지 않아도 가끔 수화기를 들어보기도 했다. 우리는 전화기 저편에서 누군가가 계속해서 기다리고 있다고 믿었다. 그래서 로이 여사가 지켜보지 않을 때 몰래 "여보세요? 누구세요?"라고 말하는 연습을 했다.

낙살라이트는 곧 혁명이 일어날 거라고 선언했다. 어느 날 갑자기 혁명이 일어나면 세상은 더이상 불공평하지 않을 거라고 했다. 로이 여사는 혁명은 세상을 덜 불공평하게 만들기 위한 것이라고 설명했다. 가난한 자들이 땅을 물려받고 부자들은 죽임을 당할 거라고 했다.

*　　*　　*

　교회 성직자들도 가난한 자들에 대해 공산주의자와 비슷한 말을 했지만, 그 말에 진심이 담겨 있다는 느낌은 들지 않았다. 그들은 부자의 운명에 대해서는 훨씬 덜 극단적이었는데, 교인들이 비교적 부유한 사람들이기 때문이었다. 진짜 가난한 사람들, 즉 대부분 '불가촉천민'으로 여겨지는 카스트에 속했다가 힌두교의 낙인을 벗고자 비교적 최근에 기독교로 개종한 이들은 시리아 기독교 교회에 들어올 수 없었다. 카스트제도는 기독교 안까지 그들을 쫓아왔다. 카스트 문제에서는 케랄라의 시리아 기독교인(그들 중 상당수는 자신의 조상이 예수의 십자가형 이후 동방으로 여행한 사도 토마스에 의해 기독교로 개종된 브라만이었다는 근거 없는 믿음을 갖고 있었다)과 인도 다른 지역의 힌두교도가 비슷하게 고지식했다. 성직자들은 부자가 천국에 들어가는 것이 낙타가 바늘구멍을 통과하는 것만큼 어렵다고 말했다. 나는 부자들이 낙타가 들어갈 수 있을 만큼 거대한 구멍이 있는 바늘을 만드느라 바쁠 거라고 상상했다. 잘 생각해보면, 그 바늘은 이미 만들어졌다. 실제로 존재한다. 그리고 낙타들의 끝없는 행렬이 그 바늘구멍을 통과하고 있다.

　나는 부자도 가난한 자도 아닌 우리가 앞으로 어떻게 될지 확신할 수 없었다. 우리는 교회에 잘 나가지 않았다. 거의 안 나갔다. 로이 여사는 늙고 병세가 심각해졌을 때조차 신부나 수녀가 찾아오면—많은 이들이 찾아왔고, 언제나 짜증날 정도로, 필요 이상으로 크고 느리게 말하곤 했다―이렇게 말했다. "제발, 저 사람한테 좀 나가달라고 해줄래?"

* * *

아무튼, 그 일은 일어나지 않았다. 혁명 말이다. 낙살라이트 운동은 빠르게 진압되었지만 이따금 다른 지역에서 다시 일어나곤 했다. (지금도 일어난다.) 때때로 우리 몸의 열을 재며 우리가 얼마나 아픈지를 알려주는 무시무시한 체온계처럼.

그때는 몰랐지만, 낙살라이트는 내게 깊은 인상을 남겼다. 그들의 행위는 충격적이고 고통스러웠으나, 나는 본능적으로 그들의 분노를 이해했다. 내 소설 『작은 것들의 신』에서 벨루타는 낙살라이트에 가담했다는 의심을 받게 된다. 그는 무자비하게 살해당하는데, 억압받는 카스트와 노동자 계급의 분노가 결합한 경우만큼 인도 엘리트들(힌두교도, 기독교도, 이슬람교도, 시크교도, 그리고 많은 공산주의자들까지)에게 커다란 위협이 되는 건―그때나 지금이나―없기 때문이다. 그런 결합은 거의 일어나지 않는다.

전화기의 날로부터 40년이 지난 2010년, 나는 인도 중부의 단다카란야 숲속 깊은 곳에서 낙살라이트 게릴라들과 함께 내 생애 가장 강렬한 몇 주를 보냈다. 나는 그 경험을 『동지들과 걷는 길Walking with the Comrades』이라는 작은 책으로 써냈다.

어떻게 그런 일이 일어나는지 알 순 없지만 우리는 특정한 기억을 특정한 물건이나 냄새, 노래와 연결짓곤 하는데, 내가 지금까지도 낙살라이트와 베이클라이트 전화기를 연결시키는 것도 그런 경우에 속한다.

로이 여사는 결코 공산주의에 비호의적이지는 않았다. 내가 7학년(그때 나는 열한 살이었고, 군사 기숙학교에 다니고 있었다) 교내 토론대회에 참가했을 때, 엄마는 학교로 찾아와 나를 민간복 차림의 베트콩 소녀로 꾸며주었다. 나는 엄마의 노란색 꽃무늬 사롱을 무릎 바로 아래까지 오도록 반으로 접어서 두르고, 차이나칼라가 달린 블라우스를 입었다. (케랄라에서는 사롱을 발목까지 내려오게 두른다.) 엄마는 나에게 지도 위의 베트남을 보여주며 전쟁과 폭격에 대해, 밀림에 대량으로 살포되어 나무와 식물을 태워버리고 땅을 오염시킨 고엽제에 대해 이야기해주었다. 엄마는 미국인들이 베트남 사람들을 "구크"*라고 불렀으며 베트남과 케랄라가 아주 비슷하다고 말했다. 정글과 강, 논과 공산주의자들 천지니까. 그러면서 우리도 구크라고 했다.

하지만 엄마는 다양성을 추구했다. 나에게 셰익스피어, 키플링, A. A. 밀른도 가르쳐주었다. 『제3제국의 흥망』도 일부 읽어주었고, 『롤리타』의 첫 구절도 들려주었다. (엄마는 자기보다 훨씬 어린 여자들에게 관심을 보였던 G. 아이작을 "험버트 험버트"**라고 불렀다.) 엄마의 낮고 강한 목소리에서는 의

---

* gook. 미군이 아시아인을 낮춰 부르던 멸칭.

심이나 주저를 찾아볼 수 없었다. 그녀는 폴 로브슨의 〈올드 맨 리버〉를 불러주었고, 노예제와 미시시피강을 거슬러올라가 던 노예선에 대해 이야기해주었다. 나는 '미시시피'라는 단어 가 좋았다. 그리고 '베이루트'라는 단어도. 우리는 석 달에 한 번 마드라스 도서관에서 책을 소포로 받아서 읽고 반납했다. 책이 도착하는 날이면 나는 너무 흥분한 나머지 배가 뒤틀려 몇 번이고 화장실로 달려가야 했다.

엄마는 나에게 토론대회를 대비해 연습을 시켰다. 나는 반혁 명주의자들과 미국의 침공을 지지하는 자들을 분노에 떨리는 목소리로 "제국주의의 주구走狗"라고 부르는 법을 배웠다. 나 는 그런대로 잘해냈지만 털이 조금씩 나기 시작한 다리와 부스 스한 곱슬머리가 줄곧 신경쓰였다. 전혀 베트남 사람 같지 않 은 외모였다. 나는 다른 종류의 구크였다. 케랄라에서는 마르 크스주의 정당이 집권하고 있었기에 호찌민과 북베트남을 지 지하는 대규모 행진이 이어졌다. 반면에 우리는 소련의 굴라 크, 우크라이나 기근, 수백만 명의 목숨을 앗아간 중국 대약진 운동에 대한 소식은 거의 듣지 못했다.

그때나 지금이나 세계 대부분의 사람들이 그러하듯, 우리는 외침과 침묵 사이에서 자라났다. 어떤 이들은 스스로 결정을 내렸고, 또 어떤 이들은 다른 사람들에게 결정을 맡겼다.

** 『롤리타』에서 미성년자인 롤리타를 탐한 인물.

나는 정복되지 않은 달을 좋아한다

이제 오빠는 더이상 조용하지 않다. 우리는 완전히 다르다. 그는 자기 사업을 성공적으로 꾸려 BMW를 몰고 다닌다. 침대 곁에는 마이크와 전자 기타 세 대가 거치대에 세워져 있다. 그는 리드 기타를 연주하며 로큰롤을 부른다. 그의 음악은 시끄럽다. 아주 시끄럽다. 1960년대와 70년대 향기가 물씬 풍긴다. 아주 훌륭하다. 하지만 너무 백인풍이다. 크리던스 클리어워터 리바이벌, 핑크 플로이드, 딥 퍼플. 그는 다른 사람의 도움을 받지 않고 자기 힘으로 삶을 일궜다. 그는 내가 아는 사람 중 가장 기분좋게 웃는다. 그는 수산업계에서 일한다. 나는 그를 놀리느라 새우 중개인이라고 부른다. 나는 그가 누리는 완전한 기쁨의 순간들이 부럽다. 이제 나는 더이상 그런 걸 누릴 수 없게 된 것 같다.

어린 시절, 오빠와 나는 로이 여사에 대한 이야기를 나눈 적이 없었다. 우리는 엄마를 "그녀"라고만 불렀다. 그녀는 우리가 서로 어울리는 걸 싫어했는데, 우리가 자기 몰래 음모를 꾸민다고 의심했기 때문이다. 그녀는 우리를 떼어놓기 위해 할수 있는 건 다 했다. 우리는 이제야, 그녀가 세상을 떠난 뒤에야 자유롭게 만나 웃으며 이야기한다. 그녀가 죽었을 때 오빠는 슬픈 척도 하지 않았다. 그녀가 관 속에 누워 있을 때조차. 나는 달랐다. 나는 무너졌다. 내가 나 자신을 좀더 잘 이해할수 있다면, 아마 세상에 대해서도, 그리고 내 나라에 대해서도 훨씬 더 잘 이해할 수 있을 것이다. 이 나라에서는 너무나 많은 사람들이 자신을 박해한 이를 숭배하고, 지배당하는 것 — 무엇을 입고, 무엇을 먹고, 어떻게 생각할지를 통제받는 것 — 에 감사하는 듯 보인다. 여기엔 뭔가 얽히고설킨, 인간 존재 자체에 관한 수수께끼 같은 것이 있다. 그러나 어쩌면 어떤 것들은 이해되지 않은 채 수수께끼로 남겨두는 게 최선일지도 모른다. 나는 아직 오르지 않은 산, 정복되지 않은 달을 좋아한다. 끝없는 이론과 설명에 진저리가 난다. 이제는 묘사를 더 선호하게 된 것 같다. 아무튼, 로이 여사가 유리 덮개가 달린 관 속에 누워 있는 동안 나는 무너졌지만, 오빠는 유쾌한 태도로 조문객들을 따뜻하게 맞이했다. 사람들은 그를 이상하게 바라봤다. 그는 아랑곳하지 않았다. 나는 오빠의 그런 점이 좋다. 그는 우리에게 일어난 일들을 없었던 일로 만들지 않는다.

아무래도 로이 여사가 제자들에게 빛을 비추고 자신이 가진 모든 것을 주려면, 우리―나와 오빠―가 그녀의 어둠을 흡수해야만 했던 것 같다.

그러나 지금은 그 어둠이라는 선물에 감사한다. 나는 그것을 가까이 두고, 그 지도를 그리고, 그 색조들을 샅샅이 살펴보고, 그 비밀이 드러날 때까지 응시하는 법을 배웠다. 결국 그것은 자유로 가는 길이기도 했다.

로리 베이커와 민둥산

내가 고등학교를 마치기까지 채 2년도 남지 않았을 때, 로이 여사는 '스르르 접는 학교'를 독립된 캠퍼스로 옮겨야겠다고 결심했다.

학교는 놀라울 만큼 잘되고 있었다. 그러나 로터리클럽에서 빌린 홀에 임시 교실을 두다보니 운신의 폭이 좁았다. 그 학교엔 운동장도, 별도의 교실도, 제대로 된 가구도 없었다. 때로는 클럽 회의가 끝난 뒤 남겨진 잔해가 문제가 되기도 했다.

어느 날 아침, 청소 시간이 끝난 뒤 여섯 살짜리 학생 하나가 사라졌다. 결국 우리는 그 아이를 본관에서 조금 떨어진 화장실 안에서 찾았다. 그 아이는 거기서 담배꽁초를 쌓아놓고 흡연을 시도하고 있었다. 우리는 그 아이가 낸 작은 불이 크게 번지기 직전에 도착하여 불을 끌 수 있었다. 그 꼬마는 미리 계획을 세워 성냥까지 준비했던 것이다. (지금 그는 독실한 신자이자 그리스도의 전사가 되었다. 담배는 피우지 않는다.)

아이들이 교실에서 넘어지면 거친 시멘트 바닥에 심하게 긁혀 상처가 곪았다. 그들은 무릎과 팔꿈치의 부상을 알리는 겐티아나 바이올렛이나 새빨간 머큐로크롬을 바르고 보행 가능한 부상자 부대처럼 절룩거리며 돌아다녔다. 더 심한 사고가 나면 꿰매거나 깁스를 해야 했다. 다행히 가장 큰 사고는 다른 학생이 아닌 나에게 일어났다.

가파른 언덕 비탈에 세워진 로터리클럽은 옆 건물 1층에 자리한 우리 기숙사 겸 집보다 훨씬 높은 곳에 있었다. 이끼가 긴 3미터 높이의 라테라이트 옹벽에 볼트로 고정된 난간 달린 철제 사다리가 두 건물을 이어주었다. 이 지름길 덕분에 교직원이나 물품이 큰길을 거치지 않고 두 건물 사이를 오갈 수 있었다. 그러나 철문을 잠가두었기 때문에 사다리에 쉽게 접근할 수가 없었다. 아이들에겐 사다리 사용이 엄격히 금지되었다. 나는 규칙을 어기고 철문을 넘어가 사다리를 오르다가 심각한 추락 사고를 당했다. 사다리에서 굴러떨어지면서 바위에 이를 부딪혔다. 나는 입에 깁스 같은 걸 하고 몇 주 동안 유동식만 먹었다. 그리고 1년 넘게 으깬 음식밖에 못 먹었다. 이웃에 사는 친절한 치과의사가 내 앞니를 다시 잇몸 속으로 넣어 심어주었다. 이후 그는 몇 년 동안 자신의 성과가 너무도 자랑스러운 나머지 사람들이 모인 친목 모임 같은 데서 마치 소 주인이나 말 구매자처럼 내 치아를 살펴보며 상태를 확인하곤 했다.

하지만 그런 정성이 무색하게도 내 앞니 두 개는 결국 살아남지 못했다. 몇 년 후 다시 빠져버렸다. 지금 있는 것은 가짜다. 게다가 옆으로 조금씩 움직여 이상한 틈이 벌어지기 시작했다. (짜증스럽긴 하지만, 그 틈은 나를 과거에 묶어두는 족쇄이기에 나는 그걸 받아들이기로 했다.)

로이 여사가 제대로 된 캠퍼스를 원한 데에는 다른 이유도 있었다. 그녀는 학생들을 위한 더 큰 포부를 품었다. 다른 학교 아이들처럼 스포츠, 연극, 미술 활동을 할 수 있게 해주고 싶었다. 그러나 그녀에게 주어진 건 작은 홀 두 개뿐이었고, 거기에 구획을 나눠 다양한 활동을 시도했다. 학교가 성장하면서 혼란도 커져갔다. 활기차고 열띤 목소리들이 홀에 울려퍼지다 벽에 부딪혔다. 누구도 집중하기가 쉽지 않았다.

날마다 새로운 흥분이 일었다. 새로운 학생들, 새로운 아이디어들. 남편이 바닥에 집어던진 물건이나 주우며 순종적인 아내의 삶을 살았을 마을의 젊은 여성들이 갑자기 이 새로운 실험적 학교에서 교사로 일하며 흥미로운 경력을 쌓을 기회를 얻었다. 그러나 로터리클럽의 홀은 학교가 만들어내는 활력을 담아내기에는 너무 좁았다.

로이 여사는 마을에서 몇 킬로미터 떨어진 땅에 눈도장을 찍었다. 그 땅을 살 자금을 마련하기 위해 그녀는 학부모들에게 '보증금'을 요청했는데, 일종의 무이자 대여금으로 학생이 학교를 떠날 때 돌려준다는 조건이었다. 학부모들은 기꺼이 동의했다. 그때가 1974년이었다. 학교를 세운 지 7년째 되던 해였다. 나는 열네 살에서 열다섯 살로 넘어가고 있었다.

* * *

그녀가 산 땅은 모타 쿤누, 즉 '민둥산'으로 알려진 3에이커 면적의 황무지였다. 하지만 케랄라에서 아무것도 자라지 않는 땅은 없으므로 진짜 민둥산은 아니었다. 그곳에는 거대한 잭프루트나무들, 그리고 마치 장례식장의 사람들처럼 삐걱거리며 신음하는 대나무들이 빽빽하게 들어선 숲이 있었다. 무성한 덤불로 뒤덮인 그 산에는 도마뱀, 몽구스, 가든도마뱀들이 바스락거리는 소리로 가득했다. 얕은 우물도 하나 있었는데 말라붙은 상태였다. 산기슭 큰길 근처 작은 집들에 살고 있던 사람들이 우리에게 그 우물 바닥에 새와 뱀, 두꺼비 뼈가 널려 있다고 귀띔해주었다. 우물에 사는 유령 한 쌍이 덫을 놓아 잡아먹은 거라고 했다. 그래서 아무도 감히 밤에 그곳에 올라가지 못했다. 부랑자나 주정뱅이조차도. 귀뚜라미의 울음과 개구리의 합창이 마치 소리의 돔처럼 산을 덮어 인근 마을로부터 봉쇄했다. 그 땅은 유령이 출몰한다는 소문이 난데다 너무 가파르고 건물을 짓기도 어렵다고 여겨져 시세가 낮은 편이었다. 이제 로이 여사의 다음 과제는 그 도전에 응할 건축가를 찾는 것이었다.

후보자 명단 맨 위에 빠르게 오른 이름이 있었다. 로런스 윌프리드 베이커. 대부분의 사람들에게 로리 베이커로 알려져 있었고, 전문 석공들로 이루어진 그의 팀은 그를 그냥 '대디'라고 불렀다. 베이커는 영국인으로 제2차대전 때 양심적 병역 거부자였으며, 간디와의 우연한 만남에 깊은 감명을 받아 1945년에 인도로 이주하여 세계나병선교단에서 건축가로 일하기 시작했다. 그는 그곳에서 함께 일하던 말라얄람 출신 의사 엘리자베스 제이컵과 결혼했다. 젊은 부부는 독립적으로 활동하기로 결심했다. 그들은 파이자바드에서 히말라야 산기슭의 외딴 마을 피토라가르까지 옮겨다니며 의료 혜택을 받지 못하는 시골 사람들을 위한 작은 병원을 운영했다. 피토라가르에서 16년을 보낸 후 그들은 남쪽으로 움직였고 마침내 인도 반도의 끝자락, 코타얌에서 남쪽으로 약 100마일 떨어진 케랄라의 수도 트리반드룸에 정착했다.

로리 베이커는 다른 사람들보다 반세기 앞서, '지속가능'이나 '유기적' 같은 단어들이 일상 대화에 등장하기 전부터 이미 그 지점에 도달해 있었다. 그는 현지에서 쉽게 구할 수 있는 재료를 이용해 지역의 기후에 맞게 건물을 짓는 기법을 개발했다. 그는 시멘트 대신 가마에 구운 값싼 벽돌과 석회 모르타르를 썼다. 비싼 창문 대신 가능한 한 벽돌 잘리—공기와 아름다운 무늬를 이룬 빛뿐 아니라 가끔 호기심 많은 파충류까지 드나드는 일종의 격자형 벽면—를 활용했다. 그의 가장 혁신적인 기술이 도입된 곳은 지붕이었다. 그는 이것을 '필러 슬래브'라고 불렀다. 그건 콘크리트지붕과 기와지붕의 중간쯤 되는 방식이었다. '필러'는 저렴한 현지 테라코타 타일로, 최소한의 철근 격자구조 안 시멘트 슬래브에 박아 넣었다. 평평한 모양, 원뿔 모양, 박공 모양, 아치 모양 등 어떤 형태로든 만들 수 있었다. 거센 장맛비 때문에 급경사 지붕이 필수적인 기후에서 베이커의 필러 슬래브는 건축 설계를 기와와 서까래로 이루어진 지붕의 기하학적 독재에서 해방시켰다.

베이커가 천재였던 이유는 단지 저렴하게 건물을 지을 수 있어서가 아니었다. 그의 건물은 저비용 건축 하면 흔히 떠오르는 황량하고 냉정한 대량복제의 느낌이 전혀 없었기 때문이었다. 그의 건물들은 저마다 독특했으며 영혼과 장난기, 그리고 그 자신의 성격이기도 한 급진적 불경함을 지니고 있었다. (그는 자신이 죽으면 즉시 화장하고, 누구도 울지 말 것이며, 유골은 달걀 삶을 때 타이머로 쓰는 모래시계에 넣으라는 유언을 남겼다.) 그러나 그 독창성에도 불구하고 그의 건물에는 자아가 없었다. 그의 건물들은 환경에 완벽히 녹아들어 (눈을 찡긋하고 고개를 끄덕이며) 거의 눈에 띄지 않았다. 그는 농담삼아 자신의 목표는 '저비용 건축가'가 아닌 '무비용 건축가'라고 말하곤 했다. 그는 자신의 건물주들이 돈은 적고 꿈은 섬세하다는 걸 날카롭게 인식하고 있었다. 그는 그 점을 존중했고, 그들의 꿈은 곧 그의 꿈이 되었다. 그것이 그를 천재로 만들었다. 그리고 로이 여사 역시 천재라고 할 수 있었다. 누군가의 가르침이나 격려, 도움도 없이, 건축에 대한 배경지식도 없이, 사업이나 세금, 금융, 건축 관련 이야기를 나누는 남성 전용 클럽 모임에 참석할 기회도 없이, 직접 그를 찾아내어 자신의 인생이 걸린 일을 맡겼으니까.

'대디'의 건축 방식은 다른 건축가들을 불편하게 만들었다. 건축가, 기술자, 시공업자들은 대개 건축비의 일정 비율을 수수료로 받았기에 이 침입자에게 위협을 느낄 수밖에 없었다. 고비용 건축이 그들에게는 편리했다. 그들은 대놓고 적대감을 드러내며 베이커의 건물이 불안정하고 위험하다고 경고했다. 하지만 그는 그런 비난을 웃어넘겼다. 그의 건축은 대부분의 동료들이 읽거나 이해할 수 없는 언어로 쓰여 있었다. 그는 늘 현장에서 석공들과 함께 일했고, 그들 모두가 그 과정에서 배움을 얻었다.

로이 여사처럼 베이커도 물살을 거슬러오르는 물고기였다. 두 사람은 처음 만난 순간 그걸 단번에 알아보았다. 서로 잘 지낼 수 있는 상대는 아니었다. 베이커는 만나기도 어렵고 붙잡아두기도 힘들었다. 그는 약속을 잘 안 지켰다. 그녀는, 물론, 그녀였다. 두 사람은 서로의 고집스러움과 괴팍함에 대해 불평하면서도 속으로는 서로를 사랑하고 존경했다.

민둥산을 직접 둘러본 베이커는 그 땅이 제시하는 도전들을 기쁘게 받아들였다. 작업은 즉시 시작되었다. 나무 한 그루도 베지 않고, 비탈 하나도 평탄하게 만들지 않고, 동전 한 푼도 낭비하지 않기로 했다. 엄마와 아빠*의 결합으로 태어난 자손은 일종의 정신적 건축이라고 불릴 수 있는 학교 캠퍼스였으

* 베이커가 건축 팀원들에게 '대디'라고 불린 점에서 사용한 표현으로 보인다.

며, 너무도 색다르고 아름다워서 아이들 교육에 정규 수업 못지않게 큰 기여를 하게 되었다. 캠퍼스는 천천히 커져갔고, 오늘날의 모습을 갖추기까지 수년이 걸렸다. 일부 건물은 베이커가 죽고 한참 지난 뒤에야 지어졌다. 그는 이미 설계를 마쳤지만 공사 자금이 없었던 것이다. 로이 여사는 설계도를 안전하게 보관해두고 때를 기다렸다.

새 캠퍼스 건축은 소박하게 시작되었다. 우리는 첫 단계가 마무리되자마자 세 들어 살던 기숙사 겸 집과 로터리클럽 건물을 떠났다.

행정동에는 응접실, 학부모 대기실, 그리고 작은 교장실이 있었는데, 밤이면 그곳은 엄마의 침실이 되었고 이따금 위태롭게 나도 함께 잤다. 교실들은 벽이 세 면뿐이고 문이 없었으며 각각 모양도 다르고 높이도 달랐다. 그 교실들이 중앙의 넓은 공간을 둘러싸고 있었는데, 그 공간은 낮은 무대 역할을 겸했다. 아이들은 교실에서 의자에 앉은 채로 몸을 돌려 칠판 반대쪽을 보기만 하면 작은 강당에 있는 셈이 되었다. 교실에서 무대로 내려가는 넓은 계단은 추가 관람석 역할을 했다. 언덕 비탈의 거친 돌을 깎아서 만든 계단을 올라가면 바람이 잘 통하는 넓은 주방이 있고, 학생과 교사용 식당, 몇 개의 기숙사, 그리고 보건실이 있었다. 오빠는 보건실이나 교실에서 잤다. 로이 여사가 마련한 돈으로는 필러 슬래브 지붕조차 얹을 수 없어서 처음 몇 년은 초가지붕으로 만족해야 했다.

U자형 급커브를 이룬 구불구불한 도로를 내려가면 민둥산

기슭에 스쿨버스 차고와 개방형 창고가 있었는데, 창고는 정오까지는 유치원으로 사용되다가 오후에는 음악, 무용, 연극 연습 장소로 바뀌었다. 창고 앞에는 야생후추 덩굴과 바나나나무 덤불로 둘러싸인 작은 운동장이 있었다. 창고 유치원은 운동회 날에 학부모들이 자녀를 지켜보는 관람석 역할도 했다. 가끔은 반대로 창고가 무대로 변신하기도 했다. 관객들은 운동장에 설치된 차양 아래 의자에 앉아 공연을 관람했다.

나는 로리 베이커의 건물들이 마치 나무나 식물처럼 땅에서 자라나는 광경에 매혹되었다. 건축 설계도 음악이나 춤, 문학이 주는 것과 같은 기쁨을 불러일으킬 수 있었다. 베이커를 만나 그의 이야기를 듣고, 그가 주머니에서 작은 수첩을 꺼내 마치 시 구절을 적듯이 자신의 생각을 그대로 스케치하는 모습을 지켜보는 건 열다섯 살의 나에겐 경이로운 경험이었다. 나도 그처럼 그림을 그리고, 그처럼 생각하고, 그처럼 건축 현장을 돌아다니고 싶었다. 나는 그가 되고 싶었다.

그 시절에 코타얌 출신의 소녀가 건축을 공부하고 싶다는 건 결코 간단한 포부가 아니었다. 하지만 그 소녀가 로이 여사의 딸이고 로이 여사가 뒤에서 밀어준다면 불가능한 것은 없었다. 로이 여사는 분노의 발작과 잦아져가는 폭력 사이사이에서도 딸에게 마음만 먹으면 무엇이든 될 수 있다고 말해주었다. 그 말은 딸에게 칠흑 같은 어둠과 거센 물살, 그리고 치명적인 암류를 건너게 해주는 구명보트 같은 것이었다. 로리 베이커와의 만남은 나로 하여금 그때까지 단순한 생각이 아니라 하나의 전제였던 것, 즉 어른이 되면 작가가 되겠다는 꿈에서 급격히 방향을 틀게 만들었다. 베이커의 영향으로 건축 공부보다 더 흥미진진한 일은 없다고 생각하게 된 것이다. 하지만 솔직히 말하자면, 나를 코타얌에서 델리까지 몰고 간 엔진의 연료는 그보다 상스럽고 덜 고귀한 것들이었다. 사실은 흔한 이야기, 돈과 섹스였다. 돈—살아남기 위해선 가능한 한 빨리 집을 떠나야 했고 건축학교에 들어가면 졸업하기 전부터 일을 해서 돈을 벌 수 있다고 들었던 것이다. 그리고 섹스—성적 욕망. 나는 로리 베이커를 만난 바로 그날, 또다른 누군가를 만났다.

결국, 엄마가 아빠(대디)를 만난 날이 아기가 멀리 날아갈 결심을 한 날이 되었다. 다만 날아갈 준비를 갖추는 데에는 얼마간의 시간이 필요했다.

조, 지미, 재니스 그리고 지저스

로리 베이커와의 첫 대면을 위한 트리반드룸 여행은 시작부터 당혹스러웠다. 우리는 코타얌에서 남쪽으로 다섯 시간 넘게 학교 밴을 타고 이동했다. 일행은 네 명이었다. 학교 운전기사, 로이 여사, 나, 그리고 기숙사 겸 집의 관리 직원 쿤잠마. 쿤잠마의 임무는 물, 뜨거운 커피가 담긴 보온병, 달걀 샌드위치, 비상약, 천식 흡입기, 그리고 예비용 흡입기가 든 큰 가방을 챙기는 것이었다. 그리고 (모든 의미에서의) 열기로 달아오른 엄마에게 화려하고 둥근 공작 깃털 부채로 부채질해주는 일도 했다. 밴이 꽤 큰데다 나는 뒷자리에 멀리 떨어져 앉아 있었지만, 로이 여사와 다섯 시간이나 밀폐된 공간에 함께 있어야 한다는 생각에 두려웠다. 그리고 엄마가 나와 함께 외출할 때마다 억지로 입히곤 했던 지나치게 장식적이고 하늘하늘한 옷이 우스꽝스럽게 느껴질 나이가 되어 몹시 민망하기도 했다. 로이 여사에게 내 옷—모두의 옷—은 하나의 프로젝트였다. 그녀는 우리 모두가, 그녀 주변의 모든 사람들이 무엇을 입을지 결정했다. 신중하게 천을 고르고 자신의 생각을 스케치해서 동네 재단사에게 내 옷을 만들어달라고 했다. 나는 옷에서는 결코 방치된 적이 없었다. 오히려 그 반대였다.

1970년대 중반이었다. 기숙학교 주말 외출 때, 나는 학교에서 제일 가까운 마을인 우티에 있는 '어셈블리 룸'이라는 극장에 몰래 숨어들어가 우드스톡에 관한 영화를 봤다. 우리는 시간의 왜곡 속에 살고 있었다. 음악, 패션, 영화, 그 모든 것들이 몇 년씩 뒤늦게 도착했다. 그곳에서 나는 조 코커, 지미 헨드릭스, 재니스 조플린의 음악을 들었다. 그리고 그후로 모든 것이 달라졌다. 나는 나팔바지, 머리띠, 구슬 목걸이, 그리고 로큰롤을 간절히 원했다. 하지만 그 대신 프릴과 부푼 소매가 달린 우스꽝스러운 블라우스를 입고 욕망을 감춰야 했다. 당시엔 내가 무슨 말을 하든 곧바로 욕설과 분노의 폭풍이 뒤따랐다. 그리고 천식 발작. 그리고 로이 여사의 임박한 죽음의 원인이 된 것에 대한 비난. 그래서 나는 거의 말을 하지 않았다.

우리의 공작 깃털 서커스단은 저녁 늦게야 트리반드룸에 도착했다. 우리가 묵었던 친척집에 대한 기억은 단 하나뿐이다. 나무에 달려 있던 코코넛이 그 집 딸 머리에 떨어졌지만, 별일은 없었다.

운이 좋았다.

다음날 아침, 우리는 로리 베이커를 그의 아름답고 복잡하게 뻗어나간 집에서 만났다. 그는 그 집을 '햄릿'이라고 불렀다. 셰익스피어의 햄릿을 뜻한 것인지, 아니면 '작은 마을'을 의미한 것인지는 모르겠다. 우리가 베이커의 아름다움을 마주한 건 그때가 처음이었지만, 로이 여사는 그 건물 하나만 보고도 그가 바로 자신이 찾던 사람임을 확신하고도 남았다. 그는 당시 거의 예순 살쯤 되었을 것이다. 키가 크고 약간 구부정했으며, 턱수염을 길렀고, 거의 대머리였으며, 편안한 부시 셔츠와 바지 차림이었다. 팔에는 주근깨가 있었고, 습도 때문에 피부는 늘어지고 축축해 보였다. 두꺼운 안경 렌즈 때문에 그의 웃는 눈이 기이하리만큼 확대되어 보였다. 그는 친절하고 느긋한 인상이었고 에너지가 넘쳤다. 그의 억양은 선교사 매슈스 부인의 억양과 너무 달라서 거의 알아들을 수가 없었다.

엄마와 아빠(대디)는 길고 활기찬 대화를 나누었다. 그들은 서로에게 매료된 듯 보였다. 어색한 사춘기 소녀였던 나는 고집스럽게 냉담하고 내성적인 태도로 일관했다. 내가 방금 만난 사람이 얼마나 중요한 존재인지 이해하기까지는 시간이 좀 걸렸다. 비굴한 우상 숭배에 빠지기까지는 시간이 더 걸렸다. 베이커는 우리에게 그날 하루 트리반드룸에 머물며 그가 지은 건물들을 둘러보고 마음에 드는 점과 그렇지 않은 점을 이야기해달라고 제안했다. 그는 나를 대화에 끼워주며 내 의견도 중요한 것처럼 느끼게 해주었는데, 내겐 큰 충격이었다. 혹시 로이 여사가 불쾌하게 여길까봐 걱정스러웠지만, 다행히 그러진 않왔다. 베이커는 자신의 젊은 조수를 딸려보내겠다며, 델리 건축학교 3학년 학생으로 1년간 휴학하고 그의 밑에서 일을 배우고 있다고 했다. 지금 대디의 석공 팀과 함께 작업중이니 현장으로 데리러 가면 된다는 것이었다.

우리는 그렇게 했다.

젊은 조수는 현장에 쌓인 낮은 자재 더미들 사이로 걸어왔다. 나는 도무지 믿을 수 없었다. 그는 지저스(예수)였다. 로큰롤이었다. 오직 나를 만나기 위해 우드스톡에서부터 케랄라까지 물위를 걸어왔던 것이다. 나는 거의 열다섯 살이었고, 그는 열아홉 살이었다. 나는 난생처음 성적 욕망이 무엇인지 깨달았다. 내 머리, 심장, 영혼, 그 모든 것들이 사타구니에 자리를 잡았다. 그는 길고 축 늘어진 예수의 머리카락, 예수의 수염, 마르고 반듯하며 편안하게 걷는 예수 같은 몸을 갖고 있었다. 물론 갈색 예수였다. 지리적으로 옮겨지고 유전적으로 변형된 금발의 예수가 아니라. 그는 검은색 사롱 하나만 걸친 맨몸에 맨발이었다. 밴 쪽으로 다가오면서 그는 피우던 비디 담배를 굳은살 박인 발뒤꿈치로 무심하게 비벼 껐다. 나는 죽었다.

나는 로이 여사가 어떻게 반응할지 확신이 서지 않았다. 그런데 그녀는 놀랍게도 그를 따뜻하게 맞이했다. 마치 그가 평범한 청년인 양, 옷을 제대로 입고 있는 양. 그가 차에 타자 그녀는 나를 그에게 소개했다. 그가 안녕하세요, 라고 했고 나도 안녕하세요, 라고 말했다. 그는 나를 만나기 위해 우드스톡에서 여기까지 걸어온 사람이었는데도 나는 그를 만나고 싶지 않앉다. 그런 식으로는, 엄마의 학교 밴 안에서, 멍청한 옷을 입고, 엄마가 옆에 있는 상황에서는 더더욱 만나고 싶지 않았다. 나는 사라졌다. 밴 뒷좌석 속으로 녹아들었다. 나는 밴의 뒷좌석이 되어버렸다.

우리는 도시를 돌며 베이커의 건축물들을 하나씩 둘러봤다. 예수는 말라얄람 사람이 아니라서 말라얄람어를 못했지만, 현장의 노동자들과 그럭저럭 소통할 수 있었다. 그는 로이 여사에게 비용 절감 기법에 대해 설명했고, 베이커가 '쥐덫 조적법'이라고 부르는 방식으로 공벽을 쌓는 법을 알려주었으며, 필러 슬래브를 어떻게 타설하는지 시범을 보였다. 또 다양한 벽돌 잘리도 보여주었다. 그는 차분하고 지적이며 온화한 말투를 썼다. 나는 또 한번 죽었다. 그게 가능하다면 말이다. 로이 여사는 완전히 매료되어 아름다운 보조개를 내보이며 그의 모든 말을 빨아들일 기세로 집중했다. 그는 아버지의 업적을 엄마에게 자랑하는 대디의 자랑스러운 아들이었다. 나는 그녀의 천식 흡입기와 의료용품이 든 가방을 들고 그들을 따라다녔다. 나는 엄마가 그렇게 생기 넘치는 모습을 본 적이 없었다. 천식의 기미는 전혀 없었다. 조 코커와 지미 헨드릭스가 내 뒤를 따라다니며 배꼽을 잡고 웃어댔다. 그들은 내 인생이 초라하고 절망적으로 느껴지게 만들었다. 재니스 조플린은 〈피스 오브 마이 하트〉 도입부의 첫 코드를 치더니, 곧 포기하고 떠나버렸다. 그녀는 트리반드룸에 어울리는 인물이 아니었다. 그녀에게는 다른 캔버스가 필요했다. 오후 늦게 우리는 예수를 처음 밴에 태웠던 현장에 내려주었다. 내 몸은 생소한 감정들로 완전히 녹초가 되어 있었다. 우리는 집을 향해 달리기 시작했다.

도시 외곽에 이르자 로이 여사가 나를 공격하기 시작했다.

"축하한다. 그애는 네가 천재라고 생각했겠지."

나는 대답하지 않았다.

"똑똑한 말이 단 한마디도 생각이 안 났니?"

차 안의 공기가 익숙한 공포의 느낌으로 무거워졌다. 나의 차가운 나방이 좌석 사이로 날아다녔다. 로이 여사의 광란이 시작되려는 참이었다. 그녀는 조용하고 이성적인 어조로 포문을 열었는데, 그건 언제나 심각한 위험 신호였다.

"사람들이 내 딸을 바보 천치라고 생각해도 내가 괜찮을 것 같니?"

나는 진심으로 대답하고 싶었지만 그럴 수가 없었다. 나는 하나의 문을 통과해 다른 세상을 엿보았다. 새로운 언어를 배웠고, 이제는 예전에 쓰던 말을 쓸 수 없게 되었다.

"대답해!"

학교 운전기사가 놀란 부엉이처럼 고개를 홱 돌렸다.

나는 아무 말도 떠오르지 않았다. 똑똑한 말이건 그렇지 못한 말이건.

그녀는 운전기사에게 도로 갓길에 차를 세우라고 했다.

"내려."

나는 내렸다. 나는 나가거나 내리는 것에 이골이 나 있었다. 내 집에서 나가. 내 차에서 내려. 내 인생에서 나가. 이틀에 한 번꼴로 듣던 말이었다. 그녀는 떠나버렸다. 공작 깃털 부채로 부채질을 받으며.

상상해보라. 용감한 장기-아이, 새롭게 성에 눈뜬 그 아이가 완전히 얼이 빠져서는, 하늘하늘한 요정 같은 옷을 입고 코타얌–트리반드룸 고속도로 갓길의 이정표에 처연하게 앉아 있는 모습을. 나는 그 이정표 위에 평생 동안 앉아 있는 것밖엔 다른 계획이 없었다. 수년 뒤 아빠를 다시 만났을 때, 차에서 나를 내쫓는 게 그들의 놀이 같은 것임을 알게 되었다. 아빠가 웃으며 말하길, 처음 그런 일이 있었던 건 우리가 살던 나우공의 차농장에서 실롱으로 가는 밀림지대 도로를 달리고 있을 때였다고 했다. 나는 세 살이 채 안 된 나이였다. 긴 자동차 여행에서 짜증을 돋우는 건 나의 선천적 재능이었던 모양이다.

로이 여사가 밴을 돌려 돌아온 건 어둑어둑해질 무렵이었다.

"타."

우리는 다섯 시간을 쥐죽은듯 조용히 달려 코타얌으로 돌아왔다. 누가 이긴 건지 알 수 없었다. 그녀였을까, 나였을까. 아마 나였을 것이다.

"너의 그 미친 어머니는 잘 계시나?"

그로부터 18개월 뒤, 나는 열여섯 살의 나이에 고등학교를 졸업하고 델리의 도시계획건축학교에 지원했다. 로이 여사는 내 편이었고, 내가 합격할 수 있도록 지원을 아끼지 않았다. 입학 시험을 치르려면 델리로 가야 했다. 그건 일종의 도박이었다. 정원은 서른 명, 지원자는 수천 명. 합격할 수 있을지 전혀 알 수 없었다. 나는 만약을 대비해 델리의 한 여자대학에도 지원하여 합격한 상태였다. 당시만 해도 대학 교육은 정부 지원을 많이 받았기 때문에 입학만 할 수 있다면 학비가 지금처럼 비싸지 않았다. 마드라스에서 화학으로 학사과정을 밟고 있던 오빠의 경우도 마찬가지였다. 로이 여사(우리의 은행)에게는 우리를 기숙학교에 보내는 게 대학 등록금을 내는 것보다 훨씬 더 큰 부담이었다.

나는 델리행 기차에 올랐다—2박 3일 여정이었다(가방에 칼을 지니고 있었다). 시험은 어렵지 않았다. 망친 것 같지도 않았다. 하지만 1차 합격자 명단에 내 이름은 없었다. 낙담한 나는 만약을 대비한 차선책이었던 여자대학에 등록했다. 그런데 무슨 이유에선지 학장이 나를 자기 방으로 불렀다. 그녀는 마치 깃털을 잔뜩 부풀린 날지 못하는 커다란 맹금처럼, 하늘을 날 수 있었던 시절에 모은 트로피와 수집품으로 공들여 꾸민 둥지에 앉아 있었다. 그녀는 발톱으로 책상의 유리 상판을 두드렸고 거기 비친 그림자도 두드림으로 응답했다. 그녀는 자신이 10년 넘게 이 일을 해왔으며 문제아를 바로 알아볼 수 있다고 말했다. 그녀는 내가 앞으로 저지를 잘못들에 대해 미리 훈계했고, 부모님이 그녀를 믿고 딸의 도덕성과 명예—모든 여학생의 도덕성과 명예—를 맡긴 만큼 나를 예의주시할 것이며 절대 관용을 베풀지 않겠다고 못박았다.

나는 기가 막혔다. 도대체 그녀는 알지만 나는 만나본 적도 없는 내 안의 그 문제아는 누구란 말인가? 그 문제아가 누구든 내가 반드시 만나야 할 사람처럼 느껴졌다. 지금도 그 학장실에 깔려 있던 카펫의 눅눅한 곰팡내가 기억난다. 다행히 이틀 후 건축학교에서 일부 학생들이 등록을 취소하면서 2차 합격자 명단이 발표되었고, 이번에는 내 이름이 거기 있었다. 나는 가방을 싸서 그대로 도망치듯 떠났다.

*   *   *

델리 도시계획건축학교의 초라한 정문을 지나 들어온 순간, 밤샘 작업으로 좀비 같은 눈을 하고 벌거숭이 잔디밭에 널브러져 있는 꾀죄죄한 학생들, 담배 연기가 자욱하고 부서진 가구로 가득한 휴게실, 그리고 반짝이는 금니를 가진 경비원(곧 나의 좋은 친구이자 대마초 공급원이 된)을 둘러보니, 나는 이제 로이 여사가 죽더라도 나까지 죽을 필요는 없다는 걸 깨달았다. 내 폐는 다시 내 몸으로 돌아와 오직 나만을 위해 숨을 쉬었다. 그 용감한 장기-아이는 분리 독립하여 자신의 피부 속에서 이상한 나라가 되었다. 나는 그 더러운 진입로가 성지라도 되는 양 무릎을 꿇고 거기에 입을 맞추고 싶었다. 물론 실제로 그렇게 하지는 않았지만, 그것은 결코 평범한 통과의례가 아니었다.

나는 수재나라는 이름을 버렸다. 그리고 그때부터 서서히, 의도적으로 나 자신을 다른 사람으로 변모시켜갔다.

*   *   *

기숙사는 야무나 강둑 근처에 있는 흉물스러운 콘크리트 건물이었다. 당시 건축학교에는 여학생이 많지 않았다. 서른 명씩 있는 한 학년에 네댓 명 정도였다. 기숙사에는 여학생이 거의 없었다. 여자 기숙사라고 해봐야 남자 기숙사 일부를 막아놓은 방 몇 개가 전부였다. 우리의 귀한 순결에 관심을 갖거나 신경쓰는 사람이라면 경악해 마지않았을 일이었다. 그런 사람은 없었다.

다행이었다.

화장실에는 예전에 남자 기숙사로 사용되던 시절의 낙서가 지워지지 않은 채 그대로 남아 있었다. 건축학교의 낙서는 꽤 흥미롭다. 지금 기억나는 낙서 하나는 제법 잘 그린 크레용 그림이었는데, 페니스가 햇빛 가리는 모자를 쓴 채 미소 짓고 있었다. 그 아래에는 이렇게 적혀 있었다. **좋은 하루 보내세요.**

내 첫 룸메이트는 네팔 출신의 히실라 야미였다. 그녀는 우리 학교 대학원생이던 남편 바부람 바타라이와 함께 훗날 네팔에서 마오주의 반란을 이끌게 된다. 두 사람은 게릴라군의 수뇌부로서 오랫동안 지하운동을 하다가 이후에 바부람은 네팔의 첫 공산당 총리가, 히실라는 고위 각료가 되었다. (물론 공산당이 흔히 그렇듯, 정부를 구성한 여러 파벌이 서로 불구대천의 원수가 되면서 결국에는 모든 게 붕괴되었다.) 그러나 우리가 대학에 갓 입학했을 때, 그녀는 나처럼 미지의 도시에 적응하려고 애쓰는 순진하고 아무것도 모르는 열여섯 살 소녀였다.

내가 자라면서 늘 품었던 두려움―가슴 위에 앉은 차가운 나방―은 모종의 방식으로 나의 성장을 방해하고 제한했다. 내 모든 에너지는 거의 매시간 당면한 환경을 해독하고 살아남는 데 집중되었다. 나는 당면한 현실 속에서만 살았다. 고개를 들어 위를 올려다볼 수가 없었다. 거대한 바람이 불고 있다는 것도 몰랐다. 그해(1976년) 인도가 독립 이후 가장 큰 정치적 위기를 겪고 있다는 사실도 전혀 알지 못했다.

1975년, 인디라 간디 총리는 자신을 향한 대중의 커져가는 분노와 소요에 대처하기 위해 비상사태를 선포했다. 시민의 기본권이 정지되었고 수천 명이 교도소로 끌려갔다. 사법부는 굴복하고 언론은 무릎을 꿇었다. 인디라 간디의 차남 산제이 간디와 그를 추종하는 소수의 특권층 깡패 집단이 인구 조절 정책을 추진하며 대부분 무슬림인 남성 수천 명에게 강제 불임 수술을 시키는 수용소를 열었다. 그 집단의 또다른 집착 대상은 도시 미화였다. 그들은 전국 각 도시에서 빈민가를 불도저로 밀어버리고 가난한 사람들을 도시 외곽으로 쫓아냈다. 우리 기숙사에서 멀지 않은 델리 구시가지 성벽 밖 투르크만 게이트에서는 자기 집이 철거당하는 데 항의하던 수백 명의 주민들이 학살당했다. 그러나 사춘기의 개인적인 트라우마에 갇혀 있던 나는 그 모든 일에 완전히 무지했다. 나 자신을 교육시켜 사태를 파악하는 데 1년이 걸렸고 그때쯤 비상사태는 이미 끝나 있었다. 1977년, 인디라 간디는 선거를 치렀고, 패배했다. 나는 마치 직접 저항운동을 이끌기라도 한 것처럼 환호했다.

건축학교에서 내가 처음으로 사귄 진짜 친구는 골라크였다. 그는 오디샤 출신으로, 그의 가족은 루르켈라에 살았는데 그의 아버지가 루르켈라 제철소에서 노동자로 일하고 있었다. 우리는 입학시험에서 정물화를 그리면서 처음 서로를 알게 되었다. 그는 최상위 성적으로 합격했고, 나는 최하위 성적으로 간신히 입학했다. 짓궂은 선배 몇 명이 그의 부족한 영어 실력을 놀리기 위해 그를 나에게 데려와 이렇게 말했다. "저 여학생 마음에 드는 점을 영어로 말해봐." 그는 더듬거리며 말했다. "머리가 마음에 들어요." 내 머리는 꼴사나웠지만, 골라크와 나는 (선배들에겐 유감스럽게도) 그 즉시 친구가 되었고 지금까지도 친구로 남아 있다. 우리는 정서적 스펙트럼에서 양극단 출신이었다. 그는 서로를 애지중지하는 대가족의 사랑받는 장남이었고, 나는…… 신은 아실 것이다. 골라크는 영어도, 힌디어도 할 줄 몰랐다. 나는 오디아어를 전혀 몰라서 처음엔 그림으로 대화했다. 그의 그림은 탁월했고, 내 그림은 평범했다. 우리는 힌디어를 함께 배웠는데, 욕설을 정교하게 발전시키는 것부터 시작해 나중에는 우리만의 욕설을 만들어냈다. 골라크가 특히 좋아한 욕은 "치프칼리 키 분드 카 파시나(도마뱀 엉덩이에 맺힌 땀방울 같은 놈)"와 "테라 틴 딘 케 리예 타티 반드(넌 앞으로 사흘 동안 똥을 못 쌀 거야)"였다. 그건 마치 현자의 저주처럼 들려서 듣는 사람의 마음을 정말로 불쾌하게 만들 것 같았다.

나는 고등학교 때 힌디어를 말라얄람어와 함께 제3언어로 배웠다. 하지만 수업시간에 바보처럼 굴며 아무 노력도 하지 않았던 탓에 그 언어를 익히지 못했다. 내가 힌디어로 기억하는 유일한 문장은 7학년 교과서에 나오는 「스와미박트 쿠티야」('헌신적인 개', 더 정확히 옮기면 '헌신적인 암캐')라는 이야기 속의 내용이었다. 주인의 아기가 뱀에 물릴 위기에 처하자 아기를 구하려고 대신 물리는 충성스러운 개에 대한 조잡하고 멍청한 이야기였다. 그 마지막 문장은 이랬다. "수바 우트케 데카 토 쿠티야 마리 파디 티(주인이 아침에 일어나 보니 암캐는 죽어 있었다)." 누가 나에게 힌디어로 질문하면 나는 무조건 그 문장으로 대답했다. "어디 가니?" "오늘 우리 무슨 수업 있지?" "손 좀 잡아도 돼?" 수바 우트케 데카 토 쿠티야 마리 파디 티.

골라크와 내가 우정의 표시로 처음 한 행위는 싸구려 담요 하나를 사서 반으로 잘라 델리의 겨울을 나기 위해 똑같은 판초를 만들어 입은 것이었다. 그다음엔 함께 귀를 뚫었다. 우리는 똑같은 은 귀걸이를 달고 다녔다.

건축학교에 입학한 지 며칠 지나지 않아 내가 누구와 우연히 마주쳤을까? 바로 예수였다. 이제부터 그를 JC Jesus Christ라고 부르겠다. 그는 베이커의 견습생 노릇을 마치고 학교로 돌아왔다. 이제 4학년이었다. 이번에는 셔츠를 입고 있었는데, 기막히게 흉한 프린트 셔츠에 바지 차림이었다. 상관없었다. 나는 엑스레이 같은 눈으로 그 흉한 셔츠 속에 어떤 멋진 몸이 있는지 꿰뚫어볼 수 있었다. 그가 나를 알아볼 줄은 몰랐는데—조용히 밴 좌석과 하나가 되어 앉아 있었던 천식 흡입기 운반인에 불과했으니까—뜻밖에도 알아봤다. 이제 나는 그를 만날 준비가 되어 있었다. 그를 만나기 위해 거기 있었다.

나는 바지의 무릎 아래쪽 옆선에 V자 모양의 천조각을 덧대어 나팔바지로 수선하고 오빠의 셔츠 몇 벌과 반팔 러닝셔츠

세 장을 훔쳐 몰래 염색했다. 낡은 티셔츠처럼 보이게 하려고. 가장 성공적인 색은 얼룩진 연보라색이었다. 그 시절엔 티셔츠 같은 기성복을 사기가 쉽지 않았다. 어차피 돈도 없었고. 이렇게 직접 옷을 고치고 만들어 입는 건 오늘날 흔히 하는 브랜드 쇼핑보다 훨씬 재미있었다. 나는 파란색과 보라색 구슬로 만든 소목걸이―소몰이꾼들이 커다란 유리구슬을 줄에 꿰어 소뿔에 걸어놓는―를 목에 걸고 다녔다. 내가 다녔던 기숙 군사학교 여학생들 사이에서는 그게 유행이었다. 근처 마을의 소몰이꾼들은 천연덕스럽게 기숙사 근처 풀밭에 소를 풀어놓고 여학생들이 용돈을 가지고 구슬을 사러 오기를 기다리곤 했다. 그 목걸이는 아주 멋지고 예뻤다. 그 결과 기숙사에서는 구슬 목걸이를 한 소녀들을, 초원에서는 뿔에 구슬을 걸지 않은 소들을 볼 수 있었다.

JC는 웃으며 내게 다가왔는데, 신입생을 대하는 선배의 거만한 태도 같은 건 전혀 없었다. 나는 그의 흉한 셔츠에 완전히 사로잡혔다―그 흉함이 일종의 선언처럼 보였다. 나는 언젠가 저 셔츠가 내 것이 될 거라고 확신하며 결의를 다졌다.

"안녕, 여기서 보니 반갑네. 너의 그 미친 어머니는 잘 계시나?"

그의 질문에 대답했는지 아니면 그냥 넘겼는지는 기억이 안 난다. 그 말이 내게 얼마나 큰 충격이었는지 그는 몰랐을 것이다. 나는 그 문장을 곱씹었다. 너의 그 미친 어머니. 중립적인 외부인의 눈에는 그녀가 그렇게 보였던 걸까? 로이 여사의 영지에 속한 우리 모두가 그런 인상을 주었을까, 아니면 그녀만 그랬을까? 그렇게 똑똑하고, 유능하고, 제자들에게 사랑받던 사람이 미쳤다고? 병적으로 미쳤다는 뜻이었을까? 아니면 그냥 괴짜라는 뜻이었을까?

긴 세월 동안 생각에 생각을 거듭한 끝에 나는 일종의 컬트 집단에서 자랐다는 결론에 이르렀다. 좋은 컬트, 어쩌면 아주 멋진 컬트였을지도 모르지만, 그래도 컬트였다. 그 안에서 바깥세상은 흐릿한 실체로 존재했고, 안쪽 세계에서는 어머니 구루에 대한 절대적인 복종과 끊임없는 찬양이 구성원의 기본 요건이었다. 그 컬트적 방식에 강제로 편입된 비자발적인 구성원은 오빠와 나뿐이었다.

어쩌면 메리 로이에게는 선택의 여지가 많지 않았을지도 모른다. 학교 운전기사 한 명이 내게 그것에 대해 아주 잘 말해주었다. "우리 코타얌에서 잘 통하는 건 로이 선생님의 그 미친 여자 스타일뿐이지." 로이 여사에게 그런 분노와 예측 불가능한 성격이 없었다면 여자로서 코타얌 같은 도시에서 학교를 운영할 수 없었을 거라는 뜻이었다.

그 말이 맞았는지도 모르겠다. 그녀는 그렇게 될 수밖에 없었다. 나는 더 중요한 사업에서 부차적인 존재일 뿐이었다. 나는 그녀의 문제가 아니라, 내 문제였다. 그건 맞는 말이었다.

JC와 나는 친구가 되었다. 어느 정도 친해졌을 때 내가 슬쩍 물었다. "그때 '너의 그 미친 어머니'라고 한 건 무슨 뜻이었어요?"

그가 대답했다. "요즘 세상에 수행원한테 공작 깃털 부채질을 받으며 학교 밴을 타고 돌아다니는 사람이 어디 있어?"

그렇게 말하니 이상하다는 걸 나도 인정할 수밖에 없었다. 하지만 코타얌의 학교 겸 기숙사 겸 집에서 벌어진 일들에 비하면 그 정도는 아무것도 아니었다.

20년이 지나 『작은 것들의 신』이 출간된 직후, 나는 남아프리카공화국 더반에서 열린 작가 회의에 참석하게 되었다. 회의가 끝난 뒤 우리 중 가장 재미있는 연사였던 아슈윈이 나에게 호텔까지 태워다주겠다며, 다만 그전에 부모님 댁에 잠깐 들러야 한다고 말했다. 우리가 그 집 앞에 도착하자 그는 나에게 차 안에 있으라고 했는데, 더반에서 특히 어두운 밤에 차 안에 혼자 있는 건 위험한 일이었다. 그런데도 그는 분명 부모님의 집을 그보다 더 위험한 곳으로 여기는 듯했다.

"우리 어머니가 좀 예측이 안 되는 분이라 무슨 말이나 행동을 하실지 전혀 모르겠어요."

"이를테면 미지근한 물이 담긴 아연 욕조에 벌거벗고 앉아서 한 비서는 발톱을 깎아주고 다른 비서는 시청에 보낼 편지를 받아 적는 그런 식인가요?"

그는 내 말이 농담인지 확인하려고 잠시 내 눈을 응시하다가 농담이 아님을 금세 알아차렸다.

"함께 들어가죠."

* * *

나는 JC에게 학교 밴에서 나를 처음 봤을 때 내가 아무 말도 안 해서 바보라고 생각했는지 물었다.

"네가 예쁜 소녀라고 생각했지."

나는 무척 기뻤다. 나는 단 한 순간도 스스로를 예쁘다고 생각해본 적이 없었다. 그런 건 내 마음을 사로잡거나 밤잠을 설치게 하는 문제가 아니었다. 예쁜 건 내 사촌—조지프 부인의 딸—이었다. 나는 아니었다. 나는 시리아 기독교인 여자아이의 이상적인 모습과 정반대였다. 마르고 피부는 검은데다 위험한 존재이기도 했다. (위험한 존재라는 건 이혼한 어머니와 알려지지 않은 아버지 때문이었다. 또 내가 그런 사회적 단점들을 제대로 인식하지 못한 채 신경쓰지 않았기 때문이기도 했다.) 조지프 부인은 그런 이유로 나를 단지 위험하기만 할 뿐 아니라 골칫덩어리라고도 생각했다. 그녀의 딸은 나보다 조금 나이가 많았고 결혼할 준비가 되어 있었다. 그런데 내가 그들과 같은 도시에 살게 되자, 인도항공 지점장 남편을 둔 조지프 부인은 딸의 신랑감이나 그 가족이 방문했을 때 내가 거기 있으면 악영향을 줄까봐 걱정했다. 그녀는 마치 나에게 가족의 비밀이라도 공유하듯 조심스럽고 음모를 꾸미는 듯한 어조로 자기 집에 오지 말라고 부탁했다. 나는 처음엔 그 말을 따랐지만 나중에는 일부러 그녀를 약올리기 위해 매번 다른 남자를 데리고 찾아갔다. 한번은 앞니 의치 하나가 빠졌을 때, 다른 친

102

구들에게 이가 빠진 모습을 들키고 싶지 않아서 한밤중에 그 집 담을 넘어가 숨어 있기도 했다.

그러니 JC가 나를 예쁘다고 생각했다는 건, 설령 그게 한 사람의 소수의견이라 해도 내겐 꽤 기분좋은 일이었다.

기숙사 생활은 무질서하고 광적이었다. 우리는 인드라프라스타 발전소에서 1킬로미터도 안 떨어져 있는 기숙사에서, 발전소 굴뚝이 토해내는 매연으로 가득한 하늘 아래 검댕 구름 속에서 살았다. 야무나강이 범람하는 우기에는 캠퍼스가 쓰레기로 가득한 물에 침수되었다. 한번은 2층 우리 방까지 물이 차올라 도면과 비싼 게이트웨이 종이(건축가들이 쓰는 트레이싱페이퍼로 형편이 좋지 못한 일부 학생들은 가까스로 마련할 수 있었다)를 망가뜨렸다. 우리는 번갈아 말라리아에 걸렸다. 나는 학교에서 배우는 것들에 짜릿한 흥분을 느꼈지만, 로리 베이커만큼 커다란 영감을 주는 수업은 없었다. 학교에서 가르치는 건축과 디자인 철학은 베이커가 신봉하는 것과 거의 정반대라고 할 수 있었다. 그래서 나는 반항적이고 논쟁적인 사람이 되었다. 화도 났다. 그럼에도 나는 미친듯이 공부했고, 단 몇 시간이라도 잠을 잘 수 있기를 꿈꿨다. 흡연을 시작했고 담배만 피운 게 아니었다. 처음 델리의 먼지 폭풍을 목격했을 때, 나는 기숙사 마당 여기저기 흩어져 있는 학생들의 '졸업작품' 중 하나인 끔찍한 모더니즘 양식의 벽돌 조형물의 뒤집힌 아치 안에 웅크리고 앉아 도로의 차량을 바라보고 있었다. 대마초에 취해 몽롱한 상태였는데 갑자기 하늘이 어두워지고 바람이 거세지더니 먼지와 자전거, 의자, 병뚜껑, 온갖 잡동사니들이 공중으로 높이 떠서 도로 위를 날아다녔다. 나는 그 병뚜껑들 중 하나가 되었다. 빠른 물살에 휩쓸린 듯 코타얌과 용감한 장기-아이의 인생으로부터 멀어져가기 시작했다.

건축학교 입학 후 몇 달이 지났을 때 케랄라 출신 종조부가 찾아왔다. 그는 은퇴한 엔지니어로 베이커를 심하게 깎아내리는 사람이었다. 나는 그가 왜 나를 보러 왔는지 알 수 없었다. 나는 그를 잘 알지 못했고 그 역시 마찬가지였다. 그가 할아버지 같은 다정한 태도로 내 등을 쓰다듬으며, "브래지어 안 했니?"라고 물었을 때에야 그 이유가 분명해졌다. 그를 비롯해 코타얌의 멧돼지 산타 같은 남자들은 보호받지 못하는 여자들을 알아보는 정확한 레이더를 가진 듯했다. 나는 더 할 말이 없어서 그에게 정문까지 배웅하겠다고 했다.

그는 벌거숭이 잔디밭에서 거리낌없이 애정 표현을 하는 커플들을 못마땅한 눈으로 둘러보며 물었다. "너 지금 금지구역에 나와 있는 거 아니냐?"

"우린 금지구역 없어요."

"사감은 누구냐?"

"사감도 없어요."

"밤에 몇시까지 들어가야 하니?"

"안 들어가도 돼요."

그는 충격을 받은 기색이 역력했다. "여긴 좋은 데가 아니야. 공무원이 되는 길을 택했어야지."

"왜요?"

"그럼 더 나은 짝을 만날 테니까."

더 나은 짝은 더 나은 남편을 의미했다. 내가 만나게 될 남자보다 더 나은 남편.

그는 그 말을 남기고 코타얌에 소식을 전하기 위해 서둘러 떠났다. 그애 못쓰게 됐어. 그때 나는 오직 경멸만을 느꼈다. 내가 경멸이라는 감정을 인식한 건 그때가 처음이었는지도 모른다. 거기엔 피로감이 배어 있었다. 나는 이제 막 열일곱 살이 되었다.

"넌 내 목에 매달린 맷돌이야"

1학년을 마친 후 나는 여름방학을 보내러 집으로 돌아갔다. 코타얌으로의 2박 3일 여정 대신 우선 벵갈루루까지 약간 더 짧은 기차 여행을 한 후 거기서 버스로 갈아타고 로이 여사가 천식 치료와 걱정스러울 정도로 불어난 체중 관리를 위해 입소한 자연요법 헬스센터로 향했다. 버스 옆자리에는 지나치게 다정하고 수다스러운 젊은 은행원이 비좁게 앉아 있었다. 그의 팔뚝 털이 내 팔을 간질였다. 그는 곧 자신의 인생 이야기를 시작했는데, 하이라이트는 한 유명 영화배우가 인기를 얻기 전에 그의 여자친구였다는 내용이었다. 이제 그 여자는 그를 모르는 사람으로 취급한다고 했다. 우리는 마치 그 분야의 전문가라도 되는 양, 유명인들의 행동에 대한 씁쓸하고 진부한 이야기를 주고받았다.

갑자기 그의 태도가 바뀌었다. 그는 나에게 온갖 칭찬을 늘어놓기 시작했다. 그중 오랜 세월을 거쳐서 아직도 기억나는 말이 있다. "당신 정말 귀여워요. 분재 같아요." (알다시피 사람들이 쓸데없이 화분에 심어 왜소하고 뒤틀리게 키우는 미니어처 나무 말이다.) 그는 버스가 정차할 때마다 먹을 걸 사와서 나에게 권했다. 소금과 고춧가루를 뿌린 오이, 설익은 구아바, 삶은 달걀, 감자칩…… 그러더니 마치 담배 한 대 달라고 부탁하듯 내게 결혼하자고 했다. 나는 아버지가 고위 경찰관이라 경찰이나 군인하고만 결혼을 허락하실 거라고, 은행원은 안 된다고 말했다. 그는 징징거리며 집요하게 굴었다. 뭔가에 취한 것 같았다. 나는 창살 달린 창문에 머리를 기대고 잠든 척하며 내 농담이 너무 웃겨서 웃음을 참느라 애썼다.

반시간 후, 그는 나를 좌석에서 홱 잡아당겼다. 다른 버스가 내 머리에서 겨우 몇 피트 떨어진 지점을 들이받은 것이다. 대형 사고는 아니었지만 급커브를 잘못 돌아서 발생한, 느린 속도의 난폭운전으로 일어난 사고였다. 다친 사람은 아무도 없었다. 그래도 그는 위험에서 나를 구해준 셈이었다. 나는 충격을 받은 상태에서 최소한의 보답으로 그와 결혼해야 할 것 같은 기분이 들었다. (나는 친절에 익숙하지 않아서 지나치게 고마워하는 경향이 있었다.) 다행히 버스가 곧 내가 내릴 정류장에 도착했다. 나는 그에게 고맙다고 인사하고 버스에서 내렸다. 그는 눈물을 줄줄 흘리며 손을 흔들었다. 확실히 약에 취해 있었다.

그 일로 여전히 두근거리는 심장을 안고 나는 헬스센터의 마당을 걸어—그곳에 치료를 받으러 와서 걷거나(느린 난폭운전처럼) 요가를 하고 있는 심각한 비만 상태의 사람들을 지나—로이 여사가 예약한 오두막으로 향했다. 문은 열려 있었다. 나는 미처 가방을 내려놓기도 전에 나 자신이 총살형 집행대에 서 있음을 깨달았다. 무슨 죄를 지었는지도 모른 채. 그녀의 욕설이 총알처럼 내게 박혔다. 그 은유적 처형은 이런 말로 끝을 맺었다. "넌 내 목에 매달린 맷돌이야. 네가 태어난 날 바로 고아원에 버렸어야 했어." 이미 숱하게 들어온 말이었다. 나는 그 말을 들을 때마다 졸음이 쏟아졌다. 숨이 막혔다. 긴 잠을 자고 싶었다. 나는 배의 화물칸에 높이 쌓인 맷돌들을 바라보며, 항해를 시작할 때 맷돌이 얼마나 많이 필요한지 어떻게 알 수 있을까 궁금해하는 꿈을 꾸곤 했다. 항해 도중 몇 명이 죽을지, 수장할 때 시신이 바다 위로 떠오르지 않게 목에 매달 맷돌이 얼마나 필요할지 어떻게 미리 알까?

나는 그녀가 열흘 내내 라임주스 외의 음식은 일절 금지된 혹독하고 비정한 식이요법을 하고 있었다는 걸 나중에야 알게 되었다. 미식가였던 그녀는 허기로 제정신이 아니었다. 그런데 갑자기 십대 딸이 나타났던 것이다. 비쩍 마른 분재가. 섹스와 담배 냄새를 풍기며, 골수에서 〈루비 튜즈데이〉가 울리는 채로. 그녀는 아마도 그 순간 문간에 서 있는 건 자신의 용감한 장기-아이가 아닌 가짜임을 알아차렸을 것이다.

＊　　＊　　＊

　　로이 여사는 마피아처럼 굴면서도 내가 아는 한 절대 넘지
않는 선이 하나 있었는데 그건 성적 순결이었다. 아름다운 여
성이었던 그녀는 그 부분을 억누르고 살았다. 어쩌면 바로 그
런 이유로 그렇게 불안하고 신경질적인 사람이 되었는지도 모
른다. 분명한 건, 그녀가 주위에서 감지되는 애정이나 성적 끌
림의 냄새와 소문에 적대적이었다는 것이다(그게 누구든, 심
지어 수탉이나 개나 새 같은 동물들까지 그 대상에 포함되었
다). 나의 경우엔 냄새조차 필요 없었다. 내가 자라면서 나라
는 존재 자체만으로도 그녀의 분노를 사기에 충분한 듯했다.
　　나는 그녀의 단식 이야기를 듣고 그녀 편이 되었다. 나였어
도 나를 총살했을 것이다. 며칠 후 그녀가 진정되자 우리는 함
께 기차를 타고 코타얌으로 향했다. 내 몸은 슬픔, 그녀에 대한
사랑, 그리고 무엇보다도 나의 억눌린―치명적인 천식 발작을
일으킬까봐 두려워 절대 표현할 수 없었던―분노를 수용하느
라 안간힘을 다하고 있었다. 나는 집에서의 시간이 얼마 남지
않았음을 알고 있었다. 어린 시절은 끝났다. 더이상 굴욕을 감
내할 수 없었다. 특히 학교 겸 기숙사 겸 집의 선생님들과 학생
들 앞에서는. 그리고 그녀가 나를 때리고 나에게 화낼 때 그건
대개 그녀가 그런 식으로 때리거나 화를 낼 수 없는 다른 누군
가에게 화가 나서 나에게 분풀이를 하는 것임을 더이상 이해해
주고 싶지도 않았다. 나는 그 진실을 알았다. 그녀도 내가 알고

있다는 걸 알았다. 하지만 더이상 그 암묵적 합의를 받아들일
수 없었다.

* * *

나는 방학 과제로 케랄라 마르크스주의 정부가 추진한, 수만
명의 땅 없는 사람들에게 집을 지을 작은 대지를 무상으로 나
눠준 주택 정책에 대해 연구했다. G. 아이작은 나를 어느 주택
단지에 데려다주었다. 그는 공장에서 일하던 수시라는 젊은 여
자와 결혼해 코즈모폴리턴 가족을 경악시켰다. 그녀는 그보다
적어도 열다섯 살은 어렸다. 로이 여사를 포함한 가족 전체가
그녀를 구박했다. 거꾸로 뒤집힌 계급투쟁이었다. 가족들 모두
가 서로 싸우고 있었지만, 자신들보다 낮은 계급 출신에게 못
되게 구는 데는 단합이 잘되었다. 이제 〈마이 페어 레이디〉의
히긴스 교수 역을 맡은 G. 아이작은 젊고 매력적인 아내를 로
터리클럽 모임이나 교회에 (마르크스주의자이면서도) 자랑스
럽게 데리고 다녔다. 그는 그녀를 공장의 새 지점 책임자로 앉
혔는데, 그곳에서는 파인애플을 썰어서 설탕 시럽에 절여 통조
림으로 만들었다. 그런 다음 대부분 여성으로 구성된 공장 노
동자들에게 노조를 만들어 자신(경영진)에게 맞서 파업을 일
으키도록 부추겼다. 그는 노동자들이 며칠 동안 농성을 벌일
때 그늘에 앉을 수 있도록 대형 천막을 세워주었다. 그는 그들
에게 공장 경영을 넘겨줄 테니 대신 설립자인 자신에게 월급을

달라고 제안했다. 하지만 그들은 그의 제안을 거절하고 다시 일터로 돌아갔다.

우리가 찾아간 주택단지의 거주자들은 대개 일용직 노동과 밀주 판매로 생계를 유지하고 있었다. 나는 그곳의 집들을 스케치하고, 대략적인 단지 배치도를 그리고, 그 모든 걸 도표로 자세히 정리해 진지한 청소년의 보고서를 작성했다. 그 과정에서 나는 그들이 얼마 안 되는 자원만으로도 스스로 집을 지을 수 있는 완벽한 능력을 갖추고 있음을 깨달았다. 그들에게 필요한 건 건축가가 아니라 약간의 땅과 희망, 수입, 그리고 안정감이었다. 마르크스주의자들은 그들에게 올바른 정책을 펼쳤던 것이다.

나는 이 방학 과제와는 별도로, 비상시를 대비해 무슨 기술이든 익혀야겠다는 생각으로 타이핑을 배웠다. 저녁이면 『날랜 갈색 여우가 게으른 고슴도치를 뛰어넘다*The Quick Brown Fox Jumps over the Lazy Hedgehog*』라는 교본으로 독학을 했다. 타자기 자판 두드리는 소리가 로큰롤의 백비트와 박자를 맞추며 케랄라에서의 삶이 나를 위해 예비해놓은 모든 것으로부터 탈출하고 싶은 갈망을 고조시켰다. '좋은 혼처(즉 중매결혼)'는 아직 보이지도 않았지만 그 생각, 그 가능성 자체만으로도 식은땀이 흘렀다.

나의 가장 큰 두려움은 로이 여사와 함께 코타얌에 갇혀 있

* 한 문장에 알파벳의 모든 글자가 들어 있어서 타자 연습에 활용된다.

는 것이었다. 현실은 덫이었다. 하지만 작은 마을 사람들이 영화를 보러 가서 현실에서 벗어나 달콤한 꿈에 젖는 우화 같은 이야기는 내게 통하지 않았다. 영화는 현실보다 더 끔찍했다.

*　　*　　*

그 시절 내 영화 친구는 쿠루삼말이었다. 그녀는 학교에 상주했고, 1년에 한 번 가족을 만나러 우티에 다녀왔다. 우리는 보통 '스타극장'에 갔는데, 초창기의 스타극장은 천막 지붕과 진흙 바닥에 접이식 나무의자를 두어 야외 유원지 같은 인상을 줬다. 아이들은 가끔 통로에 오줌을 쌌다. 아주 어린 아이들만. 남자들은 극장 옆 악취 풍기는 가파른 골목에서 소변을 봤다. 얼마 안 되는 여자 관객에겐 화장실도, 오줌을 눌 가파른 골목도 없었다. 그래서 집에 도착할 때까지 참아야 했다. 스타극장은 천막 지붕에 수천 개의 종이 로켓이 꽂혀 있어서 표면이 고르지 않았는데 그 덕분에 의도치 않게 음향 효과가 뛰어났다. (나중에 건축학교에서 배운 바에 따르면 그걸 기술용어로 '음향 분산'이라고 불렀다.) 그 로켓들은 영화 상영중에 10파이사에 파는 땅콩 봉지로 만든 것이었는데, 깔때기 모양으로 만 신문지에 땅콩이 스무 알쯤 들어 있었다. 나는 멋진 종이 로켓을 만들어 위로 날려서 천막 천장에 낀 기름막에 콕 박히게 만드는 재주를 끝내 익히지 못했다. 극장주가 극장 부지 안에서 자동차 배터리 제조와 수리도 겸해서 천막 지붕에 기름때가 잔뜩

껴 있었다.

코타얌이 현대화되면서 스타극장은 새로 생긴 아난드와 아누파마 두 극장에 밀려났다.

쿠루삼말은 눈물샘을 자극하는 영화만 좋아했다. 그래서 우리는 그런 영화들만 보러 갔다. 그녀가 영화에 대해 말할 수 있는 최고의 찬사는 "롬보 상가담(정말 슬퍼)"이었다. 그녀가 가장 사랑한 배우는 타밀 지역 영화계의 국민 커플 MGR와 자얄랄리타였는데, 둘 다 결국 타밀나두의 기묘하지만 사랑받는 총리가 되었다. 먼저 MGR가 총리직에 올랐고, 그가 죽은 뒤에는 그의 (루머에 따르면) 연인이자 정치적 후계자이자 추종자였던 자얄랄리타가 총리직을 이었다. 우리 케랄라에서는 배우나 여배우가 주정부의 총리가 되는 건 상상조차 할 수 없는 일이었다. 우리는 영화와 그런 관계를 맺지 않았다. 장르 면에서도 말라얄람과 타밀 영화는 극과 극이었다. 좌파의 영향을 깊이 받은 말라얄람 영화는 굶주림, 기근, 실업, 지주제, 정치적 분노를 주로 다루었다. 반면 쿠루삼말과 내가 본 타밀 영화(케랄라에서도 상영된)는 왕과 노예, 그리고 구름 위에서 거대한 악기를 연주하며 신나게 노는 힌두 신들과 여신들의 이야기였다. 어떤 장르도 내게 위로나 도피처가 되어주지는 못했다. 그 영화들 속에서 여자는(인간이든 신이든) 비단뱀의 똬리 같은 전통과 관습에 완전히 복종해야만 가치를 지닐 수 있었다. 그 논리에 따르면 나는 결국 뼈가 으스러지고 곤죽이 되어 통째로 삼켜질 것이고, 남편이 바닥에 던진 편지를 주워야 할 터였다.

영화에서 규범을 어긴 여자는 끔찍한 벌과 평생의 수치를 감당해야 했다. 많은 말라얄람 영화에서 여주인공이 강간을 당했다. 그 장면은 대개 천장 선풍기의 차가운 강철 눈동자에 수줍게 반사되거나, 줄기에서 떨어지는 꽃 혹은 꽃받침에서 떨어지는 꽃잎의 이미지로 표현되었으며, 거친 숨소리가 섞인 모호한 신음소리가 배경음으로 깔려 여자가 즐기고 있을지도 모른다는 인상을 주었다.

그런 영화들을 보며 자란 어린 시절의 나는 세상의 모든 여자가 강간을 당하게 되어 있으며 단지 시간과 장소의 문제일 뿐이라고 믿게 되었다. 그래서 처음 델리의 니잠우딘역에 도착했을 때 가방에 칼을 지니고 있었던 것이다.

이렇듯 우리는 공포로 여자를 길들이는 이야기에 둘러싸여 살았기에, 코타얌의 여성들, 특히 로이 여사의 학교 여학생들에게 그녀는 탈출의 희망이었다. 용기와 저항의 불꽃이었다. 그녀는 그들의 앞길을 밝혀주었고 길잡이 역할을 했다. 하지만 내게는 그렇지 않았다. 내 탈출 루트는 언제나 내가 벗어나려 했던 곳으로 되돌아갔다.

로이 여사는 내게 생각하는 법을 가르쳤지만, 내 생각에 분노했다. 내게 자유를 가르쳤지만, 내 자유에 격분했다. 내게 글쓰기를 가르쳤지만, 나라는 작가에게 분개했다.

＊　　＊　　＊

　나는 2학년이 되어 델리로 돌아왔다. 몇 달 뒤면 열여덟 살이었다. 방학 과제로 작성한 주택단지에 대한 보고서를 제출하자 교수들은 눈썹을 치켜올리며 냉소를 보냈다. "학생, 이건 네가 여기서 배워야 할 것과 아무 상관이 없어. 우리가 여기서 공부하는 건 설계지, 사회복지가 아니란다." 나는 주택단지 주민들의 소득과 직업을 적은 표를 만들었는데, 한 사람의 '직업' 칸에 '매춘'이라고 썼다는 이유로 혼이 났다. 교수들은 그런 단어를 쓴 것이 부적절하고 잘못된 행위라고 했다. 나는 매춘도 다른 일처럼 하나의 직업이라고, 매춘부에게도 건축가처럼 고객이 있다고 말했다. 교수들에겐 씨알도 안 먹히는 소리였다.

　그뒤로 교수들과의 싸움이 격렬해졌다. 나는 엄마의 용감한 장기-아이에서 아빠(대디)의 장기-아이가 되었다. 설계 수업에서 논쟁이 벌어질 때마다 나는 베이커의 깃발을 들고 나섰다. 건축 자재, 기술, 비용, 미학, 그리고 무엇보다 정치에 대해 논쟁했다.

　그 무렵 나는 완전히 도시 사람이 되어 주변에서 일어나는 일을 민감하게 의식하고 있었다. 그 모든 과정에서 JC가 내 편이 되어주었다. 그는 졸업을 앞두고 비상사태 때 철거된 투르크만 게이트 지역 주민들의 재정착에 관한 논문을 쓰고 있었다. 그 주민들은 델리 외곽으로 내쫓겨 양철 판잣집에서 일거리도, 생계수단도 없이 살아가고 있었다. JC와 나는 서로에게 감싸여 살았고 그렇지 않았던 삶은 상상조차 할 수 없었다. 우리는 열심히 공부하고, 도시를 함께 걸었으며, 여러 대사관에서 무료로 상영하는 영화를 보러 다녔다. 쿠바문화센터에서 〈저개발의 기억〉을, 일반 극장에서 구로사와 아키라의 〈데르수 우잘라〉를 봤다. 심야영화를 보러 가서 가장 싼 맨 앞줄 좌석에 앉아 〈피터 프라우드의 환생〉에 출연한 배우들의 콧구멍을 올려다보기도 했다.

그건 쿠루삼말과 스타극장에서 영화를 보던 것과는 전혀 다른 경험이었다. 나는 코타얌 영화관의 남자 관객들을 향한 인사로, 우리가 제일 자주 가던 델리의 아르차나극장에서 영화를 보고 버스정류장으로 가는 길에 꼭 부잣집 잔디밭에 오줌을 쌌다.

수업에서는 골라크와 한 팀이었다. 우리는 미술 수업에서 최고의 순간들을 맛보았는데, 미대 교수의 진부한 모방과 가식을 유쾌하게 흉내내고 복제한 과제물을—들키지 않고 매우 성공적으로—완성했다. 돌이켜보면, 그 정도의 위조는 지금처럼 산업적인 규모로 이루어지는 사기에 비하면 귀엽게 느껴질 정도였다. 골라크는 그때나 지금이나 뛰어난 화가였고, 나는 그에게 편승했다. 나는 행복했고, 어쩌면 난생처음으로 숨이 깊게 쉬어졌다. 나는 도시를, 그 매연과 혼란을, 그리고 무엇보다 익명성을 사랑했다. 지금의 델리는 경비원과 감시 카메라로 가득한 악몽 같은 도시가 되어버렸다. 이제는 누군가의 잔디밭에 오줌을 누는 건 결코 있을 수 없는 일이다. 나는 이제 (상대적으로) 부유한 편에 속하지만 다행히 잔디밭도, 경비원도 없다. 나를 지켜주는 건 거리의 개들뿐이다. 나는 그 개들을 사랑하고, 그들도 나를 사랑한다. 2천만 명이 넘는 사람들이 이 도시에 살며 공기를 오염시키고 지하수를 고갈시키지만, 나는 매일 이 도시에 감사한다. 이 도시가 나를 구했으니까. 내가 떠올리기조차 싫은 삶의 가능성에서 해방시켜주었으니까. 그걸 절대 잊을 수 없다. 2학년이 끝날 무렵, JC와 나는 연인이 되었다. 나는 그 남자를 얻었다. 그의 몸을 얻었고, 그의 흉한 셔츠까지 얻었다.

나는 로이 여사에게 편지를 써서, JC가 나를 바보라고 생각하기는커녕 내 남자친구가 되었다고 전했다. 끔찍한 실수였다. 어떻게 그런 어리석은 실수를 저지를 수 있었는지 도무지 믿을 수가 없다.

"소리지르는 게 꼭 〈엑소시스트〉에
나오는 사람 같지 않아?"

2학년을 마치고 맞이한 1978년 여름방학은 내가 케랄라에서 보낸 마지막 방학이 되었다. 기차가 코타얌역에 들어섰을 때, 나는 학교의 관리직 명단에 비교적 최근에 추가된 암말이 마중 나와 있는 걸 보았다. 그 순간 내 머릿속에서는 즉시 해독 작업이 시작됐다. 로이 여사가 화가 난 걸까, 바쁜 걸까, 아니면 코타얌에 없나? 컬트 집단 안에서 살면 그렇게 되기 마련이다. 구성원들은 늘 어머니 구루의 심기를 살피고 어떻게 처신해야 할지 판단하기 위해 징후를 읽고, 분위기를 파악하고, 속삭이며 추측한다.

암말은 최근에 우리 컬트에 들어온 싸움꾼 자매 중 언니였다. 두 사람 다 미혼이었고 나이는 삼십대였다. 그리고—코타얌에서는 보기 드물게—완전히 문맹이었다. 동생 마리암마는 탁월한 요리사였다. 그녀는 매일 100명 가까이 되는 사람들의 식사를 책임지는 학교 주방에서 일했다. 암말은 본부 소속으로, 하루 24시간 로이 여사의 수발을 들며 경배했다. 암말은 전도사 같은 열정으로 자신의 임무를 수행했다. 로이 여사가 성질을 부릴 때마다 그녀보다 더 심하게 자신을 책망하며 가슴을 치고, 뺨을 때리고, 탁자 밑이나 침대 밑에 숨어서 커피가 충분히 뜨겁지 않았거나 라임주스가 충분히 차갑지 않았거나 생선이 충분히 신선하지 않았던 것에 대해 신에게 용서를 빌었다. 암말은 얼굴에 음식물을 뒤집어쓴 채, 혹은 박살난 유리 조각이 가득 든 쟁반을 들고 집무실 겸 침실에서 나오곤 했다. 날아오는 찻잔을 피하고 바닥에 쏟아진 뜨거운 차를 닦으며 그 모든 것이 코참마(작은 어머니)의 애정 표현이라고 주장했다. 그녀는 로이 여사가 다른 사람에게 화를 내면 질투심과 분노에 휩싸였다. 그 모든 걸 독차지하고 싶어했다.

내가 쓴 가장 초기의(다행히 출판되지 않은) 단편 중 하나가 바로 이런 관계에 대한 이야기였다. 제목은 「아예메넴의 크리스마스」. 이야기 속 미스 E. 존 이픈은 로이 여사와 닮은(거기에 미스 쿠리엔의 모습이 약간 섞인) 여주인이었고, 암말은 그녀에게 헌신적인 하녀였다. 매년 크리스마스가 되면 미스 E. 존 이픈은 마을 아이들을 모아 정원에서 성탄극 공연을 했다. 성모마리아 역은 피부색이 가장 흰 아이에게 주어졌다. 그것이 그 배역의 유일한 기준이었다. 나머지 아이들은 철사로 만든 틀에 트레이싱 종이를 씌워 만든 날개를 어깨에 배낭처럼 메고 천사 역할을 하거나, 머리에 체크무늬 냅킨을 두른 목자, 가운을 입고 터번을 쓴 세 동방박사, 그리고 구유를 채운 온갖 동물들이 되었다. 암말의 유일한 꿈은 마리아 역을 맡는 것이었다. 물론 그건 불가능했다. 그녀의 피부는 희지 않았으니까. 그러다 미스 E. 존 이픈이 병석에 눕자 암말은 헌신적으로 그녀를 돌보며 미지근한 양파즙, 마늘과 강황 시럽 등 온갖 역겨운 약물을 구해다 먹였다. 하지만 아무것도 효과가 없었다. 결국 미스 E. 존 이픈은 죽었다. 암말의 여동생이 언니를 찾아왔을 때, 집은 엉망이 되어 있었다. 의상 상자가 열린 채 바닥에 놓여 있고, 암말은 마리아라는 이름표가 귀퉁이에 아직 스테이플로 박혀 있는 성모의 파란색 베일을 뒤집어쓴 채 낮은 의자에 앉아 있었다. 그녀의 품에는 통통한 미스 E. 존 이픈의 시신이 안겨 있었다. 불경한 피에타였다.

그걸 마술적 리얼리즘이라고 말할 사람도 있겠지만, 아니다. 그건 내가 아는 사실상 유일한 리얼리즘이었다. 그 당시에는 전혀 마술처럼 느껴지지 않았다. 지금은, 가끔 그렇게 느껴지기도 한다.

역 승강장에서 나를 발견하자마자 암말이 즉시 달려왔다. 그녀의 흐릿한 눈에서 굵은 눈물이 볼을 타고 흘러내렸다. 그 모습이 오히려 나를 미소 짓게 했다. 그녀는 마치 여호와의 증인처럼 두 팔을 하늘로 치켜들며 방언이라도 터뜨릴 기세였다. 그녀는 성경 말씀을 전하듯 과장되고 극적인 말라얄람어로 말했다. 그녀의 몸이 후들거렸고, 무거운 금 귀걸이 때문에 늘어진 귓불도 흔들렸다. 그녀의 목소리도 떨렸다.

"그리스도가 내 증인이신데. 그건 다 널 사랑해서 그런 거야……"

그녀는 자신의 가슴을 치기 시작했다. 정말 세게. 나는 가방을 내려놓고 그녀의 두 손을 잡아 제지해야 했다.

"됐어요. 이제 그만. 그냥 말해주세요. 무슨 일이죠? 우리가 받은 명령은 뭐예요? 내가 여기 드러누워 바로 죽으면 되나요?"

그녀는 지나가는 첩자가 내 불경한 말투를 들었을까봐 걱정하며 주위를 둘러보았다. 그러더니 비밀스러운 눈빛으로 바뀌었다. 그녀가 목소리를 낮춰 속삭임으로 지시 사항을 전달했다.

"코참마가 널 보고 싶어하시지 않아. 넌 보건실에서 묵어야 해. 식사도 거기서 할 거야. 그분 앞에 나타나면 안 돼. 네 얼굴도 보기 싫대." 그러고는 다시 눈물이 터졌다. "그건 다 널 사랑해서 그런 거야."

내 머릿속에서 비틀스가 소리쳤다. 예! 예! 예!

나는 암말의 어깨에 팔을 두르고 걸었다. 제복을 갖춰 입은 '서전트 페퍼스 론리 하츠 클럽 밴드'*가 우리와 함께 기차에서 내려 코타얌역 승강장을 지나 언덕 위의 학교 겸 기숙사 겸 집까지 따라왔다.

---

* 비틀스의 8집 앨범 제목.

＊　＊　＊

　내가 델리에서 집으로 돌아올 때마다 새 학교의 건물이 늘어나 있었다. 기숙사, 교실, 도서관. 로이 여사의 학교는 인기 폭발이었다. 학생, 교사, 관리직을 포함한 컬트 구성원이 300명에 육박했다. 부모들은 아이가 태어나기도 전에 입학 예약을 걸어두었다. 로이 여사는 코타얌에서 가장 영향력 있고 찾는 이가 많은 인물 중 하나가 되었다. 하지만 그녀 자신은 아직 집도 없이 조그만 집무실에서 살고 있었다. 그녀가 만들고 세운 모든 것들이 혼자 힘으로 이룬 성과였다. 빈손으로 시작한 일이었고, 가족의 도움도 거의 받지 못했다(오히려 방해가 더 많았다).

　그녀는 자신이 어린아이로서, 젊은 여성으로서 겪어야 했던 트라우마에 대해 공개적으로 이야기하기 시작했다. 제국 곤충학자였던 아버지가 그녀와 어머니에게 폭력을 휘두른 사실을 밝혔다. 그녀의 아버지는 딸의 머리채를 잡고 말채찍으로 때렸고, 아내가 피를 흘릴 때까지 구타했으며, 추운 겨울에 가족 모두를 델리의 거리로 내쫓기도 했다. 아내의 음악적 성취에 격분해서 그녀의 바이올린을 박살낸 일도 있었다. 로이 여사는 아버지에게서 벗어나기 위해 자신에게 처음 청혼한 남자와 결혼했다고 공개적으로 말했다. 그리고 남편의 알코올중독, 자식들이 어렸음에도 그를 떠나기로 결심했던 일, 우티로 가서 죽은 아버지 소유의 별장에서 견뎌야 했던 암담한 삶에 대해서도 이야기했다. 그녀는 결혼 후의 성을 여전히 사용하는 것에 대해서는, 남편의 성과 아버지의 성 중 하나를 택해야 하는 문제에서 여성에게는 선택권이 거의 없기 때문이라고 말했다. 또한 자신의 어머니와 G. 아이작이 우티로 찾아와, 너는 딸이라 아버지의 재산을 상속받을 권리가 없으니 당장 별장에서 나가라고 명령했다는 이야기도 들려주었다.

그녀는 그때 처음으로 트라반코르 기독교 상속법의 존재를 알게 되었다고 말했다. 그 법에 따르면 딸들에게는 아버지 재산의 4분의 1과 5천 루피(푼돈에 불과한) 중 더 적은 금액만 상속받을 권리를 주었다.

그녀는 그런 이야기들을 하면서 영리하게 여론을 조성해 훗날 델리의 대법원에 트라반코르 기독교 상속법에 대한 위헌심판 청구의 토대를 다졌다. 그것은 순전히 이타적이고 공익적인 행위만은 아니었다. 그럴 만도 했다. 그녀는 코타얌에 있는 조상의 유산, 즉 말라바르 코스트 식품 본사에 대한 동등한 상속권을 요구하게 된다. 그곳에는 내 외할머니와 G. 아이작, 그의 아내 수시, 그리고 두 아이가 공장 겸 사무실로 쓰이는 본관 옆에 임시로 지은 작은 집에서 살고 있었다. 그들도 아예메넴에 있는 미스 쿠리엔의 집에서 나온 것이다. 그들은 앞으로 불어닥칠 폭풍을 짐작조차 못하고 있었다.

로이 여사가 위헌심판을 청구하기까지는 시간이 좀 걸릴 터였다.

그녀는 변덕스럽기 그지없었음에도 인내심 강한 사냥꾼의

능력을 가지고 있었다.

*　　*　　*

학교가 성장하면서 평판을 굳혀가자 로이 여사는 급진적인 친절 캠페인에 착수했다. 그녀의 친절이 급진적이었던 건 거칠고 실질적이면서 아무런 대가도 바라지 않았기 때문이다. 그것은 다른 방식의 정치였다. 가장 좋은 방식의 정치. 그녀는 고통받는 여성들에 대한 이야기를 듣거나 신문에서 끔찍한 사건을 접하면 직접 병원이나 법정으로 찾아가 그 여성에게 보호의 손길을 내밀었다. 그녀는 그들을 동정하거나 위로하지 않고 그저 하나의 선택지를 제시했다. 그들이 그 의미를 바로 알아차리지 못하면, 그녀는 돌아섰다. 그들이 그것을 악용하거나, 징징대거나, 동정을 구하면, 그녀는 그들을 내쫓았다. 그녀에게는 공상적 박애주의자나 사회복지사의 면모가 전혀 없었다. 그녀의 행동은 강철 같은 분노에서 나왔다. 그녀는 고아들에게는 장학금을, 남편이나 다른 남성에게 버림받거나 학대당한 여성들에게는 일자리를 주었다. 또 부모나 조부모의 죽음으로 충격에 빠진 아이들을 위로하고 그들에게 고통이 닥쳐오기 전에 미리 그 고통을 막아주었다. 교정에는 눈이 반짝이는 작은 아이들이 바삐 돌아다녔다. 그곳은 정말로 행복한 곳이었다. 나는 그녀의 딸이 아니라 그 학교 학생이었더라면 좋았을 거라는 생각을 자주 했다.

내가 로이 여사의 두 자식 중 하나가 아니라 삼남매 중 둘째라는 걸 받아들이는 데는 오랜 시간이 걸렸다. 내 위로는 오빠가 있었고, 밑으로는 학교가 있었다. 엄마가 가장 사랑한 자식이 누구인지는 의심할 여지가 없었다. 그녀는 자신이 가진 모든 것을 바쳐 막내를 사랑하고, 보호하고, 막내를 위해 싸웠다. 그처럼 집중적이고 맹렬한 사랑은, 그 대상이 무엇이든, 축복받은 사랑이다. 선택받지 못하고 사랑이 자신을 비껴가는 걸 지켜봐야 하는 우리가 할 일은 그것으로부터 배우고 경이로움을 느끼되, 쓰라림 속에서 자신을 사랑하는 능력을 잃지 않는 것이다.

*　　*　　*

　　그 마지막 여름, 집이 더이상 집이 아니게 된 그때 오빠도 거기 있었다. 그는 마드라스에 있는 대학을 막 졸업하고 앞으로 무엇을 해야 할지 정하지 못한 상태였다. 우리는 서로 진지한 이야기를 나눈 적이 없었다. 특히 감정에 관해서는. 그럴 필요도 없었다. 서로를 완벽하게 이해했으니까. 우리는 아무 말 없이 몇 시간이고 함께 앉아 있을 수 있었다. 보건실에서 유배생활을 한 지 일주일쯤 되었을 때 나는 쪽지 한 장을 받았다. 언덕 위아래로 사람들에게 쪽지가 전달되곤 했는데, 쪽지는 나쁜 소식을 전하는 경우가 많아 두려움의 대상이었다. 내 쪽지에는 이렇게 적혀 있었다. 베이커가 내일 점심 먹으러 온다. 교직원 식당에 손님상을 차리고 너도 반드시 참석할 것. 물론 암묵적인 지시도 있었다. 지적인 대화를 나누고 바보 천치처럼 굴지 말 것.

재니스 조플린이었다면 그녀의 어머니가 상을 차리라고 했을 때 어떻게 했을까? 아마 식탁 위에 드러누워 도발적으로 몸을 흔들었겠지. 봐요, 엄마, 손 하나 안 쓰고 했어요!

나는 상을 어떻게 차려야 하는지 전혀 몰랐다. 어머니는 코즈모폴리턴의 예절과 사교술을 나에게 가르치는 걸 잊었던 것이다. '차려진' 식탁에서 식사한 적은 몇 번 있었다. 미스 쿠리엔이 손님을 초대했을 때 그 집에서였다. 하지만 오래전 일이었고, 상차림을 눈여겨보지도 않았다. 나는 주로 강둑에서 자랐고, 상을 차린다는 개념조차 없는 학교 기숙사 식당의 철제 식판 문화 속에서 생활했다. 나는 기숙사 주방 직원들의 도움을 받아 유리 접시와 작은 접시를 꺼내놓았다. 또 로이 여사가 커피를 좋아한다는 걸 알고 있었기에 커피잔도 몇 개 올려두었다. 그게 전부였다. 내가 심각한 곤경에 처했다는 걸 모두가 느꼈다. 공기가 떨리고 있었다.

베이커는 언제나처럼 다정하고 쾌활한 태도로 나타났지만, 자신이 어떤 상황 속으로 걸어들어오고 있는지 전혀 모르고 있었다. 나는 그 식사 자리에서 무슨 말이 오갔는지 하나도 기억나지 않는다. 식기 부딪치는 소리를 제외하면 음향이 완전히 꺼진 장면으로 기억에 남아 있다. 졸업하기 전 그와 마지막으로 만난 자리였지만 나는 로이 여사의 공격을 앞두고 귀가 웅웅거리고 위장 근육이 바짝 긴장한 상태라 그에게서 아무것도 얻지 못했다. 베이커가 떠나자마자 공격이 시작되었다.

먼저 커피잔—알고 보니 찻잔이었다—이 박살났다.

"그 나이를 먹고도 찻잔이랑 커피잔 구분도 못하니?"

모욕의 말들이 파도처럼 나를 덮쳐왔다. 평소에 듣던 욕설에 더해 '창녀'와 '매춘부'라는 주제가 덧붙었다. 공격은 끝없이 이어졌고, 모두가 지켜보고 있었다. 바로 그게 문제였다. 모두가 보고 있었다. 우리에겐 집도, 사생활도 없었다. 그녀는 진정했다가 다시 분을 이기지 못해 소리를 질렀고, 그 과정이 파도치듯 반복되었다. 결국 그녀는 식당을 나와 언덕 비탈의 돌계단을 따라 자기 방 겸 집무실로 내려가면서 학교 전체가 다 들도록 고래고래 소리를 질러댔다. 심지어 어항 속 물고기들까지 놀란 눈치였다. 학교의 모든 것이 멈춘 듯했다—교사들은 손에 분필을 든 채, 학생들은 책상에 책을 펼쳐놓은 채, 육상선수들은 달리던 도중에, 장난감들은 삑삑거리다가 그대로 얼어붙은 것 같았다. 그 옛날, 우리가 사는 세상에서 한 여자가 그런 힘을 휘두를 수 있다는 건 대단한 일이었다. 나는 당시에도, 그 폭풍 한가운데에서도 그걸 알고 있었다. 그녀가 조용해지자 사람들은 하던 일로 돌아갔다. 나는 진이 다 빠져서 계단에 앉아 있었지만 이상하게도 안도감이 들었다. 그때 오빠가 홀연히 나타나 내 옆에 앉았다. 침묵이 제3의 인물처럼, 사랑받는 친구처럼 우리 사이에 앉았다.

갑자기, 나를 쳐다보지도 않고 오빠가 말했다. "소리지르는 게 꼭 〈엑소시스트〉에 나오는 사람 같지 않아?"

나도 모르게 웃음이 터졌다. 우리가 집에서 겪고 있는 일을 스스로나 서로에게 처음으로 인정한 순간이었다.

"언제 다시 볼지 모르겠다. 난 다시는 집에 안 올 거야."

"그럼 어떻게 할 건데? 어떻게 살 거야?"

"모르겠어. 일해야지. 뭐든. 방법을 찾을 거야. 아무튼 절대 안 돌아와."

남은 여름방학 내내, 나는 불행한 가정의 수많은 아이들처럼 비틀스의 〈쉬즈 리빙 홈〉을 반복해서 들었다. 나는 10년이나 늦었고, 두 대륙이나 떨어져 있었으며, 완전히 혼자였다. 가난한 사람들에게조차 가족과 공동체가 있었다. 하지만 내겐 아무도 없었다. 다정한 친척도, 들어갈 공동체도, 헤이트-애시버리 거리*도 없었다. 나처럼 도망쳐 나온 젊은 여자를 한 명도 알지 못했다. 게다가 로이 여사는 그 비틀스 노래에 나오는 아무것도 모르는 부모와는 전혀 달랐다.

그래도 나는 최소한 디도보다는 나았다. 디도는 그 끔찍한 컬트 집단에서 유일하게 남자친구의 존재를 솔직하게 밝힌 마지막 구성원이었다. 디도는 우리가 아직 로터리클럽 옆 기숙사 겸 집에 살 때 강아지로 우리에게 왔다. 그리고 다 자랐을 때 뒷발로 서서 내 어깨에 앞발을 얹으면 키가 나만큼 컸다. 우리는 함께 춤추곤 했다. 디도는 내가 장난스럽게 깨무는 걸 허락했다. 디도의 배는 내가 얼굴을 파묻기에 세상에서 가장 안전

* 미국 샌프란시스코의 히피 중심지.

한 곳이었다. 디도는 내 침대에서 자면서 공간을 거의 다 차지했다. 기숙학교에 가게 되었을 때 나는 디도가 제일 그리웠다. 방학 때 집에 돌아와 보니 디도가 없었다. 카르타고의 여왕 디도처럼 사랑 때문에 자살한 것은 아니었다. 로이 여사가 총으로 쏴 죽였다. 알지도 못하는 떠돌이 개와 짝짓기를 했다는 이유로. 그건 일종의 명예살인이었다. 디도는 집 뒤편에 묻혔다. 그때 디도는 세 살, 나는 열세 살이었다.

나는 그 일에 반응을 보일 수도, 질문을 던질 수도 없었다. 그래 봤자 천식 발작을 일으켜 심하면 병원행을 초래할 뿐이고, 그건 내 잘못이 될 테니까. 무슨 이유에선지 디도의 빈 개집(내 작은 방만큼 컸다)은 버리지 않고 새 학교로 이사할 때 가져가 거기에 빈 채로 두었다. 나는 집에서 보낸 마지막 몇 주 동안 거기 들어가서 살고 싶었다. 물론 그렇게 하지는 않았다. 그럼 나도 총에 맞아 죽을 수도 있었으니까.

방학이 끝날 무렵, 나는 용감한 장기-아이의 흔적을 머릿속에서 모조리 지워내기 위한 정신 수련에 매달렸다. 그리고 델리로 돌아온 후 그녀에게 편지를 써서 그녀를 사랑하지만 다시는 집에 돌아가지 않겠다고, 더이상 돈도 받지 않겠다고 알렸다. 그녀의 답장은 너무도 모욕적이라 차마 끝까지 읽을 수가 없었다.

예수가 일본식 꾸러미와 결혼하다

건축학교로 돌아온 나는 기숙사를 나와야 했다. 학비는 주_州에서 지원해주었기 때문에 로이 여사의 도움 없이도 학교를 다닐 수 있었지만, 기숙사비와 식비는 더이상 감당이 안 되었다. JC는 이미 졸업해 델리개발청에서 박봉을 받으며 일하고 있었다. 나는 수업이 끝난 뒤에는 건축사무소에서 심한 노동착취에 시달리며 제도사 보조로 일했고, 학교에서 멀지 않은 대규모 전시장인 프라가티 마이단에서 열린 무역박람회에서 만능 일꾼으로 뛰기도 했다. 골라크와 나는 똑같은 담요 판초를 걸치고 수업을 빼먹으면서 며칠씩 박람회장에 진을 치고 일용직 숙련 노동자─화가, 캘리그래퍼, 모형이나 벽화 제작자─로 일했다. 여러 전시관에서 우리에게 온갖 끔찍한 예술품을 의뢰했다. 합판으로 만든 공작, 종이 반죽으로 만든 코끼리, 인조 나무. 의뢰인들은 항상 일정에 쫓겼고, 박람회 언론 공개 날짜가 임박하여 상황이 급박해지면 우리는 싸구려 공갈범들처럼 일당을 대폭 올렸다.

JC와 나는 살 곳이 절실히 필요했다. 우리는 거처를 마련할 때까지 불법거주자 생활을 했다.

우리 건축학교의 설계 스튜디오와 강의실은 기숙사에서 약 500미터 떨어진 별도의 5층짜리 건물에 있었다. 밤에는 경비원 한 명(금니를 한 나의 친구가 아니라 다른 사람)뿐이었다. JC와 나는 그 건물 5층의 한 스튜디오에 딸린 창고에서 살았다. 그곳에는 여분의 제도판과 도면대가 쌓여 있었다. 나는 다시금 도망자 신세가 된 셈이었다. 마지막 수업이 끝나면 다음 날 아침까지는 건물 전체가 우리 차지였다. 나는 같은 층에 있는 남자 화장실을 썼다. 소변기 옆 벽에는 이런 글이 휘갈겨져 있었다. **소변기에 담배꽁초를 버리지 마시오. 젖으면 불이 잘 안 붙어요.**

우리는 창고에 숨어서 사는 삶이 오래 지속될 수 없다는 걸 알고 있었다. 건축학교 구내식당 지배인이 우리 친구였는데, 학교에서 뛰어갈 수 있을 정도로 가까운 곳에 판잣집을 갖고 있었다. 그가 그 집을 싼값에 세를 주겠다고 했다. 그 집은 델리의 고대 성곽도시 중 하나였던 페로즈 샤 코틀라라고 불리는 유적지의 14세기 요새 바깥 돌담을 따라 유기적으로 형성된 작은 판자촌에 있었다. 그곳엔 공동화장실과 아이들이 똥 조준 연습을 하는 덮개 없는 하수구가 있었다. 우리집은 양철지붕을 얹은 판잣집이었고, 출입구가 너무 낮아서 JC는 몸을 반으로 접다시피 해야 드나들 수 있었다. 성벽 밖이지만 요새 부지에 속하는 곳에 장미 한 송이 없는 장미 정원이 있었고 그 안에 로즈버드라는 식당이 있었는데, 거기서 밤마다 바Bar 댄서들이 카바레 공연을 했다.

결혼하지 않은 커플이 페로즈 샤 코틀라의 판자촌으로 들어가는 건 큰 문제를 자초하는 행위였다. 특히 나에게는 더 그랬다. 그래서 JC와 나는 결혼하기로 했다. 나는 열여덟 살이었다. 우리는 티스 하자리 법원으로 혼인신고를 하러 갔고, 종교나 계급을 초월한 사랑의 도피를 감행한 떠돌이들과 함께 긴 줄을 섰다. 모두들 인도식 중매결혼이라는 거대한 프라이팬에서 튀어나온 사람들이었다. 우리는 몇 시간이나 줄을 서서 기다리다가 지루해져서 그랬는지, 아니면 비디 담배가 떨어져서 그랬는지 그냥 나와버렸다. JC였는지 나였는지는 기억나지 않지만 우리 중 하나가 아이디어를 냈다. 결혼식을 연출하고 그 사진을 찍어 우리 관계를 의심하는 사람들에게 보여주자는 것이었다.

이제 필요한 건 결혼식을 올릴 적당한 사원과 적당히 불경한 사제였다. 사제 역할을 맡을 사람은 우리가 사랑하는 장발의 로마 친구 카를로 불드리니밖에 없다는 의견 일치가 이루어졌다. 카를로 역시 건축가였다. 그는 1971년에 성인 학생으로 도시계획 대학원 과정을 밟기 위해 델리에 와서 그대로 눌러앉았다. 건축은 거의 포기하다시피 한 상태였다. 그는 반은 기자, 반은 수도승이었으며, 사진을 아주 잘 찍었다. 그는 이탈리아의 극좌파 신문『로타 콘티누아』('투쟁은 계속된다')에 글을 썼다. 1968년 유럽 학생운동 당시에는 글리 우첼리('새들'이라는 뜻)라는 무정부주의자 그룹에 속해 있었는데, 그들이 한 유명한 이탈리아 작가의 집에 찾아가 페르시아 카펫 위에 똥을 싸고 왔다는 소문이 돌았다. 아마 알베르토 모라비아였던 것 같다. 카를로는 그 이야기를 인정하지도 부정하지도 않았다. 내가 그를 만났을 무렵, 그는 공산주의자라기보다 불교도에 가까웠다. 그의 불경함은 너무나 확고해서 오히려 진지하게 느껴질 정도였다. 나는 내 성격의 기본 골격을 세우고 정리해준 사람이 그였다고 생각한다. 그때 그는 서른여섯 살이었는데 이렇게 말하곤 했다. "센티, 아룬다티나, 나는 서른여섯이야. 늙은이야. 이제 네 차례야. 멋진 일을 해야지." 이제 그는 로마에 사는데 요즘도 내가 전화를 걸면 여전히 똑같은 말을 한다. "센티, 아룬다티나, 난 이제 늙었어. 여든이야. 네가 뭔가 해야해. 사랑하는 인도가 파시스트들에게 지배당하는 걸 보면서 죽고 싶진 않거든."

카를로는 기차역 근처 니잠우딘 이스트 지역의 차고 위 작은 방에 살았다. 거기가 우리의 사원이자 결혼식장이었다. 우리는 최고만을 추구했다. 카를로가 식을 집전하는 대사제였고, 골라크와 또다른 친구 유진이 증인이었다. 우리는 뭔가 심오한 상징적 의미가 있는 듯 보이지만 사실 아무 의미도 없는 밀교 의식을 연출했다. 나는 삼베 같은 색과 질감의 브이넥 카프탄을 입었는데, 그 위엔 일본 서예 글씨 같은 문양이 있었다. JC는 하얀 쿠르타를 입었고, 매력이 넘쳤다. 아무것도 모르는 사람 눈에는 예수가 일본식 꾸러미와 결혼하는 것처럼 보였을 것이다.

카를로가 찍어준 '결혼식' 사진으로 무장한 우리는 펄펄 끓는 페로즈 샤 코틀라의 판잣집으로 들어갔다. JC와 나 단둘이 아니었다. 증인을 선 골라크도 거의 함께 살다시피 했다. 골라크는 낮에는 우리와 같이 지내고, 밤이 되면 자기 기숙사 방으로 돌아갔다. JC와 나는 어떤 학생이 오래전에 만든 졸업작품—우리가 살던 창고에서 훔쳐온(경비원에게 뇌물을 주고 밤에 몰래 빼돌렸다) 버려진 도시설계 모형 받침대—위에서 잤다. 그건 쓰레기로 뒤덮이고 말라리아가 들끓는 야무나강변 습지를 암스테르담이나 코펜하겐처럼 바꾸는 유토피아적 강변 개발 계획안이었다. 우리는 그 위에 매트리스를 깔 수 있도록 작은 모형 나무들을 뜯어내고 지형을 나타낸 코르크 시트도 벗겨내어 나무 받침대만 남겼다. 양철지붕 아래 오븐 같은 방에서 우리는 담배를 피워대고 음악을 들었으며, 몸이 녹아내리지 않도록 매트리스 위에 물을 양동이째 들이부었다. 나는 헌옷을 입고 다녔다—난민이나 사이클론 피해자를 위한 구호품으로 보내졌다가 그들조차 거부했는지 올드델리의 자마 마스지드 근처 벼룩시장에서 팔리는 어울리지 않는 서양 옷들이 주를 이루었다. 하지만 상상력을 조금만 발휘하면, 그런 옷도 나름 흥미로워 보이게 만들 수 있었다. 나의 학교 과제, JC의 직장 일, 그리고 생계를 유지하기 위해 떠안은 온갖 잡일을 처리하느라 우리는 늘 일했고, 거의 잠을 자지 않았다. (오늘날처럼 사립대 등록금이 터무니없이 비쌌다면, JC의 도움이 있었다 해도 나는 대학을 마칠 수 없었을 것이다.) 1년 반 뒤 우리는 페로즈 샤 코틀라를 떠나 크리슈나 나가르에 있는 3층 건물의 방 하나짜리 바르사티*로 이사했다. 그곳엔 작은 테라스 끝에 우리만의 화장실이 있었다.

1980년 12월, 나는 졸업논문 제출을 몇 달 앞두고 카를로에게 선물을 받았다. 비틀스의 애니메이션 영화 〈옐로 서브마린〉의 커다란 정방형 컬러 네거티브 필름 세트였다. 나는 완전히 압도당했다. 그는 그것이 인생의 릴레이 바통이라며, 이제 자신의 차례는 끝났다고 말했다. (왜냐면 이제 그는 아아주 늙은 사람이니까, 아룬다티나.) 나는 그걸 조심스레 집에 가져가 보관했다. 다음날 존 레넌이 암살당했다. 어쩐지 내 책임인 것처럼 느껴졌다. 내가 바통을 떨어뜨렸다는 생각이 들었다. 내 안의 모든 것이 폐허로 변했다. 그러나 너무 충격이 커서 고통을 겉으로 드러낼 수조차 없었다.

나는 논문을 제때 끝내기 위해 덱세드린, 즉 스피드를 복용하기 시작했다. 그 약은 잠을 쫓는 데 도움이 되었다. 나는 며칠씩 밤을 새웠다. 그 무렵 심각한 방황기를 보내던 골라크는 두 번이나 낙제하여 나보다 두 학년 아래였다. 그는 나를 도와 도면을 그려주었는데, 도면이라고 해봐야 얼마 되지 않았다.

* 인도 델리에서 흔히 볼 수 있는 주거 형태로, 건물 옥상에 지어진 옥탑방을 말한다.

내 논문은 대부분 글로 이루어져 있었다. 「델리의 식민지시대 이후 도시 개발: 델리가 지금의 도시가 되기까지의 과정과 그곳에 사는 사람들에게 도시가 끼친 영향」. 병원이나 고층 사무실 단지, 영화관 같은 단순한 건축설계 프로젝트 대신 이런 논문을 쓰겠다고 교수들을 설득하는 건 쉽지 않았다. 내 논문은 '도시'와 '비도시'에 관한 것으로, 도시의 틈바구니 속, 제도와 도시계획 사이의 틈새에 끼어 사는 '비시민'들을 다루고 있었다. 그들에게는 정식 주택 공급 계획도, 동네 시장도, 토지 이용법도 없었다. 아무것도 없었다. 심지어 그들이 똥을 싸는 하수도조차도 그들의 것이 아니었다. 나는 건축 논문 형식에 따르기 위해 설계도 크기의 큰 시트지 스물세 장에 논문을 담았다. 하지만 사실상 그것은 손으로 쓴 책의 거대한 교정쇄(건축학적 서체로 쓴 글과 도면, 그래프, 지도, 사진이 들어간) 같았다. 그 일은 엄청난 집중력을 요했다. 자칫 하나라도 실수하면 그 시트 전체를 다시 작성해야 했기 때문이다.

우리에겐 낡은 레코드플레이어가 하나 있었다. 남는 부품들을 조립해서 만든 그 레코드플레이어의 유일한 묘기는, 음반을 바꿔 걸지 않으면 바늘이 자동으로 움직여 음반을 처음부터 반복 재생하는 것이었다. 우리는 너무 바쁜데다 약에 취해서 며칠씩 음반을 바꾸지 않았다. 논문 제출 마감 직전에는 롤링 스톤스의 앨범 《김미 셸터》가 꼬박 며칠간 계속 반복 재생되었다. 덱세드린에 흠뻑 전 내 뇌에 〈러브 인 베인〉의 한 구절이 단단히 박혀 떠날 줄 몰랐다. 논문 모의 심사(실제 심사를 위한 리허설) 자리에서 누군가가 델리의 새로운 토지 이용 계획에 대해 질문했을 때 나는 무심코 그 소절을 소리 내어 불렀다.

> Whoa, the blue light was my baby
> And the red light was my mind.
> (우와, 푸른빛은 나의 여인
> 그리고 붉은빛은 내 마음.)

　다행히 교수들은 내 실수를 이해해주었다. 그들은 나를 기분 나쁘게 받아들이지 않고 집에 가서 좀 자라고 친절하게 말해주었다. 며칠 뒤 진짜 심사 때는 조금 더 품위 있게 행동할 수 있었다. 다만 심사위원 한 명이 내 설계도 마지막 장 하단에 반쯤 그려진 노란 잠수함을 보고 그게 뭐냐고 물었다. 나는 그건 바로 나라고, 항해중이라고 대답했다.

＊　＊　＊

　나는 스물한 살에 건축가 자격을 얻어 졸업했다. 하지만 나이는 단지 숫자일 뿐이었다. 실제로 나는 동갑내기들보다 훨씬 늙어 있었다. 어딘가 떠돌이 같은 이상한 사람이 되어 있었다. 나는 다른 친구들처럼 부모의 울타리 안에서 자라지 못했다. 수년 동안 가정집 안에 들어가본 적도, 누군가의 부모님을 만난 적도, 전화를 사용해본 적도, '잘 차려진' 식탁에서 가족과 함께 식사를 한 적도 없었다. 내 안에는 여전히 끊임없는 불안감과 하루하루, 순간순간을 넘기려는 본능이 남아 있었다. 어쩌면 내 마음속에 있는 오랜 친구인 차가운 털북숭이 나방 덕에 나 같은 사람에게 자연스러운 코스인 약물이나 알코올중독, 혹은 범죄의 길로 빠지지 않았던 것인지도 모른다. 하지만 불안과 두려움은 여전히 나를 옥죄고 비좁게 만들었으며, 인생의 그 시기에 마땅히 지녀야 할 장기적 안목을 갖지 못하게 했다. 나는 가시 돋친―그리고 건축학 학위를 가진―작은 인간이었다. 로이 여사와 연락을 끊고 만나지 않은 지 어언 3년이 지났다. 그녀를 자주 떠올리긴 했지만, 그때마다 그녀에게서 벗어났다는 안도감이 함께했다. 그녀가 걱정되긴 했으나, 나는 아직 그녀를 견뎌내고 살아남을 수 있는 힘을 갖지 못했음을 알고 있었다.

케이크 파는 여자

내 동기들 대부분, 적어도 상당수는 졸업 후 유럽이나 미국으로 유학을 떠났다. JC는 나를 사랑했기에, 내가 졸업할 때까지 꼬박 2년 동안 자신이 싫어하는 일을 하며 나를 부양했다. 그건 내가 평생 갚을 수 없는 빚이다. 그는 가족의 고향인 고아로 가고 싶어했다(그의 가족은 그곳에 살고 있지 않았지만). 그 시절의 고아는 지금처럼 델리나 봄베이의 상류층이 세컨드 하우스나 휴양지로 즐겨 찾는 곳이 아니었다. 마을들은 여전히 고아다운 모습을 간직하고 있었지만, 해변은 유럽과 미국에서 온 히피들에게 점령당한 상태였다. 러시아 마약 마피아가 발을 들이기 시작한 때이기도 했다. 각 해변은 거기서 가장 많이 유통되는 마약의 종류로 구분되었다. LSD, 헤로인, 다투라(독성이 있는 향정신성 꽃식물). 성탄절과 새해 전날 밤이면 대다수가 기독교 신자였던 고아 사람들은 서양식 정장과 드레스를 차려입고 파티에 갔고, 히피들은 그들이 '인도풍'이라고 생각한 옷차림—하렘 바지, 거울 장식 조끼, 공작 깃털, 구슬 장식—으로 돌아다녔다. 그들은 길거리에서 서로를 지나쳐 각자의 목적지를 향해 걸어갔다.

JC와 나는 칸돌림이라는 해변에 있는 방 한 칸짜리 오두막을 빌렸다. 집주인은 두 형제와 그들의 누이 앨리스였다. 셋 다 흐릿한 눈빛과 거미줄 같은 머리카락을 갖고 있었다. (결국 우리 모두 그렇게 되어가겠지.) 앨리스는 일흔여덟 살이었고, 두 오빠는 여든을 넘긴 나이였다. 그들은 몹시 가난했고, 우리가 내는 월세 몇백 루피가 유일한 수입원이었다. 우리 역시 델리에서 일해 모은 약간의 돈이 빠르게 증발하고 있었고 수입원은 전혀 없었다. 앨리스와 오빠들은 얼마 전 버마에서 돌아왔으며, 그곳에서 과자와 빵을 파는 가게를 운영했었다고 했다. 하지만 '얼마 전'은 1948년을 의미했다. 그들은 우리에게 오븐 대신 모래 속에 숯불을 피워 케이크를 굽는 법을 가르쳐주었다. 우리는 반반씩 투자해서 케이크 사업을 시작했다. 그렇게 번 돈은 간신히 방세와 식비를 충당할 정도였다. JC와 나는 재료를 사오고 그들이 반죽을 만들어 케이크를 굽는 걸 도왔다. 우리는 매일 저녁 해변을 따라 칼랑구트까지 2.5킬로미터를 걸어가서 작은 테이블을 펼쳐놓고 거기에 모여든 히피들과 마약 중독자들에게 조각 케이크를 팔았다.

그 히피들에 대해 알면 알수록 나는 그들을 상대하기가 점점 싫어졌다. 얼마나 많은 히피들이 그들의 몽환적이고 사랑과 평화를 부르짖는 가식적인 모습 뒤에 소심함과 쩨쩨한 계산속, 노골적인 인종차별주의를 감추고 있는지를 보았던 것이다. 그들에게는 자신들이 정상적인 삶으로 돌아가기 전에 잠시 환상을 펼치는 이 장소, 그리고 그곳에서 살아가는 사람들을 존중하는 마음이 거의 혹은 전혀 없었다. 하지만 그들을 심판하는 데 바빠서 정작 나 자신도 똑같은 짓을 하고 있는 건 아닌지 생각해볼 틈이 없었다. 그들이 소를 사랑한다고 말하거나, 평화의 파이프를 피우며 "붐 샨카르 붐볼레이" 같은 말을 중얼거리거나, 서로에게 "나마스테"라고 인사할 때면 나는 치가 떨렸다. 그들 틈에서 사는 것, 그리고 관광 천국에서 관광객들이 보이는 천박한 폭력이 너무 거슬렸다. 나는 델리로 돌아가고 싶은 마음이 간절했다. 하지만 JC는 주저했다. 고아는 그에게 고향이었으니까. 나는 그걸 이해했다.

그의 어머니가 찾아오면서 사정이 좀더 복잡해졌다. 우리는 JC의 친척—아마도 그의 형—소유의 빈 아파트에서 함께 지냈다. 그녀는 아름답고 활기찬 여성이었으며, 아들을 사랑하고 숭배했다. 한가로운 일요일 오후면 그녀는 우리 사이에 누워서, 잠든 JC를 보며 나에게 이렇게 말하곤 했다. "세상에서 제일 잘생기지 않았니?"

나는 그녀 말에 동의했다. 그랬다. 그는 정말 아름다웠다. 그러나 JC 어머니의 그런 태도는 내게 익숙한 어머니의 모습과 너무 달랐기에 나를 어리둥절하고 혼란스럽게 만들었다. JC는 자고 있었으니 그의 탓은 아니었지만, 그의 어머니는 아들을 길들이고 로큰롤을 제거하여 그를 평범한 인도 남자로 만들어 버렸다. 아들에게 푹 빠진 평범한 인도 어머니의 평범한 아들로. 나는 엄마의 학교 밴 창문으로 처음 보았던 예수의 몸을 가진 남자를 차츰 잃어갔다. 그가 갈라진 발꿈치로 비디 담배를 비벼 껐을 때 나는 넋이 나가지 않았던가. 그건 JC 입장에서는 부당한 일이었지만, 로이 여사 밑에서 자란 나는 스스로도 납득 불가능한 감정을 떨쳐낼 수가 없었다. 나는 사랑 가득한 평범한 가족의 정상적인 모습이 당혹스러웠다. 그들은 나의 세계와 완전히 분리된 일종의 대안 현실 속에서 살고 있는 듯했다. 나는 그들이 부럽지도, 그 일부가 되고 싶지도 않았다.

불안과 불만이 커져갔다. 그리고 다시금, 나에게 가장 안전한 장소는 가장 위험한 곳이 되었다. 다시금 내가 그렇게 만들었다. 결국 나는 혼자 델리로 돌아가기로 결심했다. 단 몇 달만이라도. JC는 그 몇 달이 영원이 될 것임을 정확하게 간파했다. 그는 몹시 상심했다. 나 역시 그랬다. 하지만 나는 남은 인생 동안 고아에서 사는 걸 상상조차 할 수 없었다. 그건 우리 둘 다 감당하기 힘든 트라우마였고, 특히 내 행동이 스스로에게도 불가해한 것이어서 더 고통스러웠다.

마치 하나의 유기체였던 우리가 잔혹하게 둘로 나뉘듯 찢겨나가고 있을 때, JC의 지인(정신과의사이자 독실한 가톨릭 신자인)이 나에게 아무래도 정신적인 문제가 있는 것 같다고, 전문가의 도움이 필요한 것 같으니 자신이 도와주겠다고 말했다.

나는 정신적으로 문제가 있다는 데 동의했다. 우리의 치료는 해변 산책으로 시작되었다(그리고 끝났다). 부슬비가 내리고 바다는 잿빛으로 차가웠다. 그는 내가 JC를 떠나는 건 잘못된 생각이라며 결정을 재고하라고 말했다. 그러다 자신의 설득과 교묘한 감정적 협박이 통하지 않자 불쾌한 태도를 보였다.

"난 당신 같은 여자들에게 필요한 게 뭔지 알아요. 가끔 정신이 번쩍 들도록 따귀를 맞아야 해요. 당신은 남자가 남자답게 굴기를 바라잖아요."

바람이 거세지고 파도는 사납게 날뛰었다. 나는 그에게 따귀를 한 대 갈기고 도망칠까 생각했다. 해변엔 우리뿐이었고, 그가 나를 잡을 수 있을 것 같지도 않았다. 그는 내 성격을 속속들이 안다는 믿음하에 해석을 이어갔다.

"당신 같은 여자들은 원하는 걸 얻기 위해서라면 뭐든지 해요. 몸을 파는 일이라도 말이죠."

나는 그에게 정확히 맞혔다고 말한 뒤, 다만 내 몸값은 얼마 안 될 거라고 덧붙였다. 그리고 반대 방향으로 돌아서서 조수가 빠르게 빠져나가면서 남겨진 반짝이는 젖은 모래 위를 전력을 다해 최대한 멀리까지 달렸다. 구름이 잔뜩 낀 흐린 하늘이 젖은 해변에 비쳤다. 나는 두려워서가 아니라 그와 거리를 두고 싶어서 달렸다. 충분히 멀어졌다고 생각했을 때, 나는 바다로 걸어들어가 커다란 바위 위로 올라갔다. 그곳에 몇 시간 동안 앉아 있었다. 수평선에 번개가 떨어지는 걸 보았다. 붉은 소한 마리가 뿔을 적시지 않고 깊은 물속으로 걸어들어가는 것도 보았다. 나는 따뜻한 비에 흠뻑 젖은 채 내가 저지르려는 일에 대해 스스로를 욕했다. 그건 용서할 수 없는 짓이었고 자살행위에 가까웠다. 정신적인 문제가 있었다. 그렇다. 나는 지금 사랑하는 남자, 나를 사랑하고, 보살피고, 지지해주는 사람을 떠나려 하고 있었다. 무엇을 위해? 왜? 나는 뭘 해야 할까? 나에게 무슨 문제가 있는 걸까? 나는 앞으로 어떻게 될까?

아무것도 알 수 없었다.

나는 그 붉은 소가 된 기분이었다. 무엇이 그 소를 몰아가고 있었을까? 무엇이 나를 몰아가고 있었을까? 우리는 날개를 달게 될까? 우리는 물에 가라앉을까, 아니면 헤엄치게 될까? 한 가지 확실한 건, 내 뿔은 결국 젖게 되리라는 것이었다. 그리고 내가 로이 여사와 나 사이의 마지막 끈을 끊으려 한다는 것도 알고 있었다. JC는 내 친구들 중 유일하게 그녀를 비록 아주 잠깐이나마 만났고, 그녀가 누구이며 내가 어디서 왔는지 조금은 알고 있었다. 나는 두 사람을 다 사랑했다. 그녀에 대한 사랑은, 이 시점에 그녀에게 돌아간다면 그것은 곧 죽음을 의미하리라는 걸 알기에 깊은 불안을 품고 있었다. 그리고 JC에 대한 사랑에는 막연하고 어쩔 수 없는 죄책감이 함께했다. 나는 언제쯤 달리기를 멈출 수 있을지 궁금했다.

나는 과일주스 가판대 남자에게 내가 지닌 유일한 장신구인 반지를 팔았다. 그는 나에게 몇백 루피와 바나나 셰이크 한 잔을 주었다. 델리까지 가는 여비는 그 정도면 충분했다.

고아와 봄베이 사이를 오가는 증기선의 아래층 갑판에서, 내 옷은 금세 반짝이는 빈대로 뒤덮였다. 나는 예전에 케이크를 사주던 손님들의 소용돌이 한가운데에 있었다. 내가 혼자라는 걸 알아차리자마자 그들의 더듬이가 곤두서는 게 보였다. 나에겐 가까운 미래에 대한 막연하고 흐릿한 계획밖에 없다는 게 드러나자 온갖 사업 제안이 쇄도했다. X는 자기와 함께 바라나시로 가서 실크 사리를 사서 셔츠로 만들어 캐나다로 수출하자고 했다. Y는 카슈미르로 가서 대마초 1킬로그램을 고아로 운반하는 일을 제안했다. 그는 내가 순진해 보여 마약 운반책으로 제격이라고 했다. 나는 그들 모두에게 생각해보고 연락하겠노라 약속했다.

봄베이에 도착한 후 주로 가난한 아랍인들과 유럽 히피들이 드나드는 지저분한 싸구려 호텔에서 하룻밤을 보냈다. 체크인을 하려는데, 흰 디슈다샤*를 입은 남자가—숙박객이었다—프런트 카운터 위에 길게 누워 있었다. 우스꽝스럽게 들리겠지만 사실이었다. 우리는 그의 넉넉한 몸 위에서 투숙 절차를 밟아야 했다. 밤새 사람들이 내 방문을 두드렸다. 나는 숨을 죽이고 문고리가 버텨주길 기도했다. 미성숙하고 무모한 나 자신이 원망스러웠다. 아침이 되면 첫 버스를 타고 고아로 돌아가 JC에게 용서를 빌겠다고 다짐했다. 하지만 해가 떠오르자 결심이 되살아났다. 나는 호텔을 나와 역 승강장에서 밤을 새웠다. 결국, 기차역 구내식당의 친절한 말라얄람인 웨이터들이 나를 보

* 아랍 남성들이 입는 흰 로브 형태의 전통 복장.

호해주고 델리로 가는 완행열차 표를 구해주었다.

열차 안에서 나는 굴복과 용기 사이를 오갔고 그때마다 공포가 밀려왔다가 빠져나가기를 반복했다. 나는 증기선에서 받은 몇 가지 사업 제안에 대해서도 고민해봤는데, 거기엔 반쯤 범죄인 것과 완전한 범죄까지 포함되어 있었다. 델리에 도착한 후 몇몇 사람들과 두번째 만남까지 가졌지만, 다행히 아무 일도 일어나지 않았다. 내가 교도소에 가거나 심각한 해를 입는 불행을 피할 수 있었던 건 강인한 성격이나 예술적 야망 덕분이 아니었다. 그건 그저 우연, 그리고 그때그때 내린 작은 충동적 결정들의 결과였다.

나는 냉정한 천사가 곁에서 지켜줬다고 생각한다. 특히 갈림길에서 결정을 내려야 할 때마다. 내가 받은 교육, 내가 속한 계층, 그리고 무엇보다 영어를 구사할 수 있다는 사실이 나를 보호해주었고, 다른 수백만 명의 사람들에게는 없는 선택지들을 제공해주었다. 그것들은 모두 로이 여사가 준 선물이었다. 아무리 힘든 처지에 놓여도 나는 결코 그 사실을 잊지 않았다.

하즈라트 니잠우딘 아울리야의
그늘 속에서

델리로 돌아온 나는 빈대가 들끓는 옷들을 태워버리고, 건축학
교 때 논문 지도교수가 책임자로 있는 국립도시문제연구소에
임시직으로 취직했다. 그는 내 실력을 알고 있었고 나를 겉모
습으로 판단하지 않았다. 당시 나는 몹시 야위었고 햇볕에 심
하게 그을린 초라한 행색이었다. 나는 연구소에서 발행하는 기
관지 『어번 인디아*Urban India*』 제작을 돕게 되었다. (그 짧은
기간 동안 한 호의 객원 편집을 맡았고, 도시적 초현실주의 단
편소설을 써서 게재하기도 했다.) 나는 옥탑방에 세 들어 살았
는데, 많은 사랑을 받았던 14세기 수피 성자 하즈라트 니잠우
딘 아울리야의 다르가(묘역) 바로 옆에 있는 3층짜리 건물의
창고방이었다. 성자의 무덤 근처에 그의 영적 제자이자 학자
겸 시인 아미르 쿠스로와 델리의 상징적 우르두어 시인 미르자

갈리브가 묻혀 있었다.

사프란 깃발과 힌두 국가 시대의 도래로 악마화된 무슬림이 게토로 쫓겨나고 이등 시민으로 전락하기 전이었던 그때에도, 그 다르가는 지금과 크게 다르지 않았다. 날마다 수천 명의 신도들이 찾아왔다. 그 주변의 세속적인 누추함은 거기에 묻힌 천상의 빛나는 존재들에 반비례하는 듯했다. 도랑에 내장과 쓰레기가 가득한 좁은 골목에는 케밥과 비리야니를 파는 작은 식당들과 부적, 새틴 차도르, 다르가의 미니어처 모형을 파는 가게들이 빽빽하게 들어서 있었다. 고양이만한 몸집에 털이 뻣뻣하게 곤두선 쥐들이 음식과 순례자들의 냄새나는 신발을 훔쳐 달아났다. 팔다리가 없거나 참혹한 부상을 당했거나 질병을 가진 거지들이 마치 상품을 진열해놓고 파는 상인처럼 골목을 가득 메우고 자신의 불행을 전시했다.

목요일이면 최고의 카왈리* 가수들의 공연이 밤늦게까지 이어졌다. 고요한 밤에 바람이 내 방 쪽으로 불어오면, 나는 테라스―집주인이 폐품 창고로 사용하는―난간벽에 걸터앉아 마리화나를 피우며 희미하게 그 소리를 들을 수 있었다. 나의 옛 친구 바하두르(건축학교의 급니 경비원)가 마리화나를 대주었다. 그는 학교에서 멀지 않은 버려진 무슬림 공동묘지의 외딴 오두막에 살았다. 내가 찾아가면 그는 땅속 구덩이(그의 저장고)에 묻어둔 싸구려 술병을 꺼내 내게 한잔 권했다.

* 이슬람교의 신비주의 분파인 수피즘의 음악.

내 방은 케랄라를 떠올리게 하는 붉은 시멘트 바닥으로 되어 있었다. 창문은 거의 모든 유리가 깨져서 판자로 막아놓은 상태였다. 나는 차르파이(끈을 엮어 만든 간이침대)에서 잤다. 그 외에 내가 가진 건 마실 물을 담아두는 토기 항아리와 옷을 넣어둔 판지 상자 하나가 전부였다. 부족한 건 돈뿐이었다. 나는 다른 생각은 거의 하지 않고 늘 돈 생각에 골몰했다. 세상에 홀로 남아 거의 무일푼으로 살다보니 불안으로 경직되었다. 하지만 로이 여사에게 돌아간다는 건 아예 생각조차 하지 않았다. 내가 돌아가면 무슨 일이 벌어질지 뻔히 보였다. 나의 소멸이 영화처럼 눈앞에 펼쳐졌다.

아무리 아껴 써도 월급만으로는 살 수가 없었다. 나는 매달 마지막 주에 친구이자 대사제인 카를로에게 200루피를 빌렸다가 월급날 돌려주곤 했다. 그가 가까이 살아서 우리는 함께 저녁 시간을 보낼 때가 많았다. 잠시 선을 넘어 다른 성격의 관계가 된 적도 있었다. 하지만 곧 우리 둘 다 그것이 우리 우정의 진정한 본질이 아님을 깨달았다. (나는 스물두 살이었고, 그는 "아아주 늙은 사람이야, 아룬다티나"였으니까.)

쥐꼬리만한 월급의 절반 가까이가 월세로 나갔다. 월세는 700루피였다. 그리고 출퇴근을 위해 타는 자전거 대여료가 시간당 1루피였다. 자전거 통근이 그리 힘든 일은 아니었다. 도시의 수백만 노동자들이 먼 거리를 자전거로 다녔으니까. 그러나 여자에게는 달랐다. 추격과 야유, 추파를 견뎌야 했다. 내게 남은 다른 선택지는 하루 두 번 붐비는 시내버스를 타고 성추행을 감수하는 것뿐이었다. 그러잖아도 힘든데 설상가상으로 그런 일까지 생기면 내 정신은 멈춰버렸다. 나는 버스 안의 여자 승객을 기분 내키면 언제든 집어먹을 수 있는 간식쯤으로 여기는 남성 통근자들을 수용할 여유가 없었다. 그 굴욕은 나를 자기연민과 상상 속 맹렬한 복수극 사이에서 시계추처럼 흔들리게 만들었다. 목적지에 도착하기도 전에 버스에서 내려 걸어가면서 수치와 분노의 눈물을 참지 못하는 자신을 혐오하는 날들도 있었다. 수백만 명에 달하는 여성들이 날마다 이런 일을 견뎠다.

자전거로 출근하면 사무실까지 30분쯤 걸렸다. 나는 JC의 예쁜 어머니가 차를 몰고 가다가 신호에 걸려 내 옆에 정차하면서 자신의 아름다운 아들에게 몹쓸 짓을 저질렀다는 이유로 내 머리를 날려버리는 상상을 했다. 나를 노골적으로 싫어하는 국립도시문제연구소 사무국장이 업무용 지프를 몰고 의기양양한 미소를 날리며 내 자전거를 추월한 후 내가 몇 분만 지각해도 결근으로 처리하는 날들도 있었다. 그건 하루치 월급이 깎인다는 뜻이었다. 그 사람은 아마도 나보다 훨씬 늦게 일어나 순종적인 아내가 차려주는 따뜻한 아침을 먹고 작은 복수를 실행에 옮기기 위해 차를 몰고 사무실로 달려갔을 것이다.

로이 여사가 내게 준 사회적 특권이라는 선물에도 불구하고, 나는 세상에 평평한 운동장 같은 건 없음을 이처럼 아주 사소하고 점진적인 방식으로 배워갔다. 나는 그 사무국장에게 복수하기 위해 그를 우스꽝스럽게 그린 만화—그는 만화에 어울리는 콧수염을 기르고 있었다─를 사람들 눈에 잘 띄도록 사무실 여기저기에 뿌려놓았다.

부엌도 없고 아침을 차려주는 순종적인 아내도 없었던 나는 다그라 주변 골목이 일터인 거지들, 부랑자들과 함께 길가 노점에서 아침 차를 마셨다. 근무 시간이 아닐 때 그들 대부분은 낮에 근무하는 동안 그들이 연출하는 불쌍한 사람들과는 딴판이었다. 그들이 넌지시 나를 떠볼 때마다 내가 교활하게 대답을 얼버무리자 그들은 내가 마약 조직의 여자라고 결론지었다. 알베르토 모라비아의 카펫에 똥을 싼 일에 대해 카를로가 그랬듯 나 역시 그들의 질문에 인정도, 부인도 하지 않았다. 사람들이 내가 갱단과 관련이 있다고 믿는 편이 나에게 조금이나마 보호막이 될 것 같았기 때문이다. 매일 저녁 자전거를 타고 큰길에서 다르가로 들어서면 아침에 함께 차를 마시던 그들이 웃으며 "아즈 비 바츠 가이(오늘도 무사히 넘겼네)?"라고 인사하곤 했다. 마치 내가 큰 사고를 당해 그들 무리에 합류할 거라고 믿는 사람들처럼 말이다. 나는 가진 거라곤 몸뚱이 하나였기에 늘 조심하며 어리석은 짓은 하지 않으려 애썼지만, 직장에 있는 몇몇 남자들보다는 그들이 더 안전하다고 느꼈다.

그 남자들 중 훈장을 잔뜩 달고 은퇴한 후 연구소에 자리를 얻은 전직 경찰청장이 있었는데, 그는 이따금 한밤중에 나를 찾아와 뒷골목에서 3층 내 방으로 올라가는 계단 아래 문(일명 '서비스 출입구')을 쾅쾅 두드렸다. 그는 분명 친구인 사무국장에게서 내 주소를 알아냈을 것이다. 그리고 경찰로 일한 경력 덕에, 만약 일이 커져서 그와 나의 증언이 엇갈리는 상황이 되면 가족도 없이 멋대로 사는 평판 나쁜 독신녀에겐 아무런 승산이 없으리란 걸 알고 있었을 것이다. 나는 높은 옥상 난간벽에 걸터앉아 밑에서 간절하게, 소리 없이 문을 열어달라고 애원하는 그—또 한 명의 코타얌 산타, 등을 쓰다듬는 건축 엔지니어 종조부—를 내려다보았다. 마리화나의 힘에 보호를 받았기에 나는 무섭지도, 화가 나지도 않았고 철저히 무관심할 수 있었다. 그는 마치 갑자기 살아 움직이기 시작한 흉한 문신 같았다. 다음날 아침 사무실에서 그를 만나면 나는 그를 혼란스럽게 하려고 아무 일도 없었던 것처럼 밝게 인사했다. 그런 무모함이 불안감을 무디게 만들었다.

그 모든 것들에도 불구하고, 나는 고아의 히피 천국에 있을 때보다 하즈라트 니잠우딘 아울리야의 다르가 주변에서 훨씬 더 행복했다.

로이 여사와 오빠에게 나는 흔적도 없이 사라져버린 존재였다. 그들은 나에게 연락할 길이 없었고 내가 어디에 있는지도 몰랐다. 사실 그 시절에는 나 자신조차 내가 어디에 있고 어떻게 나 자신에게 닿을 수 있는지 잘 몰랐다.

그러다 아무런 예고도 없이 모든 것이 바뀌었다.

"뭐가 그렇게 웃겨요?"

국립도시문제연구소에서 나는 여자 상사―실질적이라기보다
명목상의 상사―와 사무실을 함께 썼다. 그녀는 나보다 나이
가 한참 많았고(그렇다 해도 아직 젊디젊은 삼십대였다), 항상
옷을 잘 입었다. 활달하고 에너지가 넘쳤으며 콧소리 섞인 웃
음은 전염성이 강했다. 우리와 달리 그녀는 건축가도, 엔지니
어도, 도시계획가도 아니었다. 매일 출근하지도 않았고, 구체
적인 업무가 있는 것 같지도 않았다. 그녀는 내 논문 지도교수
이자 연구소장의 가까운 친구여서 사무국장도 그녀에게 권력을
휘두르지 못했다. (그는 그것에 분개했다. 나는 그게 좋았다.)

　어느 날 아침 그녀의 남편이 무언가를 전해주러 사무실에 들
렀다. 나는 그를 스치듯 잠깐 보았다. 그는 존 레넌의 안경을
쓴 에릭 클랩턴처럼 보였다. 그는 겨우 몇 분 머물다 갔다.

다음날 내 상사는 결근했다. 오후에 그녀가 서류 몇 개를 자신의 집으로 가져다달라는 메시지를 보냈다. 그녀의 집은 사무실에서 자전거로 5분 정도 걸리는 거리였다.

나는 담쟁이덩굴로 뒤덮인 웅장한 흰 저택의 높은 초록 철대문 앞에 도착했다. 그곳은 '외교관 지구'라고 불리는 동네였다. 그녀는 3층 아파트로 서류를 가져오라고 했었다. 인동덩굴이 휘감긴 고풍스러운 나선형 계단을 올라가면서 1층의 커다란 전망창 너머로 카드 게임을 하는 사람들을 볼 수 있었다. (나중에 그게 브리지 파티라는 걸 알게 되었다.) 시폰 사리를 입고 다이아몬드로 단장한 물결 같은 새까만 머리의 노부인들과 트위드 재킷을 입고 시가를 피우는 남자들이 벨벳 소파와 정교한 샹들리에가 있는 카펫 깔린 넓은 방에서 카드를 치고 있었다. 웨이터가 은쟁반에 담긴 핑크빛 음료와 샌드위치를 나르고 있었다. 마치 다른 세상, 다른 시대의 장면 같았다. 나는 화분이 가득한 테라스를 지나 현관 초인종을 누를 때까지 실없이 웃고 있었던 모양이다. 상사의 남편이 문을 열었다. 그는 이가 다 드러나도록 활짝 웃었고 놀랍도록 예쁜 아이를 안고 있었다. 검은색과 갈색 소시지 같은 개 두 마리가 나와서 짖어댔는데 몸집이 얼마나 작은지 내가 키웠던 디도의 머리보다 약간 큰 정도였다. 마치 광고에 나오는 가족 같은 모습이었다.

"안녕하세요, 들어오세요. 뭐가 그렇게 웃겨요?"

"아뇨…… 그냥 집주인들이 굉장히 특이한 것 같아서요."

나는 그가 세입자라면 집주인에 대한 비웃음을 기분 나쁘게 받아들이지 않을 거라고 생각했다.

그가 빙긋 웃었다. "아, 그분들은 우리 부모님이에요. 브리지 게임을 하고 계시죠."

그는 화가 난 것 같지 않았다. 나도 내가 한 말에 대해 미안해하지 않았다.

나는 서류를 건넨 후, 차 한잔 마시고 가라는 그의 제안을 받아들였다. 방 세 개짜리 아담한 아파트였지만 섬세하게 잘 꾸며져 있었다. 몇 년 만에 처음으로 진짜 '집'에 초대받은 기분이었다. 나무와 끈을 엮어 만든 낮은 가구들이 많았다. 그리고 라자스탄의 민속 서사시를 담은 캔버스가 벽 하나를 가득 채우고 있었다. 바닥에는 황마—어쩌면 파인애플 잎 섬유로 짠—카펫이 깔려 있었고, 밝은 색깔의 토속적 무늬가 있는 쿠션들이 아무렇게나 흩어져 있었다. 완벽한 가정의 모습이었다. 나는 카메라 뷰파인더를 통해 들여다보는 기분이었다—물리적으로 그 자리에 있었지만 결코 닿거나 만질 수 없는 머나먼 세계를 바라보는 것처럼. 그러면서도 나 역시 '관찰당하고' 어떤 식으로든 평가받고 있다는 느낌이 들었다. 나는 그곳에 20분 정도 머문 후 자전거를 타고 니잠우딘으로, 완전히 다른 종류의 응접실에서 나를 기다리고 있는 "오늘도 무사히 넘겼네?" 친구들에게로 돌아갔다.

그 순간을 떠올릴 때면 먼저 나 자신이 빠진 액자처럼 그 세련된 아파트만 보인다. 내가 그 안으로 들어서는 순간, 그 그림은 앞으로 일어날 일을 예견하고 여러 픽셀로 나뉘어 흩어지기 시작한다. 내가 그 그림을 소멸시킨 건 아니지만, 어쩌면 내 존재 자체가 그 허상이 지속될 수 없도록 만들었는지도 모른다. 그때 내가 상상이나 할 수 있었겠는가? 그 집이 내 집이 되고, 그 남자가 내 남자이자 내 인생의 사랑이 되고, 그 개들(그리고 그 후손들)이 내 개가 되고, 아버지의 품에 안겨 있던 어린 아이와 그 아이 언니가 내가 사랑하고 키워야 할 아이들이 되리란 걸 말이다. 어쩌면 내가 유일하게 예측했어야 했지만 그러지 못한 건, 모든 것이 안정되고 믿을 만해졌을 때, 아이들이 다 자라고 사랑이 하나의 삶의 방식이 되었을 때, 우리 하늘의 별들, 우리의 크고 작은, 공적이고 사적인 모든 별자리들이 움직이며 재배열되었을 때, 내가—또다시—달아나게 되리라는 것이었다. 또다시, 가장 안전한 장소가 가장 위험한 곳이 되리라는 것. 왜냐하면 내가 그렇게 만들 테니까. 나는 내 어머니의 딸이니까. 그렇게 할 수밖에 없는 인간이니까.

내가 서류를 전해준 다음날 아침, 나의 명목상 상사가 아름답게 차려입고 활짝 웃으며 사무실에 나타났다.

"내 남편이 너한테 반했어."

그녀가 기쁨에 찬 목소리로 말했다. 나는 그게 무슨 뜻인지 알 수 없었다. 그녀는 남편이 나에게 어떤 프로젝트에 대해 이야기하고 싶으니 집에 한번 더 들러달라 부탁했다고 전했다.

이번에는 그 혼자 집에 있었다. 나는 그의 이름이 프라디프라는 걸 알게 되었다. 그가 쓴 영화 시나리오가 국립영화진흥위원회NFDC에서 주최한 시나리오 공모전에서 1등을 차지했고,

NFDC의 예산 지원을 받아 영화를 만들 수 있게 되었다고 했다. 저예산 영화라 출연자들에게 형식적인 수준의 출연료만 줄 수 있었다. 캐스팅은 거의 완료되었지만 여주인공이 아직 정해지지 않은 상태였다. 그는 아내의 사무실에서 나를 본 즉시 적임자를 찾았음을 알 수 있었다고 말했다. 여주인공 이름은 사일라였다. 나는 웃으며 말했다. 나는 연기에 대해 아무것도 모르고 힌디어도 엉망이라고. 그는 그건 상관없다며 사일라는 대사가 전혀 없다고 대답했다. 그 말에 나는 속으로 은밀히 눈썹을 치켜올렸다. 대사가 없는 여주인공이라고? 으음. 나는 예의를 지키며 아무 반응도 보이지 않았다. 로이 여사와 그녀의 천식 덕에 나는 무반응 분야에서 박사학위를 두 개쯤 딴 상태였다.

그는 손이 아주 아름다웠고, 말투도 사랑스러웠다. 나는 그런 사람을 한 번도 만나본 적이 없었다. 그는 어딘가 불경하면서도 번뜩이는 지성이 엿보였다. 나는 특히 그가 개들을 대하는 태도가 마음에 들었다.

그는 나에게 시나리오를 건네며 집에 가져가서 읽고 생각해보라고 했다. 식민지시대 나이지리아를 배경으로 한 조이스 케리의 소설 『미스터 존슨*Mister Johnson*』에 대략적인 토대를 두긴 했지만 그 소설은 절대로 읽지 말라고 했다. 내가 원작의 영향을 받는 걸 원치 않는다는 뜻이었다. 그의 영화 제목은 〈매시 사히브〉였고, 인도 중부의 외딴 식민 소도시에 위치한 영국 행정관 사무실에 근무하는 인도계 기독교인 서기에 대한 이야기였다. 사일라는 토착 부족 출신이었다. 그녀는 매시의 고집 센

아내였는데, 매시는 존경받는 백인 아내와 함께 사는 존경받는 백인 남자가 되고 싶은 자신의 꿈을 아내에게 강요했다. 이야기는 그의 말대로 유머러스하면서도 감동적이고 결국 비극으로 끝났다.

프란츠 파농이 보았다면 몸서리를 쳤을 것이다. 하지만 나는 상관없었다.

그날 저녁, 나는 카를로를 만나 어떤 남자가 자기 영화에 출연해달라 했다고 무심히 말했다.

"그래서 뭐라고 대답했어?"

"아무 말도 안 했어요. 하지만 거절할 생각이에요. 당연히."

"왜 '당연히'야?"

"아니, 카를로. 내가 어떻게 영화에 출연해요? 그건 내가 하고 싶은 일이 아니에요."

카를로가 나를 몰아붙였다. 그런 모습은 처음이었다. 그는 거의 화가 난 듯했다. 그는 내가 따분하고, 폐쇄적이고, 독단적이며, 상상력도 모험심도 없다고 비난했다.

"연기를 하고 싶지 않을 수도 있지. 하지만 영화가 어떻게 만들어지는지 알고 싶지 않아? 시나리오가 어떻게 쓰이고, 세트가 어떻게 설계되고, 조명과 촬영이 어떻게 이루어지는지 말이야. 누가 그런 기회를 얻을 수 있겠어?"

"하지만 직장을 그만둬야 하고, 거기선 돈도 안 준대요."

"다른 일자리를 구하면 되잖아. 해봐."

그래서 나는 결국 동의했다. 우선 카를로에게 돈을 빌려『미스터 존슨』을 샀다. 훌륭한 솜씨로 생생하게 잘 쓴 소설이었지만 내 마음엔 들지 않았다. 백인이 되고 싶어 안달하며 갈팡질팡하는 어리석지만 귀여운 흑인 하인을 식민주의자의 시선으로 바라본 글로 느껴졌던 것이다. 백인들은 세상 사람들 모두가 자신들을 사랑하고, 섬기고, 닮고 싶어한다고 상상하며 따뜻하고 포근한 기분을 느꼈을 터였다.

프란츠 파농이 이 책을 읽었다면 분명 몸서리쳤을 것이다.

각본은 그보다 좀 나았지만, 그것도 완전히 편하게 받아들일 순 없었다. 어쩌면 그건 단지 나의 어리고 거칠고 반항적인 마음 때문이었을지도 모른다. 하긴 내가 뭐라고. 나는 지방 대학 건축학과를 나온 고아 출신의 신참내기일 뿐이었다. 프라디프는 옥스퍼드를 나왔고, G. 아이작처럼 베일리얼 칼리지 출신이었다. 그는 강단에서 인도 현대사를 가르치다가 그 일을 그만두고 다큐멘터리 영화를 만들고 있었다. 그래서 나는 대사 없는 역을 맡은 배우답게 아무 의견도 말하지 않았다. 속마음을 감추고 사는 것도 재미있었다. (얼마 전 낯선 남자—남성임을 분명히 밝혀둔다—가 나에게 다가와 이렇게 말했다. "당신이 한 일 중에서 〈매시 사히브〉가 제일 나았어요. 거기선 말을 한마디도 안 했잖아요.")

프라디프는 다른 배우들과 스태프를 만나게 해주겠다며 니잠우딘까지 차로 데리러 오겠다고 했다. 사실 굳이 데리러 올 필요까진 없었다. 다만 그는 자신의 영화에 캐스팅할 사람에 대해 아내에게서 들은 얼마 안 되는 정보만으로는 부족해서 더 알고 싶었을 것이고, 그건 당연한 일이었다. 그들이 나에 대해 아는 건 내가 건축가이며, 남편도 건축가이고, 니잠우딘 웨스트 지역에 산다는 정도였다. 나중에 프라디프가 말하기를, 나와 내 남편에 대해 자신들보다 확실히 좀 덜 좋은 동네에 있는 약간 덜 좋은 집에서 사는, 자신과 아내의 젊은 버전일 거라 생각했다고 했다. 내 창고방으로 이어지는 벽으로 둘러싸인 좁은 계단을 오르며 그와 나눈 대화는 잊을 수가 없다.

"남편은 집에 있나요?"

"남편요?"

"결혼한 거 아니에요?"

나는 그곳에서 멀지 않은 카를로의 집에서 열린 예수와 일본식 꾸러미의 결혼식을 회상했다. 합법적인 결혼이 아니었으니 당연히 합법적인 이혼도 없었다. 그걸 뭐라고 말해야 할까?

"아…… 네…… 사실은 아니에요…… 잘 모르겠네요. 아뇨. 사실은 아니에요."

그가 내 뒤에 있어서 표정을 볼 수 없었다.

"어디 출신이에요?"

"저요? 전…… 글쎄요…… 지금 여기 있어요."

우리의 세계가 단검 모양의 조각들로 쪼개지고 우리가 서로를 유전자, 신, 깃발, 언어, 피부색, 혈통의 순수성, 역사(진짜와 거짓)라는 몽둥이로 때려죽이는 현상이 심화될수록 그 질문에 대한 내 대답은 더욱더 확고하다. 나는 지금 여기 있어요. 그건 구호도, 해결책도 아니다. 그저 틀에 얽매이지 않는 떠돌이의 개인적인 감정일 뿐이다.

"그러니까, 고향이 어디냐는 거예요. 아버지는 뭐하세요?"

"아버지요? 몰라요. 당신 아버지는요?"

"외교관으로 일하다 퇴직하셨어요. 대사였어요."

젠장. 나는 빨리 서론을 건너뛰고 본론으로—무슨 얘기든—들어가고 싶었다. 스탈린의 강제수용소, 르코르뷔지에의 흉한 건축, 앵무새의 짝짓기 의식. 내 인생 이야기만 아니라면 어떤 주제라도 괜찮았다. 창고방에 도착하자 다시 내려가는 것 말고는 아무것도 할 게 없었다. 내 방에는 앉을 의자도, 구경할 책꽂이도(『미스터 존슨』은 감춰두었다), 볼 그림도, 대접할 차도 없었다. 내 피를 잔뜩 빨아먹은 통통한 모기들이 마치 거기가 전용 착륙장이라도 되는 양 공중을 맴돌았다. 나는 어색했고 어떻게 해야 할지 몰랐다. 그런데 프라디프는 내 방이 세상에서 가장 평범한 곳인 양 행동했다. 나는 그 점이 마음에 들었다. 우리는 잠시 서 있다가 밖으로 나갔다.

내가 출연진과 제작진에게 처음 소개된 순간은 마치 『정글북』의 한 장면 같았다. 나는 회의 바위에서 늑대 무리에게 소개되는 새로운 늑대 새끼가 된 기분이었다. 무리의 구성원 자격 심사를 받는 동안 내가 할 일은 그저 가만히(아무 의견도 피력하지 않고) 있는 것이었다. 그 심사는 델리 연극계의 전설적인 배우이자 연출가인 영국인 배리 존의 아파트에서 이루어졌다. 그가 영국인 행정관이자 매시의 상관 역할을 맡기로 되어 있었다. 그 자리에는 남자들만 있었다—촬영감독, 음향기사,

매시 역의 주연배우(나중에 라구비르 야다브라는 뛰어난 배우로 교체되었다), 그리고 젊은 조감독. 방안에는 조용하고 암묵적인 흥분이 감돌았다. 모두가 프라디프에게 강한 경외감을 갖고 있는 게 눈에 보였고, 그래서 아무도 반대하지 않았다. 나는 환영받으며 무리에 받아들여졌다. 그 늑대 무리 중 몇몇은 평생의 친구가 되었다.

그 시절, 내 친구는 거의 남자들이었다. 아주 이성애적인 남자들. 지금은 그렇지 않다. 그때는 아마도 내 또래의 여자들이 대부분 아직 부모와 함께 살거나 결혼해서 방랑 생활을 하지 않았기 때문일 것이다. 기준선을 벗어난 다른 여자들은 숨어 지냈다. 지금은 거의 정반대다 ― 이성애 남자들은 집과 결혼에 감싸여 있고, 그런 삶에 질린 여자들이 벗어나고 있다. 그리고 경계선 밖 성소수자들도 천천히, 그러나 확실히 세상 밖으로 나오고 있다. 나처럼 방랑하는 정신의 소유자에게는 지금이야말로 우정의 시대다. 우정은 내가 항해하는 뗏목이다. 내가 휘날리는 깃발이다.

회의 바위에 모인 젊은 늑대들 가운데 프라디프의 수석 조감독인 스물세 살의 산제이 K가 있었다. 그는 키가 멀대같이 크고, 열정적으로 효율적이었으며, 강박적으로 조직적이었다. 나중에 프라디프가 내 인생의 한 회전축이 되었다면, 산제이는 또다른 회전축이 되었다.

그와의 첫 만남은 프라디프와의 첫 만남처럼 우스꽝스러웠지만 방식은 완전히 달랐다. 그에게 왜 그렇게 못되게 굴어도 된다고 생각했는지 나도 모르겠다. 아마 또래라서 그랬을 것이다. 나는 그가 스쿠터를 가진 걸 보고 부잣집 아들일 거라고 생각했다. 어느 날 밤, 리허설이 끝난 후─내 역할이라곤 분필로 표시된 자리에 서 있는 것뿐이었지만─그가 자기 집으로 저녁을 먹으러 가자고 했다.

"싫어요."

우리는 내 창고방으로 이어지는 계단 아래 골목길에 있었다. (밤이 되면 그 발정난 문신─훈장을 잔뜩 단 경찰 간부─이 찾아오던 바로 그곳.)

"왜 그렇게 무례하고, 왜 그렇게 확신에 차 있어요?"

"깔끔한 당신 집에 가서 깔끔한 당신 부모님이 나를 깔끔하게 못마땅해하는 걸 보고 싶지 않아서요."

나는 그의 집이나 부모님에 대해 전혀 몰랐다. 그는 그런 말을 들을 이유가 없었다. 그건 그저 로이 여사의 양육이 남긴 잔해일 뿐이었다. 나는 그에게 사과하고 비누로든 뭐로든 입을 씻었어야 마땅했다. 그런데 오히려 더 못되게 굴었다.

"왜 내가 부모님과 함께 산다고 생각해요?"

"그건, 자신을 봐요. 깔끔한 엄마가 다림질해준 깔끔한 옷에 깔끔한 옆가르마, 깔끔한 스쿠터까지."

"스쿠터는 빌린 거예요. 그리고 나머지는, 이런 말 하고 싶지 않지만 내가 결벽증이 있어서 그래요. 부모님이랑 안 살아요."

나는 현관 계단에 앉아 웃었다. 그러고는 그의 스쿠터에 다시 올라탔고, 우리는 그의 방으로 저녁을 먹으러 갔다. 그냥 밥과 간단한 반찬뿐이었다. 장푸라 B 지역의 3층 테라스에 있는 단칸방이었는데, 내 방보다 훨씬 나았다. 냉장고까지 있었다. 가스레인지도 있었다. 모든 게 반듯하게 정리되어 있었다. 그는 키 크고 깔끔한 천사였다. 나는 마음속으로 그를 깔끔이라고 불렀다.

그로부터 40년이 지났다. 이제 그는 인도에서 가장 유명한 다큐멘터리 감독 중 한 사람이자 책임감 있는 남편, 다정한 아버지, 그리고 할아버지다―그 사실만으로도 나는 반대 방향으로 도망쳐야 할 것 같지만, 우리의 저녁식사는 아직 끝나지 않았다. 그는 내가 난생처음 대놓고, 일부러 못되게 굴었던 대상이었다. 그리고 나의 이런 억지에 대한 그의 반응이 우리의 거짓 없는 관계의 토대를 만들어주었다. 다행히 나는 그의 부모님을 만나는 실수를 범하지 않았고(그들은 분명 내가 마음에 들지 않았을 것이다), 더욱 다행스럽게도 가장 안전해 보이는 자리(하지만 결국 가장 위험한 자리가 되어버리는)에 들어가지 않았다. 그래서 우리의 40년 된 저녁식사는 여전히 계속되고 있다.

나 영화에 출연할 거야*

〈매시 사히브〉는 인도 중부의 파츠마리라는 작은 산간 휴양지에서 촬영되었다. 촬영은 1982년 겨울로 예정되어 있었다. 나는 어머니도, 아버지도, 형제도, 직장도, 집도 없이 그 일을 시작했다. 겁도 없이.

직장에 마지막으로 출근한 날, 전직 경찰청장이 내게 다가와 속삭였다. "그러니까 나를 다 쓴 생리대처럼 버리겠다고 결심한 건가?" 나는 그에게 무공훈장을 주고 싶었다. 약자를 보호하는 훌륭한 경찰의 본분을 다했으니까.

니잠우딘 다르가의 친구들에게 영화에 출연하게 되었다고 말하자 그들은 진짜 영문을 모르겠다는 반응이었다. "하지만

---

* 벅 오언스의 노래 〈액트 내추럴리〉의 첫 소절로, 비틀스가 이 곡을 커버했다.

너 같은 애들은 흔해빠졌잖아. 도대체 네가 어디가 특별하다는 거야?" 그들의 말에는 모욕하려는 의도는 없었다. 우리가 사는 그 세계의 응접실에서는 에티켓이 거의 없었다―아니, 달랐다. 그들이 가장 의아해했던 건 내 피부색이었다. 나는 피부가 희지 않았으니까. 그들은 모름지기 영화배우라면 힌디어 영화에 나오는 여배우들처럼 키가 크고, 피부가 희고, 머릿결은 윤기가 흐르고, 눈망울은 사슴 같아야 한다고 생각했는데 나는 그런 이미지와는 정반대였던 것이다. 나는 작별인사를 하고, 손이 있는 사람들과는 악수를 나눴다. 그리고 그곳을 떠났다.

나는 촬영이 끝난 뒤의 실직 상태에 대비해 카를로의 도움으로 이탈리아에서 역사적 기념물과 도심지 복원을 공부하는 6개월짜리 소액 장학금을 신청해서 받게 되었다. 촬영이 끝나는 대로 곧장 비행기를 타야 했다. 당시 나는 기념물 복원 같은 것에는 아무 관심도 없었다. 검소하게 생활하면 6개월 치 장학금을 저축할 수 있다는 사실에 마음이 끌렸던 것이다. 그 돈이면 귀국 후 다른 일을 찾을 때까지 버틸 수 있을지도 모른다고 생각했다.

*　*　*

카를로가 옳았다. 영화 촬영은 내 인생을 바꿔놓았다. 단지 영화가 어떻게 만들어지는지, 각본이 어떻게 쓰이며 어떻게 장면들로 나뉘는지, 배우들이 세트장에서 리허설할 때 어떻게 다시 수정되는지를 가까이에서 지켜볼 수 있었기 때문만은 아니었다. 나는 속절없이 위험한 사랑에 빠져버렸다. 프라디프에게 그것은 신인 여배우와의 가벼운 불장난으로 시작되었다. 그에게는 쉬운 일이었지만, 나에게는 열차 사고와도 같았다.

나는 그에게 완전히 매료되었다. 내게 그는 모든 것을 아는 남자였다. 그는 역사가이자 식물학자, 동물학자였다. 그는 곤충과 새에 관한 다큐멘터리를 만든 적이 있었다. 그리고 비틀스에 대해서도 빠삭했다. 라자스탄 사막의 음악가들인 망가니아르족에 대한 영화도 만든 적이 있었다. 수영과 테니스를 즐겼으며, 점박이올빼미 새끼를 직접 키워본 적도 있었다. 그는 테드 휴스의 시 「생각 여우The Thought Fox」를 암송할 수 있었다.

> 그러다가, 돌연 강렬한 여우 냄새 훅 끼치며
> 머릿속 어두운 구멍으로 들어온다.
> 창에는 여전히 별빛 하나 없고, 시계는 째깍거리고,
> 백지 위에 글자가 찍힌다.

그게 다가 아니었다. 기술에도 능숙했다. 사진도 아름답게 찍었다. 현장에서 그는 자신이 원하는 바를 정확히 파악하고 촬영감독, 조명 팀, 음향기사에게 명확하게 지시했다. 그는 나보다 열 살 많았다. 그의 곁에 있으면 나 자신의 평범함에 코가 납작해졌다.

그는 아내와 자신 둘 다 혼외관계를 맺고 있지만 서로를 떠

날 생각은 없다고 솔직히 말했다. 나는 마치 열 명쯤 되는 남자들과 관계를 갖고 있으며 그도 그렇게 스쳐지나가는 남자일 뿐인 것처럼 굴었다. 물론 거짓말이었다. 스물두 살짜리의 한심한 자기방어기제였다.

나는 촬영 기간 동안 나이든 여배우와 같은 방을 썼다. 그녀는 JC의 어머니를 떠올리게 했다. 어느 날 그녀가 충고하듯 말했다.

"지금은 남자들이 너를 쫓아다니지만, 그렇다고 너무 들뜨지 마. 조심해야 해. 널 부모님께 소개할 만한 여자라고 생각하는 남자는 없을 테니까."

방에는 우리 둘뿐이었는데도 그녀는 속삭이듯 말했다.

나는 일부러 놀란 척했다. "왜요? 나한테 무슨 문제라도 있나요?" 나는 좀 못되게 굴었다. 그녀가 속으로 생각하는 말을 입 밖으로 꺼내도록 만들고 싶었던 것이다. 그 바보 같은 말들이 마치 빨랫줄에 걸린 보기 싫은 옷처럼 공중에서 펄럭이길 바랐다.

"내 말 무슨 뜻인지 알잖아……" 그녀는 목소리를 더 낮추며, 마치 여자들끼리 자매애적 연대감을 갖고 브래지어 끈이나 엉덩이 골이 보인다고 귀띔해주듯 말했다.

우리는 추위와 비, 안개 속에서 밤낮없이 촬영했다. 나는 건축학교에서 단련된 덕에 몇 주 동안 잠을 제대로 못 자면서도 강행군을 견딜 수 있었다. 그건 경이롭고도 고통스러운 경험이었다. 산간 휴양지 파츠마리에서는 영화 촬영이 화젯거리가 되었다. 작은 구경꾼 무리가 촬영을 지켜보며 화려한 배우들이 나타나길 기다렸지만 그런 일은 일어나지 않았다. 내게 가장 힘들고 흥미 없는 부분은 연기였다. 나는 배역에 전혀 어울리지 않는 것 같았고, 의상도 마음에 들지 않았다. 불편하고 어색했다. 그 역할에 아무런 기여도 할 수 없었다.

그리고 상상도 못한 일이 일어났다. 월경이 끊긴 것이다. 믿을 수가 없었다. 그런 일은 다른 여자들에게만 일어나는 줄 알았다. 나는 로마가톨릭 국가인 이탈리아로 갈 예정이었고, 거기서는 낙태가 불가능했다. 프라디프에게 말했지만, 일생일대의 기회인 영화 촬영을 위태롭게 만들지 않고 그가 도와줄 수 있는 건 없음을 나도 이미 알고 있었다. 그가 그런 위험을 감수하게 할 순 없었다. 나는 제정신이 아니었다. 절망적이었다. 아이를 낳을 생각은 단 한 순간도 하지 않았다. 엄마가 된다는 생각만 해도 두렵고 끔찍했다. 나는 촬영 일정이 잠시 비는 틈을 타서 델리로 돌아갔다. 올드델리 성벽 밖 다리야간지로 곧장 갔다. 건축학교에서 멀지 않은 그곳에서 병원들을 본 기억이 났던 것이다. 내가 찾아간 병원의 여의사는 낙태는 해주겠지만 마취를 하려면 동의서에 서명할 보호자가 필요하다고 했다. 병원은 깨끗하고 전문적으로 보였다. 정부가 적어도 그 문제에서만큼은 관대해서 낙태는 완전한 합법이었다. 나는 마취 없이 수술해달라고 말했다. 의사는 위험하다며 남자친구나 어머니를 데려오라고 했다. 그러면서 내가 좋은 집안의 딸처럼 보인다고 했다. 나는 그렇지 않다고, 그냥 그렇게 보이는 것일 뿐이라고 대답했다. (그때 난 몰골이 말이 아니었는데, 의사가 왜 그렇게 생각했는지는 모르겠다. 아마도 영어를 잘했기 때문이리라.) 나는 시계를 계속 확인했다. 저녁 기차를 타고 돌아가야 했다. 의사가 도덕과 책임에 대한 준엄한 훈계를 늘어놓았다. 나는 그 훈계를 '나쁜 여자' 파일에 넣어두었고, 그 파일에는 나의 의심스러운 도덕성에 대한 여자대학 학장의 예언과 나의 결함에 대한 고아 정신과의사의 진단이 들어 있었다. 결국 의사는 내 절박함에 설득되었다.

수술은 끔찍했다. 하지만 끝났다.

나는 기차역에 제시간에 도착했다. 파츠마리에 가려면 호샹가바드행 야간열차를 타고, 거기서 피파리야라는 소도시로 가는 열차로 갈아탄 후 다시 버스를 타야 했다. 피파리야 버스정류장에 도착했을 때는 이미 늦은 저녁이었다. 파츠마리로 가는 다음 버스를 타려면 몇 시간을 기다려야 했다. 그 시간에 거기 혼자 앉아 있으려니, 화를 자초하는 부도덕한 여자로 보였다. 아니나다를까, 재앙이 닥쳤다. 그날은 새해 전날 밤이었다.

버스정류장에서 젊은 남자 몇 명이 내가 파츠마리에서 촬영중인 영화의 '여주인공'이라는 걸 알아봤다. 소문은 삽시간에 퍼졌고, 곧 남자들 무리가 나를 빙 둘러싸고 흘긋거렸다. 그들을 흥분시킨 건 내가 아니라 영화와 연관된 젊은 여자라는 내 이미지였다. 그들은 중계방송이라도 하듯 떠들어대며 점점 더 가까이 다가왔다. 한 남자가 내 얼굴에 자기 얼굴을 들이대고 마치 거울을 들여다보는 것처럼 기름진 머리를 빗었다. 나는 무표정한 얼굴로 꼼짝도 하지 않았다. 마치 그 자리에 존재하지 않는 사람처럼. 조금이라도 반응하면 그들이 무슨 짓이든 마음대로 해도 된다고 여기리란 걸 알았기 때문이다. 매표소 직원이 소동을 막기 위해 나를 양철 부스 안으로 불러들였다. 그러자 남자들은 매표소를 에워싸고 쇠창살에 얼굴을 들이 댔다. 내 눈에 보이는 건 그들의 입과 눈뿐이었다. 추잡한 말과 하이에나 같은 웃음소리가 들려왔다. 버스가 도착했을 때쯤 나는 신경이 가느다란 면발처럼 갈기갈기 찢겨 있었다. 버스 운전사는 좋은 사람이었다. 그는 내게 자신의 옆, 맨 앞자리에 앉으라고 했다. 그렇게 우리는 숲이 울창한 아름다운 사트푸라산맥의 구불구불한 언덕길을 달리기 시작했다.

유난히 어둡고 한적한 구간을 지나는데 경찰 지프가 버스를 추월하더니 길을 막아섰다. 경찰 네 명이 마치 임무수행중인 것처럼 활기차고 거만하게 올라탔다.

"델리에서 온 여자 어디 있지? 그 배우?"

나를 찾는 건 어려운 일이 아니었다. 그들은 나를 납치하려는 사람들이 있다는 제보를 받았다며 버스에서 내려 자신들과 함께 가자고 했다. 나는 거절했다. 내가 이 버스에 타고 있다는 걸 아무도 모르기 때문에 그런 사람들이 있을 리 없다고 말했다. 하지만 그 말을 입 밖에 내자마자 현명한 대답이 아니었음을 깨달았다. 경찰과 나 사이에 대치가 시작되었다. 다행히 대부분의 승객과 버스 운전사가 내 편을 들어주었다. 결국 타협이 이루어졌는데, 나는 피파리야 경찰로부터 납치 위험에 대한 경고를 받았지만 본인 책임하에 이동한다는 아주 웃기는 내용의 서류에 서명해야 했다. 내 양옆에 '보호'를 빙자하여 경찰이 앉았고, 여정은 다시 이어졌다. 새벽이 오기 몇 시간 전, 나는 영화 촬영 팀에 마치 위험한 소포처럼, 뇌관이 해제된 편지 폭탄처럼 직접 전달되었다. 경찰들은 경례를 하고 떠났다. 촬영 팀은 영문을 몰라 어리둥절해했다.

나는 그 경찰들이 몹쓸 짓을 하려고 그랬던 건 아니라고 믿고 싶다. 그저 작은 스릴을 맛보고 싶었을 것이다. 영화 〈매시 사히브〉와 평행선상에서 자신들이 주연으로 참여하는 작은 스릴러를 연출해보고 싶었겠지. 하지만 누가 알겠는가?

나는 웬만해선 쉽게 흔들리지 않았지만, 이번엔 달랐다. 마취도 하지 않고 받은 낙태 수술, 버스정류장에서의 집단 희롱, 가짜 납치극, 경찰 호위까지, 그 모든 걸 한꺼번에 당하고 보니 나조차도 감당하기 버거웠다. 프라디프에게 대략적인 이야기를 했지만, 그는 촬영 현장의 실무적 위기에 빠져 허우적거리고 있었다. 산제이에게도 말했다. 나는 숙소로 쓰고 있던 방갈로 계단에 그와 함께 앉아서 해가 뜰 때까지 몇 시간 동안 눈이 퉁퉁 붓도록 울었다. 그는 나를 위로하려고 애쓰지 않았고, 그게 오히려 큰 도움이 되었다. 그때부터 지금까지, 그는 내가 갈 곳이 없을 때 머물 수 있는 동굴이 되어주었다. 나도 그를 그렇게 품어준다.

해가 중천에 떴을 때, 나는 촬영장으로 돌아갔다.

촬영은 열흘쯤 더 이어지다가 갑자기 끝났고, 나는 떠날 시간이 되었다. 나의 마지막 장면은 황금빛 풀이 자라는 아름다운 초원에서 찍었다. 나는 조그만 아기를 안고 풀밭을 달려야 했는데, 최근에 내가 한 일을 생각하면 아이러니도 그런 아이러니가 없었다. 달릴 때 아기 머리를 보호하기 위해 툭 튀어나온 내 쇄골에 패드를 댔다. 날카롭고 뾰족한 풀이 내 살갗과 사리를 사정없이 베었다. 전반적으로 그 장면에서 내게 요구된 것은 거의 불가능한 일이었다. 그 장면은 결국 영화의 최종 편집본에 들어가지 못했다.

새벽녘, 프라디프가 촬영 종료를 선언했다. 나는 다른 사람들에게서 멀찌감치 떨어져 나무 아래에 앉아 있었는데, 그때 이상한 울음소리가 들려왔다. 소의 울음과 포효의 중간쯤 되는 묘한 소리였다. 나는 소리가 나는 쪽으로 걸어갔고, 그대로 얼어붙었다.

물소 한 마리가 얕은 구덩이에서 빠져나오지 못하고 있었다. 눈이 빛에 적응하자 풀빛과 똑같은 색깔의 들개 한 마리가 구덩이 밖으로 튀어나오는 게 보였다. 현지 사람들은 그런 들개를 '손 쿠타(황금빛 개)'라고 불렀다. 황금빛 새벽, 황금빛 풀 속의 황금빛 들개. 개가 또 한 마리, 또 한 마리, 그리고 또 한 마리 보였다. 시간이 조금 걸려서야 개들을 한 마리씩 구분할 수 있었다. 들개 무리 전체가 완벽하게 위장한 채 빙 둘러 서 있었다. 개들은 꼼짝도 하지 않고 조용히 서서 귀를 쫑긋 세운 채 나를 똑바로 쳐다보고 있었다. 이상하게도 두렵지는 않았다. 물소가 불쌍하다는 생각이 들었지만, 지금 내가 보고 있는 것은 정글의 법칙이 작동하는 순간임을 알았다. 내 머릿속에서는 키플링의 시*를 읽어주는 로이 여사의 목소리가 울렸다.

> 박쥐 망이 풀어준 밤을
> 이제 솔개 칠이 집으로 데려오네,
> 가축들을 외양간과 헛간에 가두는 건
> 우리가 새벽까지 풀려나기 때문이지.
> 지금은 긍지와 힘의 시간,
> 발톱과 송곳니와 앞발의 시간.
> 오, 부름을 들으라! —정글의 법칙을 지키는 자들이여,
> 행운을 비노라!

　나는 천천히 뒤로 물러섰다. 불편한 의상을 입고 쇄골에는 패드를 댄 채.
　그리고 파츠마리를 떠났다. 하지만 내 마음은 여전히 조명과 반사판, 전선들과 뾰족한 풀 사이에 뒤엉킨 채로 거기 남아 있었다.

---

*『정글북』에 수록된 시 「정글의 밤의 노래Night Song in the Jungle」.

"작가가 되어볼 생각은 해본 적 없어?"

나는 인도 중부 정글에서 진행된 영화 촬영의 광기에서 벗어나 로마의 레오나르도 다빈치 피우미치노공항에 도착했다. 혼자였고, 임신하지 않은 상태였다.

다행이었다.

공항 안에서 눈에 익은 건 매점에서 파는 싸구려 이탈리아 민트 사탕 브랜드인 '사일라'가 적힌 작은 판지뿐이었다. 그건 〈매시 사히브〉에서 내가 연기한 인물의 이름이었다. 나는 그 판지를 훔쳤다. 지금도 가지고 있다.

한 달짜리 이탈리아어 과정을 듣기 위해 나는 로마에서 나폴리로 가야 했고, 그다음엔 본격적으로 역사적 기념물과 도심지 복원 과정을 배우러 피렌체로 가야 했다.

카를로의 나라에서 그 몇 개월은 상심과 그리움의 뿌연 안개 속에서 지나갔다. 내 몸의 모든 세포가 파츠마리로, 프라디프와 산제이, 그리고 영화 촬영 팀에게로 돌아가고 싶어했다. 아니면 카를로와 골라크가 있는 델리로. 수업은 서너 번밖에 듣지 않았던 것 같다. 하루종일 거리를 떠돌았지만 이탈리아의 매력과 화려함에 무감각한, 그야말로 무지몽매한 바보였다. 내가 건축을 전공한 학생이었다는 점을 고려하면 그건 범죄행위에 가까웠다. 하지만 기본적인 이탈리아어는 조금 익혔고(골라크와 함께 힌디어를 배웠던 방식으로), 값싼 와인을 많이 마셨다. 아무도 없는 텅 빈 영화관에 홀로 앉아 폴 매카트니 콘서트 영화를 보기도 했다.

나는 인도 소식을 갈망했다. 때는 1983년이었다. 나는 서툰 이탈리아어로 더듬거리며 신문을 읽었다. 아삼주 넬리에서 수천 명의 무슬림이 아삼인들과 힌두 민족주의자들에게 선동된 지역 부족에게 학살당했다. 참발계곡의 전설적인 여자 산적 풀란 데비가 수천 명의 군중이 지켜보는 가운데 투항해 교도소에 수감되었다. 카키색 군복을 입고 붉은 반다나를 두른 그녀가 소총을 넘기는 극적인 사진이 기사와 함께 실려 있었다. (거의 정확히 10년 뒤 그녀는 교도소에서 출소하고 나는 전혀 예상치 못한 방식으로 그녀와 마주하게 된다.) 나는 이탈리아어로 더빙된 리처드 애튼버러의 영화 〈간디〉를 보면서 내 친구 배리 존—아직 프라디프와 함께 파츠마리에서 촬영중이던—이 경찰 역할로 나온 걸 보고 박장대소했다. 그는 간디를 체포하는 장면에서 이탈리아어로 이렇게 말한다. "미 디스피아체 인포

르말라, 시뇨르 간디, 마 레이 에 인 아레스토(죄송하지만, 간디 씨, 당신을 체포하겠습니다)." 나는 매달 꼬박꼬박 은행에 들러 장학금을 수령해서 저축했다.

나는 예술에 가까운 이탈리아식 구애를 관찰하고 경험했다. 그리고 대부분의 인도 남자들이 구애에 그토록 서툰 건(우르두어 시와 영화 노래들이 있음에도 불구하고) 부모가 신분과 계급이 맞는 여자를 지참금이라는 덤을 얹어 코앞에 갖다 바치기 때문이라는 결론에 이르렀다. 그들은 그냥 받기만 하면 되니까.

밤이면 하루도 빠짐없이 프라디프에게 편지를 썼다. 연애편지는 아니었다. 그저 나의 일상에 대한 묘사였다. 그 편지엔 단 하나의 목적밖에 없었다. 나는 그 뛰어난 남자가 답장에 이렇게 써주기를 바랐다. 작가가 되어볼 생각은 해본 적 없어? 그가 정확히 그렇게 써서 보냈다.

* * *

어릴 적에 내가 되고 싶었던 건 오로지 작가뿐이었다. 독서만큼 세상을 잊게 만드는 건 없었다. 독서만큼 세상에 대해 생각하게 만드는 것도 없었다. 독서만큼 나를 채우는 것도 없었으며, 독서만큼 나를 비우는 것도 없었다. 문장들과 문단들이 머릿속에서 구름처럼 흘러다녔다. 키플링, 셰익스피어, 『롤리타』의 도입부, 그리고 G. 아이작이 제임스 조이스의 『율리시스』에서 훔쳐 쓴 문장들—"미남이 아내의 정부의 아내의 침대에서 일어난다. 머리에 스카프를 두른 주부는 깨어 움직이고 있다"—은 내 독서의 하늘을 혜성처럼 날아갔다. 나는 "그녀의 레몬빛 거리를 비추는 거친 햇살"을 기다렸다(결코 오지 않았다). "장밋빛 손가락을 가진 새벽"이라고 묘사될 만한 아침도 기다렸다(그건 진짜로 찾아왔다). 리어폴드 블룸이 종이에 싼 콩팥을 주머니에 넣어 집으로 가져가 아내에게 소변 냄새가 약간 밴 아침식사로 내주는 장면을 떠올리면 몸서리가 쳐졌다. 물론 언제나 고상한 문학만 읽은 건 아니었다. "달은 흐린 바다 위에 던져진 섬뜩한 갤리선처럼……"* 같은 미사여구로 가득한 문장들이 감상적인 순간에 입에서 흘러나오곤 했다. (G. 아이작과 로이 여사 덕에 내 초기 문학 교육은 백인 남성 작가들 중심이었다.)

　로이 여사의 학교에서는 글쓰기를 기본으로 가르쳤고 그녀는 그걸 "자유로운 글쓰기"라고 불렀다. 로이 여사는 학교를 세우기 한참 전, 내가 연필을 쥘 수 있게 되었을 때부터 내 마음을 글로 쓰게 했다. 그녀는 내가 처음 쓴 글이 담긴 공책을 간직했다. 내가 우티에 살던 다섯 살 때 선생님이었던 호주 선교사 미스 미튼에 관한 글이었다. 그녀는 우리에게 산수를 가르쳤는데, 그날은 10이 넘는 숫자를 세야 하는 문제를 냈다. 나는 선생님이 안 볼 때 얼른 양말을 벗고 발가락으로 숫자를 센

---

* 앨프리드 노이스의 시 「노상강도The Highwayman」에서 인용.

다음 다시 양말을 신었다. 나는 눈치 빠른 아이였다. 언제 어디서 무슨 일이 닥칠지 몰랐기 때문이다. 언제나 모든 일에 대비해야 했다. 에스타(『작은 것들의 신』에 등장하는 쌍둥이 중 한 명)처럼. 나는 이런 생각을 갖고 있었다.

> (a) 누구에게나 무슨 일이든 일어날 수 있다.
> (b) 미리 대비하는 것이 최선이다.

그리고 결코 손에 든 패를 보여선 안 된다. 발도 보여선 안 된다. 배에 난 수두 자국도 마찬가지다.

미튼 선생님은 내가 어떻게 답을 맞혔는지 따져 물었다. 그녀의 태도는 내가 대단히 큰 잘못을 저질렀고 발가락으로 세는 것은 비기독교적이며 죄악인 것 같은 기분이 들게 만들었다. 내가 "머릿속으로" 계산했다고 우길수록 그녀는 점점 더 화를 냈다. 그녀는 내가 사악하다며 내 눈에서 사탄이 보인다고 말했다. 그날 집에 돌아왔을 때 엄마가 학교에서 있었던 일을 글로 쓰라고 했다. (다섯 살은 글을 쓰기엔 어린 나이였지만, 나는 로이 여사가 오빠를 가르칠 때 옆에 앉아 있었기에 조숙했다.) 나는 이렇게 썼다. "나는 미튼 선생님이 싫다. 그 선생님을 보면 누더기가 보인다. 나는 그 선생님이 찢어진 속옷을 입었다고 생각한다." 로이 여사가 그 공책을 왜 간직했는지 모르겠다. 그 문장들은 전혀 말이 안 되고 작가의 탄생을 예고하는 것도 아니었는데 말이다.

나는 학교 다니는 내내 영어와 문학 과목 성적이 형편없었다. 규칙을 전혀 이해하지 못했다. 로이 여사는 내 짧은 에세이와 작문에 사선을 죽죽 긋고 10점 만점에 3점을 주며 "끔찍하다" "말도 안 된다" 같은 평을 달았다. 그녀가 옳았다—그것들은 완전히 쓰레기였다. 이미 그때부터 나는 내가 쓰는 언어가 내 것이 아니라는 걸 알고 있었다. 여기서 내 것은 모국어를 뜻하지 않는다. 그리고 언어라는 건 영어, 힌디어, 말라얄람어 같은 특정 언어가 아닌 작가의 언어를 의미한다. 언어가 나를 사용하는 게 아니라 내가 언어를 사용해야 한다. 나 자신에게 나의 다중언어 세계를 표현할 수 있는 언어. 나는 그때 이미 그 언어가 내 안이 아니라 밖에 있다는 걸 알고 있었다. 그 언어가 저절로 나에게 다가오지 않을 거라는 것도 알고 있었다. 나는 그것을 사냥해야 했다. 내장을 제거하고 먹어야 했다. 그렇게 했을 때 그 언어—나의 언어—가 내 몸속 피의 흐름을 부드럽게 만들 터였다. 그것은 어딘가에 있었다. 살아 있는 언어-짐승, 줄무늬와 점박이가 있고, 풀을 뜯어먹으며 나라는 포식자를 기다리는. 그건 내 정글의 법칙이었다. 비폭력적이거나 채식주의자의 꿈이 아니었다.

하지만 일단 달리기 시작하자 하루하루 살아남기도 버거워 언어를 찾아나서는 사냥은 중단되었다. 그 사냥엔 시간이 필요했다. 훈련이 필요했다. 나는 화가나 무용가, 수영선수처럼 훈련해야 했다. 하지만 내 야망은 훨씬 근본적인 것이었다. 체온을 조절하고, 혈관 속 피의 흐름을 통제해야 했다. 온전한 정신을,

평정심을 유지하고 나 자신과 대화하는 방법을 찾아야 했다.

훈련하려면 은신처가 필요했다. 물리적 공간이 아닌 정서적인 쉼터 — 잠시라도 앉을 수 있는 곳. 하지만 내겐 그런 곳이 없었다. 단 한 번도 없었다.

달리기를 시작하고 건축학교에 들어가자 작가는 절대 될 수 없으리란 생각이 들었다. 그래서 포기했다.

그런데 수년 뒤에 그 편지를 받은 것이다. 작가가 되어볼 생각은 해본 적 없어? 나는 아직 풀을 뜯고 있는 언어-짐승을 찾지 못했다는 걸 알고 있었다. 하지만 내 안의 사냥개는 멀리서 바람에 실려온 그 희미한 냄새를 맡았다.

*   *   *

로마에서 델리로 돌아오는 알리탈리아 항공기는 거의 비어 있었다. 나는 고열에 시달렸다. 또다시 나는 목적지에 도착해서 뭘 해야 할지, 어디로 가야 할지 전혀 알 수 없었다. 이번에는 기내에서 사업 제안을 받지도 못했다. 그래도 장학금 대부분을 모아둔 덕에 고아에서 봄베이로 가던 증기선에서처럼 절박하지는 않았다. 이탈리아인 남자 승무원과 여자 승무원이 승객이 거의 없어서 한가했는지 나에게 다가와 이런저런 이야기를 나눴다. 내가 처한 곤경에 대해 이야기하자, 그들은 자신들이 부부라며 내가 밤에 묵을 곳이 없다면 남는 호텔방이 하나 있으니 써도 된다고 했다. 나는 그 말에 크게 안도했다. 열이 곧바로 내리는 것 같았다.

다행히 그들의 호텔방에서 신세질 필요가 없었다. 프라디프가 공항으로 마중나와 있었는데, 그는 이상한 소식을 전했다. 아내가 집을 나갔다는 것이었다. 다시 돌아올지 확신할 수 없다고 했다. 그는 조금 혼란스러워 보였다. 당분간 아이들과 함께 부모님 집에 들어가 살고 있다며, 그날 밤은 그의 아파트에서 지내도 된다고 했다. 그의 아파트에 도착하자 왜 아래층으로 옮겼는지 바로 알 수 있었다. 집이 텅 비어 있었다. 카펫도, 그림도, 쿠션도, 커튼도, 가구도 없었다. 바닥에는 매트리스 하나와 생수 한 병만 놓여 있었다. 나는 그게 오히려 마음이 편했다. 그는 내가 편히 쉴 수 있도록 자리를 마련해주고는 카펫 아래에 감춰져 있던 뚜껑문을 통해 부모님 집으로 내려갔다. 나는 그게 좋았다. 마치 마술처럼 보였다. 그의 개들 중 한 마리인 쿠투지—감정이 풍부한 갈색 닥스훈트—가 평생 지니고 다니는 삶의 동반자인 빨간 프리스비 원반(이빨로 물어뜯어 너덜너덜해진)을 가져와 그 밤을 나와 함께 보내기로 했다. 나는 오랜 세월 그토록 영광스러운 기분을 느껴본 적이 없었다. 디도 이후 처음으로 개와 함께 잔 밤이었다.

다음날 나는 여행가방과 모아둔 장학금을 들고 산제이의 집으로 갔다. 새로 방을 구할 때까지 거기서 며칠 신세를 졌다. 나는 피렌체에서 그에게 줄 위스키잔을 사 왔다. 형편상 잔을 한 개밖에 살 수 없었다. 물론 산제이는 내가 프라디프와 점점 진지한 관계가 되어가고 있다는 걸 알고 있었다. 그는 상처를 받았다. 하지만 우리는 서로 진실을 말하기로 약속한 사이였다. 우리는 나이가 거의 비슷했지만 나는 그의 여자가 되기엔 너무 늙었다고 말했다. 우리는 나이 차가 대략 백 살쯤 된다고. 단정함과 깔끔함은 부모 없고 집 없고 직업 없고 무모한 나를 메워줄 수 없었다. 하지만 그는 자신이 나보다 백 살 더 많다고 믿었다. 우리는 서로 동의하지 않기로 동의했다. 그는 아직도 그 위스키잔을 간직하고 있다.

* * *

나의 새 보금자리는 또 옥상 위 3층 방이었고, 이번엔 프라디프의 집에서 걸어서 갈 수 있는 부자 동네 말차 마그에 있었다. 월세는 니잠우딘 옥탑방보다 약간 비싼 정도였는데, 그 방처럼 창고는 아니었지만 임시 야영객이 혼자 지낼 만한 크기였다. 방에는 화장실이 딸려 있었고, 창문 하나, 작고 낡은 화장대 하나, 그리고 제대로 된 나무 침대가 있었다. 부엌은 없었다. 산제이가 자신이 아끼는 물건 중 하나인 안전유리로 된 지프차 앞유리창을 선물했고, 나는 벽돌 두 장을 받침대 삼아 유리창을 얹어놓았다. 그 위에 조잡한 코일 히터, 접시, 유리컵, 밥과 달*을 끓일 냄비를 올려놓았다. 나의 주방 조리대였다. 그 동네에는 아침을 함께 먹을 사람도, 자전거를 빌릴 곳도 없었

---

* dal. 인도에서 주식으로 먹는 콩으로 만든 스튜.

다. 나는 소중한 장학금 일부를 투자해서 커다란 검은 자전거를 샀다. 그걸 소유했다는 점에선 지위가 한 단계 올라갔지만, 너무 흉물스러워서 한 단계 내려갔다. 새 집주인은 그 자전거를 아래층에 세우지 못하게 했다. 집까지 싸구려로 보이게 만든다는 이유였다. 그래서 나는 자전거를 집 앞 작은 공원의 울타리에 쇠사슬로 묶어두었다. 거기서도 싸구려로 보이긴 마찬가지였지만, 싸구려 이미지가 특정 주소에 귀속되지 않았기에 아무도 뭐라고 하지 않았다.

그 공원에는 원숭이들이 살고 있었다. 길 건너 도심 숲지대 리지에서 흘러든 붉은털원숭이 무리였다. 리지에는 닐가이영양과 야생 멧돼지(코타얌의 산타 같은 종이 아닌 진짜 멧돼지)가 살았고, 자칼들이 밤새 울부짖었다. 어린 암컷 원숭이가 제 새끼처럼 키우던 죽은 강아지를 품에 안고 내 침대 밑에서 하룻밤을 보낸 적도 있었다. 나는 그 원숭이가 위협을 느끼지 않도록 문을 다 열어둔 채로 테라스에 앉아 있었다. 원숭이는 새벽이 되자 떠났다.

몇 개월이 지나면서 프라디프와의 관계는 더욱 깊어졌고 돈 문제도 심각해졌다. 나는 몇 가지 일러스트 작업을 맡았는데, 그중에는 끝내 출간되지 못한 어린이책도 있었다. 그런 일들은 괜찮은 돈벌이가 되지 못했다. 장학금을 아껴 모아둔 돈이 빠르게 줄어들고 있었다. 건축사무소에 다시 취직하는 건 내키지 않았다. 그건 내게 패배와 후퇴를 의미했다. 프라디프는 〈매시 사히브〉 편집 작업 때문에 몇 주씩 봄베이에 머물렀다. 국립영화진흥위원회 제작자가 그에게 앙심을 품고 영화의 완성을 고의로 지연시키는 바람에 둘은 심한 불화를 겪고 있었다.

나는 델리에 살면서 처음으로 주위에 사람들도, 도시의 소음도, 북적거림도 없는 나날을 보내고 있었다. 그 부자 동네에서 외롭고 고립된 기분이었다. 나는 빛을 잃었고 걸음걸이에 힘이 빠졌다. 점점 움츠러들며 절망 속으로 빠져들었다. 젊고 어린 여자가 나이 많은 유부남과 관계를 맺는 고전적인 함정에 빠진 것이다. 하지만 나는 그 유부남을 온 마음으로 사랑했다.

*   *   *

그러다 1984년이 되었다. 델리의 악몽 같은 해. 10월의 마지막날 아침, 비상사태 선포 후 정계에 복귀해 다시 총리 자리에 오른 인디라 간디가 자택 정원에서 시크교도 경호원 총탄에 쓰러졌다. 총리 암살은 블루스타 작전, 즉 총리의 명령에 따라 편자브 암리차르에 있는 시크교의 가장 신성한 성지 황금사원에 숨어 있던 무장세력을 소탕한 군사작전에 대한 보복이었다. 그 작전으로 사원이 심하게 훼손되었고 많은 무장세력이 죽었다. 사망자 명단에는 한때 인디라 간디가 정치적 동맹으로 삼았던 시크교 분리주의운동 지도자 자르나일 싱 빈드란왈레도 있었다.

내가 살던 말차 마그의 옥탑방과 프라디프의 부모님 집은 인디라 간디의 저택에서 차로 5분 거리에 있었다. 그래서 우리 둘 다 집에서 조용히 귀를 기울였다면 총성을 들었을 것만 같은 기분을 느꼈다. 그녀는 올인디아의학연구소로 급히 이송되었다. 도시는 충격에 빠졌다. 그녀가 사망선고를 받자마자 대학살이 벌어졌다. 국민의회당의 조직적인 폭력배들과 우익 힌두 민족주의자들이 델리에서 수천 명의 시크교도를 학살했다. 재단사, 상인, 택시 운전사 할 것 없이 남아프리카식으로 불타는 타이어를 목에 걸어 화형시키거나 경찰이 방관하는 가운데 때려죽였다. 우리는 리지숲 언덕 위에 서서 도시가 이빨을 드러내고 으르렁거리는 가운데 여기저기서 연기 기둥이 하늘로 소용돌이쳐 올라가는 광경을 볼 수 있었다. 인디라 간디의 장남 라지브 간디는 그 대학살에 대해 냉담하게 일축했다. "큰 나무가 쓰러지면, 땅이 흔들리기 마련입니다." 그는 곧 압도적인 의석수를 얻어 총리로 선출되었다. 그 승리는 정치인들과 정당들에게 소수자 학살이 선거 승리에 도움이 된다는 믿음을 심어주었다. 그리하여 그후 수년 동안 우리는 그런 일이 반복되는 걸 지켜보게 되었다.

개인적 절망으로 완전히 무감각해진 나는 그 모든 일을 멀리 떨어진 쓸쓸한 행성에서 바라보는 듯한 기분이었다. 나는 늘 그랬던 것처럼 분노와 혐오감을 머릿속의 밀폐된 방에 가둬버렸다는 사실을 그때는 미처 몰랐다. 그 방을 열게 된 건 한참 후, 비로소 제대로 기능하는 인간이 되었을 때였다.

지금 돌이켜보면 그 무감각은 무력감에서 비롯된 것이기도 했다. 공포를 목격하면서도 아무것도 할 수 없었으니까. 자신에게조차 그것을 설명할 언어가 없었으니까.

대학살의 충격 이후 나는 프라디프와 함께 있는 시간이 많아졌고 대부분의 밤을 그의 아파트에서 보냈다. 하지만 여전히 말차 마그의 셋방은 빼지 않았다. 나는 누군가에게, 심지어 그에게도, 의존하게 될까봐 두려웠다. 엄마라는 '은행'에게서 도망친 나는 다시 그런 존재를 갖고 싶진 않았다. 그렇다고 프라디프에게 돈이 많은 것도 아니었다. 하지만 그는 먹을 것과 잘 곳 걱정은 안 하고 살았다. 내게 그건 부유함을 의미했다.

엄마 곰, 아빠 곰

로이 여사를 마지막으로 본 후로 일곱 해가 흘렀다.

무엇보다도 이상한 건 내가 어떻게 그녀와 다시 연락하게 되었는지 전혀 기억이 나지 않는다는 것이다. 내가 로이 여사에게 편지를 써서 〈매시 사히브〉와 이탈리아 여행에 대해 이야기했을 수도 있다. 하지만 확실하지는 않다. 그 일은 내 기억에 구멍으로 남아 있다. 아무튼 1984년 대학살 직후, 나는 델리 니잠우딘역 승강장에서 그녀를 델리로 실어올 기차를 기다리고 있었다.

로이 여사는 비서와 천식 흡입기 가방을 든 수행원을 거느리고 기차에서 내렸다. (다행히 공작 깃털 부채는 없었다.) 그녀는 승강장에 서 있는 나를 알아보지 못하고 그대로 지나쳤다. 나 자신이 얼마나 변했는지 나는 그제야 비로소 깨달았다. 그녀는 그대로였다. 나는 다가가서 그녀를 안았다. 그녀의 몸이 경직되는 게 느껴졌다. 그녀는 신체적인 애정 표현을 싫어했다. 우리 둘이 함께 찍은 사진들에서 입을 맞추고 있는 건 언제나 나였다. 어쩌다 그녀가 내 어깨에 팔을 두른 경우에도 신체 접촉을 최소화하기 위해 손가락을 어색하게 들고 있었다.

그녀가 델리에 온 건 대법원에 제출한 트라반코르 기독교 상속법 위헌심판 청구와 관련해 변호사를 만나기 위해서였다. 나는 그녀를 만날 준비가 되어 있지 않았다. 돈도 없었고, 말 그대로 공기만 마시며 살고 있었다. 내 인생이 어디로 가고 있는지도 알 수 없었다. 프라디프와의 복잡한 관계 때문에 기가 꺾인 상태였다. 학생 시절의 그 무모한 태평함은 사라졌다. 방어막도 무너졌다. 로이 여사에게 내 처지를 조금이라도 털어놓으면 그녀가 경멸로 나를 짓밟을 것 같았다.

우리는 택시를 타고 YWCA로 갔다. 그곳에 방을 예약해놓은 것이다. 나는 차창 밖을 내다보며 델리에서 우리가 얼마나 작고 아무것도 아닌 존재인지 실감했다. 나야 원래 아무것도 아니었으니 괜찮았다. 하지만 로이 여사가 얼마나 놀라운 여성인지 아무도 모른다는 사실은 괜찮지 않았다. 아무도 그녀의 아름다운 학교와 로리 베이커가 설계한 캠퍼스에 대해 몰랐다. 그녀가 얼마나 힘들게 그 학교를 세웠는지도 몰랐다.

로이 여사가 예약한 YWCA 객실은 널찍했다. 나는 그녀가 짐을 풀고 자리를 정리하는 걸 도왔다. 우리 사이엔 어색하고 긴장된 분위기가 감돌았다. 그러나 다시 과거의 관계로 돌아가 분위기가 험악해지는 데는 채 한 시간도 걸리지 않았다. 나는 늘 그렇듯 반응하지 않았지만 최대한 빨리 그 자리를 빠져나왔다. 다음날 아침, 로이 여사가 말차 마그에 있는 내 방으로 찾아왔다. 그녀에겐 두 층을 걸어올라오는 것이 쉽지 않은 일이었다. 그녀가 문간에 서서 말했다. "다시는 널 못 볼 줄 알았다." 그녀는 내가 쓰던 낡은 타자기를 가져왔다. 내가 처음 타자를 배울 때 쓰던 것이었다. 나는 찢어진 가슴이 더 찢어지는 기분이었다. 그것이 그녀가 나에게 행사할 수 있었던 힘이었다. 그녀는 손가락만 까딱해도 내 마음을 찢어놓고 다시 치유할 수 있었다. 나는 그녀에게 입맞춤하며 사랑한다고 말하고 싶었다. 하지만 그러지 않았다. 대신 "고마워요"라고만 했다. 그 말에는 당신 딸이 작가의 마음을 갖고 있다는 걸 알아줘서 고마워요라는 뜻이 담겨 있었다.

로이 여사의 남은 일정은 감정의 폭발 없이 지나갔다. 그녀는 오빠 이야기를 전혀 꺼내지 않았고, 나 역시 본능적으로 그에 대해 묻지 않았다. 나는 로이 여사의 모임에 몇 번 동행했다. 그중 가장 또렷이 기억나는 건 어느 나이든 시리아 기독교 여성—아마 의사이거나 의사 아내였을 것이다—이 한 말이었다. "왜 우리 아름다운 공동체를 파괴하려 하세요? 우리가 당신이 말하는 그런 권리를 갖게 된다 한들 그걸로 뭘 하겠어요?" 그 순간, 로이 여사도 나도 감정을 숨기려 애쓰지 않았다.

그 집을 나서면서 나는 다시 뛰어들어가 그 노부인의 커피테이블 위 귀여운 장식품들을 모조리 쓸어버리고 싶은 충동을 억

눌러야 했다. 나는 그녀에게 이렇게 말하고 싶었다. "실례지만 부인, 당신이 방금 어떤 사람을 만났는지 알기나 하세요? 그녀가 단지 동등한 상속권을 위해 싸우고 있다고 생각한다면, 틀렸어요. 사실 그녀는 완벽한 어머니가 되지 않을 권리, 순종적이고 착한 여성이 되지 않을 권리, 그리고 무엇보다 당신처럼 따분하기 짝이 없는 인간이 되지 않을 권리를 위해 싸우고 있으니까요."

로이 여사는 델리를 떠나기 전에 내게 소형 냉장고를 사주었다. 나는 그냥 팔아버릴까 하다가 그러지 않기로 했다. 그 냉장고는 책과 옷을 넣어두는 장이 되었다.

이제 내 주소를 알게 된 그녀는 나에게 편지를 보내기 시작했다. 그녀의 심술이 다시 시작되었다. 나는 감정적으로 만신창이가 되는 걸 피하기 위해 산제이에게 편지를 대신 읽어달라고 했다. 편지를 읽어보고 내가 꼭 알아야 할 중요한 내용만 말해달라고 부탁했다. 그저 사실만, 수식어는 빼고. 산제이는 빙글거리며 그 임무를 즐겁게 수행했다. 그는 편지를 다 읽고 골자만 알려준 후 나를 약올리려고 이렇게 말했다. "이봐, 그래도 인정해야지. 글은 정말 잘 쓰신다니까."

그 무렵 나는 그와 거의 동급이었다. 나에게 냉장고는 있었지만 스쿠터는 아직 없었다. 엄마는 있었지만 아빠는 아직 없었다. 그러나 곧 그마저도 바뀌게 될 터였다.

＊　　＊　　＊

　로이 여사와 다시 만나고 몇 달이 지난 뒤, 오빠가 나를 찾아
냈다. 오래된 잡지에서. 〈매시 사히브〉는 아직도 국립영화진
흥위원회의 관료적 절차에 묶여 있었지만, 언론에서는 한동안
이 개봉 예정작에 대해 다루었다. 인도의 주요 주간지 『인디아
투데이*India Today*』 뒷부분에 내 흑백사진(카를로가 찍은)이 짧
은 기사와 함께 실렸는데, 기사 내용은 내가 지능이 심하게 떨
어지는 사람인 것 같은 느낌을 주었다. 그리고 국립영화진흥
위원회에서 제작했다는 내용도 있었다. 오빠는 그곳에 연락했
고, 거기서 프라디프의 전화번호를 얻었다. 오빠는 프라디프에
게 전화를 걸어 자신이 델리에 있다고 말했다. 나에게 연락처
도 남겼다. 우리는 마지막으로 본 게 7년 전이었고 그동안 서
로 연락조차 없었다.
　나는 안전하고 익숙한 공간에서 전화를 걸어야 할 것 같았
다. 그래서 자전거를 타고 니잠우딘까지 갔다. 다르가를 지나
여전히 그곳에 있는 옛친구들과 인사를 나눈 후 주유소 뒤편의
시끄러운 과자점으로 갔다. 예전에 카를로와 가끔 차를 마시던
곳이었고 필요할 때마다 전화를 사용했던 곳이기도 했다. (카
를로는 이제 거기 살지 않았다. 문화센터에서 이탈리아어를 가
르치게 되면서 더 좋은 동네로 이사했다.) 나는 전화를 걸었
다. 알고 보니 호텔이었다. 과자점 카운터의 얼룩진 유리에 내
모습이 비쳤다. 전화를 받은 안내 직원의 말투로 보아 예전에

고아에서 돌아오던 길에 봄베이에서 묵었던 호텔과 비슷한 곳인 듯했다. 싸구려 히피 숙소. 나는 오빠의 이름을 말했고, 잠시 후 오빠가 전화를 받았다.

"LKC! 어디야?"

"델리야. 역 근처 호텔에 있어. 여기 아주 더러워. 집에서 나왔어. 더는 거기 있을 수가 없었거든."

"그럼 나랑 같이 지내도 돼. 어때?"

"만나서 얘기하자. 근데, 너 말투가 달라졌다."

"무슨 뜻이야? 어떻게 달라졌는데?"

"몰라. 달라졌어. 잠깐만, 누가 너랑 얘기하고 싶대. 누구게?"

"아빠?"

아빠. 우리 아버지. 엄마의 남편. 아무것도 아닌 남자. 나는 세 살 이후로 그를 만난 적이 없었다.

"어떻게 알았어?"

믿기 어려운 일이었다. 하지만 나는 알았다. 오빠의 흥분된 목소리에서 그걸 알 수 있었다. 나는 오빠가 어떤 믿음을 갖고 있는지 짐작하고 있었다. 엄마가 아니면 아빠일 거라는, 누군가는 우리를 사랑할 거라는 믿음. 하지만 나는 그런 환상 따윈 없었다.

"몰라. 그냥 감이지. LKC, 나 그 사람이랑 전화로는 얘기하고 싶지 않아."

"왜?"

"모르겠어…… 하지만 제발, 제발, 제발 전화로는 안 돼……"

다른 목소리가 들려왔다. "여보세요! 왜 소리를 질러? 내가 누군지 알겠어?"

"네."

"누군데?"

"아빠."

"맞아. 나 기억은 나니?"

"아뇨."

"아직도 욕하고 다니니?"

"무슨 말씀이세요?"

"기억 안 나? 너 예전에 네 누이 뭐시기 그러면서 욕하고 그랬잖아. 차농장 일꾼들이 가르쳐줬지. 까먹었어? 테리 베헨 카라우다(네 누이 좆대가리)라고 그랬잖아. 여보세요? 네 오빠 바꿔주마."

나는 수화기 너머의 낯선 사람이 무슨 말을 하는지 전혀 알 수 없었다. 오빠와 나는 다음날 만나기로 했다. 그는 내가 사는 곳을 직접 보고 싶다며 자신이 데리러 오겠다고 했다.

* * *

내 머릿속의 소음이 과자점에서 사람들이 떠드는 소리나 큰 길의 요란한 자동차 소음보다 더 컸다. 나는 멍한 상태로 자전거를 타고 방으로 돌아왔다. 그날 밤 한숨도 못 자고 낡아빠진 화장대 앞에 앉아 어둑한 거울 속의 내 얼굴을 바라보았다. 그렇게 하면 내일 만나게 될 남자가 어떤 모습일지 상상할 수 있기라도 하듯. 회색 앨범 속에 오빠와 나, 그가 함께 찍은 사진이 들어 있었다. 그는 사진 속 남자보다 늙은 모습을 하고 있을까? 사진 속의 그는 미남에 날씬하고 운동선수처럼 보였으며 흰색 오픈칼라 셔츠를 입었고 안경을 쓰고 있었다. 오빠는 그의 어깨 위에 목말을 타고 머리에 턱을 얹고 있었는데 만족스럽고 안정된 표정을 짓고 있었다. (나는 오빠의 얼굴에서 그런 표정을 다시는 보지 못했다.) 생후 1년도 안 된 나는 성난 인형처럼 그의 팔뚝에 매달려 있었고, 내가 신뢰하는 유일한 물건인 양 그의 손목시계를 움켜쥐고 있었다. 그게 우리가 아빠와 함께 찍은 유일한 사진이었다.

이제 그 회색 앨범은 내 소유가 되었다. 우리 가족 넷이 함께 찍은 사진은 단 한 장도 없다. 우리가 어릴 적에 엄마와 함께 찍은 사진도 단 한 장뿐이다. 그건 가로세로 5센티미터밖에 안 되는 작은 사진이다. 우리는 우티에 있는 곤충학자의 별장 앞에 서 있다. 우리 모두 아픈 것 같고 음울해 보인다. 엄마는 마치 그 자리에 존재하지 않는 사람처럼 보인다. 오빠는 그 자리에 있고 싶지 않은 듯하다. 나는 맨 오른쪽에 서 있다. 한 팔을 두 사람 앞으로 뻗고 있는 게 마치 그들을 무언가로부터 보호하려는 것 같다. 내 표정은 섬뜩하다. 어떤 아이도 그런 얼굴을 해선 안 된다.

나는 늘 부모님의 이혼이 나보다 오빠에게 훨씬 더 큰 영향을 미쳤다고 믿어왔다. 우리가 예순 줄에 들어선 지금에야 역할이 뒤바뀐 것 같다. 오빠는 사교적이고 활달한 수산물 사업가가 되었고, 나는 내면이 조용해지면서 오래된 기억에 사로잡혀 살게 되었다. 어릴 적에 우리는 매일 밤 큰 소리로 기도해야 했는데, 오빠의 기도는 늘 이랬다. "엄마를 축복해주시고 천식이 재발하지 않게 해주세요. 포타첸(코타얌 기숙사 겸 집의 주인)이 엄마를 괴롭히지 않게 해주세요. 아빠도 축복해주시고 술 마시지 않게 해주세요. 아멘." 나도 엄마와 천식, 소름 끼치는 집주인에 대한 기도를 올렸지만 아빠는 기도에 넣지 않았다. 나는 커가면서 아빠에 대해 언급할 때면 점점 더 그를 불쾌하고 불필요한 존재로 만들었다. 가끔 그를 사진이라고 불렀다. 정자라고 부르기도 했다. 나는 스스로를 처녀생식의 산물이라고 말했다. 나는 처녀의 몸에서 잉태되었고, 후광에 휩싸여 미소 지으며 태어난 축복받은 아들의 사악한 (눈빛에 사탄이 깃든) 쌍둥이라고 말했다. 그리고 우리 엄마 이름도 메리라고 덧붙였다. 그것은 아버지 중심의 세상에서 나 자신을 지키기 위해 입었던 냉소적 갑옷이었다. 언젠가 공문서에 아버지 이름을 기입하라는 요구를 받은 적이 있었는데, 나는 어머니 이름을 썼다. 창구의 남자 공무원이 그건 허용되지 않는다며 이렇게 덧붙였다. "여긴 인도예요, 아가씨." 나는 사생아라 아버지가 누군지도 모른다고 말했다. 결국 그는 짜증이 나서 자기 손으로 칸을 채웠다. 스리 메리 로이. '미스터' 메리 로이. 나는 그 타협안을 받아들였다. 왜냐하면, 여기는 인도니까, 아가씨.

그 단 한 번의 통화로 나의 허세 섞인 궤변은 힘을 잃고 말았다. 가장 먼저 걱정된 건 아빠와의 만남이 엄마를 배신하는 일이 되지 않을까 하는 것이었다. 거울 속의 나를 응시하며 그의 모습을 상상해보려 애쓰면서 어린 시절에 엄마가 남편에 대해 간간이 흘린 말들을 모두 끌어모았다. 많지는 않았다. 그는 지금은 방글라데시가 된 지역에서 이주하여 캘커타에 정착한 명문가 출신이었다. 그의 아버지(즉 나의 할아버지)는 제1차세계대전 때 영국왕립포병대에서 복무했다. 전쟁이 끝나자 인도로 돌아와 아마추어 권투선수로 활약하며 챔피언이 되었다. (나는 그 점이 늘 흥미로웠다. 나의 두 할아버지 중 한 분은 곤충학자였고 다른 한 분은 군인 출신 권투선수였는데, 폭력적인 쪽은 오히려 곤충학자였다.) 시간이 흐르면서 권투 챔피언은 술에 빠져 가산을 탕진했다. 아빠는 3남 2녀 중 넷째였다. 그는 귀가 미키 마우스처럼 생겨서 애칭이 미키였다. (내 귀도 그렇게 생겼다.) 그는 부친을 무척 사랑해서 자신을 소개할 때 "권투선수의 아들 미키 로이Micky Roy the Boxer's Boy"라고 했다. (지금 돌이켜보면, 우티에 살 때 오빠가 허공에 대고 주먹을 휘두르며 자신이 캐시어스 클레이라고 했던 건 어린 마음에 그 기억이 생생히 남아 있었기 때문이었던 것 같다.)

엄마는 미키에 대해 가장 화가 났던 건 그가 진실을 존중하지 않아서였다고 말했다. 그는 장난삼아 무해한 거짓말을 했다. 거짓말하는 걸 즐겼다. 그의 거짓말은 아내에게 쉽게 들통

났는데, 그래도 신경쓰지 않고 킥킥 웃기만 했다. 엄마는 우리에게 'inane'이라는 단어의 뜻이 그의 웃음에 딱 들어맞는다며 사전에서 그 단어를 찾아보라고 했다.

의미나 중요성, 개념이 결여된

텅 빈, 공허한

그녀를 분노하게 만든 두번째 결점은 아무것도 안 하고 빈둥거리는 것이었다고 했다. 아무것도. 책도 안 읽고, 말도 안 하고, 생각도 안 하고. 생각을 안 하는 걸 어떻게 알 수 있느냐고 내가 조심스럽게 묻자, 엄마는 그냥 안다고 말했다. 그는 생각이라는 걸 하는 인간이 아니라고. 그냥 앉아 있기만 했다고. 가끔은 다리를 얼마나 심하게 떠는지 같이 앉은 소파가 흔들릴 정도였다고 했다. 가끔은 침방울을 불었다. 몇 시간씩. 엄마는 그런 버릇은 열여섯 살이 되기 전에 고쳐야 한다고 했다. 그 이후로는 고쳐지지 않는다는 것이었다. 그러면서 그의 부모가 둘 다 술에 취해 자식을 방치한 탓이라고 했다. 오빠가 게으름을 피우거나 구부정하게 앉아 있거나 다리를 떨면, 엄마는 그게 어디서 물려받은 건지 안다고 말했다. (나는 어릴 적에 아빠를 상상하며 침방울을 불었지만 엄마 앞에서는 절대 그런 짓을 하지 않았다.) 엄마 말에 따르면 우리의 나쁜 점은 전부 아빠에게서 물려받은 거였다. 하지만 그렇게 유전자를 탓하는 것이 우리를 얼마나 끔찍한 자기회의에 빠뜨리는지 모르는 것 같았다. 마치 우리 존재의 절반이 아무 쓰레기나 던져넣어도 되는 쓰레기통인 것 같은 기분을 느꼈다. 엄마는 남편을 떠난 가장 큰 이유는 거짓말도 게으름도 아닌 술이었다고 말했다.

* * *

오빠가 도착했을 때 나는 이미 옷을 차려입고 나갈 준비를 마친 상태였다. 그는 예전과 똑같았다. 여전히 마르고 납작한 모습이 소년 같았다. 콧수염만 조금 억세졌을 뿐이었다. 우리는 대단히 극적인 재회 장면 같은 건 연출하지 않았다. 우린 그런 남매가 아니었다. 어릴 때 오빠는 내 엉덩이 위에서 물구나무를 서곤 했다. 그런 걸 해본 사이라면 굳이 인사를 나누고 감정을 드러내고 반가워하고 이것저것 설명할 필요가 없다. 나는 오랜만에 오빠를 만난 기쁨보다 미키 로이를 만나야 한다는 불안감이 앞섰다.

오빠는 내 침대에 앉아 방을 둘러보았다. 그는 지프차 앞유리로 만든 주방이 마음에 든다며, 아주 훌륭한 아이디어라고 했다. 그는 내 핸드백을 뒤져 거기 든 물건들을 하나하나 살펴보았다. 그러고는 내가 아빠에게 최대한 예쁘게 보일 수 있도록 다른 옷들도 보여달라고 했다. 그의 눈이 반짝거렸다.

"청바지에 어울리는 파란색 옷은 없어? 와아, 귀 뚫었네! 이 신발 아직도 신어?"

그가 오토릭샤를 대기시켜둬서 우리는 서둘러 아래층으로

내려갔다.

그는 덜컹거리는 릭샤 소리 때문에 소리치다시피 크게 말해야 했다.

"너도 아빠가 진짜 마음에 들 거야. 진짜 좋은 사람이야. 늘 농담도 하고."

나는 아무 감정도 느끼지 않겠다고 이미 계획을 세워둔 상태였다.

"둘이 어떻게 결혼했는지 상상이 안 돼. 너무 다르거든. 아빠 인기가 많아."

"누구한테 인기가 많은데?"

"캘커타 사람들한테."

캘커타 사람들한테 인기가 많다니. 나는 오빠가 정말 그렇게 믿는지 확인하고 싶어서 고개를 돌려 그를 바라봤다. 하지만 그는 바깥을 보며 버스, 자전거 탄 사람들, 임시변통으로 만든 네모난 스케이트보드를 타고 신호등 앞에서 구걸하는 하반신 마비 장애인들, 자동차 매연, 그리고 뜨거운 델리의 먼지에 미소를 보내고 있었다.

"그리고 진짜 통이 커. 수중에 5루피가 있으면 '너 2루피 가져, 내가 3루피 가질게' 하는 그런 사람이지."

"어떻게 찾았어?"

"내가 캘커타로 가서 찾아냈지."

우리가 탄 릭샤는 뉴델리 기차역 근처의 혼잡한 파하르간지로 들어섰다. LKC는 더 큰 소리로 외쳐야 했다.

"아빠는 그 일자리를 얻고 싶어해. 그동안 좀 힘든 시간을 보냈거든."

나중에 나는 그 힘든 시간에 노숙자 생활과 마더 테레사 선교회에서 운영하는 임종을 앞둔 가난한 자들을 위한 시설에서의 짧은 요양이 포함된다는 걸 알게 되었다.

"아빠는 면접을 보러 델리에 온 거야. 일자리를 구하려고. 사실 나도 그래. 어쩌면 우리 셋이 같이 살 수도 있겠다."

엄마는 어쩌고? 나는 이렇게 묻고 싶었지만 그러지 않았다.

"상태는 괜찮아? 그러니까, 멀쩡해 보여? 사진에서처럼?"

"아주 편안해 보여."

내가 왜 그의 외모에 대해 그런 알팍한 불안을 느꼈는지 모르겠다. 아마 예감이 있었던 것 같다.

그다음에 일어난 일은 내 기억에 영원히 새겨졌다. 글로 기록해두지 않았더라면 단어 하나하나, 노래 하나하나, 기름 얼룩 하나하나까지 정확히 기억해내지 못했겠지만 말이다. 나는 그걸 로이 여사가 가져다준 타자기로 기록했다. 로이 여사가 가르쳐준 자유로운 글쓰기로. 주저하지 않고 자유롭게 썼다. 내가 지금 하려는 이야기는 정치에 대한 글이나 소설을 쓰는 것보다 어렵다. 거기엔 영광이 없다. 상대적으로 말하자면 큰 비극도 없다. 그런데 왜 나는 이 지극히 사적인 순간을 세상에 이야기하려는 걸까. 아마 그 안에 다정하면서도 패배감 짙은, 짓궂은 애정이 들어 있고 그것이 소중하기 때문이리라. 그건 무해한 장난에 바치는 송가다. 물론 그것을 무해하다고 말하는 건 책임감 있는 부모가 되기 위해 애쓰는 사람들에겐 모욕처럼 들릴지도 모르겠다. 내가 그 단어를 쓰는 건 큰 상처를 입지 않고 그 일을 견뎌냈기 때문이다.

운좋게도.

호텔은 내가 상상한 그대로였다. 투숙객 대부분이 고아나 마닐라를 오가는 후줄근한 옷차림의 히피들이었다. 소변의 날카로운 암모니아 냄새가 밴 복도에서 마약상들이 대놓고 대마초와 헤로인을 팔고 있었다. 대부분의 객실 문 앞에는 오래된 음식이 담긴 금속 쟁반과 얼룩진 찻잔이 기우뚱하게 쌓여 있었다. 17호실은 1층에 있었다. 더블침대가 방을 다 차지하고 있어서 화장실에 가려면 벽을 따라 옆걸음으로 움직여야 했다. 하지만 그 무엇도 내가 마주하게 된 광경에 대비할 수 있게 해주진 못했다.

거기서 처음 본 아빠의 모습.

그는 배를 깔고 엎드린 채 무릎을 굽히고 천장을 향해 발을 흔들고 있었다. 담뱃재가 침대 위에 떨어져 있었다. 그는 나를 보자 담배를 바닥으로 휙 던지고 시트에 떨어진 담뱃재를 손으로 쓱쓱 문질렀다. 그러고는 침대 위에서 일어나 내게 손을 내밀어 악수를 청했다. 그에게 다가가려면 침대 위로 올라가야 했다. 나는 신발을 벗어던지고 침대로 올라갔다. 우리는 악수를 했다. 오빠도 환하게 웃으며 침대 위로 올라왔다. 우리는 푹신한 스펀지 매트리스 위에서 균형을 잡기 위해 가볍게 튀어오르며 잠시 그렇게 서 있었다.

얄타회담. 스탈린, 루스벨트, 처칠.

미키 로이는 작은 새처럼 연약했고 다리를 절뚝거렸으며 등이 굽어 있었다. 한쪽 눈이 백내장 치료를 안 해서 뿌옇게 흐려져 있었다. 오른쪽 귓불이 없었다. 피부는 화상을 입은 것 같았다. 뼈만 앙상한 두 다리는 무릎까지는 함께 내려오다가 거기서부터 더러운 시트에 파묻힌 양말 신은 두 발까지 벌어져 있었다. 그의 종아리 사이 삼각형 틈으로 호텔 벽의 벗겨져가는 석고와 머릿기름 얼룩들이 보였다. 그는 유엔 팸플릿에 나오는 사람들처럼 심각한 영양실조에 걸린 것 같았다. 오빠와 그가 나를 보며 웃었다. 미키는 오빠를 카필 데브라고 불렀다. 인도 최초로 월드컵에서 우승한 전설적인 크리켓 팀의 주장이었다. 그럴듯했다. 둘이 약간 닮은 데가 있었다.

"자, 카필 데브!" 그가 오빠의 등짝을 때리며 말했다. 나에게는 무슨 말을 해야 할지 몰라서 내 등짝도 때리면서 씩 웃었다.

"내가 죽었다고 들었지?"

"아뇨."

오빠가 끼어들었다. "아빠가 죽었다는 얘길 들은 건 나예요, 애가 아니라. 애는 그 일에 대해 몰라요. 우린 한동안 못 만났거든요." 오빠가 나를 향해 고개를 돌리고 말했다. "아빠가 거의 죽을 뻔한 거 알아? 옛날엔 술고래였거든."

카필 데브는 다시 등짝을 철썩 얻어맞았다. 그리고 나에게 그의 이야기를 요약해서 들려주었다.

그는 아삼의 차농장에서 일자리를 잃은 뒤, 캘커타에 있는 형 집으로 들어갔다. 처음엔 그럭저럭 잘 지냈지만 밀주에 손을 대면서 문제가 시작되었다. 오렌지색 술과 노란색 술. 그는 형수에게 쫓겨났다. 다른 형도 받아주지 않자 그는 친구들 집을 전전하며 일주일씩 신세를 졌다. 친구들은 많았다.

"봐, 내가 뭐랬어…… 아빠는 진짜 인기가 많다니까."

사람들은 그에게 돈을 줘봐야 오히려 해만 될 거라는 결론에 이르렀다. 그래서 돈 대신 음식을 줬다. 차농장 친구들만이 그의 처지를 이해하고 동정했다. 그들은 캘커타에 출장을 오면, 그가 내다팔 수 있도록 시음용으로 나온 차를 주곤 했다. 그걸 팔아서 하루에 밀주 한 병 반을 살 만큼의 돈을 벌었다. 나중에 병원에서 회복되었을 때, 의사들은 그가 마신 술에 바니시가 대량으로 섞여 있었다고 말했다.

미키는 웃었다.

"하지만 그 술이 얼마나 쌌는데. 한 병에 고작 칩* 다섯 개에 50파이사였지. 775파이사면 곤죽이 되도록 실컷 마실 수 있었다니까. 상상해봐."

칩. 나는 그런 표현을 잊고 있었다.

그는 마더 테레사 부분은 건너뛰었다.

그는 바니시 중독에서 완전히 회복됐다고 했다. 면접을 보러 갈 때 아들의 금목걸이를 빌릴 거라고 했다. 그는 이미 취직이

* chip. 루피를 뜻하는 속어.

된 거나 마찬가지라고 생각하고 있었다.

"내 꼴이 어때 보이냐?" 그가 내게 물었다.

"아, 좋아요. 정말 좋아 보여요."

"두 달 전 내 몰골을 봤어야 했는데." 그가 낄낄거렸다. 그제야 나는 엄마가 'inane'이라고 한 게 무슨 뜻인지 알 것 같았다.

"그때 나를 봤으면 네 아빠라는 게 믿기지 않았을 거야. 넌 네 엄마보다 나를 훨씬 더 많이 닮았어. 그렇지, 카필 데브? 코도 똑같고, 눈도 똑같고…… 미안, 눈은 하나만(낄낄). 야, 오룬두티, 너 술 좋아하지?"

그는 내 이름을 벵골식으로 발음했다.

"저요? 아뇨."

"에이, 그러지 말고 솔직히 말해봐. 훌륭한 로이 집안 사람들은 다 술꾼이잖아. 그렇지, 카필 데브?" (낄낄. 철썩!)

나는 불안감이 스멀거리는 걸 느꼈다. 그의 말이 무슨 뜻인지 알고 있었던 것이다. 나도 훌륭한 로이였다. 내 안에 잠들어 있는 중독이라는 사냥개는 건강하게 살아 있었다. 부르기만 하면 벌떡 일어났다. 하루 한 개비 피우던 담배가 두 개비가 되고 일주일 만에 마흔 개비가 되었다. 그리고 그렇다, 나도 오렌지색 술과 노란색 술을 알고 있었다. (그건 내가 묘지에서 경비원 바하두르와 함께 마시던 술이었다.) 하지만 나는 그 사냥개의 목줄을 단단히 잡고 있었다. 고아에서 약에 취해 망가진 히피들을 수두룩하게 보았기에 내 삶이 그 목줄에 걸려 있다는 걸 알고 있었다. 그 개가 자는 척할 때조차도, 단 1초도 방심할 수 없었다.

"아무튼 내가 충고 하나 해주마. 밀주는 마시지 마라. 오렌지색 술, 노란색 술 말이야. 너는 나 기억 안 나지? 나우공에 있던 우리집은? 카필 데브는 조금 기억할걸? 내가 실수로 담뱃불로 네 손에 화상을 입혔을 때 네가 추티야(멍청이)라고 욕해서 내가 때린 거 기억나니? 잊어버렸어? 그리고 우리가 차를 몰고 클럽에 가면서 정글을 지나가던 때는? 밤에. 네가 무슨 일로 울고불고 시끄럽게 굴어서 내가 차를 세우고 당장 안 그치면 집에 걸어가게 될 수도 있다고 했잖아. 그랬더니 네가 차문을 열고 내려서 걸어가더라. 그 어린 게 말이야."

나는 로이 부부에게도 조화롭게 양립할 수 있는 영역이 하나 있음을 기억에 담아두었다ㅡ정글이나 낯선 도시에서 딸을 차에서 내쫓는 것 말이다.

"그래도 제일 웃겼던 건 네 엄마한테 맞았을 때지. 카필 데브, 네 동생이 왜 맞았는지 아니? 어느 날 엄마한테 가서 이렇게 말한 거야. '엄마, 난 남자 냄새가 좋아요.' 상상이 되냐? 세 살도 안 된 게. 그 냄새가 뭐였는지 알아? 술냄새였어. 집에 와서 놀아주던 농장 일꾼들이 전부 술에 취해 있었거든. 그러니까 오룬두티, 너 술 안 마신다는 소리 하지 마라. 세 살 때부터 조짐이 다 보였어…… 왜 그렇게 무그라하게 앉아 있어? 예전엔 훨씬 재밌는 애였잖아. 내가 알던 너는 쉬지 않고 떠들어댔는데. 그러지 말고, 소식 좀 전해봐. 술은 안 한다 이거지. 아직도 남자 냄새 좋아하냐? 남자친구는 있냐? 있으면 데려와봐.

내가 이빨을 부러뜨려놓게."

무그라. 알고 보니 '뚱한'이란 뜻이었다. 혹은 '심각한'과 '뚱한' 사이의 의미. 새로운 단어였다. 나는 그를 뭐라고 불러야 할까 고민했다. 아빠는 사진이었으니까. 지금 그는 다른 사람이었다. 미키라고 불러야 할지도 몰랐다.

"너랑 밖에 나가면 사람들이 죄다 저 예쁜 아가씨랑 같이 있는 늙은 놈은 누구냐고 그러겠지. 그럼 난 이렇게 말할 거야. '내 딸이다. 씨팔. 입조심해.'"

나는 순간적으로 그와 함께 있는 모습을 남들에게 보인다는 것 자체가 끔찍하게 느껴졌다. 하지만 곧 그런 부끄러움을 느낀 나 자신이 부끄러워졌다. 처음엔 그의 몰골이 믿기지 않았지만, 다시 생각해보니 만일 그가 기름기 좔좔 흐르는 부자, 시가를 피우는 CEO였다면 훨씬 더 견디기 힘들었을 것 같았다.

"카필 데브, 비켜! 잠시 얘 옆에 앉고 싶다. 지금까지 너는 충분히 봤어." 철썩. 킬킬. 그는 또 시트에 떨어진 담뱃재를 손으로 쓱쓱 문질렀다. 그리고 자기 옆자리를 톡톡 쳤다.

"자, 오룬두티, 네 모험담을 들어보자."

그는 내 모험담을 기다리는 동안 다리를 떨기 시작했다. 나는 넋을 잃고 바라보았다. 오빠는 기뻐했다. 그는 자신의 정당성을 입증한 기분이었을 것이다. 다리 떨기 유전자의 근원을 찾아냈으니까.

미키는 장난스러운 웃음으로 답했다.

"내 다리를 보고 있니? 네 엄마는 아주 치를 떨었지. 난 아직도 그 이유를 모르겠다. 다리를 떨고 싶으면 떠는 거지 그게 뭐가 문제야? 다리 떠는 사람들이 얼마나 많은데. 죄도 아니고. 네 엄마는 도저히 이해가 안 되는 부분이 너무 많아. 예를 들어 내가—"

오빠는 의리 문제를 감지했다. 그에겐 문제될 게 없었지만 내 입장을 헤아린 것이다. 그는 급히 화제를 바꿨다.

"애한테 귀 얘기 해주세요, 아빠. 할아버지 돌아가셨을 때 얘기요." 그는 나를 향해 고개를 돌렸다. "P. L. 로이, 인도 복싱의 아버지. 앨범에 신문 기사 스크랩 있잖아. 기억나?"

물론 기억했다. **참전용사 스포츠맨 P. L. 로이 사망.**

"네가 얘기해." 미키가 갑자기 수줍어했다. 마치 대단한 칭찬이라도 받을 것처럼.

오빠는 이야기를 시작하기도 전에 폭소를 터뜨렸다. "P. L. 로이, 아빠의 아버지, 그러니까 우리 할아버지가 아파서 병원에 계셨어. 아빠가 간병을 맡았는데, 둘이 술판을 벌이다가 노인네는 꼴까닥 돌아가셨지. 상상해봐."

꼴까닥. 그것도 내가 잊고 있었던 표현이었다.

아버지와 아들은 요란한 웃음을 터뜨렸다.

"어쨌든, 장례식에는 전국 각지에서 온 권투선수들과 육군, 공군 사람들이 가득했어. 아빠는 잔뜩 취해서 시신에 경례를 하고는 실없는 노래를 부르기 시작했지."

"무슨 노래?"

미키가 노래를 불렀다.

군대에 왜 갔어요?

PAC에 왜 들어갔어요

돌아도 단단히 돈 거지

오빠가 이야기를 이어갔다. "큰 싸움이 벌어졌고 권투선수 하나가 아빠 귀를 물어뜯었지."

그렇게 수수께끼 하나가 풀렸다. 사라진 귓불의 수수께끼. 「사라진 귓불과 성대한 장례식」. 오룬두티 로이 단편소설.

침대 전체가 흔들리고 있었다. 전화벨이 울렸다. 오빠가 받았다.

"피시예요. 들어오시라고 할까요?"

피시—벵골어로 '고모'—는 미키의 누나였다. 그녀는 델리에 살고 있었다. 미키를 면접장에 데려다주려고 온 것이다.

"어이쿠야. 오케이. 침대 시트 좀 털어. 나 담배 피우면 안돼. 오케이, 들어오라고 해. 아니, 밑에서 기다리라고 해. 먼저 화장실 좀 다녀와야겠다. 그전에…… 돈 좀 빌려줄 수 있니? 지금 여기 얼마 갖고 왔어? 좋아, 일단 가져가마. 카필 데브, 이미 네 지갑에서 좀 뺐다. 피시한테는 말하지 마, 알겠지? 다음번엔, 오룬두티, 손전등 좀 갖다줄래? 정말 필요해. 좋아, 이제 화장실 간다."

화장실에서 나온 그의 바지 사타구니 근처에 젖은 얼룩이 빠르게 번지고 있었다. 오빠는 그걸 노골적으로 지적했다.

"아빠, 바지에 오줌 싸고 있잖아요."

미키는 사타구니를 보고 킥킥 웃었다. 그러더니 침대에 누워 다리를 번쩍 들었는데 그렇게 하면 얼룩이 원래 있던 자리로 돌아갈 거라고 생각한 모양이었다.

"금방 마를 거야."

그가 이쑤시개 같은 다리에 연약하고 구부정한 몸을 얹고 떠나면서 돌아서더니 손으로 쌍안경을 만들어 나를 바라보았다.

"안녕, 바이바이. 착하게 살지 마."

오빠와 나는 담뱃재로 얼룩진 호텔 침대에 앉아 있었다. 얼간이 한 쌍. 우리는 그의 마법에 걸려들어 가진 돈을 다 빼앗겨버렸다.

*   *   *

믿기 어려웠지만 미키는 면접을 본 후 합격해서 마디아프라데시의 카트니로 이사했다. 그곳에서 포도농장을 관리하게 된 것이다. 나중에 내 사촌에게 들어보니 그는 농장 관리에서는 천재적인 재능을 지닌 금손이었다. 미키와 나는 다시 만나게 되지만 그건 몇 년 뒤의 일이다.

오빠는 다시 케랄라로 돌아갔다. 떠나기 전, 그는 그동안 어떻게 살았는지 나에게 이야기해주었다. 대학을 졸업하자마자 케랄라 북부 와야나드에 위치한 외딴 차농장에 취직했다. 그곳은 풍경이 아름답고 안개가 많은 지역으로, 폭력적인 곳이기도 했다. 지주들이 참수당하고, 야생 코끼리들이 자유롭게 돌아다녔으며, 비의 종류마다 이름이 있어서 사전 한 권을 따로 만들어도 될 정도였고, 사람들이 번개가 치는 횟수를 세어 집까지의 거리를 잰다고 했다. 오빠는 아빠처럼 부관리인이었고, 일꾼들을 관리했다. 그는 각 정당과 분파, 그 분파의 분파들과 연결된 수많은 노동조합들 간의 치열한 경쟁에 대해 이야기해주었다. 그들은 대낮에도 서로를 죽였다. 그가 잘 아는 노동자들이 칼에 삼사십 군데나 찔려 시신으로 발견되었다. 당시 스물둘이나 스물세 살밖에 되지 않았던 그는 스트레스로 심각한 위궤양을 앓았다. 로이 여사는 아들이 걱정되어 코타얌에서 여덟아홉 시간을 운전해 정기적으로 그를 찾아왔다.

"정말 다정했어." 오빠가 경탄어린 목소리로 말했다. "음식도 갖다주고, 침대 시트, 커튼을 가져와서 내가 사는 집을 꾸며줬지. 평범한 엄마처럼. 믿을 수가 없었어."

순진하고 정직하고 사람을 잘 믿는 오빠는 부모의 애정을 갈망한 나머지 순순히 속아넘어갔다. 엄마의 함정에 걸려든 그가 방어를 풀자 자애로운 모성의 탈을 쓴 로이 여사는 그를 설득해 농장 일을 그만두고 코타얌으로 돌아와 학교 운영을 돕게 했다. 그건 오빠가 저지른 최악의 실수였다. 아들을 손아귀에 넣자 예전의 로이 여사가 으르렁거리며 돌아왔다.

"엄마가 나한테 소리를 질러댈수록 나는 더 얼어붙었어. 아무것도 할 수가 없었지. 엄마가 나에게 퍼붓는 악담이 모두 사실이 되어버렸어. 나는 엄마 말대로 게으르고 쓸모없는 놈이

됐거든. 나도 그걸 알고 있었지만 어쩔 수가 없었어. 난 계속해서 모든 걸 더 망쳐버렸지."

결국 그녀는 오빠를 집에서 내쫓았다. (나는 그녀의 집을 본적이 없어서 오빠가 집에 대해 설명해주어야 했다.)

"네가 쫓겨나기 전에 떠난 건 잘한 일이야."

그런 다음 오빠는 말라바르 코스트 식품회사에 들어가는 중죄를 저질렀다. 거긴 적진이었으니까. 그때 외할머니와 G. 아이작은 로이 여사가 트라반코르 기독교 상속법 철폐 청원을 낸걸 알고 있었다. 그래서 이미 장대한 집안싸움—G. 아이작 대메리 로이, 피클공장 대 학교—이 시작된 상태였다. 코타얌이라는 작은 도시에서는 코타얌 공동체의 일원으로 받아들여진적이 없는 두 괴짜의 싸움이 최고의 구경거리였다. LKC에겐안타깝게도 피클공장에서의 상황도 녹록지 않았다. 오빠 말로는 G. 아이작의 아내 수시가 그(오빠)를 자기 자식들의 장래에위협이 되는 존재로 여겼다는데, 그건 납득할 만한 일이었다.그리고 G. 아이작도 마찬가지였다. 그가 오래전에 우티로 우리를 찾아왔던 일, 그리고 아예메넴에서 함께 살 때 로이 여사와 격렬한 싸움을 벌였던 것을 감안하면, 그 역시 자기 여동생만큼 잔인할 수 있었다. (결국 그들 둘 다 제국 곤충학자의 자식이었으니까.) 오빠는 굴욕을 당한 채 피클공장에서도 쫓겨났다.

그후 그는 자립하여 여행사에서 일하며 겨우 생계를 유지했다. 델리에서 나를 만났을 때 오빠는 그런 상황이었다. 우리는 둘 다 바닥을 친 상태라고 할 수 있었다. 경제적으로나 정신적으로나.

하지만 델리에서 미키와 나를 만나고 코타얌으로 돌아간 후 LKC의 삶은 극적인 변화를 맞이했다. 그는 로이 여사의 학교에서 일하던 젊은 여자와 결혼해서 엄마를 격노하게 만들었다. 로이 여사는 그녀를 해고했고, 결혼식에도 참석하지 않았으며, 심지어 자신과 생일이 같은 손녀조차 보기를 거부했다. 아이가 한 살쯤 되었을 때, 오빠는 마드라스의 수산물 회사에 취직했다. 그는 가족과 함께 그곳으로 이사했다. 회사에서 고용주의 사랑과 신뢰를 받으며 여러 해 동안 열심히 일해서 그는 지금의 위치에 올랐다. 그리고 훗날 (나와 G. 아이작의 자녀들과 함께) G. 아이작 부부가 파산했을 때 그들을 구제하고 경제적인 도움을 주게 된다.

실패라는 절묘한 예술

미키와 메리 로이. 그 둘이 부부였다는 것을 생각하면 실소가 나온다. 그들이 5년은 고사하고 5분이라도 결혼생활을 한다는 게 도무지 상상이 되지 않는다. 도대체 어떤 신이, 어떤 별이, 어느 하늘에서 그런 일을 가능하게 만든 걸까? 그는 모든 면에서 패배자였다. 그녀는 모든 면에서 성공했고 존경과 사랑을—숭배를—받았다. 그의 정신은 너무나 가볍고 짓궂었다. 그녀의 정신은 너무나 무겁고 불행했다. 하지만 그녀 역시 자신만의 방식으로 제멋대로일 때가 많았다. 그들의 길이 교차했을 때 그녀는 화난 얼굴로 바위를 언덕 위로 굴려 올라가고 있었을 것이고, 그는 신나게 바위와 함께 언덕 아래로 굴러내려오고 있었을 것이다. 그들은 단지 타고난 성격이 달라서 그렇게 서로 다른 삶을 살았던 걸까? 성격이 너무 깊고 뚜렷하게 각인되어 있어서 인생의 여러 상황―실패, 성공, 상실, 사랑, 자식, 중독, 병―조차도 그들을 바꾸지 못했던 걸까? 만약 미키가 여자였다면 세상은 그런 명랑함과 장난기, 묘하게 매력 있는 무책임함을 받아들여줬을까? 결국 누가 성공한 사람이고 누가 그렇지 못한 사람이었을까? 그걸 누가 알 수 있을까? 무엇이 패배이고 무엇이 승리였을까?

* * *

나는 어린 나이에 실패의 여러 측면과 의미에 대해 깊이 생각하게 되었다. 이 고상한 사유의 불씨를 제공한 장본인은 세상에서 가장 위대한 실패자 G. 아이작이었다. 로즈 장학생에서 피클 사업가로 변신한 인물. 내가 여섯번째인가 일곱번째 생일을 맞이한 날이었을 것이다. 우리는 아직 아예메넴에 살고 있었다. 케이크가 있었을 수도 있고 없었을 수도 있다. 기억이 나지 않는다. 모든 사람들이 나에게 열심히 공부해서 출세하라는 흔한 조언을 했던 기억은 난다. G. 아이작만 빼고. 대신 그는 나를 자기 방으로 데려갔는데, 출입구가 따로 있는 별채였다. 어린 우리는 들어갈 수 없는 신성한 공간이었다. 그곳에 데리고 가준 것만으로도 선물이라고 할 수 있었다. 방안은 파괴된 비행기들을 모아놓은 폭격당한 비행장 같았다. 그는 모형 비행기에 푹 빠져 있었다. 거의 매주 새 모형 키트가 우편으로 도착했다. 그가 날린 발사목 비행기들이 추락해 바닥을 뒤덮고

있었다. (피클공장의 수익을 그런 데 낭비하고 있었던 게 분명
했다.) 그는 반짝이는 로켓 펜던트가 달린 싸구려 목걸이를 내
앞에서 흔들며 말했다.

"이거 갖고 싶니?"

"네!" 탐욕스럽고 욕심 많은 나의 어린 마음은 날아갈 듯 기
뻤다.

"네가 실패하면 주마."

여섯 살의 나는 어리둥절했다. 무언가에 부딪힌 기분이었
다. 그래서 우뚝 멈춘 것 같았다. 그는 실패가 매력적이고 심지
어 추구할 만한 가치가 있는 일처럼 이야기했다. 그래서 나는
생각이란 걸 하게 되었다. 그후로 나는 실패를 매우 흥미롭게
바라보기 시작했다. 내가 좋아하는 사람들―G. 아이작을 포
함해―은 실패자로 여겨진다는 걸 깨달았다. 반면 자신이 성
공했다고 생각하는 사람들은 으스대고 돌아다니며 조명을 독
차지했는데, 갑자기 그 모습이 꼴사나워 보였다.

미키를 만났을 때 나는 그 기억이 떠올랐다. 하지만 여섯 살
생일에 G. 아이작의 부서진 비행기 기지에서 배운 건 유치원생
수준에 불과했다. 미키를 만나고 오래지 않아, G. 아이작은 나
에게 실패라는 절묘한 예술을 어른의 수준으로 보여주었다.

＊　　＊　　＊

나는 코타얌에 며칠씩 짧게 다녀오기 시작했다. 갈 때마다

내 머리 위로 하늘이 무너지기 직전(운이 좋으면)이나 직후에 그곳을 떠났다. 1986년이었을 것이다. 나는 스물여섯 살이었다. 엄마는 소송에서 이겼다. 인도 대법원이 트라반코르 기독교 상속법을 폐지하고 케랄라의 기독교 여성들에게 아버지 재산에 대한 동등한 권리를 부여한 것이다. 메리 로이는 전국적인 페미니스트의 아이콘이 되었고, G. 아이작은 희생양이 되었다. 케랄라에서는 그 판결에 대해 조용한 반응을 보였다. 교회는 불만을 표했다. 경찰이 G. 아이작을 그의 집에서 인정사정없이 끌어내고 말라바르 코스트 식품회사가 문을 닫기까지는 여전히 몇 년간의 법적 다툼이 남아 있었다. 그러나 일이 그 방향으로 흘러가고 있는 건 분명했다.

델리의 유명 기자가 메리 로이 사건에 대한 다큐멘터리를 제작하기 위해 코타얌에 도착했다. 그의 이름은 라시드 탈리브였다. (이때는 인도에서 무슬림이 공적인 삶에서 밀려나기 전이었다. 무슬림들은 나중에 정치에서, 사업에서, 언론에서, 주택단지와 힌두 동네에서 쫓겨나게 된다.) 탈리브는 메리 로이 여사와 G. 아이작 둘 다 인터뷰하길 원했다. 마침 내가 학교에 있을 때 그가 도착했다.

탈리브는 세련되고 도회적인 사람이었다. 그는 작은 마을 촌뜨기 싸움닭 남매에게 가르침을 베풀기 위해 찾아온 대도시 남자의 약간 거만한 인상을 풍겼다. 그는 자신이 어디로 뛰어들고 있는지 전혀 모르고 있었다. 로이 여사와의 인터뷰는 로리 베이커가 설계한 회반죽을 바르지 않은 아름다운 벽돌집에서 진행되었다.

　나는 처음 그 집을 보았을 때 그 단순하면서도 천재적인 설계에 압도당했다. 그 집은 하나의 원―정확히 말하면 두 층으로 이루어진 단일 나선형―이었고, 중앙에 나무 한 그루가 서 있는 복층 원형 안뜰을 중심으로 지어졌다. 집이라기보다는 방으로 사용할 수 있는 몇 개의 공간으로 나뉜 깊은 베란다 같았다. 거의 투명하게 보일 만큼 파격적으로 개방된 공간이었다. 오직 외로운 전사 같은 순례자의 영혼만을 위해 설계된 듯했다. 비가 내리면 마치 빗속에 있는 듯한 기분이 들었다―젖지 않고도 비를 느끼고 냄새 맡을 수 있었다. 그럼에도 불구하고 그곳은 책과 카펫, 커튼이 갖추어져 있었기에 진짜 집처럼 보였다. 식탁까지 있었다. 처음 그 집을 보았을 때, 그녀가 마침내 너무도 완전한, 너무도 그녀다운 집을 지었는데 그 안에 나를 위한 자리가 없다는 사실이 물리적인 충격으로 다가왔다. 엄마의 집에 나는 포함되어 있지 않았다. 하지만 암말, 마리암마, 쿠루삼말은 포함되어 있었다―그들은 여전히 그곳에 있었다. 그녀의 제자들도 포함되어 있었다. 제자들이 무리 지어 찾아와 간식도 먹고 그녀와 이야기도 나누었다. 그녀는 나 없이도 완전했지만, 나는 그녀 없이는 불완전했다. 나는 완전히 무너져 버렸다. 어쩌면 그럴 자격조차 없었는지도 모른다.

　탈리브가 촬영 준비를 마치자 로이 여사는 여왕처럼 등장했다. 화려한 카프탄 차림에 목에는 큼지막한 구슬 목걸이를 두르고 이마에는 커다란 진홍색 스티커 빈디를 붙이고 있었다.

빈디는 기독교 공동체를 자극하기 위해 일부러 붙인 것 같았다. 나는 스티커 빈디를 싫어했다. 언제나처럼 로이 여사의 뒤에서 겁먹은 수행원이 그녀의 천식 흡입기를 왕관이나 홀처럼 들고 따라왔다. 그녀는 카메라 앞에 놓인 의자에 앉았다. 무슨 이유에선지, 그녀는 라시드 탈리브의 질문에 마치 말라얄람 유치원생에게 영어 발음을 가르치듯 대답했다.

> RejOice in the Lo-Ord Or-orlways
> And again I say rejOice.
> (늘 주님 안에서 기뻐하시고,
> 다시 한번 기뻐하십시오.)

그녀는 모든 단어를 천천히 또박또박 발음했고, 특히 모음과 'z' 소리를 과장했다(말라얄람 사람들은 보통 z를 s처럼 부드럽게 발음한다). 인터뷰어가 긴장을 풀어주려고 아무리 애써도 그녀는 말투를 바꾸지 않았다. 그 인터뷰는 결국 쓸모없는 것이 되어버렸다. 적어도 내 생각에는 그랬다.

탈리브의 다음 방문지는 코타얌 교통공사 버스정류장 근처에 있는, 소송의 대상이었던 조상 땅이었다. 그는 피고였던 말라바르 코스트 식품회사 CEO G. 아이작을 인터뷰하고 싶어했다. 나도 동행했다.

우리가 도착했을 때는 CEO가 바빠서 탈리브와 그의 촬영기사가 먼저 장면 전환용 컷으로 쓸 비운의 피클공장 작업 현장을 찍었다. 그들은 푸른 앞치마를 두른 여자들이 소금에 절인 망고와 라임이 든 거대한 통을 휘젓고, 커리가루를 포장하고, 라벨을 붙이는 모습을 촬영했다. 그리고 회사의 '익명 동업자'* 인 나의 장님 외할머니가 앞방에서 짙은 선글라스를 끼고 바이올린으로 바흐의 곡을 연주하는 장면도 찍었다. 바이올린 선율이 식초 냄새 가득한 공기 속으로 울려퍼졌다. 탈리브는 피고와의 인터뷰 장소로 자갈 깔린 작은 앞마당의 프랜지파니 나무 그늘을 선택했다. 그 나무는 말라얄람어로 '미탐'이라고 불렸다.

의자 하나가 나무 그늘에 놓였다. 나는 탈리브가 카메라 구도를 잡도록 CEO 대신 그 의자에 앉았다. 잠시 후 G. 아이작이 그가 살고 있던 초라한 초가지붕 판잣집에서 나왔는데, 마치 몇 년간 지하 감옥에 갇혀 있다가 풀려나서 기뻐하는 사람처럼 환히 웃으며 햇빛에 눈을 깜빡거렸다. 그는 체중이 더 불어서 여동생처럼 뚱뚱했다. 흰 부시 셔츠와 문두(사롱) 차림이었는데 옷이 금방이라도 터질 듯 위태로워 보였다. 내 기억이 맞는다면, 그는 막 마르크스주의에서 간디주의로 전향한 참이었다. 그는 쾌활하게 탈리브에게 인사했다.

"자, 선생, 내가 뭘 하면 되겠습니까?"

탈리브는 그에게 앉으라고 한 다음 의자의 위치를 몇 번 조정하고―조금만 오른쪽으로요, 왼쪽으로요, 약간 앞으로요―

---

* sleeping partner. 출자만 하고 경영에는 참여하지 않는 동업자.

인터뷰를 시작했다.

"아이작 선생님, 케랄라 시리아 기독교 공동체 지도자로서, 트라반코르 기독교 상속법 폐지에 대해 어떤 견해를 가지고 계신가요?"

G. 아이작은 상속법과 판결 이야기가 금시초문인 것처럼 실눈을 뜨고 카메라를 들여다보며 잠시 생각에 잠겼다. 그러더니 여전히 깊은 생각에 잠긴 채 팔꿈치에 있는 흉측한 검은 딱지를 뜯기 시작했다. 그는 늘 그런 혐오스러운 짓을 즐겼다. 카메라는 계속 돌아갔다. 나는 인터뷰어의 초조감이 고조되는 걸 느낄 수 있었다. 마침내 피고가 인도의 소수집단 중에서도 극소수라고 할 수 있는 케랄라의 고학력 최고 특권층 시리아 기독교인들에 대한 자신의 논지를 천천히, 신중하게 펼치기 시작했다.

"탈리브 씨, 아시다시피, 우리 시리아 기독교인들은 아주 다양한 공동체입니다. 시리아 개신교―CSI(남인도교회), 마르토마교회―가 있고, 시리아 가톨릭, 야고보파, 크나나야파(가나안인), 그리고 최근에 생긴 거듭난기독교인, 하나님의교회, 오순절파도 있지요. 그들은 거리마다 진을 치고 방언으로 설교해서 탈리브 씨도 아마 본 적이 있을 겁니다. 우리는 교회도 따로 있고, 서로 결혼도 안 하고, 무엇 하나 의견이 맞질 않지요. 하지만 자세히 캐물으면 우리 모두 만장일치로 찬성하는 게 하나 있어요."

그는 극적인 효과를 노리며 말을 멈췄다. 라시드 탈리브는 자신의 다큐멘터리에서 클라이맥스가 될, 형제와 자매, 여성과 교회, 법과 전통 사이의 레드라인을 기대하며 숨을 죽였다.

"그건 바로, G. 아이작은 공동체의 지도자가 아니라는 점이지요."

G. 아이작은 자신의 농담에 몸을 떨며 소리 없이 웃기 시작했다.

라시드 탈리브는 카메라를 꺼버렸다. 그 다큐멘터리는 제작되지 않았을 것이다.

그러나 나는 그날 일생의 교훈을 얻었다. 패배와 친구가 되는 법을 배운 것이다. 나의 상상 속 방 역시 부서진 비행기들로 가득차 있었다. G. 아이작은 내게 패배와 친구가 되는 것이 패배를 받아들이는 것과 정반대라는 진리를 가르쳐주었다. 나는 그 사실 하나만으로도 그가 과거에 우리에게 보였던 잔혹함을 용서할 수 있었으며, 그가 세상을 떠날 때까지 그를 사랑할 수 있었다.

하늘을 나는 코뿔소들과 바니안나무

그 무렵, 작가가 될 수도 있겠다는 막연한 가능성이 희망 섞인 현실로 합쳐지기 시작했다. 그 시작은 코뿔소였다. 영국의 한 자연 다큐멘터리 제작사에서 일하는 두 명의 제작자가 프라디프를 만나러 왔다. 아시시와 그의 파트너 조애너. 그들은 물에 떠다니는 나뭇잎 위를 걸을 수 있을 만큼 정교하게 만들어진 물새인 물꿩에 관한 다큐멘터리를 막 완성한 참이었다. 그들은 또다른 작품을 촬영중이었는데, 아삼 카지랑가국립공원에 사는 야생 코뿔소 다섯 마리를 비행기와 트럭을 이용해 우타르프라데시의 더드와국립공원으로 옮기는 과정을 다룬 다큐멘터리 영화였다. 한때 더드와국립공원에서는 코뿔소들이 자유롭게 돌아다녔지만 밀렵꾼들에 의해 멸종 위기에 처해 있었다. 밀렵꾼들은 코뿔소의 뿔을 잘라 팔았고, 그 뿔은 가루로 만들어져 중국에서 정력제로 쓰였다.

인도 정부는 우타르프라데시 동부 테라이 초원지대에 새로운 코뿔소 개체군, 즉 새 유전자 풀을 조성하고자 했다. 코뿔소들은 바그도그라공항에서 거대한 러시아제 화물수송기 안토노프 An-124에 실려 델리로 이송될 예정이었다. 아시시는 코뿔소들과 함께 비행기에 탈 계획이었다. 그는 프라디프에게 델리에 도착한 비행기에서 코뿔소들이 내리는 장면을 촬영해달라고 부탁했다. 나는 그 영상에 붙일 내레이션 작업에 필요한 메모를 하러 그와 동행했다. 아시시는 우리에게 코뿔소 수송대와 함께하는 여정에 동참할 수 있는지 물었다. 델리에서 더드와까지 육로로 열 시간에서 열두 시간 걸리는 여정이었다. 우리는 뛸듯이 기뻐했다.

우리는 인도코뿔소가 한 마리씩 실린 트럭 행렬에 꼬리처럼 붙어서 우타르프라데시의 먼지 풀풀 날리는 마을과 촌락들을 지났다. 그러다 강이나 개울이 나오면 멈춰서 코뿔소들에게 물을 먹이고 먹이를 주었다. 그리고 나무상자 틈으로 선사시대 생명체를 구경하려고 몰려든 마을 사람들의 환상도 충족시켜 주었다. 더드와에 도착하자 코뿔소들을 나무 울타리 안에 풀어놓고 그곳에서 몇 주간 지내게 한 다음 코뿔소의 주요 서식지인 드넓은 초원으로 보냈다. 우리는 그 장면도 촬영하러 갔다.

프라디프가 영화를 편집했고, 나는 내레이션을 썼다. 나는 크리켓 중계 같은 열광적이고 긴박한 분위기로 내레이션을 썼는데 주인공은 크리켓 선수로는 어울리지 않는 코뿔소들이었다. 영화의 제목은 〈돌아온 코뿔소들의 여정〉이었다. 아시시와 조애너는 예산이 빠듯해서 우리가 실제로 쓴 경비밖에 주지 못했지만, 나는 오랜만에 그 어느 때보다 즐거운 시간을 보냈다.

그즈음 일이 잘 풀리고 있었다. 프라디프의 영화 〈매시 사히브〉가 완성되어 베니스영화제에 초청되었고, 그곳에서 상을 받았다. 프라디프는 이제 영화제 수상작을 이력서에 추가할 수 있었다. 우리에게는 더없이 좋은 시기였다. 두르다르샨 — 국영방송 — 이 문호를 개방하여 사기업의 후원을 받은 영화와 텔레비전 시리즈를 방송하기 시작했다. 프라디프의 친구들이 제작사를 설립해 그에게 인도 독립운동을 배경으로 한 시대극 시리즈의 연출을 맡아달라고 제안했다.

이제 프라디프와 나는 한 팀이 되어 있었다. 우리는 곧바로 작업에 들어갔다. 시놉시스를 짜는 데 시간이 좀 걸렸다. 우리는 1921년 간디의 제1차비협력운동에서 시작해 1947년 영국의 철수와 파키스탄 정부 수립, 그리고 백만 명이 목숨을 잃고 수백만 명이 난민이 된 분할 사태로 이야기를 끝맺기로 했다. 야심찬 프로젝트였다. 여러 장소를 물색해서 촬영해야 했고, 대규모 세트도 제작해야 했다. 여러 분야의 작업을 동시에 시작해야 했다. 제작사는 내가 시놉시스를 짜고 등장인물을 창조하는 데 큰 역할을 했다는 걸 알고 있었다. 그래서 내게 26회 전편의 대본을 맡아달라고 요청했다. 단, 한 가지 조건이 있었다. 대본 작가로는 내가 아닌 프라디프의 이름이 올라가야 한다는 것이었다. 그들이 그런 기이한 요구를 한 이유는 내가 완전히 무명이라(게다가 너무 젊고 여성이기도 해서) 내 이름으로는 후원사를 구하는 데 도움이 되지 않을 것이기 때문이었다. 우리에겐 그 일이 절실했다. 하지만 나는 거절했다. 프로젝트는 잠시 표류했고, 아무 일도 진행되지 않았다. 결국 그들은 나를 정식 대본 작가로 인정하는 내용의 계약을 맺었다. 우리는 역사적 사실에 대한 정확한 고증을 위해 소규모 조사 팀을 고용했다. 영화 〈매시 사히브〉의 배우 라구비르 야다브와 작가이자 문학 교수인 알록 라이가 힌디어와 지역 방언, 특히 아와디어 대사를 함께 써주었다.

나는 말차 마그에 있는 셋방을 아직 빼지 않았지만 프라디프와 늘 함께 지냈다. 그의 부모님이 내게 지하실을 내주어서 거미줄 쳐진 낡은 트렁크들에 둘러싸여 글을 쓸 수 있었다. 내 책상은 페달 달린 골동품 재봉틀 받침대 위에 나무 제도판을 얹은 것이었다. 나는 몇 달 동안 그곳에서 마치 빅토리아시대 소설에 등장하는 저택에 은신한 광인처럼 재봉틀 페달을 밟으며 글을 썼다. 연필로, 연둣빛 종이에다 썼다. 당시엔 컴퓨터가 없었고, 계속 내용을 고치고 수정해야 해서 타이핑은 너무 번거로웠다. 닥스훈트 쿠투지가 내 공동작가이자 벗이 되어주었다. 녀석이 방귀를 뀔 때면—방귀쟁이였다—숨을 쉬기 위해 위로 올라가야 했다.

나는 아직은 진짜 글쓰기가 아니라 단지 연습을 하고 있을 뿐이라는 걸 알고 있었다. 아직 배우는 단계였다. 하지만 마침내 연습을 해볼 커다란 캔버스를 찾아낸 셈이었다.

그 시리즈 제목은 〈바르가드〉('바니안나무'라는 뜻)였다. 이야기는 네 명의 대학 친구의 삶을 따라갔다. 대부분 알라하바드와 러크나우를 배경으로 하고 있었다. 각 회차의 대본이 지하실에서 연기처럼 피어오르면 미술 팀은 촬영지를 찾아내고 촬영 허가를 받기 시작했다. 캐스팅도 시작됐다. 의상과 소품 담당 팀도 체계적으로 갖추어졌다. 거대 규모의 제작이었다. 그 압박감은 짜릿했다.

*　*　*

그때쯤 나는 브리지 게임을 즐기던 프라디프의 부모님과 친해졌다.

그 가정에 끔찍한 비극이 닥쳤다. 프라디프의 아내, 즉 나의 전 직장 상사가 그녀의 아버지와 함께 살다가 갑자기 세상을 떠난 것이다. 그녀는 심하게 넘어지면서 내출혈을 일으켰다. 그리고 의식을 되찾지 못한 채 숨을 거두었다.

어린 시절 내가 가장 두려워했던 일—엄마의 죽음—이 프라디프의 아이들에게 실제로 닥친 것이다. 나의 악몽은 내가 아닌 그 아이들에게 현실이 되었다. 나는 그게 내 책임일지도 모른다는 터무니없는 죄책감이 들었다. 아이들은 너무 어려서 그 비극의 의미를 곧바로 이해하지는 못했지만 부모의 죽음이 남긴 상처를 피할 수 없을 터였다. 다행히 그들은 어린 시절의 나와는 처지가 완전히 달랐다. 그들은 사랑과 관심에 둘러싸여 있었다. 그들의 조부모는 손녀들을 친자식처럼 애지중지하며 정성껏 돌보았다. 나도 아이들과 매우 가까워졌고, 그들의 충격을 조금이라도 덜어주기 위해 최선을 다했다. 거의 평생을 로이 여사의 학교에서 어린 학생들을 돌보며 살아온 덕에 아이들과 자연스럽게 어울릴 수 있었다. 하지만 모성(로이 여사의 모성)에 대한 내 경험이 나를 이상적인 어머닛감으로 만들어줄 수 없음을 잘 알고 있었다. 그렇게 아이들과 나 사이엔 독특한 관계가 형성되었다. 우리 셋이 정말 가까워졌을 때 아이들이 내게 자신들의 새엄마냐고 물었다. 나에게 엄마라는 말은 공포와 불안을 불러일으키는 단어였다. 벌, 천식, 병원, 분노. 나는 그 단어와 연관되고 싶지 않았다.

나는 아이들에게 너희에겐 이미 엄마가 있고 너희 엄마는 이제 다른 방으로 떠났지만 그래도 언제나 엄마를 사랑해야 한다고 말했다. 그리고 나는 너희 아빠의 여자친구이고 너희 엄마만큼 너희를 사랑한다고 설명했다. 우리는 아이들만이 부를 수 있는 나의 다른 특별한 이름을 찾기로 했다. 그 이름은 누니로 정해졌다. 〈매시 사히브〉에 나오는 민요에서 따온 단어였다. 그런 결정이 이루어지고 명명식이 끝난 직후의 어느 오후, 아이들이 학교에서 돌아와 식사를 하던 임시 식탁에서 요란하게 쟁그랑거리는 소리가 들려왔다. 두 아이가 수저로 철제 접시를 두드리며 큰 소리로 외쳐댔다. "누니는 바비 여자친구야! 누니는 바비 여자친구야!" 바비[*]는 그들이 아빠를 부르는 말이었다. 아이들 마음속에서 우리는 한몸이 되었다—누니바비. 프라디프와 나, 우리의 마음속에서도 이미 그렇게 되어 있었다.

프라디프의 어머니는 기이하고 아름다운 여성이었다. 그녀는 도자기처럼 흰 피부를 갖고 있었고 그 피부를 (옅은 갈색 색조를 더해) 딸들과 손녀들에게 물려주었다. 그녀는 힌디어를 전혀 못했고, 영어는 영국식 억양이 너무 강해서 들을 때마다 웃음이 나왔다. 인도인다운 면모라곤 사리를 입는다는 것뿐이었다. 우리는 서로 다른 행성에서 온 사람들이었고, 그래서 외계인처럼 어울려 지냈다. 그녀는 오로지 자신의 저택, 작은 정원, 파티, 옷, 아름다움, 그리고 피부색에 사로잡혀 있었다. 갈색이나 검은 피부를 가진 사람들은 '하인 계급'이었고 그녀의 세계에 속하지 않는 존재들이었다. 나는 그녀에게 이탈리아에 있을 때 사람들이 나를 종종 아프리카인(정확히 말하면 에티오피아인)으로 착각했다고 말했다(사실이었다). 작은 분재 같은 에티오피아인. 그러자 그녀는 이렇게 말했다. "그래, 맞아, 그래도 목은 아름답잖니." 나는 그녀의 말을 진지하게 받아들일 수 없었기 때문에 화를 낸 적이 거의 없었다. 프라디프는 어머니를 짜증스러워했는데 그 점이 나를 안심시켰다. 아들이 아버지처럼 공무원이 되기를 바랐던 그녀는 고정적인 월급이 없는 아들을 놀렸고 모자간에 다툼이 잦았다. 로이 여사 같은 은행의 방식은 아니었지만 그녀 역시 아들에게 빚 독촉이 심했다.

프라디프의 어머니는 내가 잠시 스쳐가는 존재가 아니라 가

---

* 인도에서 아빠를 뜻하는 '바바'의 애칭.

족이 될 수도 있다는 의심이 들자 나를 따로 불러 진지한 대화를 시작했다. 그녀는 나에게 절대로 아이를 낳지 않겠다고 약속해달라고 했다. 나는 애초에 아이를 가질 생각이 없었지만 그녀에게 그런 약속을 하고 싶진 않았다. 그녀는 내가 자신의 재산을 노리는 악독한 새엄마로 변할까봐 걱정하고 있었고 나도 그걸 알았다. 나는 그녀가 그런 걱정을 할 수도 있겠다고 생각했다. 그녀는 나에 대해 아무것도 몰랐으니까. 나를 어떻게 믿을 수 있겠는가? 그런데 그녀는 거기서 한 걸음 더 나아가 나에게 공무원이 되어볼 생각은 없느냐고 물었다.

"왜요?"

"그러면 월급이 꾸준히 나오고 그 돈으로 아이들을 키울 수 있잖아. 의료보험도 생기고. 그러면 프라디프는 마음놓고 자아실현을 할 수 있고. 알다시피 걔는 예술가잖니."

인도 어머니들의 아들에 대한 집착이란! 그들은 상대의 허를 찌른다. 전방위로 기습해온다. 인도 어머니들은 아들을 비판하고 아들과 다투더라도 결국 아들 외에는 아무것도 보지 못한다.

우리 엄마는 아들에 대해 그러지 않았지만.

*　*　*

로이 여사가 델리에 왔을 때, 나는 그녀를 프라디프의 부모님께 소개했다. 그녀는 예의바르게 행동했지만 경계심을 늦추지 않았다. 그들 사이에는 공통점이 없었다. 전혀.

"다 좋은데." 나중에 그녀가 내게 말했다. "무슨 일이 있어도 항상 네 수입과 집이 있어야 한다. 여긴 그 사람들 집이지 네 집이 아냐. 영원히 그럴 거다."

그건 현명하면서도 상당히 파괴적인 말이었다. 남녀 간의 사랑에 대한 그녀의 신랄함과 반감은 내겐 이미 익숙한 것이었다. 그건 디도가 머리에 총을 맞은 이유이기도 했다. 나는 굳이 엄마의 조언을 들을 필요가 없었다. 이미 그녀와의 삶(내 집에서 나가! 내 차에서 내려!)이 내게 전선 위의 새처럼 살도록, 늘 대비하고 또 대비하고 또 대비하도록 가르쳤으니까.

공무원, 의료보험, 내 집 마련―그런 것들은 내 안중에 없었다.

나는 완전히 다른 종류의 사냥을 하고 있었다.

*　*　*

〈바르가드〉 촬영이 시작되었다. 유명 배우 몇 명을 섭외했고, 특수 분장을 전문으로 하는 영국 분장 팀이 참여했다. 주인공들이 극중에서 20년 넘게 나이를 먹어서 특수 분장이 필요했던 것이다. 골라크가 그들을 돕고 있었는데 그는 마침내 건축학교를 졸업해서 뛰어난 화가가 되어 있었다. 그는 자신을 대단하게 여기지 않았지만 말이다.

대부분의 촬영지는 영국 식민지 시절에 연합주로 불렸던 우타르프라데시였다. 우리는 알라하바드, 러크나우, 그리고 시골 지역에서 촬영했다. 몇 달 동안 혹독한 일정으로 강행군을 이어갔다. 그 시대를 재현한 시장, 거리, 대학, 강의실 등 대규모 세트를 제작하고 꾸몄다. 간디의 무저항불복종운동 같은 대규모 장면에는 수천 명의 엑스트라가 동원되었다.

촬영을 개시하고 몇 달 뒤, 우리는 알라하바드에 캠프를 차리고 그 허구의 세계에 완전히 몰입해 있었는데, 돈이 바닥났다. 제작사가 사실상 무너진 것이다. 촬영은 중단되었다. 마라톤 마지막 구간을 달리다가 무릎에 총을 맞은 기분이었다.

우리는 델리로 돌아와야 했다. 어떻게든 작품을 살리려고 백방으로 노력했지만 허사였다. 〈바르가드〉는 오랫동안 질질 끌려다니면서 고통스러운 죽음을 맞이했다. 우리도 거의 죽었다. 몇 달 동안 돈을 받지 못한 상태였다. 앞으로 받을 가능성도 없었다. 소품과 의상을 보관하던 건물주는 월세가 끊기자 격분했다. 그녀가 자물쇠를 부수고 문을 따고 들어가 물건들을 다 처분했다는 소식이 들렸다. 우리가 정성껏 만들고 준비한―나중에 반환하겠다는 엄숙한 약속을 하고 빌려온 것들도 많았다―의상과 소품들을 모조리 팔아치웠던 것이다. 결국 그 물건들은 내가 가출해 떠돌이로 살던 시절에 옷을 사러 자주 갔던 자마 마스지드의 중고 시장 노점으로 흘러들어갔다. 우리는 그곳으로 달려갔고 모든 것들―셰르와니*, 숄, 승마용 바지와 부츠, 경찰 제복, 모자, 신발, 벨트, 가죽 안장, 오래된 인력거, 가구, 골동품 은제 찻잔 세트, 값진 도자기, 상아 손잡이 면도기 등

지나간 시대를 재현하는 데 필요한 모든 것들—이 길거리에 나와 있는 걸 보았다. 우리에겐 너무도 소중한 물건들이 산더미처럼 쌓인 채 헐값에 팔리고 있었다. 1920년대 복장이 첨단 패션으로 팔렸던 것이다. 그 옷들 안쪽에는 등장인물의 이름과 장면 번호가 수놓여 있었다. 모든 것이 끝났다. 우리는 빈털터리에 만신창이가 되었다. 완전히 쫄딱 망해서 앉아서 숨 돌릴 여유조차 없었다. 우리는 몇 달 동안 숨도 쉬지 못했다. 프라디프와 나는 슬픔으로 하나가 되었다. 그것은 사랑보다 더 강렬했다.

*　*　*

〈바르가드〉에 대해 알고 있으면서 그 작품의 죽음을 구경꾼의 입장에서 지켜보았던 한 제작자가 나를 자기 집으로 불렀다. 그는 〈바르가드〉 제작권을 사서 우리가 프로젝트를 이어갈 수 있도록 도와주려 했던 많은 사람들 가운데 하나였다. 그래서 우리가 돈에 쪼들리고 있다는 걸 잘 알고 있었다. 그는 나를 고용하겠다며 쥐꼬리만한 월급을 제시했다. "당신이 쓰고 싶은 걸 써요. 단, 당신이 쓰는 건 전부 내 거예요."

나는 〈매시 사히브〉 촬영 때 파츠마리 마을 사람들에게서 배운 멋진 표현으로 대답했다. 재치 있는 자기비하였다. (그 무

---

* 인도에서 남성이 입는 긴 외투로 주로 격식을 갖출 때 착용한다.

렵 내 힌디어 실력은 수년 동안 사용하지 않았던 말라얄람어 실력에 반비례해서 늘고 있었다.)

"메레 마테 페 추티야 리크하 해 캬(내 이마에 '멍청이'라고 적혀 있나요)?"

그는 재미있어하며 태연하게 말했다. "당신은 스스로를 특별하다고 생각하는군. 그럴 수도 있고 아닐 수도 있지. 하지만 이건 분명히 말할 수 있는데―당신은 절대 돈을 벌지 못할 거야. 당신 문 앞의 늑대를 막아줄 나 같은 사람이 항상 필요할 테니까."

그는 내가 열일곱 살 때부터 그 늑대들과 어울려 다녔다는 걸 모르고 있었다. 하지만, 그렇다, 그 늑대들이 가까이 다가오고 있었다. 뭔가 대책을 세워야 했다. 시급히.

괴짜 애니의 괴짜 짓

두르다르샨에 새 사장이 부임했는데, 구체제의 틀을 흔드는 관료였다. 그는 젊은 감독들이 만든 소규모 저예산 장편영화에 자금을 지원하기 시작했고, 그 영화들은 일요일 밤 황금시간대에 방영되었다. 저예산 영화들은 대형 스크린 영화처럼 화려하거나 화제성이 있지는 않았지만, 당시 두르다르샨은 전국에서 유일한 텔레비전 채널이었기 때문에 어쩔 수 없이 그 채널을 봐야 하는 수백만 명의 시청자를 확보할 수 있었다. 우리는 새 사장에게 면담을 요청했다. 면담은 몇 분밖에 걸리지 않았다. 그가 한 말은 이것뿐이었다. "대본 가져와봐요. 괜찮으면 제작비를 댈 테니까."

나는 프라디프와 몇 가지 아이디어를 구상하다가 그에게 일단 내가 알아서 써보는 건 어떨지 물었다. 그는 좋다고 했다.

나는 말차 마그에 위치한 지프차 앞유리 주방이 있는 방으로 들어갔다. 그리고 3주 만에 나왔다.

내 대본은 건축학교에서의 삶을 그리고 있었다―무질서한 별천지 같은 캠퍼스, 몽롱하게 취한 학생들, 그리고 우리가 쓰던 힌디어와 영어가 섞인 기발한 혼종 언어. 배경은 1974년이었다. 우리는 그 작품을 〈괴짜 애니의 괴짜 짓In Which Annie Gives It Those Ones〉이라고 불렀다. "giving it those ones"는 델리대학교 속어로 "늘 하는 짓을 하다"라는 뜻이었다.

〈바르가드〉가 화려한 의식과 볼거리로 가득한 장엄한 행렬이었다면, 〈애니〉는 그 뒤에서 풍차돌기 재주를 부리는 궁정 광대였다. 〈애니〉는 나에게 집처럼 편안했다. 마침내 나는 익숙한 물에서 헤엄치고 있었다. 내 영법을 익히며.

주인공 애니는 남자였다. 본명은 아난드 그로버인데 친구들 사이에서는 애니로 통했다. 그는 덩치가 크고 굼뜬 편이었고, 학과장 Y. D. 빌리모리아와 충돌하면서 5학년을 4년째 다니고 있었다. 학과장 빌리모리아는 신랄하면서도 재미난 악담을 퍼붓는 파르시*로, 학생들은 그를 "얌두트(죽음의 신의 사자)"라고 불렀다.

그 대본에는 영웅이 없었다. 모두가 어딘가 조금씩은 괴짜였다. 어떤 이는 그게 겉으로 드러났고, 어떤 이는 속에 숨겨져 있었다.

---

* 페르시아에서 인도로 이주한 조로아스터교 신도들의 자손.

프라디프는 그 대본을 보고 흥분했지만, 우리 둘 다 두르다 르샨이 이렇게 별나고 기이한 작품에 자금을 대줄 거라고 기대하지는 않았다. 그래서 안전을 기하기 위해 대본을 제출하러 갈 때 좀더 진지한 아이디어 시놉시스도 몇 개 들고 갔다. 나로선 열정을 느낄 수 없는 작품이었지만. 우리의 예상은 보기 좋게 빗나갔다. 새 사장은 〈애니〉를 무척 마음에 들어했다. 그는 우리에게 아주 적은 예산을 배정했는데, 아마도 주류 힌디어 영화의 타이틀 시퀀스를 만드는 데 드는 제작비의 일부에 불과한 금액이었을 것이다. 하지만 우리에겐 충분했다. 그 대본 속 추레한 인물들에게 어울리는 규모였다. 큰 예산은 오히려 등장인물들을 망쳤을 것이다. 우리는 제대로 작동하고 있었다.

촬영 준비에 들어가면서, 프라디프의 아파트는 배우 워크숍 장소 겸 제작 사무실이 되었다. 그곳은 내가 처음 봤을 때의 그 우아한 모습과는 완전히 달라졌다. 개들과 아이들도 예전보다 말을 듣지 않으면서 그 혼란에 한몫했다. 우리는 나무판자와 합판을 이어붙여 선반과 가구를 만들었고, 나는 우리의 어린 두 딸에게 물감과 붓을 마음대로 쓰게 해주었다. 우리 딸들. 그랬다, 날씨처럼 자연스럽게 그렇게 되었다. 로이 여사가 내게 보인 냉랭함에 대한 반작용이었는지, 나는 아이들과 스킨십을 많이 했다. 우리는 인간보다 개에 가까운 방식으로 행동했다. 나는 아이들이 내게 달려들고, 핥고, 깨무는 걸 허용했다. 가끔 우리는 한 침대에 팔다리가 뒤엉킨 채 누워 있었고, 방안에서 비명과 웃음소리가 크레센도로 높아져갔다. 아이들은 뚜껑문을 통해 드나들며 아래층의 조부모 세대가 즐기는 브리지와 하이티* 문화와 위층의 무질서한 세계 사이를 자유롭게 오갔다.

나는 거의 아무 생각 없이 말차 마그의 방도, 경제적 의존에 대한 두려움도, 머릿속의 온갖 미친 경고도 내려놓았다.

내가 비운 방을 골라크가 빌렸다. 그는 위태롭게도 〈애니〉의 헤어와 메이크업 책임자가 되었다. 나는 그에게 냉장고를 물려주었지만, 산제이의 지프차 앞유리는 프라디프의 아파트로 가져왔다. 이제 그것은 주방 조리대가 아니라 네 개의 가짜 루빅 큐브 위에 놓인 낮은 커피테이블이 되었다. 산제이는 이제 결혼했고, 전업 다큐멘터리 감독이 되어 있었다. 우리는 자주 만나지 않았지만 우리의 우정은 변함이 없었다. 카를로는 이탈리아문화원에서 정규직으로 꽤 높은 보수를 받으며 일하고 있었다. 나는 그가 그리웠다. 내가 프라디프와 함께 살게 되었다고 말하자 그는 웃었다.

"아룬다티나, 그 사람에게 조심하라고 전해."

"왜요?"

"너랑 같이 사는 남자는 실성할 위험이 있거든. 속옷을 머리에 뒤집어쓰고 알몸으로 기차역 승강장에서 돌아다닐 수도 있어. 내가 그걸 어떻게 아느냐고? 그냥 알아."

나는 조금 어리둥절했다. 내가 생각한 나 자신의 인상과는 달랐던 것이다.

* 오후 늦게 즐기는 티타임.

우리는 여름방학 동안 건축학교에서 영화를 찍었다. 애니 역은 〈바르가드〉에서 함께 작업하면서 우리와 가까운 친구가 된 아르준 라이나가 맡았다. 나는 애초에 그를 염두에 두고 대본을 썼다. 다른 배역들은 모두 젊은 신인 배우들에게 맡겼고, 학과장 얌두트만 리처드 애튼버러의 영화 〈간디〉에서 네루 역으로 유명해진 로샨 세스가 연기했다. 나는 라다라는 학생 역을 맡았다. (그녀는 심사위원단 앞에서 논문을 심사받는 장면에서 빨간색 사리와 펠트 모자 차림으로 등장해 나의 해묵은 싸구려 판타지를 만족시켰다.)

프라디프는 내가 상상했던 그대로 가볍고 거칠게 〈애니〉를 시각화하고 촬영했다. 우리 사이에 다툼이나 이견이 있었던 기억은 없다. 우리는 마치 같은 곡을 즉흥 연주하는 밴드 뮤지션들 같았다. 모든 게 순조로웠다. 골라크가 좀 골치를 썩이긴 했지만 말이다. 골라크는 여자를 만나 뒤늦게 섹스의 기쁨을 알게 되면서 날마다 새로운 키스 자국을 달고 멍한 표정으로 촬영장에 나타났다. 그는 딴 데 정신이 팔린 상태에서 애니의 머리를 과감하게 잘라버렸고, 그 결과 우리는 몇 장면은 다시 찍고 나머지 장면에서는 애니에게 가발을 씌워 촬영해야 했으며, 조명과 카메라 각도를 조정해 그 섹스 이후의 헤어스타일이 그림자에 묻히도록 만들어야 했다.

＊ ＊ ＊

첫 비공개 시사회는 델리에 있는 독일문화원 막스뮐러바반에서 열렸다. 학생들이 강당 안으로 빽빽이 몰려들어 바닥에까지 앉았다. 나도 어둠 속에서 그들 틈에 끼어 앉아 있었다. 영화가 시작되고 몇 분이 지나자 관객들이 소리를 지르고, 폭소를 터뜨리고, 휘파람을 불었다. 그들은 영화에서 자신들의 모습을, 자신들의 언어와 옷차림, 농담, 어리석음을 보았고 자신들이 영화화될 만한 가치를 지녔다는 걸 기뻐했다. 나는 아찔했다. 짜릿했다.

그 영화에 대한 소문이 퍼져—휴대전화도 없던 시절이었는데—시사회가 끝나기도 전에 수백 명의 학생들이 독일문화원 문 앞에 몰려와 영화를 보여달라고 요구했다. 그날 문화원 책임자는 흔쾌히 두번째 상영을 허락했다.

〈애니〉는 국제영화제 파노라마 부문 상영작으로 선정되었다. 델리에서 열린 공식 상영회에서 가디언의 영화평론가 데릭 맬컴이 영화에 별 감흥이 없었는지 나를 향해 이렇게 말했다. "제목을 바꿔야겠네요. 'giving it those ones'는 영어로 아무 뜻도 없으니까요." 우리는 그 말을 홍보 전단에 넣었다.

"제목을 바꿔야겠네요. 'giving it those ones'는 영어로 아무 뜻도 없으니까요."
—데릭 맬컴, 영화 상영중 자다가 갑자기 깨서

"글쎄요. 맬컴 씨. 영국에서는 이제 영어를 안 쓰나봐요."
　─아룬다티 로이, 나중에 즉석에서 그 대답이 생각나지 않은 걸
　애석해하며

　그 영화는 애초에 그저 재미있는 비주류 작품이었을 뿐, 그
이상의 의도는 없었다. 그러나 마침내 두르다르샨에서 방영되
자 수백만 명이 시청했다. 〈애니〉 같은 영화로서는 상상도 못
할 규모였다. 〈애니〉가 내셔널 어워드* 두 부문에서 상을 받았
을 때 그 누구보다 놀란 건 프라디프와 나였다. 하나는 최우수
각본상, 그리고 나머지 하나는 내가 가장 좋아하는 상인 "인도
헌법 제8조 부속 언어 외의 언어로 제작된 최우수 영화상"이었
다. 그건 정말이지 〈애니〉다운 상이었다.
　내셔널 어워드 시상식은 엄숙하면서도 화려한 행사였다. 봄
베이 주류 영화계의 배우, 감독, 기술자 들이 근사한 정장 차림
으로 모여 있었다. 시상자는 점잖고 나이 지긋한 남인도 출신
의 신사, 인도 대통령 R. 벵카타라만이었다. 내가 상을 받으러
무대로 올라갔을 때, 무대 위의 한 관료가 내 옷차림(평소에
입던 옷)에 화를 내며 이렇게 말했다. "내년부터는 복장 규정
을 둘 겁니다."
　나는 내년에는 여기 안 올 거니까 괜찮다고 대답했다. 오케

* 인도 최고 권위의 영화상.

스트라석을 가득 메운 기자들은 내가 대통령과 대화를 나눈 것으로 착각했다. 내가 무대에서 내려오자 그들이 몰려와서 대통령이 뭐라고 했느냐고 물었다.

나는 그분이 내 귀에 대고, "침착해, 베이비!"라고 속삭였다고 대답했다.

내 각본상 상장에는 "학생들의 고뇌를 묘사한 공로"라고 적혀 있었다. 순간 나는 상을 잘못 받은 줄 알았는데, 왜냐하면 〈애니〉에는 고뇌가 찬조 출연조차 하지 않았기 때문이었다. 물론 잘못 받은 상은 아니었고 그저 안전한 문구였을 뿐이었다. 그 당시 '뉴 시네마'라 불리던 영화들에서 고뇌는 기본 주제였으니까. 그럴 만도 했다. 그 시절에는 인도의 현실, 여성에 대한 폭력, 우리가 도저히 떨쳐낼 수 없을 것 같은 봉건제를 다룬 대단히 훌륭하고 정치적인 영화들이 만들어지고 있었던 것이다. 하지만 〈애니〉는 그런 영화들과는 사뭇 달랐다. 나는 아직 그런 거창한 주제들을 다룰 수 있을 만큼 작가로서의 내 재능에 확신을 갖지 못했다.

* * *

내셔널 어워드는 달콤한 복수였다. 이제 다시는 아무도 나에게 다른 사람 이름으로 대본을 써달라는 요구를 하지 못할 터였다. 이제 아무도 나를 프라디프의 조수, 비서, 도우미로 부르지 않을 터였다. 그 시절은 끝났다. 단, 케랄라의 몇몇 사람들은 예외였다.

케랄라 언론은 로이 여사의 사라진 딸이 큰 상을 받았다는 소식을 받아 기사화했다. 한 말라얄람어 잡지 기자가 나를 만나러 델리로 왔다. 그는 내 뒷조사를 해서 권투선수의 아들 미키 로이가 "나의 위업"이라고 부를 법한 내 행적들을 다 알고 있었다. 그는 나에게 케랄라의 보수적인 시리아 기독교인들 사이에서 자란 경험에 대해 물었다. 나는 내가 원하는 대로 하면서 사람들이 뒤에서 수군거리는 재미를 보지 못하도록 모두에게 공개해버리는 전략을 구사했다고 대답했다. 그는 JC와의 '결혼'에 대해서도 물었다.

"그는 당신이 떠나는 걸 어떻게 허락했나요?"

나는 그에게 질문을 좀 고쳐달라고 요청했다. JC가 나에게 상처를 줬는지, 아니면 내가 그에게 상처를 줬는지는 물어도 되지만, '허락'이라는 단어는 나에게 적절하지 않다고 말했다.

그 잡지 표지에 내 사진이 실렸는데 예쁜 황동 모자핀이 달린 모자를 쓴 모습이었다. 사진 아래에는 이런 문구가 적혀 있었다. "나에게 '허락'이라는 단어는 쓰지 말아주세요."

케랄라는 그렇게 멋질 수도 있었다. 가끔은.

그리고 가끔은 그렇지 않았다.

나는 내 삶과 프라디프와의 관계에 대해 공개적으로 말함으로써 — 예전에 로이 여사가 그랬던 것처럼 — 본능적으로 무언가를 위한 발판을 준비하고 있었던 것 같다. 그게 무엇이었는지는 확실치 않다. 아마도 자유였을 것이다.

그 일은 엄마를 힘들게 했다. 내 엄마이자 코타얌의 학교 교장이었던 로이 여사는, 델리에 살던 나와는 완전히 다른 현실에 대처해야 했다. 내가 한 일, 내 삶의 방식, 내가 한 말들은 분명 그녀에게 영향을 미쳤을 것이다. 하지만 나 역시 싸워야만 했다. 나를 한 번도 받아들인 적이 없는 공동체의 도덕과 관습에 맞게 내 삶을 재단할 수는 없었다. 설령 그들이 나를 받아들였다 하더라도, 나는 아마 똑같이 행동했을 것이다. 이상하게 들릴 수도 있지만, 그게 더 어려웠을지도 모른다.

그 이후 로이 여사를 만났을 때, 그녀는 나를 대신해 친척들에게서 들은 온갖 독설과 모욕을 엄선해서 전달했다. 나는 너무 오랫동안 케랄라를 떠나 살았기에 친척과 교류가 거의 없었고, 그래서 그녀는 그들이 누구이며 우리와 그 모욕자 집단이 정확히 어떤 관계인지 일일이 설명해야 했다.

X가 말했다. "어쨌든 좋은 집안의 시리아 기독교 남자라면 그애와 결혼하지 않을 거야."

Y가 말했다. "인정해, 메리. 네 딸은 그냥 그 남자의 첩일 뿐이야."

Z는 킵keep이라는 단어를 써서 이렇게 말했다. "결국 그 남자한테 걔는 그냥 '킵'해두는 여자일 뿐이지."

참으로 매력적이었다.

신성모독

로이 여사는 자신의 학교에서 앤드루 로이드 웨버와 팀 라이스의 록 오페라 〈지저스 크라이스트 슈퍼스타〉를 무대에 올리고 싶어했다. 그녀는 〈애니〉에서 '맨카인드Mankind'라는 인물—불경스럽고 다소 잔인한 학생으로 애니가 기숙사 방에서 키우던 애완 닭들을 잡아먹는다—을 연기한 젊은 연극배우를 초대해 학생들과 함께 워크숍을 진행하고 공연 연출도 맡아달라고 요청했다. 경건하고 숨막히는 기독교적 분위기에서 자란 우리에게 그 오페라가 준 해방감은 아무리 강조해도 지나치지 않다. 나는 십대 때 그 작품을 처음 들었고, 모든 노래를 다 외울 수 있었다.

  학생들이 두 달 넘게 연습을 진행하던 중에 〈슈퍼스타〉는 정치적 폭풍에 휘말렸다. 나는 그때 코타얌에 살지 않았기에 나중에 로이 여사에게 그 이야기를 들었다.

코타얌에 새로 부임한 행정관—작은 도시에서는 신과도 같은 존재였다—이 그녀에게 편지를 보내왔는데, 학생 두 명을 학교에 입학시키라는 명령에 가까운 요구가 담겨 있었다. 로이 여사는 직접 답장을 쓰지 않고 학교 행정실을 통해 그 두 학생도 다른 모든 지원자들과 마찬가지로 입학시험을 치를 수 있다고 통보했다. 두 학생은 시험을 봤지만 성적이 좋지 않아 입학하지 못했다.

일이 뜻대로 되지 않자 격노한 행정관은 갑자기 자신에게 신성한 의무가 있음을 깨달았다. 그는 코타얌에서 〈지저스 크라이스트 슈퍼스타〉 공연을 금지하면서, 그 작품이 신성모독적이고 '기독교 정서'를 해칠 수 있어서 치안 문제로까지 이어질 수 있기 때문이라고 말했다. 그는 로이 여사를 "인류에 대한 경멸을 미화하고 그걸 이른바 예술이라는 형식으로 대중에게 파는 사람" "학생들의 순수한 마음에 증오를 심는 자"라고 비난했다. 그 오페라를 로이 여사가 직접 쓰기라도 한 것처럼 몰아갔다.

공연 개막을 불과 몇 시간 앞두고 있었고 아이들은 이미 의상을 입고 있었다. 학교 전체가 흥분으로 들썩거리고 있는데 한 어른의 악의가 그들의 숨통을 막아버린 것이다.

학생들은 망연자실했다. 전교생이, 심지어 초등학교 꼬마들까지 모두 참여하는 공연이었다. 그들은 이미 학교를 무대로 비디오 영상도 찍어둔 상태였다. 로이 여사의 옷장은 무대 의

상을 대느라 텅텅 비었다. 바리새인들은 그녀의 화려한 카프탄을, 제자들은 그보다 수수한 옷을 입었다. 군중들이 예수의 뒤를 따라 로리 베이커가 설계한 교실들을 돌며 야자수 잎을 흔들면서 노래했다. "헤이 JC! JC! 나를 위해 싸워주지 않겠어?" 단역—이를테면 예루살렘 기자들—을 맡은 혀짤배기소리를 하는 조그만 배우들이 야자나무 아래에서 굴러 나와 유치원까지 이어지는 급커브 길을 내려가며 예수에게 외쳐댔다.

그리스도여, 오늘 밤 기분이 어떠신가요?

싸울 계획이 있으신가요?

운이 따랐다고 느끼시나요?

자신의 큰 실수는 무엇이었다고 생각하시나요?

예수, 유다, 헤롯, 막달라 마리아 역을 맡은 학생들은 모두 놀라운 가창력을 지니고 있었다. 오케스트라와 합창단도 훌륭했다.

한 악의적인 관료의 옹졸한 자존심이 그들 모두를 무참히 짓밟은 것이다.

* * *

행정관은 자신이 정확히 어떤 바다를 헤엄치고 있는지 알고 있었다. 그해는 1990년이었다. 감상적인 분노와 억지로 꾸민 슬픔이 정치를 이끌어가는 시대가 도래했다. 세계가 요동치고 있었다. 베를린장벽이 무너졌다. 소련은 곧 붕괴할 예정이었다. 인도뿐만 아니라 아시아 대륙 전체가 격랑에 휘말려 있었다. 바야흐로 '종교적 정서'가 모든 이들의 돛을 밀어주는 바람이 되었다.

미국을 등에 업은 무자헤딘이 아프가니스탄을 지배하고 있었다. 파키스탄은 지아울하크 장군과 CIA에 의해 급진적으로 변했고, 카슈미르의 자결권을 위한 투쟁은 공공연한 이슬람 무장 갈등으로 변질되었다. '세속주의 국가' 인도는 의지할 데가 없었다. 그로부터 2년 전, 의회당 정부는 '무슬림 정서'를 존중하여 살만 루슈디의 소설 『악마의 시』를 금서로 지정했고, 이혼한 무슬림 여성에게 위자료를 지급하라는 진보적인 대법원 판결을 뒤집었다. 그러더니 이제 '힌두교 정서'를 존중하여 16세기에 세워진 사원 바브리 마스지드의 자물쇠를 풀도록 명령했다. 힌두교도들이 라마 신의 출생지에 그 사원이 세워졌다고 주장하면서 논란이 된 것이다. 1990년 코타얌에서 행정관이 '기독교 정서'라는 우스꽝스러운 소동을 일으키려 했던 바로 그때, 극우 힌두 민족주의 정당인 인도인민당BJP의 지도자 랄 크리슈나 아드바니는 바브리 마스지드를 허물고 그 자리에 힌두교 사원을 지으라고 요구하며 전국을 횡단하는 광적인 행렬을 이끌고 있었다. 그는 그것을 "라트 야트라(전차 순례)"라고 불렀다. 그의 전차는 에어컨이 설치된 도요타 미니트럭이었는데, 트럭 앞에는 당의 상징인 합판 연꽃 한 송이가 허술하게 달려 있었다. 그러나 그 미친 망상과 폭동, 보복 폭탄 테러, 라트 야트라가 지나가면서 남긴 수천 구의 시신은 그런 허술함과는 거리가 멀었다.

행정관은 〈지저스 크라이스트 슈퍼스타〉 반대론에 힘을 싣기 위해 시리아 기독교계의 일부 주교들과 사제들을 끌어들였다. 공연 금지 청원서에 3천 명이 서명했다. 그 청원서에 따르면, 마리아 막달레나가 부르는 〈아이 돈 노우 하우 투 러브 힘〉에 그녀와 예수 사이의 성적 관계에 대한 암시가 담겨 있다는 것이었다. 시위와 협박, 그리고 그런 식으로 미리 짜인 판에서 걷잡을 수 없이 날뛰는 히스테리 발작이 난무했다. "야생 코끼리(로이 여사)에게 쇠고랑을 채우라"는 구호가 요란했고, 공연을 강행하면 피가 흐를 것이라는 협박이 잇따랐다. 이 날조된 분노의 근간에는 트라반코르 기독교 상속법의 폐지에 대한 잠재된 울분, 그리고 복종을 거부하는 여자에 대한 무정형의 적의가 깔려 있었다.

로이 여사는 물러서지 않고 법정으로 갔다. 그녀는 학교 안에서 공연되는 연극이, 수개월의 연습 기간 동안 그 누구도 불만을 제기하지 않았고 전 세계 기독교인들 앞에서 공연되어온 작품이 어떻게 갑자기 코타얌에서 신성모독과 치안 문제가 될 수 있는지 물었다. 도대체 왜 행정관이 신성모독인지 아닌지를 함부로 결정하느냐고 따졌다. 그녀는 최종 리허설 당시 아무도 불쾌해하지 않았음을 증명할 수 있는 비디오테이프를 갖고 있었다. 학부모의 항의도, 지역 사회의 동요도 없었다.

경찰 한 무리가 비디오테이프를 압수하러 학교로 들이닥쳤
다. 행정관은 치안 문제가 예상되는 경우에만 금지 명령을 내
릴 수 있었기에 비디오테이프는 그가 틀렸다는 걸 입증할 수
있는 증거였던 것이다. 하지만 행정관 사무실에서 일하는 친절
한 사람이 로이 여사에게 압수수색에 대해 미리 귀띔해준 덕에
테이프를 학교 밖으로 몰래 빼돌릴 수 있었다. 로이 여사는 사
전 보석을 신청했다. 그리고 보석 허가서를 액자에 넣어 사무
실 벽에 걸어두었다. 경찰이 그녀의 집과 학교를 뒤지는 동안,
그녀는 책상에 앉아 손톱을 깎고 있었다. 경찰이 의기양양하게
압수해 간 비디오테이프는 빈 테이프였다.

그럼에도 불구하고 그날의 승리자는 행정관이었다. 공연은
열릴 수 없었다. 학생들은 절망했다. 그 사건은 대법원까지 올
라가는 데 수년이 걸렸다. 그리고 다시 한번, 법원은 그녀에게
옳은 일을 해줬다. 다시 한번, 로이 여사는 승소했다. 〈지저스
크라이스트 슈퍼스타〉는 마침내 학교 무대에서 새로운 세대의
학생들에 의해 공연되었다.

치안 문제는 발생하지 않았다.

슬픈 일이었지만, 코타얌 행정관이 일으킨 종교적 히스테리
는 인도를 뒤흔든 거대 사건들에 비하면 해피엔딩을 맞이한 셈
이었다. 아드바니와 그의 라트 야트라가 호리병에서 풀어놓은
피에 굶주린 주술적인 혼령은 다시 가둘 수 없었다. 그것은 인
도를 완전히 바꾸어놓게 된다.

코타얌 행정관은 기독교도임에도 불구하고 공직에서 물러나

인도인민당에 입당했다. 그는 인도인민당이 의회당을 몰아내고 권력을 차지하자 자유롭게 활개를 치게 된 힌두 극우 자경단이 교회를 불태우고 선교사를 살해하고 예수상을 파괴하는 것이 '기독교 정서'에 모욕이 된다고 생각하지 않는 듯했다.

나는 그에게 조르조 바사니의 소설 『핀치콘티니가의 정원』을 보내줘야겠다고 종종 생각한다. 나치당에 입당하면 구원이 올 것이라 믿었던 이탈리아 페라라의 한 엘리트 유대인 가문에게 무슨 일이 일어났는지 그가 읽어볼 수 있도록 말이다.

"인도를 올바르게 보여주지 않는다"

엄마가 행정관과 종교적 편견에 찌든 그 일당에 맞서 싸우는 동안 내가 코타얌에 갈 수 없었던 건 프라디프와 함께 다음 영화의 사전 제작 단계에 있었기 때문이었다. 〈전기 달Electric Moon〉은 영국 텔레비전 방송사인 채널4에서 제작 지원을 받았다.

그 영화는 한 시대의 종말, 구 엘리트의 몰락과 신 엘리트의 부상을 다루었다. 인도 왕족을 사칭한(새빨간 거짓말이라고 할 수는 없었지만), 늙은 두 형제와 누이 하나로 구성된 가족이 국립공원 가장자리에서 정글 산장 '마찬'을 운영한다. 그들은 호랑이, 사원, 마하라자*, 그리고 이국적인 동양의 누추함을 가까이에서 안전하게 구경하기 위해 인도를 찾은 백인 관광객

---

* 인도 토후국의 왕.

들에게 클리셰를 판다. 남매 중 제일 나이가 많은 라자 란 비크람 싱ー일명 버블스ー은 손님들에게 거친 자연주의자, 에이스 사냥꾼, 야생의 남자, 왕자로 홍보된다. 그는 여성 관광객들에게 인기가 많다.

하지만 밀렵꾼과 목재 밀수업자들의 약탈로 국립공원의 동물들이 거의 멸종 상태였기에, '마찬' 운영자들은 기계로 작동하는 가짜 동물들을 관광객들 눈에 잘 띄도록 세심하게 배치하고 코끼리 사파리 도중에는 미리 녹음해둔 새와 동물의 울음소리를 틀어 숲속에 보이지 않는 야생동물들이 가득한 것처럼 연출한다.

왕족의 혈통과 영국식 억양으로 무장한 이 호텔리어 가족은 규칙을 어기고, 제멋대로 행동하고, 국립공원을 자기들 집 뒷마당으로 취급하는 데 이골이 나 있다. 그러나 새 공원 관리자가 부임하면서 그들의 사업은 좌초한다. 새 관리자는 힌디어를 쓰는 중산층 관료로, 영리하고 부패했으며(목재 마피아와의 결탁) 잔혹한 동시에, 이 가족의 뻔뻔한 특권 의식에 적대적이다. 그는 관공서의 형식적인 절차로 그들을 옭아매고 관광객의 공원 출입 허가를 보류하면서 마찬이 정상적으로 운영될 수 없도록 서서히 목을 조른다.

〈전기 달〉은 다소 잔인한 풍자극이다. 나는 그걸 가슴이 아닌 머리로 썼다. 〈애니〉를 사랑한 것만큼 그 영화를 사랑하지는 않았다. 그 영화에는 사랑스러운 구석이 없었다. 호감을 가질 만한 인물이 단 한 명도 없었다. 등장인물들은 아무도 관객의 사랑을 얻으려 하지 않았다. 어쩌면 그건 실수였을 것이다.

이 영화는 '외국 제작물'로 분류되었기 때문에, 촬영 허가를 받으려면 여러 정부 부처에서 대본 심사를 받아야 했다. 각 부처의 관료들은 "인도를 올바르게 보여주지 않는다"는 이유로 특정 대사를, 심지어 장면 전체를 삭제하라고 요구했다. 나는 촬영을 준비하는 동안 그 말을 신물이 나도록 들어서 개처럼 짖거나 새처럼 지저귀거나 당나귀나 소의 울음소리를 내고 싶을 지경이었다.

관료들은 아무 의미 없는 하찮고 가벼운 부분까지 난도질했다. 예를 들어, 불손한 프랑스 관광객이 사모사를 초록빛 고수 처트니에 찍어 먹으면서 같은 테이블의 손님에게 프랑스식 억양이 섞인 영어로 이렇게 말하는 장면이 있었다. "저는 인도에선 매일 똥 색깔이 달라진답니다."

그건 문제가 된 장면들 중 하나에 불과했다.

우리는 삭제 요구에 동의하고는 나중에 아무도 확인하지 않을 거라는 가정하에 대부분 그대로 촬영했다. 영화가 아무런 관심도 받지 못할 거라고 믿었던 것이다.

우리는 〈전기 달〉을 찍기 위해 〈매시 사히브〉 촬영지였던 파츠마리로 돌아갔다. 나는 산장 설계를, 골라크는 시공 감독을 맡았다.

촬영은 초반부터 차질을 빚었다. 우리 건축 자재를 실은 트럭들이 보팔에서 며칠 동안 꼼짝 못하고 묶여 있었다. L. K. 아드바니의 라트 야트라 행렬이 그 지역을 지나가면서 도시 전체가 사실상 봉쇄된 것이다. 그 노골적인 증오의 카니발이 거리를 구불텅구불텅 지나가는 모습을 지켜보는 건 통고를 받는 것과 같았다. 라트 야트라는 불붙은 긴 도화선이었다. 폭발은 2년 뒤인 1992년 12월 6일에 일어난다. 폭력적인 힌두 자경단이 바브리 마스지드를 습격해 말 그대로 먼지만 남을 때까지 망치로 부숴버린 것이다.

나는 불만 많은 영국인, 미국인 스태프들에게 파시즘의 발흥으로 우리 트럭이 꼼짝없이 발이 묶여 촬영 일정이 지연된 걸 어떻게 설명해야 할지 몰랐다.

몇 주간 이어진 촬영 자체도 내 인생에서 가장 불쾌한 경험 중 하나로 남았다. 최대한 좋게 설명하자면 그건 노동문화의 충돌이었다. 나쁘게 보면 노골적인 인종차별이었다. 우리의 카메라, 음향, 분장 팀은 영국에서 왔다. 배우들은 미국, 영국, 프랑스 출신이었다. 그 시기에 만들어진 식민지시대 영화들—〈간디〉〈인도로 가는 길〉〈왕관의 보석The Jewel in the Crown〉〈먼 파빌리온The Far Pavilions〉—의 경우엔 감독, 제작자, 주요 스태프는 백인이고 하급 스태프는 인도인이었지만 〈전기 달〉은 그 반대였다. 우리가 상사였다. 그게 잘 먹혀들 리 없었다. 게다가 촬영 자체도 쉽지 않았다. 외딴 지역이라 물류는 악몽이었다. 거의 매시간 새로운 문제가 터졌다. 예산도 빠듯한 탓에 지긋지긋하게 반복되는 뼈와 뼈가 부딪치는 마찰에 윤활유 역할을 해줄 고급 호텔 숙소나 훌륭한 음식, 충분한 휴식도 누릴 수 없었다. 결국 문명은 정글에서 붕괴했다. 대본 속 야만적인 혼령이 종이 밖으로 빠져나와 촬영장을 떠돌며 우리를 지배했다. 백인 스태프들은 정글 산장의 서비스에 불만이 많은 공격적인 손님들로 변해갔다. 우리는 우리가 해야만 하는 일을 하면서도 뒤에서 손님들을 조롱하는 불손한 직원이 되어갔다. 그럼에도 우리는 끝까지 버텨내면서 촬영을 마쳤다.

〈애니〉와는 달리, 이번엔 프라디프가 시각화한 영화와 내가 상상한 것이 달랐다. 그는 배우와 장면 연출 모두 온화하고 사실적이며 무표정한 방식으로 접근했다. 그는 대본의 야만성과 가끔씩 드러나는 저속함을 완화시켰다. 반면 나는 그것을 더 강화시켜 현실에서 살짝 떨어지게 만들어야 한다고 생각했다. 약간 초현실적이고 무자비한 금속성의 질감을 주고 싶었다.

〈전기 달〉은 런던과 뉴욕의 아트하우스 시네마에서 개봉되어 얼마간의 호평을 받았다. 가디언에 실린 기사에서 프라디프와 나를 유명한 작가-감독-제작자 콤비인 파월과 프레스버거에 비유했다. 우리는 서로 자기가 파월이라고 장난스럽게 우겼다. 서로 프레스버거라고 우기기도 했다. 우리의 연기가 너무 뛰어나서 깜빡 속아 넘어간 친구들이 우리를 화해시키려고 애쓰는 촌극이 벌어지기도 했다.

하지만 호평에도 불구하고 영화는 흥행에 실패하여 개봉 후 며칠 만에 극장에서 내려졌다. 인도에서는 몇 번의 비공개 시사회 외에는 상영되지도 않았다. 로이 여사는 끝내 그 영화를 보지 못했다. 나는 실패의 예술을 배운 G. 아이작의 조카였기에 흥행 참패에 망연자실하진 않았다. 채널4의 책임 프로듀서는 영화에 만족해서 다음 작품에도 투자하겠다고 했다.

하지만 〈전기 달〉의 경험은 나를 혼란스럽게 만들었다. 나는 촬영이 왜 그렇게 잘못되었는지 파악하기 위해 그 경험에 대한 글을 쓰기 시작했다. 나 자신을 위해서. 그 무렵 우리는 처음으로 컴퓨터를 샀다. 내 털북숭이 공동집필자 쿠투지는 촬영 직전에 죽었고, 그의 오랜 연인이었던 까칠한 보우지도 파츠마리에서 촬영하고 있을 때 세상을 떠났다. 우리는 강아지 두 마리─쿠타펜 파티와 추트쿠 말─를 새로 데려왔지만 그들은 너무 어려서 공동집필자 역할을 할 수 없었다. 주의력이 3초도 지속되지 못했다. 그래서 이번엔 나 혼자 썼다. 개의 도움 없이.

나는 그 긴 에세이에 "올바르게"라는 제목을 붙였다.

유명 주간지 『선데이』 편집장이 우리집에 왔을 때 마침 그 인쇄본 한 부가 지프차 앞유리 커피테이블에 놓여 있었다. 우리는 그를 몰랐다. 그는 우리 친구 중 한 사람을 점심식사 자리에 데리고 나가기 위해 잠시 들른 것이었다. 우리집은 여전히 기숙사처럼 난장판이었다. 사람들이 아무데나 차지하고 잠을 자거나 일하고 있었다. 내가 코타얌에서 기숙사 겸 집에서 자랐다는 걸 고려하면 그게 내가 아는 유일한 삶의 방식이었을 수도 있다. 나는 부자 동네의 저택을 불법거주지로 만들어버렸다.

편집장은 친구가 외출 준비를 하는 동안 「올바르게」를 읽기 시작했다. 그는 다 읽고 나서 고개를 들고 물었다. "이거 누가 쓴 거예요?"

나는 교실의 학생처럼 손을 들었다. 무슨 반응이 나올지 알수 없었다. 그는 그 글을 잡지에 실어도 되는지 물었다. 그러면서 내 동의 없이는 글 내용을 삭제하거나 편집하지 않겠다고 약속했다. 그렇게 간단하게 나는 첫 산문을 발표하게 되었다. (기관지가 아닌 진짜 잡지에.) 1992년의 일이었다. 나는 서른두 살이었다.

편집장은 그 에세이의 반응에 만족했다. 그는 나에게 전화를 걸어와 내가 쓰는 건 뭐든 검토해보고 싶다고 말했다.

밴드 해체

딸들은 델리에서 차로 몇 시간 걸리는 데라둔의 기숙학교에 다녔다. 학교는 아이들 할머니가 골랐는데, 그녀 자체가 스위스의 피니싱 스쿨*이라고 할 수 있었다. 프라디프의 부모님이 학비를 대는데다(우리는 도저히 형편이 안 되었다) 우리가 촬영으로 집을 비울 때 아이들을 돌봐주기도 했기에 우리는 학교 선택에 관여할 입장이 못 되었다.

이중 권위 체제와 이중 가치관—아래층의 엘리트 외교관 가정, 위층의 방랑자 커플—이 아이들에게 다소 혼란스러웠을지도 모른다. 나는 아이들을 진심으로 사랑했지만, 아이들 문제에 대해서는 언제나 프라디프 어머니의 의견을 따랐다. 나에겐

---

*사회 진출을 앞둔 젊은 여성들에게 상류층의 예절과 문화 의례를 가르치는 학교.

그렇게 하지 않을 권리가 없다고 느꼈기 때문이다. 나는 그저 우연히 불어온 바람에 창문으로 날아든 나뭇잎 같은 존재였다. 그래서 그녀와 나 사이에 대립은 없었다.

프라디프와 나는 그의 부모님 차를 몰고 데라둔으로 아이들을 보러 가곤 했지만 영화 촬영 일정 때문에 충분히 자주 가지는 못했다. 우리의 부모 노릇에는 결함이 있었고 책임감도 부족했다. (변명하자면, 나에게 부모의 본보기라고는 미키와 메리뿐이었다.) 데라둔으로 가는 길의 마지막 두 시간은 국립공원을 지나야 했다. 그 여정들 중 하나가 지금도 선명히 기억난다. 맑고 아름다운 밤이었다. 우리는 물소가 끄는 수레를 지나쳤는데 수레 뒤에 등불이 미등처럼 달려 있었다. 수레꾼은 물소가 알아서 집으로 데려다줄 거라고 믿고 수레 위에 벌렁 드러누워서 별을 향해 노래를 부르고 있었다. 나는 그가 부러웠다. 우리 인도 여자들은 어떤 종교, 계급, 카스트, 신념을 가졌건, 아무리 오랫동안 치열하게 싸운다 해도 결코 그처럼 한적한 고속도로에서 물소가 알아서 집까지 데려다줄 거라고 믿고 태평하게 별을 향해 노래를 부를 수 없으리란 생각이 들었던 것이다.

*　　*　　*

〈전기 달〉촬영 때 고생을 많이 해서 다시 영화를 만드는 일에 주저했다. 나는 혼자 일하고 싶은 마음이 간절했다. 내 글에 대한 완전한 통제권을 갖고 싶었다. 연출자나 배우들, 심지어 연인이자 감독인 프라디프와도 상의하고 싶지 않았다. 나는 소음을 차단하고 난생처음 달리기를 멈추고 싶었다. 다른 사람들과 함께 생각하는 것에 지쳐 있었다. 혼자 생각하고 싶었다. 그리고 혼자 생각할 때 무엇을 생각하는지 알고 싶었다. 그 욕망은 난데없이 찾아왔고, 절박했다. 마치 굶주림처럼. 잠처럼. 성욕처럼. 그것에 대한 설명은 저속하게 느껴질 수도 있겠다. 채널4에서 대본료를 파운드로 받았다. 루피로 환산하니 상당한 금액이었다. 나는 시간을 번 셈이었다. 생애 처음으로 앉을 수 있었다. 그리고 그렇게 했다.

　내가 도망쳤던 모든 것들이 나를 향해 달려오고 있었다. 아예메넴과 그곳의 모든 생명체들이 내 머릿속을 가득 채웠다. 코즈모폴리턴 무리가 경찰서에서 얼굴을 확인하도록 한 줄로 세워놓은 용의자들처럼 도열했다. 로이 여사가 그들 위로 우뚝 솟아 있었다. 강둑에서 함께 낚시하고 놀던 친구들이 다시 나타나 나에게 헤엄치자고 했다. 나의 느린 초록빛 미나칠강이 그 실제적이고 은유적인 암류와 함께 나타나 말을 걸었다. "물고기들이 무슨 생각을 하는지 말해줄 수 있겠니? 밤이면 하늘에 있어야 할 달이 물위를 떠다니며 무얼 하는지 설명할 수 있겠니? 뱃사공이 노 젓는 소리를 묘사할 수 있겠니?" 나는 대답했다. "그럼. 물론 할 수 있지. 난 네가 아주 선명하게 보여. 네가 아주 가깝게 느껴져. 마치 네 곁을 떠난 적이 없는 것처럼." 내 차가운 나방이 자기도 책에 들어갈 수 있는지 물었다. 나는 당연히 그럴 거라고 말했다.

서랍 속에 몇 년간 묵혀둔 씨앗이 갑자기 기름진 흙 위에 떨어진 것처럼, 나는 발아의 첫 움직임을 느꼈다. 그건 결코 온화하지 않았다. 좁은 씨껍질 안에서 돌풍이 이는 게 느껴졌다.

그때 나는 깨달았다. 내가 언어-짐승을 사냥했다는 것을. 그것의 배를 갈라 내장을 꺼내고 그 잉크빛 피를 마셨다는 것을. 내 강을 묘사할 수 있다면, 비를 묘사할 수 있다면, 독자가 보고, 냄새 맡고, 손끝으로 느낄 수 있도록 감정을 묘사할 수 있다면, 나는 스스로 작가라고 부를 수 있으리라. 내 첫번째 문학 행위는 나와 미나칠강 사이의 사적인 서약이 될 것이다. 나는 영화 대본과 정반대되는 글을 써보고 싶었다. 완고하게 시각적이면서도 영화로는 만들 수 없는 책. 그런 것이 존재하지 않는다 해도 시도해보고 싶었다.

그전에, 나는 프라디프에게 말해야 했다. 그와 나는 하나의 밴드를 이루고 있었으니까. 이제 그만 연주하고 싶다는 말을 갑자기 어떻게 꺼낸단 말인가? 하지만 해야만 했다. 왜냐하면 더이상은 연주할 수 없으니까. 아예메넴의 사람들이 나를 놓아주지 않았다. 선택의 여지가 없었다. 프라디프에게 그 말을 하자 그는 몹시 속상해했고 거의 화가 난 듯했다. 당연했다. 그는 내가 절벽에서 뛰어내리기 전에 영화를 최소한 한 편은 더 만들어야 한다고 나를 설득했다. 현실적인 이유(돈) 때문이라도 말이다. 그의 말이 옳았다. 우리 영화가 비주류 중에서도 비주류였다면, 책과 소설은 사실상 감지할 수 없는 것, 존재하지 않는 것이 될 터였다. 그건 속도를 늦추는 게 아니라 자유낙하라고 할 수 있었다.

나는 마지못해 다른 대본 시놉시스를 써서 채널4로 보냈다.
지금은 그게 무엇에 관한 이야기였는지조차 기억나지 않는다.
그들은 그걸 승인했고, 소액의 선급금을 주었다. 아이러니하
게도 그 돈은 종잣돈이라는 이름으로 불렸다. 대본이 완성되고
예산이 확정되면 본격적으로 영화 제작을 지원하겠다고 했다.
하지만 나는 글을 쓰려고 책상에 앉을 때마다 이미 돈을 받은
그 대본이 아닌 다른 글을 쓰고 있었다. 나로서도 어쩔 수가 없
었다.

* * *

그 혼란스러운 시기에 프라디프의 아버지가 병에 걸렸다. 처
음에는 결핵 진단을 받았지만 알고 보니 백혈병이었다. 그는
팔십대 초반이었다. 프라디프는 모든 일을 내려놓고 아버지를
돌보았다. 마지막 무렵에는 우리 둘이 번갈아 병원에서 밤을
새우며 간병했다. 프라디프의 아버지는 세상을 떠나기 이틀 전
나를 병상으로 불렀다.

"너희 이름이 별에 새겨진 걸 보고 싶구나."

그가 왜 그런 말을 했는지는 모르겠다. 그답지 않은 말이었
다. 그는 언제나 조용하고 위엄 있는 사람이었다. 나는 감정
이 벅차올랐다. 그의 차가운 이마에 입을 맞추고 간병인 침대
로 돌아갔다. 이제 때가 되었음을 알 수 있었다. 두 손녀는 열

두 살, 열여섯 살이었다. 그는 아이들이 엄마의 죽음으로 인한 충격에서 벗어날 수 있도록 애지중지 보살펴준 사람이었다. 아이들은 그 누구보다도 할아버지에게 강한 애착을 갖고 있었다. 그들에게 할아버지의 죽음은 또다시 부모를 잃는 것 같은 일이 될 터였다.

이틀 뒤, 프라디프의 아버지는 평온하게 눈을 감았다. 남편보다 몇 살 연상인 프라디프의 어머니는 완전히 무너졌다. 마침 새해 전날인 그들의 결혼기념일이 다가오자 그녀는 깊은 우울에 빠졌다. 울음이 그치지 않았다. 그녀가 집에서 50년 넘게 기념해온 날이었다. (내 달력에는 무마취 낙태 수술, 피파리야 버스정류장 소동, 그리고 가짜 경찰 납치극의 날로 표시되어 있었지만.) 우리는 새해 전날에 결혼식을 올려 부모님의 전통을 잇겠다고 하면 그녀가 기운을 낼 거라고 생각했다. 충동적인 결정이었다. 나로서는 근시안적인 생각이기도 했다. 어째서 아름다운 관계를 결혼으로 망칠 위험을 감수했을까? 하지만 우리는 그렇게 했다.

이번엔 일본식 꾸러미와 예수의 결혼이 아니었다. 우리는 정식으로 법적 결혼을 했다. 로이 여사가 왔다. 오빠와 그의 아내도 반짝이는 세 살배기 딸을 데리고 왔다. LKC는 마드라스를 떠나 코치에 본사를 둔 수산물 회사의 부사장이 되었다. 그는 로이 여사와 휴전했다. LKC와 결혼하면서 로이 여사에게 해고당한 그의 아내도 다시 학교로 돌아와 일하고 있었다. 아이러니하게도 그녀의 이름 역시 메리였다. 그래서 LKC는 메리 로이 시니어와 메리 로이 주니어 사이에 낀 신세였다. 그것도 모자라, 로이 여사와 생일이 같은 그의 딸도 이름이 마리아 로이였다. 오빠는 자신이 가져보지 못했던 아버지의 역할을 제대로 해내기 위해 안간힘을 다하는 듯했다. 그의 눈은 마리아를 바라볼 때마다 기쁨과 경이로 빛났다.

결혼식에서 로이 여사는 프라디프의 딸들에게 무척이나 다정했지만, 사람들이 없는 데서는 나를 비판했다. 그녀는 내가 아이들을 잘못 키우고 있다고 생각했다. 아이들이 응석받이에 제멋대로라 좋은 남편을 만나지 못할 거라고 했다. 좋은 남편을 찾아주는 건 내 책임이라고 했다. 그 말을 듣는 순간 입이 떡 벌어져 턱이 바닥에 떨어졌다가 통통 튀어 창문 밖으로 나가 공중제비를 돌며 거리를 내려갔다.

아무도 우리의 결혼을 진지하게 받아들이지 않았다. 신부와 신랑도, 딸들도, 하객들도 마찬가지였다.

우리는 아래층 프라디프 어머니 집에서 작은 파티를 열었다. 그녀는 조금 기운을 되찾았다. 산제이는 멀리 촬영하러 가서 참석하지 못했지만, 프라디프에게 힌디어로 쓴 편지를 보냈다. 그는 신부의 아버지 행세를 하며 이렇게 썼다. "프라디프지 삼발케 라크나 이스코. 바데 무시킬 세 팔 포스 케 바다 키야 마이네……(프라디프, 그녀를 잘 보살펴줘요. 내가 아주 어렵게 키워놨으니……)"

어찌나 다정한지.

이후 이어질 이야기에서 사랑이나 연애, 결혼, 이혼, 별거,

불륜에 대한 관습적인 진술을 기대하는 독자들은 내가 살아온 (그리고 살고 있는) 삶을 이해하기 어려울 것이다. 사실 나 자신도 이해하지 못할 때가 많다. 이제는 애써 이해하려 하지 않는다. 진실은 이렇다. 산제이와 프라디프를 만난 이후, 나는 두 사람 모두를 사랑해왔다. 아주 다른 방식으로. 우리는 서로에게 깊은 상처를 주고 그걸 만회했다. 우리는 서로를 지켜주었고, 의지했고, 함께 일했다. 누가 언제 무엇을 필요로 하느냐에 따라 때로는 형제자매처럼, 때로는 부모자식처럼, 때로는 친구이자 피난처로 살아왔다. 우리는 서로 뒤엉켜 있고, 그 무엇도 우리를 풀어놓을 수 없다.

「인도의 대단한 강간팔이」

━━━◆━━━

내가 "쓰지 말아야 할 것"을 겉으로는 쓰지 않는 척하면서 쓰고 있었을 무렵 우리는 세상을 떠들썩하게 할 신작으로 알려진 영화의 시사회에 초대받았다.

〈밴디트 퀸〉, 전설적인 산적 풀란 데비의 생애를 바탕으로 한 영화로 채널4가 제작한 작품이었다. 책임 프로듀서와 제작자는 〈전기 달〉 때 우리와 함께 일한 후 우리와 친구가 된 사람들이었다. 나는 그 영화에 대한 심란한 평을 들은 터라 그걸 보기가 좀 두려웠다. 풀란 데비가 직접 밝힌 건 아니지만, 전설에 따르면 그녀는 라이벌 산적단의 특권층 남자들에게 윤간을 당한 뒤 그들 중 스물두 명을 총으로 쏴 복수했다고 한다. 강간을 둘러싼 이야기를 다룬 영화를 본다는 생각 자체가 나를 불편하게 했다.

풀란 데비는 얼마 전에 감옥에서 풀려난 상태였다. 1983년의 투항(내가 이탈리아에 있을 때 신문 기사로 읽었던) 전까지 참발계곡 밖에서는 그녀를 본 사람이 아무도 없었고 그녀가 어떻게 생겼는지조차 아무도 몰랐다. 그녀에겐 현상금이 걸려 있었고, 경찰은 수년간 그녀의 뒤를 쫓았지만 헛수고였다. 그녀는 신출귀몰한 전설적 인물이었다. 미스터리였다. 그런 그녀가 이제, 1994년에, 10년의 복역을 마친 후 한 편의 영화가 되었다. 다른 사람이 상상력을 동원하여 빚어낸 그녀. 여전히 젊은 여성인 실제 풀란 데비에 대해서는 이제 아무도 크게 신경을 쓰지 않는 듯했다.

여성과 성에 관한 문제에서 권위자를 자처하던 인도의 한 유명 작가는 풀란 데비에 대한 성적 환상을 품었었는데 그녀가 항복했을 때 마침내 그녀의 모습이 공개되자 그 얼굴을 보고 너무 못생겨서 크게 실망했노라고 공개적으로 말했다. 나는 거울을 들고 그의 집으로 쳐들어가 당신 얼굴이나 보라고 말하는 환상을 품었다.

〈밴디트 퀸〉의 감독은 한 인터뷰에서 스스로를 방에 가두고 강간당하는 상상을 했노라고 말했다. 그는 우리에게 강간은 육체의 예속일 뿐 아니라 영혼의 예속이기도 하다고 알려주었다. 영화가 어디에 초점을 맞추는지 명확히 알 수 있었다. 내가 초대받아 간 시사회에서 그는 이렇게 영화를 소개했다. "저는 진실과 아름다움 중 하나를 선택해야 했고, 진실을 택했습니다. 진실은 순수하니까요." 나는 순도 100퍼센트의 천재를 마주하고 있음을 깨달았다. 아니나다를까, 영화는 단호한 주장으로 시작했다. "이것은 실화다."

두 시간이 넘는 러닝타임 동안 영화는 풀란 데비가 여러 남자들에게 여러 방식으로 연달아 노골적으로 강간당하는 장면을 관음적으로 집요하게 보여주었고, 우리는 그녀가 누구였는지를 거의 잊어버릴 지경이었다. 그 영화는 인도에서 가장 유명한 산적을 역사상 가장 유명한 강간 피해자로 둔갑시켰다.

나는 풀란 데비가 시사회에 초대받지 않았다는 사실에 놀라지 않았다. 그 이유를 묻자 그녀가 말썽을 일으킬까봐 그랬다는 대답이 (비밀스럽게) 돌아왔다. 그녀는 그 시사회가 열린 극장에서 불과 몇 분 거리에 위치한 아파트에 세 들어 살고 있었다. 우리는 그녀가 없는 그 자리에서 그녀가 강간당하고 또 강간당하고 또 강간당하는 영화를 보게 되었으며, 그 영화를 만든 남자들은 인도의 대표적 페미니스트임을 자처했다.

시사회가 끝난 후 집으로 돌아간 나는 분해서 도저히 가만히 앉아 있을 수가 없었다. 내 분노의 뿌리는 아주 오래전 쿠루삼말과 함께 코타얌의 스타극장에서 영화를 보던 시절까지 곧게 뻗어 있었다.

다음날 아침 신문에는 풀란 데비의 주장이 실렸는데, 그녀는 영화에 소리 높여 항의하며 다시 강간당하는 기분이라고 말했다. 그녀는 얼마든지 반대로 행동할 수도 있었다—반려동물처럼 굴며 찬사를 즐길 수도 있었다. 하지만 그녀는 그러지 않았다. 그 영화를 사랑하는 '아름다운 사람들'은 실존 인물인 풀란을 비난하며 그녀가 영화 제작자들을 협박한다고 몰아세웠다.
"잊지 마." 그들은 서로 속삭였다. "결국 그 여자는 산적이라
는 걸. 돈 때문에 그러는 거지 뭐." 물론 그 모든 것들 위로 그
녀가 달리트 계급이라는 암묵적 사실이 거대한 그림자를 드리
우고 있었다. 불가촉천민. 인간 이하. 예술과 이론에서는 선하
지만 현실에서는 악한 존재. 그런 주제에 감히 자기 인생에 대
해 의견을 가진다고?

　나는 풀란 데비를 만나러 가기로 결심했다. 그날 나는 내 안
에서 로이 여사의 기질을 발견했다.

　그녀는 델리 남부의 통풍이 잘되는 아파트에서 마치 계곡의
산적처럼 야영 생활을 하고 있었는데, 그 집은 '구술' 형식의
자서전을 내기로 계약한 프랑스 출판사가 집세를 부담하는 것
으로 보였다. 주변에 추종자들과 뚱한 얼굴의 남자들이 득실거
렸다. 그녀가 그들 모두의 우두머리였다. 그녀는 작고, 가냘프
고, 변덕스럽고, 잘 웃지만 성격이 급하고, 기민하고, 자신의
노모와 새 남편을 포함한 모든 사람을 의심했다. 독살당할까봐
시식 담당을 둘 정도였다. 그녀가 아는 세상은 참발계곡과 교
도소뿐이었다. 그녀는 완전히 문맹이었는데 갑자기 전혀 다른
형태의 계곡, 전혀 다른 종류의 산적들을 상대해야 했다. 언론
과 대중은 그녀를 이용하면서 동시에 멸시했다. 내가 가장 깊
은 인상을 받았던 건 그녀의 자기확신이었다. 그녀는 누구에게
도 기죽지 않았고, 동정심을 얻으려는 연기도 하지 않았다. 그
녀는 눈으로 듣고 철저히 본능에 따라 행동했다. 내가 영화 이

야기를 꺼내자 그녀는 엄청난 욕설을 쏟아냈다. (골라크가 그 자리에 함께 있었더라면 듣고 배울 수 있었을 텐데.) 그녀는 시사회 중 강간 장면에서 관객들이 환호하고 박수를 쳤다는 보도에 격분했다. 누군들 그러지 않겠는가? 나 역시 마찬가지였다. 하지만 나는 연민을 가장하는 또다른 부류의 사람들에 대해서도 똑같이 역겨움을 느꼈다.

그때 나는 살아 있는 여성의 강간을 당사자의 동의 없이 재연할 권리는 그 누구에게도 없음을 분명히 깨달았다. 또한 그녀가 우려한 건 영화 속의 노골적이고 끝없는 강간 장면만이 아니었다는 것도 알게 되었다. 그녀는 가석방 상태였다. 그리고 그녀를 집단 강간한 것으로 알려진 특권층 타쿠르 계급의 남성 스물두 명을 살해한 혐의로 아직 재판을 받고 있었다. 그런데 영화가 ("진실은 순수하다"는 이유로) 그녀를 복수하는 죽음의 천사로, 강간과 응징의 상징으로 만들면서 사실상 그녀의 유죄를 선언한 것이다. 나는 그 영화가 법적으로든 다른 방식으로든 그녀의 생명을 위태롭게 만들었다는 생각이 들었다.

나는 내가 쓰고 싶은 글을 쓰면 채널4와의 다음 영화는 끝이라는 걸 알고 있었다. 하지만 침묵할 수 없었다. 그래서 「인도의 대단한 강간팔이」 1, 2편을 『선데이』에 발표했다. 2편은 이렇게 끝난다.

영화 〈밴디트 퀸〉은 풀란 데비의 생명을 심각하게 위태롭게 한다. 법정에서 내려야 할 판결을 영화관에서 내린다.

진실과 반쪽짜리 진실, 그리고 거짓을 잇는 실들이 눈 깜짝할 사이에 올가미가 되어 그녀의 목을 조를 수도 있다. 그녀의 머리에 총알을 박을 수도 있다. 그녀의 등에 칼을 꽂을 수도 있다.

우리 관객들은 눈을 휘둥그레 뜨고서 우리의 하찮은 삶 바깥을 내다본다. 우리의 피상적인 동정심, 사실에 대한 무지, 그리고 지적 나태함이 그녀를 교수대로 이끌 수도 있음을 전혀 인식하지 못한다.

나는 그런 우리가 역겹다.

그 일로 나는 확실히 많은 적을 만들었다.

풀란 데비는 영화 상영 금지 소송을 제기했다. 그녀의 변호인은 트라반코르 기독교 상속법에 맞서 대법원에서 로이 여사를 대리했던 인디라 자이싱이었다. 인도 법원이 늘 그렇듯, 재판은 더디게 진행되었다. 그사이 영화가 흥행에 성공하면서 풀란 데비의 소송을 다소 무의미하게 만들었다. 다만 그녀에게 유리한 판결이 내려질 경우 다른 여성들을 위한 법적 선례를 남길 수 있다는 희망이 남아 있었다. 그러나 풀란 데비는 사회운동가형 인물이 아니었다. 결국 그녀는 법정 밖에서 합의하기로 했고, 즉시 더 큰 경멸과 적대에 직면했다. (봤지? 다 돈 뜯어내려고 그러는 거라니까.) 당시에는 그 문제의 핵심, 즉 법적, 윤리적, 도덕적 차원에서의 핵심이 동의라는 걸 인정하려는 사람이 거의 없었다. 그녀의 동의. 그것은 표현의 자유에 관한 문제가 아니었다. 그녀의 인격 문제도 아니었다. 사회의 눈으로 볼때 그녀가 올바르고 도덕적인 여성이냐 아니냐의 문제도 아니었다. 강간 장면을 노골적으로 묘사하는 것이 옳은지 그른지의 문제도 아니었다. 그건 동의의 문제였다.

〈밴디트 퀸〉 개봉 2년 후, 풀란 데비는 정당에 가입해 국회의원이 되었다. 그로부터 5년 뒤인 2001년, 그녀는 델리에 있는 자택 앞에서 총탄에 맞아 사망했다. 그녀의 죽음이 영화 탓이라고 말하는 건 무책임한 일일 것이다. 하지만 복수와 카스트의 명예에 대한 오랜 기억을 지닌 사회에서 그 영화가 그녀의 생명을 위협하는 위험을 키웠다는 사실을 부정하는 것 또한 정직하지 못한 일이리라.

「강간팔이」 에세이 두 편은 실제로 채널4 책임 프로듀서와의 관계 단절로 이어졌다. 그는 마치 자기 하인이 갑자기 주인을 물어뜯은 것처럼 반응했다. (어찌 보면 사실이기도 했다.) 그는 나를 향해 욕설을 퍼부으며 공개적으로 비난했지만, 나는 오히려 웃음이 났다. 그는 내가 "작은 냄비에 오줌을 누려고 애쓰는 주정뱅이처럼" 글을 썼다고 말했다. 여자는 설령 취했다고 해도 그럴 일이 거의 없다는 사실을 미처 깨닫지 못한 것이다.

나는 그가 의뢰한 대본을 제출하거나 선급금을 돌려줘야 했다. 그래서 〈밴디트 퀸〉 논란을 소재로 한 코미디를 썼다. 그 사본을 아직 가지고 있었더라면 좋았을 텐데. 등장인물 중 한 명은 물방울무늬 수도복을 입고 강간당한 기독교 여성들을 위한 재봉 센터를 운영하는 전직 수녀였다. 그녀는 훗날 『작은 것들의 신』에 등장하는 베이비 코참마라는 인물의 원형이었다. 나 자신도 등장했는데, 그 절교한 프로듀서가 말한 대로 신랄하고 뒤틀린 페미니스트로 그렸다. 그 역시 남성들로 구성된 '신성한 페미니스트 삼위일체'의 하나로 등장했다. 또다른 조연은 침방울을 불면서 그 안에 오토바이 곡예사가 들어 있다는 공상에 빠져 있는 여자였다.

프라디프는 그 대본을 분석해 세세하고 진지한 예산안을 작성했다. 수녀복, 재봉틀, 침방울 속의 오토바이, 뒤틀린 페미니스트의 의상…… 그것들을 전부 넣었다. 우리는 그 대본과 예산안을 채널4에 제출했고, 대본이 말이 안 되고 등장인물들이 제대로 그려지지 않았다는 내용의 공식적인 거절 통보를 받았다. "등장인물들이 왜 우리가 하는 일을 하는지에 대한 논리적 근거가 전혀 없다."

'우리'가 단순한 오타였는지, 의도적인 실수였는지, 아니면 무의식적 실언이었는지는 끝내 알 수 없을 것이다.

이 시점에서, 로이 여사에 대한 코타얌 행정관의 평―"인류에 대한 경멸을 미화하고 그걸 이른바 예술이라는 형식으로 대중에게 파는 사람"―은 엄마보다 나에게 더 잘 어울리는 말이 되었다.

작은 것들의 신

중요한 건 대본료 최종 정산금을 수표로 받았다는 사실이었다. 덕분에 나는 시간을 조금 더 벌 수 있었다. 이제 "쓰지 말아야 할 것"을 자유롭게 쓸 수 있었다.

그 글은 쓰면 쓸수록 나를 혼란스럽게 만들었다. 글이 마치 자유의지를 가진 것 같았다. 나는 그 안에서 어떤 리듬, 일종의 박자, 형식적인 구조를 느꼈지만 오랫동안 그 정체를 정확히 파악할 수 없었다. 나는 그걸 믿어야 했다. 때로는 그 글이 저절로 쓰이고 나는 그저 그 자리에 존재하고 있을 뿐인 듯했다.

내가 혼란스러웠던 건 그 글을 처음부터 끝까지 쓰고 있지 않다는 걸 깨달았기 때문이었다. 마치 연기煙氣를 조각하는 기분이었다. 연기를 생성해내고 체계화하고 규율을 부여하는 듯했다.

『작은 것들의 신』은 처음에 하나의 이미지로 내게 다가왔다. 두 아이, 라헬과 에스타, 쌍둥이, 그들이 하늘색 플리머스 자동차 창문에 코를 박고 바깥을 내다보고 있다. 차의 꼬리지느러미에는 햇빛이 비치고, 지붕에는 피클 광고판이 달려 있다. 라헬은 머리를 작은 분수처럼 위로 올려 묶었다. 그리고 시계판이 그려진 장난감 시계를 차고 있다. 그 시계는 언제나 두시 십분 전을 가리킨다. 에스타는 머리를 엘비스 프레슬리처럼 부풀리고 뾰족한 베이지색 구두를 신었다. 그들은 코치로 가는 도로의 철길 건널목 앞에서 멈춰 있다. 주변에 공산당 노동자들의 시위 행렬이 북적거리고 그 속에서 그들은 사랑하는 사람 벨루타를 발견한다.

나는 그 글을 1년 넘게 쓰고 있었다. 쌍둥이는 그 건널목 앞에 아주 오랫동안 멈춰 있었다. 나는 종종 그 차단기가 언제 열려서 플리머스 자동차가 지나갈 수 있을지, 그때쯤 나는 몇 살이 되어 있을지 궁금해지곤 했다.

프라디프와 나에게는 이상한 시기였다. 나는 오직 나만의 은밀한 세계를 짓고 가꾸는 데 몰두해 있었다. 프라디프는 조금 방황하고 있었다. 부친의 죽음으로 조금 상심한 상태였고 어떻게 살아야 할지 갈피를 잡지 못했다.

프라디프는 딸들에게 조급하고 신경질적인 아버지가 되어 갔는데 어쩌면 그건 억눌린 슬픔 때문이었을 수도 있었다(그게 남자들 특기 아닌가). 나는 부녀 관계에 대한 경험이 없었기 때문에 그걸 어떻게 이해해야 할지 몰랐다. 그가 딸들에게 고함을 지를 때마다 로이 여사에 대한 기억 때문인지 그 소리가 내 마음을 찢어발기는 듯했다. (물론, 프라디프는 로이 여사의 수준에는 한참 못 미쳤지만.) 나는 아이들과 프라디프 사이에서 자주 난처한 입장이 되었고, 아이들이 잘못했다고 생각될 때조차도 그들을 감싸주었다. 아이들은 무언가 원하는 게 있으면 아버지 대신 나를 찾았다. 화난 아버지에게서 아이들을 지키는 전형적인 온건한 어머니 역할을 떠맡는 일이 잦아졌다. 나는 로이 여사처럼 되고 싶지 않았지만, 그렇다고 이 상황이 편하지도 않았다. 때로는 내가 프라디프의 사랑을 너무 많이 차지한 게 아닐까, 차라리 따로 사는 게 낫지 않을까 하는 생각도 들었다. 하지만 그렇게 하면 고통을 덜기보단 오히려 가중시킬 터였다. 가시 돋치고 상처를 주는 말들이 오가긴 했지만 우리 네 사람 사이에는 진짜 사랑이 있었다.

프라디프는 〈전기 달〉로 번 돈으로 파츠마리(우리가 〈매시 사히브〉와 〈전기 달〉을 촬영했던 곳) 외곽의 작은 마을 바로 옆에 있는 숲 끄트머리에 땅을 조금 사서 집을 짓기로 결심했다. 나는 좀 못마땅했다. 도시 사람들이 느닷없이 들어와 살면 그 마을 주민들에게 어떤 영향을 줄지 우려되었다. 또 세컨드하우스라는 것 자체도 불편했다. 하지만 내가 찬성하거나 반대할 일이 아니었다. 이미 나는 우리의 영화 경력을 파괴해버렸고, 그 계획까지 망칠 수는 없었다. 그가 집을 잠시 떠나 있는 것도 좋을 것 같았다. 가족 간의 갈등을 줄일 수 있을 테니까. 내가 글을 쓰는 동안, 프라디프와 골라크는 1년 넘게 그곳에서 돌과 나무로 된 아름다운 집을 지었다. 깊은 베란다가 정글 속으로 뻗어 있었다. 그때부터 프라디프는 평생 나무와 숲을 사랑하게 되었다. 알고 보니 이것이 그의 진짜 소명이었다. 그는 인도 최고의 사막 생태학자이자 나무학자로 거듭났다. 의도한 건 아니지만, 내가 더이상 대본을 쓰지 않음으로써 그에게 은혜를 베푼 셈이었다. 밴드 해체 후 우리 둘 다 자기 영역에서 한 단계씩 성장했다.

프라디프가 집에 와서 지낼 때는 미리 정한 규칙에 따랐다. 나는 하루 네 시간 동안 우리 침실 문을 잠그고 그 안의 작은 책상에서 글을 썼다. 집필이 끝날 때까지 무슨 글을 쓰는지 그에게 이야기하지 않기로 약속한 상태였다. 그의 어머니와 아이들을 위해서, 둘 중 한 사람은 언제나 집에 있어야 했다. 대개는 나였다.

나는 몇 개월에 한 번씩 로이 여사를 찾아갔다. 그녀는 여전히 천식이 심했다. 그러나 학교는 그 어느 때보다 번창하고 있었다. 놀라운 건 그 학교가 재정적으로 완전히 자립했다는 점이었다. 로이 여사는 다른 재능들에 더해 사업 수완까지 뛰어났다. 그녀는 지역 마피아 보스처럼 학교 주변의 토지를 조금씩 사들이기 시작했다. (거절할 수 없는 제안을 하면서.) 그런데 실직한 금세공업자였던 고집 센 한 남자가 학교 건물과 아이들의 소음에 둘러싸인 그의 작은 집을 팔지 않으려 했다. 그는 화가 날 때마다 밖으로 나와서 하늘을 향해 공기총을 쏘아대곤 했다. 로이 여사는 그의 집과 자신의 땅 사이 경계에 돼지와 소 축사를 지었다. 결국 돼지 꿀꿀대는 소리, 악취, 똥이 그 남자를 몰아냈다.

로이 여사는 새로 사들인 토지에 강당, 수영장, 객원 교사를 위한 작은 아파트, 그리고 고학년 여학생들을 위한 기숙사를 지었다.

로이 여사는 내가 의미 있는 일은 도통 하지 않고 인생을 허비하고 있다고 확신했다. 내가 책을 쓰려고 한다고 말하자 그녀는 이렇게 다그쳤다. "그럼 제대로 앉아서 써야지." 그녀는 "제대로"라는 말을 즐겨 썼다. 그녀는 항상 나를 훈육하고 지시해야 하는 사람으로 대했다. 로이 여사는 평생 내가 자신이 가르쳐준 것 이외의 무언가를 안다는 사실을 당혹스러워했다. 내가 그녀를 놀라게 하는 발언을 하면, 그녀는 "그건 어떻게 아는 거니? 누가 가르쳐줬어?"라고 묻곤 했다. 그 말에 나는 크게 웃음을 터뜨렸다. 그러면 그녀는 기분에 따라 미소를 짓기도 하고, 얼굴을 찌푸리기도 했다.

* * *

한편 미키 로이는 일자리를 잃고 델리에 다시 나타났다. 8년 여 만의 재회였다.

그는 누나, 그러니까 나의 고모와 함께 살고 있었다. 나는 형편이 닿는 대로 그의 생활비를 보태주기 시작했다. 눈이 크고 새처럼 생긴 고모는 짓궂은 유머 감각을 갖고 있었다. 그녀는 기독교로 개종해 공동체 사람들과 함께 살았고 그들은 고모가 미키를 감시하는 걸 도와주었다. 미키도 자신의 부친과 조부처럼 기독교인이 되었지만 종교에 대해서도 다른 일을 대하는 것만큼만 진지했다. 즉, 전혀 진지하지 않았다. 미키는 그들을 통틀어 "할렐루야 사람들"이라고 불렀다. 그들은 그 말에 신경쓰지 않는 듯했다. 그냥 웃어넘기며 그를 무척 좋아하는 듯했다.

미키는 이따금 나에게 돈을 뜯어내기 위해 사기를 쳤다. 그중 특히 기억에 남는 게 있다.

"야, 오룬두티, 너 이제 유명한 배우라던데."

"안 그래요……"

"사람들이 너를 미인이라고 하던데, 나는 널 볼 수가 없구나. 양쪽 눈에 백내장이 있어서 수술을 받아야 해. 그런데 돈이 없단 말이지."

바보같이 나는 그 말에 넘어가서 돈을 줬다. 미키는 그 돈으로 인사불성이 되도록 술을 퍼마셨다. 그가 몸을 추스르자 나는 그의 수술 예약을 잡아주고 의사에게 직접 돈을 건넸다.

미키는 눈을 고치자 두번째 사기 계획을 짰다. 이번엔 속지 않았다.

권투선수의 아들 미키는 크리켓 광팬이었지만, 애국자는 아니었다. 그는 당시 아직 생존해 있던 호주의 전설적인 타자 도널드 브래드먼을 신처럼 숭배했다. 미키에겐 호주 크리켓 팀에 대한 사랑이 진짜 종교였다. 요즘 같으면 반反국가행위 혐의로 교도소에 갈 수도 있었다. 그래도 그는 물러서지 않았을 것이다. 절룩거리며 감방에 들어가 간수에게 '무그라'하게 있지 말고 술이나 한잔하면서 TV로 경기를 같이 보자고 했을 터였다.

인도와 호주가 테스트 시리즈를 치르고 있을 때 그가 나를 또 찾아왔다.

"야, 오룬두티, 나 TV가 꼭 필요하다. 경기를 봐야 해."

"피시(고모) 집에 TV 없어요?"

"그 할렐루야 사람들…… 그들은 쓰레기 같은 것만 봐. 그 사람들이랑 같이 TV를 보면서, 채널만 돌리면 경기가 나오는 걸 알면서도 그러지 못하는 내가 얼마나 불쌍하니. 그들은 채널을 못 돌리게 해. 나만의 TV가 필요해."

나는 그의 고통을 알 것 같았다. 프라디프와 나도 스포츠 애호가였다.

"좋아요, 구해줄게요."

"구해줄 거면 지금 줘. 지금 경기중이야. 그냥 돈만 줘. 그럼 내가 바로 사올게."

"안 돼요. 미키 로이 씨, 돈은 못 줘요."

나는 프라디프의 허락을 얻어 우리집 TV 플러그를 뽑은 다음 미키가 TV를 가져갈 수 있도록 택시를 불렀다. 그는 행복한 얼굴로 떠났고, 리모컨이 그의 셔츠 주머니에서 사각형 젖꼭지처럼 삐져나와 있었다. 나는 그가 TV를 팔아 술을 사 먹진 않으리라 확신했다. 그는 크리켓과 위스키를 똑같이 사랑했으니까.

*　　*　　*

어느 날 아침, 예고도 없이 철도 건널목 차단기가 올라가고 꼬리지느러미에 햇살이 비치는 하늘색 플리머스 자동차가 미끄러지듯 지나갔다. 그 순간 내가 쓰고 있던 소설의 구조가 보였다. 나는 그것을 봉투 뒷면에 실제로 그려보았다. 무엇을 하고 있는지 알게 되자, 글은 빠르게 써졌다. 몇 단락을 쓴 뒤 깊고 몽롱한 토막잠을 자는 습관이 생겼다. 그렇게 수백 번의 토막잠을 자고 수백 날을 보낸 후, 타는 듯한 더위 말고는 특별한 게 없는 어느 평범한 여름 아침에 갑자기 이야기가 마무리되고 책이 완성되었다. 꼬박 4년이 넘게 걸렸다.

남은 돈으로 프린터를 샀다. 원고를 출력하고, 잠시의 망설임도 없이 제목을 인쇄했다. 『작은 것들의 신』. 프라디프와 나는 커피를 마시러 나갔다. 나는 그의 맞은편에 앉아 첫 단락을 낭독했다.

아예메넴의 5월은 덥고 음울한 달이다. 낮은 길고 후텁지근하다. 강물은 낮아지고, 먼지를 뒤집어쓴 채 고요히 서 있는 초록 나무에서 검은 까마귀들이 샛노란 망고를 먹어댄다……

나는 책 전체를 외우고 있었다.

"끝났어?"

"응."

나는 그에게 스프링 제본된 원고를 건넸다. 내가 수년간 그 글을 보여주지 않은 것에 대해 복수라도 하듯 그는 천천히 읽으면서 아무런 감정도 드러내지 않았다. 나는 초조하게 그의 기색을 살폈지만, 그는 작정한 듯 철저히 무표정했다. 그가 원고를 다 읽고 나서 내게 돌려주었다. 마지막 페이지에는 이렇게만 적혀 있었다. "우와!" 그는 글이 마음에 드는 것 같았지만 왠지 슬퍼 보였다. 나는 책 때문인 줄 알았다. 아니었다. 그가 한 말은 이것뿐이었다.

"이제 당신을 잃게 되겠지."

내 안의 차가운 나방이 날개를 펼쳤다. 그것이 날아오르려는 건지, 내려앉으려는 건지 나는 알 수 없었다.

이제 무엇을 해야 할지 전혀 알 수 없었다. 마치 방공호에서 기어나와 세상과 마주한 기분이었다. 내가 그동안 얼마나 무모했었는지 비로소 알 것 같았다. 돈은 이미 바닥난 상태였다. 나와 프라디프 외에는 아무도 이해하지 못할 책을 쓰는 데 수년을 쏟아부은 것이다. 비주류 영화를 만들던 우리의 유일한 돈줄과도 적이 되지 않았던가. 스트레스 때문에 두드러기가 돋고 피부가 벗겨지기 시작했다. 마치 건선 환자처럼 보였다. 스트레스성 반응이라는 피부과의사들의 진단에 나는 더 스트레스를 받았고 상태는 더 악화됐다.

그때 한 친구가 말하길, 우리와 알고 지내던 판카지 미슈라가 젊은 나이에 하퍼콜린스 인도 지사의 대표가 되었으니 그에게 원고를 보여주면 좋지 않겠느냐고 했다. 그래서 나는 그렇게 했다. 판카지는 여행을 갈 예정이라 가는 길에 읽겠다고 말했다. 이틀 밤이 지난 뒤, 그가 기차역에서 전화를 걸어왔다. (휴대전화가 없던 시절이었다.) 그가 너무 흥분해서 떠드는 통에 무슨 말인지 제대로 알아들을 수가 없었다. 겨우 알아들은 말조차 믿기 힘들었다. 그가 나를 놀리는 줄 알았다. 하지만 그가 처음으로 종을 울리기 시작한 사람이었다. 그는 그 원고를 자신의 친구인 작가 패트릭 프렌치에게 보냈다. 패트릭은 그걸 문학 에이전트인 데이비드 고드윈에게 보냈고, 데이비드는 일부 출판사에 돌렸다. 나는 그런 일이 벌어지고 있다는 걸 전혀 몰랐다. 심지어 문학 에이전트가 무엇인지도 몰랐다.

폭풍이 휘몰아친 그날, 나는 프라디프 어머니의 차를 빌렸다가 엉뚱한 곳에 주차했다. 차는 견인되었고, 경찰서에서 몇 시간을 보낸 뒤에야 차를 되찾을 수 있었다. 밤이 깊어서야 집에 돌아왔다. 우리 방에 친구들이 잔뜩 모여 있었다. 그들의 흥분을 걱정으로 착각한 나는 무슨 일이 있었는지 설명했다. 그러자 그들이 전화통에 불이 났었다고 말했다. 프라디프가 나를 뼈가 으스러지도록 껴안았다.

전화가 끊이지 않았고 누가 누구인지 구분할 수도 없었다. 존, 스튜어트, 필립, 데이비드. 다들 출판사나 에이전시 사람들이었다. 몇몇은 내게 팩스 번호가 있느냐고 물었다. 나는 이웃집 번호를 알려줬다. 출판 계약서들이 팩스로 날아왔다. 아수라장이었다. 그중 가장 설득력 있는 사람은 데이비드 고드윈이었다. 그는 델리까지 날아와 나를 직접 만나겠다고 했다.

"제가 마음에 들지 않으면, 다른 사람을 소개해드리죠. 하지만 제발 부탁이니 우리가 만나기 전까지는 그 누구와도, 어떤 계약도 맺지 말아주세요."

나는 그날 밤―미키를 만나기 전날 밤처럼―잠을 이루지 못하고 생각에 잠겼다. 어떻게 이런 일이 나에게 일어날 수 있단 말인가? 피부가 깨끗해지고 혈액순환이 잘되는 게 느껴질 정도였다. 나는 서른여섯 살이었다. 결코 젊다고 할 수 없는 나이였다. 하늘이 밝아오고 새들이 울기 시작할 무렵, 나는 우리 집 작은 테라스에서 다람쥐들에게 먹이를 주었다. (그리고 이제 반짝이는 별이 되어 하늘에서 내려다보고 있을 나의 아예메넴 다람쥐에게 손 키스를 보냈다.) 프라디프의 말이 마음에 걸렸다. "이제 당신을 잃게 되겠지." 그 말은 무슨 뜻이었을까? 나는 『작은 것들의 신』을 쓴 걸 후회하게 될까?

데이비드 고드윈은 이틀 만에 도착했다. 그사이에 나는 갑자기, 이유도 없이, 그가 의심스러워졌다. 그는 어떤 사람일까? 왜 이렇게 열성적이지? 나는 만일 그가 옛날 식민지 시절의 '인도통通'이라며 인도에 대한 무조건적인 사랑을 내세워 나를 가르치려 든다면 정중히 감사를 표하고 거절하겠다고 결심했다. 나는 아무 근거도 없이 그에게 적대감을 품기 시작했다. 그가 묵고 있는 호텔로 그를 데리러 갔다. 그는 키가 컸고 구겨진 리넨 정장을 입고 있었다. 당시 나는 그게 패션이라는 걸 몰랐다. 그래서 하마터면 옷을 다려주겠다고 말할 뻔했다. 그가 내게 처음 한 말은 이랬다. "정말 죄송하지만, 저는 인도에 대해서는 잘 모릅니다. 처음 와봤어요. 솔직히 말하자면, 아룬다티(아룬디티)가 남자 이름인지 여자 이름인지도 몰랐습니다. 하지만 책을 읽고 나서 마치 누가 제 팔에 헤로인을 주사한 것 같은 기분을 느꼈어요."

우리는 그 자리에서 바로 계약을 맺었다.

그는 나에게 런던에 가서 여러 출판사 사람들을 만나보고 가장 마음에 드는 곳을 선택해야 한다고 말했다. 그 순간 나는 그가 진짜로 헤로인을 맞아서 환각에 빠진 모양이라고 생각했다. 그런데 정말 그렇게 되었다.

나는 런던으로 날아갔다. 데이비드에게 선물을 가져갔다. 명함이었다. 유리병 속에 든 쌀 한 톨. 돋보기로 들여다보면 이렇게 적혀 있었다. **날아다니는 에이전트, 데이비드 고드윈**. 그는 내 인생에서 일어난 가장 좋은 일 중 하나였다. 그 덕분에 복잡할 수도 있었던 몇 달이 꿈처럼 흘러갔다.

몇 주 안에 『작은 것들의 신』은 전 세계 출판사들과 출간 계약을 맺었다. 최종적으로 마흔 군데가 넘었다. 선인세가 총 백만 달러였다. 터무니없었다. 마치 세상의 부자들 사이에서만 돌아가던 부의 파이프라인을 습격해 돈벼락이라도 맞은 기분이었다. 나는 판카지 미슈라, 프라디프, 그리고 골라크 외에는 아무에게도 말하지 않았다. 골라크의 반응은 정말이지 압권이었다.

"잘했어, 로이. 야호, 우리 부자다."

그건 돈에 대한 가장 멋진 태도였다. 나누는 것. 그리고 나는 그렇게 했다. 엄마, 오빠, 골라크, 다른 친구들, 그리고 그럴 자격이 있는 사람들과 나누었다. 내가 사랑하는 사람들, 마땅히 자격이 있는 사람들이 무일푼으로 사는데 나 혼자 돈을 쌓아두는 건 상상조차 할 수 없었다. 그후 세월이 지나면서 나는 사랑과 결속으로 돈을 나누는 일은 혼자 쌓아두고 사는 것보다 훨씬 미묘하고 어려운 과정임을 배우게 되었다. 하지만 우리가 좀더 평등한 세상에서 살 수 있을 때까지는 (책임감 있게) 나누는 것이 최선이다.

나는 『작은 것들의 신』이 인도에서 가장 먼저 출간되어야 한다고 생각했다. 하지만 그 몇 달 사이에 판카지 미슈라는 하퍼콜린스를 그만두고 거의 런던으로 옮기다시피 했다. 당시 인도의 출판사들은 대부분 디자인이 형편없는 조악한 책들을 내놓았다. 표지도 엉망, 종이도 엉망, 교정도 형편없었다. 나는 그게 고통스럽고 무례하게 느껴졌다. 내 친구 타룬 테지팔과 산지브 사이트가 함께 출판사를 차렸는데, 이름은 '인디아 잉크'였다. 첫 책이 인쇄되어 나오던 날, 나는 그 자리에 있었다. 숨도 제대로 쉴 수 없었다. 자신의 첫 책이 탑처럼 높이 쌓인 광경을 본다는 것—그건 무엇과도 비교할 수 없는 경험이다.

델리, 봄베이, 캘커타, 마드라스, 그리고 코타얌에서 낭독회가 예정되어 있었다. 영국 출판사 대표 스튜어트 프로피트와 데이비드 고드윈도 열기를 함께 나누기 위해 비행기를 타고 날아왔다. 내 책에 대한 리뷰는 가지각색이었다. 어떤 사람들은 싫어했고, 어떤 사람들은 사랑했다. 조롱하는 이도, 눈물 흘리는 이도, 웃는 이도 있었다. 책은 불티나게 팔렸다. 내 친구들의 작은 신생 출판사가 감당하기 힘들 정도였다. 대도시에서 열린 행사는 흥분의 도가니였다. 행사장에 입장하려는 사람들이 장사진을 이루었다.

나는 코타얌에서 어떤 일이 벌어질지 걱정스러웠다. 책과 그것을 둘러싼 떠들썩한 소문은 나와 로이 여사의 관계를 천 배쯤 더 복잡하게 만들어놓았다. 그럼에도 불구하고 그녀는 쌍둥이의 어머니인 암무라는 인물을 받아들였다. 그녀는 나에게 전화를 걸어와, 과일을 사려고 길가 노점에 들렀는데 어떤 여자가 뱃심 좋게 아룬다티 로이의 어머니냐고 물었다고 했다.

"그 여자한테 뺨을 얻어맞은 기분이었다." 로이 여사가 말했다.

*   *   *

『작은 것들의 신』 코타얌 행사는 로이 여사의 학교에서 열렸다. 언덕 아래 운동장을 마주보고 있는 유치원 겸 무대에서 진행되었다. 관객들이 앉을 의자가 육상 트랙에 줄지어 놓였다. 비가 올 경우를 대비해 대형 캔버스 천막도 쳐놓았다. 로이 여사는 내가 스포트라이트를 받는 걸 몹시 기뻐하면서도 한편으로는 불편해했다. 기뻐한 이유는 내가 그 학교 출신이어서 자랑거리가 되기 때문이었다. 불편했던 이유는 내가 그녀의 딸이고, 나 자신에게 이롭지 않을 정도로 지나치게 과분한 관심을 받고 있다고 생각했기 때문이었다. (그건 절대적으로 옳았다.) 코타얌 행사를 제안한 사람은 바로 로이 여사였는데, 그 사실이 그녀를 더욱 불편하게 만들었다. 로이 여사는 유명 시인이자 거침없는 발언으로 종종 논란을 일으킨 작가 카말라 다스를 나와 책을 소개할 특별 게스트로 초청했다. 카말라 다스는 1973년에 출간된 『나의 이야기My story』에서 자신의 성적 경험을 솔직하고 당당하게 밝혀 케랄라 사회에 충격을 주었다. 로이 여사는 카말라 다스보다 더 적절한 내빈을 선택할 수 없었을 것이다. 카말라 다스는 나를 따뜻하고 너그럽게 맞아주었다.

약 200명가량의 청중 속에는 내 옛 선생님들과 기자들도 있었다. 데이비드 고드윈과 스튜어트 프로피트도 참석했다. 그들은 인도 전역을 돌며 열광적인 행사들을 지켜본 뒤라 완전히 지쳐 있었다. 행사장은 언제나 인파로 넘쳤고, 사람들은 줄 서기를 거부했다. 음식, 더위, 습기, 그리고 예측을 불허하는 환경이 그들의 불안감을 고조시켰다.

코타얌에는 그들이 알지 못하는 지역적 긴장감이 암류처럼 흐르고 있었다. 케랄라의 마르크스주의 정부는 내 책이 당과 그들의 전설적 지도자 E. M. S. 남부디리파드(케랄라의 초대 공산당 총리)를 부당하게 비판했다고 여기며 불쾌해했다. 나는 그를 존경했지만 열성적인 추종자는 아니었다. 『작은 것들의 신』에서는 카스트제도에 대한 당의 태도를 비판하고 있었다. 나는 반공주의자라는 비난을 받았고(그것만큼 사실과 거리가 먼 일도 없었지만) 한동안 책을 금서로 지정하자는 말까지 나왔다.

파타남티타라는 인근 소도시에 사는 남자 변호사 다섯 명이 나를 상대로 형사 소송을 제기했는데, '외설과 풍기문란' 혐의였다. 그들은 『작은 것들의 신』의 마지막 장을 복사해 증거로 제출했다. 하지만 그들이 내 성행위 묘사에 분노했을 리는 없었다. 당시 말라얄람 영화는 외설과 성차별의 온상과도 같았으니까. 『작은 것들의 신』 마지막 장은 그에 비하면 동요 수준이었다. 내 생각엔 그들을 진짜 불쾌하게 만든 건 암무가 시리아 기독교인이고 그녀의 연인 벨루타가 파라반, 즉 달리트 계급이라는 점이었던 것 같다. 나의 가까운 친척 한 사람은 그런 일은 불가능하다고 단언했다. 그녀는 시리아 기독교인과 파라반은 서로 다른 종種이라며 그들 사이의 성관계는 신체적으로 불가능하다고 설명했다. 그녀는 지혜로운 연민이 깃든 눈으로 나를 바라보았는데, 마치 내가 그 지방에서 자라지 않아 그곳의 생활 방식을 모르는 어리석은 외계인이라도 되는 양 나의 무지를 안타까워하는 듯했다. 그 형사 소송은 심각한 것이어서 나는 직접 법정에 출두해야 했다. 그 변호사들의 의도는 나를 모욕하고, 그들이 외설적이라고 여기는 문장들을 법정에서 낭독함으로써 언론과 대중에게 오락거리를 제공하려는 것이었다.

공산당과 도덕경찰뿐만 아니라, 일부 보수적인 시리아 기독교인들도 내 책에 분노했다. 몇몇 친척들도 마찬가지였다. 소설 속 언덕 위의 집은 미스 쿠리엔의 집이 아니었다. 그 집의 구조는 미스 쿠리엔의 집보다 훨씬 아름다운 이웃집에서 영감을 받았는데 미국에 사는 부유한 친척 소유의 집이었다. 그들은 내 책을 못마땅하게 여겼고, 그들의 집을 무대로 용납할 수 없는 장면들과 거짓된 기억들을 펼친 나를 상대로 소송을 검토하고 있다는 말이 들려왔다. (기억의 법적 한계에 대한 법원의 명령을 받는다면 재밌을 것 같기도 했다.)

이 모든 일들이 출간 행사 당일 수면 아래에서 소용돌이치고 있었다. 로이 여사는 그 모든 것을 알고 있었지만 전혀 위축되지 않았다.

하지만 곧 더 큰 문제가 닥쳤다. 흰색 문두*와 면 부시 셔츠 차림의 통통한 남자가 『작은 것들의 신』을 들고 즐겁게 언덕길을 구르듯 달려내려오고 있었다. G. 아이작이었다. 그와 로이 여사의 불화는 절정에 이른 상태였다. 그녀는 아버지가 남긴 집에서 그를 물리적으로 퇴거시키기 위해 법정에 다시 제소한 상태였고, 그건 말라바르 코스트 식품회사의 종말을 의미했다. 그들은 법적 진술서에서 서로의 무시무시한 범죄들을 고발하고 서로에 대해 끔찍한 비난을 퍼부었다. G. 아이작은 학교 출입이 금지된 상태였지만 그래도 그곳에 있었다. 여동생이 경찰을 불러 자신을 끌어내고도 남을 성격이라는 걸 알았지만 조카의 책 출간 행사를 놓칠 순 없었던 것이다. 다행히 로이 여사는 관중 속의 G. 아이작을 알아보지 못했다. 하지만 대부분의

---

* 케랄라 남성들이 허리에 둘러 입는 전통 하의.

사람들은 그를 알아보았고 만일의 사태를 대비해 몸을 사렸다. 나도 그랬다. 첫 책의 출간 기념회가 엄마와 외삼촌의 싸움으로 엉망이 되고 경찰이 출동해 해산되는 상황을 상상해보라.

내 모습을 상상해보라. (이른바) 떠오르는 문학계의 스타가 학교와 피클공장 간의 전쟁에서 십자포화를 맞게 된 것이다.

G. 아이작은 곧장 데이비드 고드윈과 스튜어트 프로피트에게 다가가 모두가 자신을 알아야 한다는 듯 다정한 미소를 지으며 인사했다.

"안녕하세요, 저는 차코입니다."

하지만 그들은 그의 친근함을 전혀 이해하지 못했다. 차코는 『작은 것들의 신』에 등장하는 주요 인물 중 하나로 암무의 오빠이자, 로즈 장학생 출신의 피클공장 주인, 쌍둥이 에스타펜과 라헬의 외삼촌이다. G. 아이작이 옳았다. 그는 차코 그 자체였다. 암무는 사실 로이 여사가 아니었지만, 차코는 정말로 G. 아이작과 똑같았다. 그날 그는 그것을 뒤집어버렸다. G. 아이작이 차코가 되었다. 삶이 예술이 된 것이다. 오빠는 그 일을 두고 웃으며 이렇게 말하곤 했다.

"다들 책 속 인물이 되고 싶어하잖아. 자기 자신보다는 그게 더 낫다고 생각하는 거지. 너는 괴물들을 전부 괜찮은 사람들로 바꿔버렸어."

G. 아이작은 책 속 차코의 대사를 술술 외웠지만 영국인들의 이해를 얻는 데 도움이 되진 못했다. 엄마의 학교 운동장에서 영문을 몰라 어리둥절해하던 영국인 출판사 대표와 작가 에

이전트 앞에서 G. 아이작이 아무 맥락도 없이 F. 스콧 피츠제럴드를 쾌활하게 인용하던 그 모습은 내 기억에 영원히 남아 있다.

"알다시피, 개츠비는 결국 괜찮은 사람이었지요. 그를 희생시키고, 그의 꿈이 지나간 자리를 따라 떠돌던 더러운 먼지는⋯⋯"

결국 영국인들과 흥미로운 대화를 시작하지 못한 G. 아이작은 통통한 몸으로 쾌활하게 군중 속으로 들어가 객석 중간쯤에 앉았다. 로이 여사는 이미 무대 위에서 카말라 다스와 깊은 대화를 나누느라 여전히 그의 존재를 알아채지 못한 상태였다. 그녀는 마치 학교 조회라도 시작하듯 개회를 선언했다. 심지어 누군가 학교 종을 쳤을지도 모른다. 그녀는 카말라 다스를 소개했고, 카말라 다스는 책에 대해 통찰력 있고 관대한 견해를 밝혔다. 그다음엔 내가 발언할 차례였다. 언제 지옥문이 열릴지 몰라 나는 서둘러 책을 낭독하고 행사를 마무리하기로 했다.

내가 고른 구절은 「아브힐라시 탈키스」라는 장에 들어 있었다. 차코와 일곱 살 난 조카 라헬이 코친에서 호텔방을 함께 쓰고 있다. 온 가족이 차코의 하늘색 플리머스 자동차를 타고 아예메넴에서 그곳으로 왔다. 다음날 아침 일찍 그들은 공항으로 가서 영국에서 비행기를 타고 온 차코의 영국인 전처 마거릿과 어린 딸 소피 몰('몰'은 말라얄람어로 어린 여자아이에 대한 애칭이다)을 맞이할 예정이다. 라헬은 곧 다가올 사랑의 재편을 몹시 걱정하고 있다. 그녀는 자기 몫의 사랑을 영국인 혼혈 사촌에게 많이 빼앗길 것임을 예감한다.

"차코?" 라헬이 어둠으로 물든 침대에서 말했다. "뭐 하나 물어봐도 돼요?"

"두 개 물어봐도 돼." 차코가 말했다.

"차코, '세상'에서 소피 몰을 '가장' 사랑해요?"

"내 딸이니까." 차코가 말했다.

라헬은 그 의미를 곰곰이 생각했다.

"차코? 사람들이 자기 자식을 '세상'에서 '가장' 사랑해야 하는 게 꼭 필수적인 일인가요?"

"규칙은 없어," 차코가 말했다. "하지만 대개 그렇지."

"차코, 예를 들어서요." 라헬이 말했다. "그냥 예를 드는 건데요, 암무가 나와 에스타보다 소피 몰을 더 사랑할 수도 있나요? 아니면 차코가 소피 몰보다 날 더 사랑한다든가요, 예를 들면 말이에요."

"'인간 본성'에선 무엇이든 가능하단다." 차코가 예의 '낭독조'로 말했다. 갑자기 분수 머리를 한 어린 조카딸은 의식하지 않고서 이제 어둠에 대고 이야기를 했다. "사랑. 광기. 희망. 무한한 기쁨."

그 '인간 본성에서 가능한' 네 가지 중에서 무하안 기쁨이 가장 슬프게 들린다고 라헬은 생각했다. 어쩌면 차코의 말투 때문일지도 몰랐다.

무하안 기쁨. 거기엔 교회의 어감이 묻어 있었다. 온몸에

지느러미가 난 슬픈 물고기처럼.

차가운 나방이 차가운 다리를 들어올렸다.

담배 연기가 구불구불 밤으로 스며들었다. 그리고 뚱뚱한
남자와 어린 소녀는 잠들지 못하고 침묵 속에서 누워 있
었다.

내가 낭독하는 동안, 로이 여사는 방해 공작을 펼쳤다. 그녀
는 마이크를 입에 대고 낮은 목소리로 카말라 다스와 끊임없이
이야기를 나눴다. 그녀는 행사를 직접 기획했지만 그다음엔 망
쳐버리기도 했다. 나를 소개하면서 동시에 나를 깎아내렸다.
내가 청중에게 질문이 있느냐고 묻자 G. 아이작이 일어섰다.

"질문은 없습니다. 이 말을 하고 싶어서요. 제가 죽어서 천국
의 문 앞에서 입장을 거부당하면, 『작은 것들의 신』 4장 167쪽
을 인용할 겁니다.* 보세요, 여기 이렇게 분명히 나와 있잖아
요. 규칙은 없다고. 그렇죠? 진실입니다. 규칙은 없어요."

로이 여사는 전투태세에 돌입하며 150센티미터의 전신을 곧
추세웠다. 하지만 G. 아이작은 이미 객석의 다섯번째 줄 사이
를 게걸음으로 빠져나가고 있었다.

"괜찮아, 마트. 나 간다."

그는 늘 그녀를 '마트'라고 불렀다. 어린 시절 그녀가 처음
자기 이름을 배울 때 늘 'Mary'의 'y'를 't'처럼 썼기 때문이었

---

* 『작은 것들의 신』 한국어판 기준.

다. 그는 그녀보다 여덟 살 많았다.

더이상의 질문은 없었다.

그렇게 해서 케랄라 코타얌에서 열린 『작은 것들의 신』 출간 행사는 끝이 났다. 나는 무척 안도했다. 상황이 더 나빴을 수도 있었다. 그나마 미키 로이가 술에 취해 나타나 '부부 동거권의 회복'을 요구하지 않은 게 천만다행이었다. (그건 실제로 존재하는 법이다.) 자식들을 위해서 말이다. 그랬다면 우리 가족 초상화는 그럭저럭 완성됐을 것이다.

*　*　*

하지만 미키는 매우 가까이에 있었다. 그는 아직 델리에 있었다. 내 책이 떠들썩한 인기를 얻고 있다는 소식을 듣자, 그는 한몫 잡을 기회를 놓치지 않았다. 이번에는 귀여운 협박을 선택했다.

"야, 오룬두티, 뉴욕 타임스에서 누가 전화했더라. 나랑 인터뷰를 하고 싶대."

"그럼 해야죠, 미키." 내가 말했다. "난 미키가 부끄럽지 않아요! 전부 말해요."

그가 낄낄 웃었다. "나를 미키라고 부르지 마라. 난 네 아빠야."

＊　　＊　　＊

그해의 나머지 시간은 정신없이 지나갔다. 나는 평생 가볼 거라고 상상도 못했던 나라들을 여행했다. 핀란드. 노르웨이. 에스토니아. 사실 그 나라들을 여행했다기보다는 영화에서처럼 인생의 정점이라고 여겨지는 상투적인 '명성'의 순간에 휘말려 있었다. 끝없는 인터뷰, 행사, 카메라 플래시. 프라디프가 함께했다. 내가 인터뷰하는 동안 그는 밖으로 나가서 내가 방문한 것으로 되어 있는 그 도시의 풍경을 사진으로 찍어 내게 보여주곤 했다.

놀랍게도 나는 사람들 앞에서 내 책을 낭독하는 걸 즐겼다. 특히 사인회가 즐거웠는데, 잠깐이나마 독자와 직접 만날 수 있었기 때문이었다. 내가 거의 알지 못하는 나라와 문화에 속한 사람들이 케랄라의 작은 마을에 사는 한 가족의 이야기에서 자신의 모습을 발견했다는 사실이 경이로웠다. 잠깐의 눈맞춤, 인사, 그리고 책에 사인을 부탁하는 무수히 다양한 표현들이 그들의 삶과 사랑, 우정, 관계에 대해 알려주었다. 나는 문학이 다른 어떤 것도 할 수 없는 방식으로 사람들에게 조용하고도 내밀한 유대감을 준다는 사실을 깨달았다. "당신의 책은 내 어린 시절 이야기 같아요." 내 책의 에스토니아어 번역자가 말했다. "우리 모두 베이비 코참마 같은 이모를 갖고 있지요." 미국의 한 유대계 출판인이 느린 어조로 한 말이었다. "당신 책에서는 냄새가 나요." 한 포르투갈 남자는 이렇게 말했다. 행사

때마다 나는 청중 속에서 자랑스러워하는 표정의 프라디프를 보았는데, 내가 낭독을 시작하면 그의 눈가가 젖곤 했다. 그러나 그에겐 힘든 시간이었고, 내게도 스트레스였다. 내가 스포트라이트를 독차지하고 있었다. 위대하고 경이로운 남자이자 스승이자 연인이며 가장 좋은 친구였던 그는 보이지 않게 되었다. 그는 개의치 않았지만 나는 괴로웠다. 우리 관계의 균형이 뒤집혀버렸다. 새로 찾아온 명성은 우리 둘만의 작은 사랑의 천막 안으로 들이닥쳐, 우리를 꼭두각시처럼 흔들어댔다.

*　　*　　*

케랄라에서는 재판이 본격적으로 진행되고 있었다. 나는 형사 전문 변호사를 선임했다. 그는 코친 고등법원에 항소하여 파타남티타 지방법원 사건을 기각시키자고 했다. 나는 그의 사무실로 찾아가서 내 법적 상황에 대한 설명을 들었다.

"부인, 당신의 책을 아주 꼼꼼히 읽어봤습니다. 원고측 주장이 맞습니다. 상당히 외설적이에요."

그는 외설적이라고 판단할 만한 가능성이 있는 문장들을 미리 표시해놓고 자청해서 큰 소리로 읽었다. 그러면서 '가슴'이라는 단어가 나올 때마다 손을 오므려 가상의 가슴을 만들어보였다. 나는 웃음을 감추려고 일부러 테이블 밑으로 펜이나 종이를 떨어뜨리고는 고개를 숙이고 찾는 척해야 했다. 검찰측이 바라던 대로 주민들이 모두 지켜보는 공개 법정이 아닌 변호사 사무실이라는 사적인 공간에서 벌어진 일이라 그나마 다행이었다.

"하지만 걱정하지 마세요. 우리는 법정에서 문학작품은 전체로 봐야 한다고 주장할 겁니다. 부분이 아니라. 그게 법이니까요."

몇 차례 연기 끝에—내가 해외에 있거나, 양측 변호사에게 사정이 생겨서—드디어 심리 일정이 잡혔다. 검찰측과 피고측 모두 준비가 되어 있었다. 그사이 나는 부커상을 받았다. 그로 인해 모든 것이 달라졌다. 일부 공산주의자들은 그게 다 제국주의적 음모라고 말했지만, 인도 작가가 국제적인 큰 상을 받았다는 사실에 사람들은 기뻐하고 자랑스러워했다. 하지만 나를 진심으로 축하하기 위해서는 『작은 것들의 신』을 탈정치화해야 했다. 그 책은 아이들에 대한 이야기로 불리기 시작했고, 서정적인 언어가 찬사의 대상이 되었다. 정치적 맥락과 카스트에 대한 언급은 모두 지워졌다.

고등법원 심리에서 판사는 말했다. "이 사건이 저에게 올라올 때마다 가슴 통증을 느낍니다." 그는 사건을 또다시 뒤로 미뤘다. 심리는 몇 달, 때로는 몇 년씩 연기되었다. 결국 내 변호사가 세상을 떠났고, 판사도 세상을 떠났다. 내 책과 소송이 유발한 가슴 통증이 그의 사인이 아니기를 바랄 뿐이다. 10여 년이 지나서야 새 변호사가 새 판사 앞에서 변론을 펼쳐서 기각 판결을 받아냈다.

나는 그후로 두 번 더 '외설과 풍기문란' 혐의로 서로 전혀 관련이 없는 다섯 명의 남성 변호사에게 형사 고소를 당했다. 그리고 그중 한 번으로는 잠깐이나마 교도소 신세까지 지게 되었다.

무너져내리다

부커상을 받는 건 짜릿한 일이었다. 하지만 최종 후보 작가들을 둘러싼 몇 주간의 집단 히스테리, 도박사들이 우리에게 거는 내기, 그리고 단 한 사람만이 수상자로 발표되는 성대한 만찬은 나 자신이 작가라기보다 경주마로 느껴지게 만들었다. G. 아이작의 코치를 받았음에도, 결국 오로지 승리만을 원하는 경주마. 그때 나는 딴사람이 된 것 같았다. 프라디프 역시 그 경쟁에 휘말렸다. 그는 행운을 위해 담배를 끊었다.

시상식 날 밤이 다가올 무렵, 우리는 그 기계의 작동을 가까이서 목격할 수 있었다. 그 기계의 작은 톱니바퀴에 지나지 않았던 우리는 엔진의 부릉거림과 커다란 바퀴들이 윙윙 돌아가는 소리를 들었다. 내 이름이 호명되어 무대 위로 걸어올라갔을 때, 금빛 새장의 윤곽이 또렷이 보였다. 나는 그 안으로 들어서는 순간 문이 철컥 닫히리라는 걸 알았다. 행복한 충격에 휩싸인데다 "수상할 경우"를 위해 몰래 준비한 수상 소감 연설문도 없었다는 걸 감안하더라도, 나는 무대 위에서 좀 품위가 없었다. 다음 작품에 대한 질문을 받았을 때, 나는 "다음에 또 쓸 책이 생기면 쓸 겁니다. 상을 받았기 때문에 책을 쓰는 게 아니라요."라는 식으로 대답했다. 불필요하게 까탈스러운 발언이었다. 그러지 말았어야 했다. 그때의 내 행동을 후회한다. 그건 두려움 때문이었다. 덫에 걸릴 것 같은 익숙한 공포. 아무리 감질나게 하는 덫이라고 해도 덫은 덫이었다. 나는 아직 쓰지도 않은 책들의 출판 계약에 서명해야 한다는 압박, 그리고 나 자신과 『작은 것들의 신』의 복제품을 끝없이 찍어내야 한다는 압박을 받을 것이며, 그것에 저항해야 한다는 걸 알고 있었다. 명성이 결국 일종의 구속이 될 수 있다는 것도 알았다. 게다가 어린 시절부터 품어온 손에 잡힐 듯 생생한 감각—내가 박수를 받을 때마다 다른 사람이, 조용한 누군가가 다른 방에서 맞고 있을 것 같은 느낌을 아직도 갖고 있었다.

지금 이렇게 말하는 건 나에게 쉬운 일이다. 상을 받고서 떠나는 것과 상을 받지 못하는 것은 전혀 다르니까. 내가 열망한 자유는 (물소가 알아서 집까지 끌고 가는 수레 위에 누워서 별을 보며 노래를 부르는 자유 외에도) 나 자신의 방식으로 살며 글을 쓰는 것이었다. 부커상은 그 자유를 얻는 데 도움을 주었다. 나는 다행히도 그 상을 받았을 때 이미 백서른일곱 살쯤 되어 있었다. 만약 그보다 젊었다면, 나는 그 금빛 새장 안으로 들어가 평생 금빛 노래를 부르며 살았을지도 모른다.

*　*　*

수상자 발표 후, 내가 전화를 건 유일한 사람은 로이 여사였다. 그녀가 있는 코타얌은 새벽 두시쯤 되었을 것이다. 그녀는 자지 않고 텔레비전으로 뉴스를 보고 있었다.

"잘했어, 우리 아가."

도무지 믿을 수 없는 애정 표현이었다. 요행히 그녀가 기분이 좋은 날이었다.

그날 밤 나는 물고기가 되는 꿈을 꾸었다. 초록색 손 하나가 물속으로 들어와 나를 들어올렸다. 왜 초록색이었는지는 모르겠다. 그 손이 나를 공중으로 들어올리며 말했다. "무슨 소원이든 말해봐. 들어줄 테니. 소원이 뭐지?"

물고기인 나는 말했다. "제발 나를 다시 강으로 돌려보내주세요."

그래서 손은 그렇게 했다.

하지만 현자들의 말처럼, 같은 강물에서 두 번 헤엄칠 수는 없는 법이다. 나의 강은 완전히 달라져 있었다. 나는 헤엄치는 법을 처음부터 다시 배워야 했다.

* * *

우리가 델리로 돌아왔을 때 친구들과 인디아 잉크 출판사 사람들이 축하 파티를 열어주었다. 나는 그때 막 여든아홉이 된 프라디프의 어머니—내 목이 아름답다고 했던—와 춤을 추었다. 그녀는 내가 사준 비단 탄조르 사리를 입고 있었다. 이제 남편의 죽음을 극복한 그녀는 (적어도 우리가 보기엔) 아주 건강했다. 그녀의 다이어리에는 사교 모임과 브리지 파티 일정이 빼곡히 적혀 있었다. 그러나 축하 파티 다음날 아침, 그녀는 몸이 불편하고 약간 숨이 차다고 했다. 우리는 병원에 모시고 가기로 했다. 그녀는 하룻밤 입원할 가방을 싸는 것도 직접 챙겼다. 자신의 침대 시트와 수건을 꼭 가져가겠다고 고집했다. 하지만 병원에 도착하기도 전에 차 안에서 세상을 떠났다. 1998년 1월이었다.

나는 그녀의 죽음이 내 삶을 얼마나 바꿔놓을지 예상했어야 했지만 그러지 못했다.

* * *

프라디프의 부모님은 모든 재산을 아들에게 남겼다. 우리가 살던 3층의 작은 아파트, 아래층의 큰 집, 그리고 바로 옆에 있는 그보다 더 큰 집까지. 그 집들은 델리에서 제일가는 고급 주거지에 위치해 있었다. 유언장에는 프라디프가 큰 집에서 나오는 임대료(그때는 많지 않았지만)를 두 누나와 나누어야 하며, 만약 집을 팔기로 결정한다면 그들에게 약간의 돈을 챙겨줘야 한다고 적혀 있었다. 프라디프의 누나들 부부는 몹시 분노했지만, 사실 그 모든 일은 전혀 특별할 것이 없었다. 인도에서는 다들 그렇게 했으니까. 하지만 나는 평생 그런 관행에 맞서 싸운 여성의 딸이었다.

나는 어떻게 해야 했을까?

나는 스스로를 집주인이라고 생각할 수가 없었다. 유산으로 물려받은 집의 안주인이 되어 하인 무리를 거느리고 사는 내 모습은 상상이 되지 않았다. 그곳엔 늘 위층의 삶과 아래층의 삶이 있었다. 그것은 완전히 다른 두 우주였고, 프라디프와 아이들은 쉽게 양다리를 걸칠 수 있었다. 하지만 나는 아니었다. 아래층의 삶을 산다는 것은 도무지 상상할 수 없는 일이었다. 프라디프 어머니의 응접실 소파에 앉아 있노라면, 맨 처음 이 집에 서류를 전달하러 왔을 때 웃음을 참으며 나선형 계단을 올라가던 통유리창 너머의 젊은 내 모습만 떠올랐다. 그때의 나에게 웃음거리였던 그런 존재가 될 순 없었다. 그렇게 된다면, 나는 어떤 작가일 수 있겠는가? 나는 어릴 적부터 그 모든 추악함과 다툼을 목격했기에, 유산으로 내려오는 집에서는 집이 사람을 소유하지 사람이 집을 소유하는 게 아니란 걸 알고 있었다.

그렇다고 간디 흉내를 내거나 손으로 짠 보자기 치마를 걸치고 빈민가에서 살고 싶었던 건 아니었다. 프라디프와 이제 다 자란 딸들에게 내 정치적 신념이나 과거를 강요하고 싶지도 않았다. 이곳은 그들의 집이자 그들이 아는 유일한 삶이었으니까. 그들은 이곳에 속해 있었다. 그들은 쉽고 빠르게(마치 날씨처럼) 저택의 주인과 젊은 아가씨들의 역할에 적응해 하인들을 부렸다. 하지만 나는 아니었다. 그럴 수가 없었다. 그리고 아래층의 생활 방식, 그곳에서 하는 것들과 하지 않는 것들을 근본적으로 바꿀 수 있는 권한—『작은 것들의 신』에서 쌍둥이가 "로커스트 스탠드 아이Locusts Stand I"*라고 생각했던 것 — 도 없었다. 하지만 껍질 속에서 반듯하게 잘 자란 씨앗이 이제 싹을 틔운 상태였다. 그 씨앗은 더이상 자신이 어떤 식물인지 숨길 수 없게 되었다. 그리고 그것을 비춘 탐조등은 다름 아닌 문학의 빛이었다. 가장 날카롭고 가장 용서 없는 빛.

나는 어떻게 해야 했을까?

* * *

나는 가장 사랑하는 사람들을 판단하지 않으려 노력했지만, 결국 실패했다. 내 딜레마를 그들에게 설명하는 것조차 일종의 판단이었다. 나는 위아래 안팎으로 뒤죽박죽된 마음 때문에 스스로를 비참하게 만들었다. 그리고 다른 사람들까지도 비참하

---

* '법적 정당성'이라는 뜻의 라틴어 로쿠스 스탄디Locus Standi를 아이들이 영어 Locusts Stand I로 잘못 알아들은 것.

게 했다. 나는 3층 아파트에서 내려갈 수 없게 되었다. 그러나 그곳에서 사는 것조차 힘들었다. 원래 그곳은 근사한 보헤미안 공간이었지만, 그 집을 상속받은 뒤로는 달랐다. 그렇게 달라진 상황 속에서 그 집에 사는 건 마치 부자 부모의 정원 한구석에 흙집을 지어놓고 사는 것 같은 고도의 사기극으로 느껴졌다. 그 복잡하게 뒤엉킨 감정에 더해, 이제 부자 부모가 되었다는 사실까지 문제가 되었다. 부모로서의 어떤 권한도, 권리도 없는 돈 많은 부모. 도저히 견딜 수 없는 힘겨운 자리였다.

프라디프는 델리의 나무들을 소개하는 휴대용 도감을 집필하기 시작했는데, 그 도감은 훗날 그 분야의 상징적인 책이 된다. 나는 그런 사람을 본 적이 없다. 작디작은 씨앗, 양치식물, 풀 한 포기에도 그만큼 강렬하고 다정한 관심을 기울이는 사람은 없다. 계절의 변화가 가져오는 자연의 기적에 그만큼 흥분하는 사람도 없다. 그러나 그의 작업은 전적으로 좋아서 하는 일이었다. 그 집과 하인들, 그런 생활 방식, 그리고 그의 연구조차도 『작은 것들의 신』의 인세 없이는 유지가 불가능했다. 프라디프와 아이들은 내 방식으로 현실세계를 살아갈 준비가 되어 있지 않았다. 나는 그들이 무너지는 걸 볼 수 없었다. 그들도 내가 그러지 않으리라는 걸 알았다. 그리고 나는 실제로 25년 동안 그러지 않았다. 그들이 재산을 팔아 더이상 내 도움이 필요 없게 될 때까지. 그러나 내가 원하는 작가가 되기 위해서는 아래층의 삶을 살 수 없었다. 그 점이 나를 원칙적이면서도 동시에 위선적으로 만들었다.

극빈자들이 가득한 이 나라에서, 하필 내가 덫 중의 덫에 걸려버렸다. 그 덫은 특권, 돈, 재산으로 이루어져 있었다. 미끼는 사랑, 의리, 책임감이었다. 그리고 상황은 더 나빠졌다. 우리의 사적인 삶의 격랑은 정치적 격동으로 더 거칠어졌다.

프라디프의 어머니가 세상을 떠나고 두 달 뒤인 1998년 3월 19일, 인도인민당이 이끄는 정당 연합이 정권을 잡았다. 단순한 정권 교체가 아니었다. 그것은 결국 이데올로기적 쿠데타의 시작점이었다. 내가 보팔에서 〈전기 달〉 촬영 준비를 하던 중에 보았던 뱀처럼 구불텅구불텅 지나가던 행렬, 즉 L. K. 아드바니가 이끈 라트 야트라의 필연적 정점이었다. 6년 전 광분한 힌두 자경단을 선동하여 바브리 마스지드를 망치로 때려부순 공작원 아드바니가 법과 질서를 관장하는 내무부 장관이 되었다. 총리 아탈 비하리 바지파이와 그의 각료 상당수가 라슈트리야 스와얌세박 상RSS, 즉 국민자원봉사연합 소속이었고, 1925년에 창설된 이 극우 힌두 민족주의 문화단체는 인도를 힌두 국가로 선포하고 힌두교도가 일등 시민이 되어야 한다고 믿는 수십만 명의 훈련된 '자원봉사자'로 이루어진 준군사조직이었다.

그런 정치적 상황에 대한 나의 분노는 아래층의 삶과 맞지 않았다. 그 자체의 날카로운 슬픔들로 가득하지만 바깥세상의 저속한 정치로부터는 차단된 그 아름다운 저택에서, 나의 분노는 어딘가 어색하게 느껴졌다. 나조차도 그렇게 느꼈다. 나는 집안으로 들어갈 때마다 그 분노를 대문 밖에 두려고 했다. 그러나 그것마저 실패했다. 우리 사이에 깊은 틈이 벌어졌다. 그 틈은 사랑과 유머, 함께 살아온 세월이라는 도개교로 언제든 건널 수 있었지만, 그래도 틈은 틈이었다.

나는 어떻게 해야 했을까?

나는 모든 예술과 문학이 나오는 자리인 본능에 따랐다. 본능이 나를 인도했다. 다시 한번, 나는 가장 안전한 곳을 가장 위험한 곳으로 만들었다. 다시 도망쳤다. 나는 집을 나왔다. 딸들에게는 이제 너희들이 다 컸으니 내가 날아갈 때가 되었다고 말했다. 그리고 우리가 살던 곳에서 차로 20분 거리에 있는 테라스가 딸린 방 두 개짜리 아파트를 빌렸다. 물론 3층이었다.

처음에는 새집을 작업실로 쓰면서 저녁이면 화학적 신호를 따라가는 개미처럼 집으로 돌아가곤 했다. 다툼도, 추함도 없었다. 다만 깊고 어두운, 손에 만져질 듯 뚜렷한 슬픔이 있었다. 세월이 흐르면서 나는 점차 멀어졌고, 결국 내가 살아본 적이 있는 유일한 진짜 집을 방문하는 손님이 되어갔다. 내 인생에서 가장 행복하고 충만했어야 마땅했던 시절은 가장 쓸쓸한 시절이 되어버렸다. 어머니 메리의 딸이자 지금의 작가가 되기 위해 내가 치른 대가는 감옥도, 박해도 아니었다. (물론 그것도 어느 정도 있었지만.) 그것은 치명적인 상심이었다.

이 모든 일에 대해 나는 로이 여사와 상의하지 않았다. 그녀는 약점을 털어놓기에 안전한 그런 어머니가 아니었다. 나는 그녀와 안전거리를 유지해야 한다는 걸 알고 있었다.

다가오는 힌두 민족주의 쓰나미에 대해 내가 너무 일찍 경보를 울린 건, 단순히 내가 힌두교도이거나 애국자이거나 국기를 흔드는 사람이 아니었기 때문만은 아닐 것이다. 힌두교도를 포함한 많은 사람들이 비슷한 반응을 보였으니까. 그보다는 절벽 위의 삶을 살던 아예메넴 시절의 다람쥐 훈련과 갑작스러운 명성에 수반된 다소 비틀린 책임감 때문이었을 것이다. 내 사생활이 폐허가 되고 내가 무너질 위기에 처하자, 바깥세상이 밀고 들어왔다. 이상하게도, 그다음 수년 동안 나를 지탱해준 건 정치—그리고 분노—였다.

이동식 공화국

1998년 5월, 새 정부가 집권한 지 몇 주 만에 인도인민당BJP의 오랜 숙원 하나가 이루어졌다. 정부는 라자스탄 포크란의 사막 깊숙이 묻어둔 핵장치 세 개를 폭발시켰다. 인도는 1974년에도 핵실험을 한 적이 있었다. 그러나 당시 정부는 그것을 "평화적 실험"이라고 부르기 위해 온갖 노력을 기울였었다. 반면 BJP는 흡족해하며 기세등등했고, 전쟁 선포만 빼고 모든 도발을 자행했다. 파키스탄 정부는 그 가식적인 태도에 즉각 대응하여 자체 핵실험을 실시했다. 서로를 상대로 여러 차례 전쟁을 치렀던 두 나라 모두 핵무기 보유국이었다. 두 나라는 서로 힌두 폭탄과 무슬림 폭탄을 과시했다. 2억 명에 이르는 인도의 무슬림은 이 벼랑 끝 전술의 인질이 되었다. 인도에서 유일하게 무슬림이 다수를 이루고 있어서 인도와 파키스탄이 이미 세

번이나 전쟁을 벌였던 카슈미르가 잠재적 도화선이었다.

핵실험 이후 신문과 TV 채널은 의기양양한 허풍으로 도배되었고, 남성성과 정력을 나타내는 언어 일색이었다. 작가, 배우, 예술가 등 평소에 전혀 그럴 것 같지 않았던 이들까지 축하의 대열에 합류했다. 전에는 용납될 수 없었던 새로운 공적 언어가 갑자기 수용되었다. 핵무기가 사용되지 않더라도 치명적이라는 사실이 고통스럽도록 분명해졌다. 인도가 핵보유국임을 공개적으로 자랑스럽게 선언했다는 사실만으로도 우리의 집단적 상상력이 변질되고 방사능에 오염된 듯했다.

나는 부커상 덕분에 대중의 주목을 받았다. 잡지 표지를 장식하고 신문에 대서특필되었다. 나는 국가적 자부심을 내세운 퍼레이드에 정기적으로 불려나갔고, 그런 자리는 아주 자연스럽게 힌두 민족주의 기념행사로 이어졌다. 나는 아무 말도 하지 않으면 자동으로 그런 일들에 동의한다는 뜻으로 받아들여지리라는 걸 깨달았다. 그런 오해를 견딜 수가 없었다.

나의 첫 정치 에세이 「상상력의 종말」은 두 잡지 『아웃룩』과 『프런트라인』의 표지 기사로 동시에 실렸다. 내가 우려한 것은 파키스탄과의 핵분쟁 가능성만이 아니었다. 인도가 스스로에게 무슨 짓을 하고 있는지도 문제였다. 우리가 어디로 향하고 있는지 분명히 보였다. 우리는 분할의 시대로 되돌아가는 중이었다. 힌두교도, 시크교도, 무슬림이 서로에게 등을 돌리고 학살했던 그 공포의 시절로.

왜 이 모든 것이 이토록 익숙하게 느껴지는 걸까? 우리 눈 앞에서 현실이 해체되어 오래된 영화의 고요한 흑백 영상 속으로—삶의 터전에서 쫓겨난 사람들이 수용소로 내몰리는 장면 속으로—스르르 빨려들어가고 있기 때문일까? 학살, 아수라장, 어디에도 닿지 못할 망가진 사람들의 끝없는 행렬. 이 영화관은 어찌 이리도 조용할까? 내가 영화를 너무 많이 본 걸까? 미친 걸까? 아니면 내가 맞는 걸까? 저 장면들은 우리가 이미 시동을 걸어버린 일의 피할 수 없는 결말인 걸까?

나는 미치지 않았다. 내가 옳았다. 그리고 일은 결국 그렇게 흘러갔다.

내 에세이에서 모두가 주목한 부분은 다음과 같았다. "내 두뇌에 핵폭탄을 심는 것에 저항하는 것이 반힌두교적이고 반국가적이라면, 나는 분리 독립을 선언하겠다. 나는 이로써 나 자신을 독립된 이동식 공화국으로 선언한다. 나는 어떤 영토도 소유하지 않는다. 깃발도 없다."

그뒤에 쏟아진 모욕과 분노—"인도에서 꺼져라""파키스탄으로 가라!"—는 단숨에 나를 문학계의 스타, 동화 속 공주님 자리에서 몰아냈다. (내게 그건 로이 여사에게서 들었던 "내집에서 나가!""내 차에서 내려!"의 공적인 버전일 뿐이었다.) 가장 흔한 (그리고 지금도 계속되는) 비난은 "저 여자 진짜 이름은 수재냐. 힌두교도가 아니라는 사실을 숨기고 있어"

였다.

나는 기독교인으로서 부족함이 있었다.

힌두교도로서도 부족함이 있었다.

공산주의자로서도 부족함이 있었다.

나는 부족한 사람이었다.

나는 오히려 안도했다. 그 일이 나를 해방시켰고 걸어다니게
했다. 그후 여러 해 동안 나는 내 나라를 더 잘 이해하기 위해
숲과 강 계곡, 마을과 국경 도시를 돌아다녔다. 여행하며 글을
썼다. 그것이 선동적인 반역자 작가로서의 불안정하고 길들여
지지 않은 삶의 시작이었다.

자유로운 여자. 자유로운 글쓰기. 어머니 메리가 내게 가르
쳐준 그대로였다.

나는 단지 금빛 새장을 피하기만 한 것이 아니었다. 그것을
산산조각내버렸다.

* * *

그 과정에서 마치 자살폭탄 테러범처럼 나 자신도 산산조각
냈다. 나의 삶. 나의 집. 내 사랑도. 어떤 날엔 정말로 심장이
부서지는 것처럼 느껴졌다. 한번은 택시를 타고 가다가 피가
혈관 속을 질주하는 소리가 들리는 것 같은 기분을 느꼈다. 심
장마비를 일으킬 것 같았다. 다행히 친구가 함께 있었다. 우리
는 병원으로 달려갔다. 머리가 빙빙 도는 상태로 인파를 헤치

고 지나가는데 사람들이 고개를 돌리고 쳐다보며 내 이름을 속삭였다. 응급실에서 혈압을 잰 간호사와 심전도검사를 해준 의사가 나에게 사인을 요청했다.

"괜찮습니다. 아무것도 아니에요. 안심하세요." 의사는 그렇게 말하고 나를 돌려보냈다.

나는 그에게 말하고 싶었다. 당신이 틀렸어요. 이건 아무것도 아닌 게 아니라 전부예요. 빌어먹을 전부 다.

모두가 사인을 원한 것은 아니었다.

유방 정기검진을 받으러 갔을 때, 의사는 기계의 차가운 판 사이에 내 오른쪽 가슴을 눌러 꼼짝 못하게 해놓고 이렇게 말했다. "나는 당신의 책 『작은 신의 아이들』이 굉장히 지루했어요." 그러더니 인도가 공식적으로 힌두 국가가 되어야 하는 이유와 우리에게 왜 핵무기가 필요한지에 대해 설교를 늘어놓았다.

너무 오래 슬픔의 늪에 빠져 있기엔 세상이 너무 어처구니가 없었다.

내 마음은 고속도로를 덜컹거리며 달리고, 공원을 어슬렁거리고, 내가 있을 자리가 아닌 곳들에서 얼쩡거리며, 공적인 일들을 극히 사적인 것으로 받아들이기 시작했다.

계곡을 위한 행진

핵실험이 실시된 지 1년도 채 지나지 않아, 인도 대법원은 구자라트 나르마다강에 건설중이던 네 개의 높은 댐 가운데 하나인 사르다르 사로바르 댐의 공사 중지 명령을 해제했다. 그 댐은 끝없이 펼쳐진 고대 원시림을 수몰시키고, 숲이 우거진 언덕에 살던 수십만 명의 토착 부족민들은 물론 비옥한 침적토 평야에서 농사를 짓던 비교적 부유한 농부들까지 몰아낼 터였다. 도시국가 규모의 댐 저수지는 마을, 도시, 시장, 기념물, 모스크와 사원, 그리고 고대 강변 문명을 통째로 집어삼킬 터였다. 나는 몇 년 동안 그 계곡의 댐 건설 반대운동을 지켜봐왔다. 사르다르 사로바르 댐은 이미 절반쯤 지어진 상태였지만, 댐이 1미터씩 높아질 때마다 그만큼 더 많은 땅이 물에 잠기고, 더 많은 마을이 수몰될 터였다.

법원의 결정이 내려지자, 나르마다바차오안돌란NBA(나르마다살리기운동)은 저항을 재점화하기 위한 활동에 돌입했다. 활동가 중 한 사람이자 댐에 관해서는 걸어다니는 백과사전이라고 불릴 만한 히만슈 타카르가 내게 전화를 걸어와 나르마다계곡에 가볼 의향이 있는지 물었다. 그가 내게 연락한 이유는「상상력의 종말」발표 이후 NBA에서 나를 비판자들의 공격에 쉽게 위축되지 않을 인물로 판단했기 때문이었을 것으로 짐작된다. 첫 만남에서 또다른 활동가인 난디니 오자가 말했다. "우리는『작은 것들의 신』을 읽고 당신이 큰 댐에 반대할 거라는 걸 알았어요." 나는 그들이 문학작품에서 그런 확실한 결론을 얻었다는 것이 기뻤다. 나 자신을 시험해보고 싶기도 했다. 아예메넴과 미나칠에 대해 썼던 것처럼 나르마다와 그곳에 닥친 비극에 대해 쓸 수 있는 언어, 작가의 언어를 찾을 수 있을지 알고 싶었다. 내가 사랑과 죽음에 대해, 소설 속 인물들에 대해 썼던 것처럼 관개, 농업, 강제 이주, 배수에 대한 글도 쓸 수 있을까?

　나르마다계곡을 방문한 것은 지적, 정서적으로 척추지압사를 찾아가는 일에 비견될 수 있었다. 내 골격이 재정렬된 것 같았다. 내 생각도 달라졌다. NBA의 지적 엄정함, 심오한 생태적 이해, 그리고 온화한 투쟁성은 오늘날의 기후운동보다도 수십 년 앞서 있었다. 인도 여성들, 특히 농촌 여성들은 육체적, 정신적 폭력에 시달리고 있었음에도 이 운동은 여성들이 주도했다. 나르마다계곡에서의 큰 댐 건설에 맞선 투쟁은 세계에서 가장 장엄한 싸움 가운데 하나로 남아 있다. 나는 거기에 동참할 수 있어 영광이었다. 비록 우리가 졌지만, 나는 이긴 자들—강을 보면 멈춰 세우고, 길들이고, 소유하고, 콘크리트와 쓰레기와 하수를 쏟아붓고, 결국 죽이려는 사람들—편에 서고 싶은 생각은 추호도 없었다.

나는 강을 따라 이동하며 댐 저수지에 수몰될 언덕과 평야에 위치한 마을과 도시들을 방문했다. 어떤 마을은 자연 그대로의 모습을 간직한 채 빽빽한 숲에 둘러싸여 조용하게 존재하고 있었다. 몇 킬로미터 아래쪽으로 내려가면 댐에 더 가까운 마을들은 이미 물속에 잠겨 있었다. 댐 건설이 너무 느리게 진행되다보니 사람들은 자신들을 기다리고 있는 파괴를 미리 상상하기조차 어려웠다. 그것은 말 자체가 모순인, 슬로 모션으로 일어나는 폭발이었다.

* * *

나는 『아웃룩』과 『프런트라인』에 또다시 에세이를 실었고, 제목은 "공공의 더 큰 이익"이었다. 그 글에서 나는 대형 댐들이 생태적으로 재앙이며 경제적으로도 부적절하고 정치적으로는 비민주적이라고 주장했다. 도시계획가와 엔지니어들이 자신들의 이익을 높이기 위해 실제 비용을 최소화했다고 고발했다. 그들이 문서상으로 약속한 것을 결코 실현할 수 없다고 주장했다. 나는 그 글을 쓰기 전에 NBA의 카리스마 넘치는 지도

자 메다 파트카르와 만나 내 글이 초래할 결과에 대해 이야기를 나누었다. NBA가 벌이고 있던 싸움은 치열했다. 이념적으로도, 법적으로도, 정치적으로도. 심지어 물리적으로도 그랬다. 상대는 갑옷의 작은 틈 하나, 사소한 실수 하나도 놓치지 않았다. 우리는 앞을 내다보고 모든 가능성을 고려해야 했다.

메다와 나는 같은 여자이면서도 그보다 더 다를 수 없을 정도로 서로 달랐다. 그녀는 간디주의자이자 지칠 줄 모르는 활동가로 수년간 계곡의 마을들을 걸어서 돌아다니며 주민들을 동원하여 댐이 어떤 식으로 그들의 삶을 파괴하게 될지를 설명해왔다. 그녀는 믿기 어려울 정도로 검소한 삶을 살았다. 손으로 짠 거친 카디 사리를 입었고, 로맨스를 포함한 모든 달콤한 쾌락을 포기한 것처럼 보였다. 의로움과 전념, 헌신에서 나는 그녀와 비교조차 될 수 없었다.

나르마다계곡 같은 곳에서 사람들을 이끌기 위해서는, 여성 활동가들은 최대한 그곳 여성들과 자연스럽게 섞여야 했다. 적어도 겉으로는 전통적 기대에 부응해야 했고, 그다음에 한 걸음 앞으로 나아가야 했다. 간디주의 여성 활동가들은 장신구도, 머리에 꽂는 꽃도, 구슬 장식도 거부했다. 그들은 수녀 혹은 승려만큼이나 금욕적이었다. 아무도 자식을 갖지 않았다. 그들은 아이를 키우기엔 자신의 삶이 너무 예측 불가능하다는 사실을 알고 있었다.

나의 역할은 달랐다. 나는 글쓰기에 헌신한 사람이었다. 나는 작가일 뿐 지도자나 활동가가 아니었다. 따라서 '추종자들'

이나 사람들의 기대에 부응해야 한다는 부담에 짓눌릴 순 없었다. 나는 인기가 없을 권리를 지녀야 했다. 수용 가능성의 경계를 시험할 수 있는 선택권이 있어야 했다. 어디에도 끼지 않고 홀로 서 있을 용기가 있어야 했다. 그리고 무엇보다도, 나는 간디가 어떤 면에서는 선지자라 할 수 있으며 존경할 점도 많다고 생각했지만 간디주의자는 아니었다. 나는 비평가였다. 회의주의자였다. 아주 점잖게 표현하자면 그랬다.

메다와 나는 그 문제에 대해 이야기했다. 우리는 에세이가 발표되면 우리 둘의 차이를 이용해 대결구도를 만들려는 시도가 있을 것임을 예견했다. (착한 여자 대 나쁜 여자.)

「공공의 더 큰 이익」은 작가의 사회적 역할에 대한 많은 사람들의 관념을 뒤흔들었다. 이 글은 정체가 무엇인가? 저널리즘인가? 학술적인 글인가? 문학인가? 여행기인가? 댐 건설에 찬성하는 압력단체들은 내 글에 격분하며 허구라고 불렀다. 우리 편이라고 주장하는 사람들조차 불편해했다. 나는 진보적이라고 자부하는 남성들로부터 글을 어떻게 써야 하는지, 어떤 논조를 취해야 하는지, 어떤 주제를 다룰 수 있는지에 대한 공개적인 훈계를 들었다. 그들의 남성적 허영심은 자기 글의 수준과 사실에 대한 빈약한 이해를 전혀 의식하지 못하게 만들었다. 그들은 내가 옹호하는 일에 열정을 보인다는 이유로 나를 격하게 비난했다. 지붕 위에서 고래고래 소리지르고 싶은 마음뿐인 나에게 조용하고 미묘한 태도를 취하라고 충고했다.

이 모든 남성들보다 더 분개한 곳이 있었으니, 바로 인도에

320

서 가장 존경받는 기관, 대법원이었다. 로이 여사에게는 호의
적이었던 그 법원이 그녀의 딸에게는 냉담했다. 3인으로 구성
된 재판부에서 나를 법정모독죄로 기소해야 할지 심리했다. 법
정모독죄는 형사범죄로 6개월의 징역형을 받을 수 있었다. 그
들은 사르다르 사로바르 댐 공사 재개를 허용한 법원 결정에
대한 나의 비판에 분노했다. 재판부는 아미쿠스 쿠리에(법정
조언자)로 임명된 선임변호사의 자문을 받았다. 그들은「공공
의 더 큰 이익」도입부가 "법원을 중상모략하고 위엄을 떨어뜨
렸는지"에 대해 논의했다. 그 도입부는 이렇다.

나는 언덕 위에 서서 큰 소리로 웃었다.

나는 잘신디에서 배를 타고 나르마다강을 건너 맞은편 기
슭의 길쭉한 곳으로 올라갔다. 그곳에서 낮은 민둥산들의
능선을 따라 자리한 시카, 수룽, 님가반, 돔케디의 아디바
시* 마을들을 볼 수 있었다. 바람이 잘 통하는 허술한 집
들이 보였다. 경작지와 그 뒤편의 숲들도 보였다. 작은 아
이들이 그보다 작은 염소들을 데리고 모터 달린 땅콩처럼
풍경을 가로질러 달려가는 모습도 보였다. 나는 힌두교보
다도 오래된 문명을 보고 있다는 걸 알았다. 그 문명은 이
번 우기에 인도 최고 법원의 승인하에 사르다르 사로바르
댐 저수지 수위가 높아지면서 물속에 잠길 운명이었다.

* 인도 토착민.

나는 왜 웃었을까?

델리의 대법원 판사들이(사르다르 사로바르 댐 추가 공사에 대한 법적 제재를 풀기 전에) 수몰민 이주지에 아디바시 어린이들이 뛰어놀 수 있는 놀이터가 마련될지 애정어린 관심을 갖고 물어봤던 일이 퍼뜩 떠올라서였다. 정부 측 변호사들은 그렇게 될 거라고, 더 나아가 모든 어린이 공원에 시소, 미끄럼틀, 그네까지 다 갖추어질 거라고 황급히 답변했다. 나는 끝없는 하늘을 올려다보고, 힘차게 흘러가는 강물을 내려다보았다. 그러다 잠깐, 아주 잠깐, 그 모든 것의 부조리함이 내 분노를 뒤집었고 나는 웃고 말았다. 무례한 의도는 아니었다.

공판이 진행되는 동안, 격노한 대법관들이 『아웃룩』과 『프런트라인』을 돌려보며 서로 마음에 들지 않는 문장들을 짚어보았다. "무례한 의도가 아니었다는 말은 존중을 나타내는 게 아닙니다. 그 반대죠. 그녀는 우리가 영어를 모른다고 생각하는 모양이군요." 그들은 풍자의 법적, 형사적 영향에 대해 논했다. 그리고 나를 자주 "그 여자"라고 언급했다.

그들의 의도는 내가 받아들인 것과 달랐을지 몰라도, "그 여자"라는 말은 베이커가 방문했던 날—내가 다시는 집으로 돌아가지 않겠다고 결심했던 그날—학교 식당에서 나에게 소리를 지르던 로이 여사에 대한 기억을 불러냈다. 또한 로이 여사가 나를 대신해 견뎌내고 나에게 그대로 전해준 친척 X, Y, Z

의 모욕적인 말들—"첩" "킵해둔 여자"—을 떠올리게 했다.

그래서 나는 스스로를 "부커상을 받은 후커*"라고 부르기 시작했다.

*　*　*

「공공의 더 큰 이익」에서 대법관들의 우려를 산 또다른 대목은, 토착 부족 이주민들—화폐경제 밖에서 살아왔고 공식 이주정책에 따라 "땅을 땅으로" 보상받기로 명시적으로 약속받은 사람들—에게 현금으로 보상하는 것은 대법관들의 급여를 비료 자루로 지급하는 것과 같다고 쓴 부분이었다. 재판부는 몇 차례의 심리를 거친 뒤 판결을 내렸다. 그들은 준엄한 경고장으로 처벌을 대신했는데 문장이 얼마나 난해한지 사전을 찾아보면서 해석해야 할 정도였다.

*　*　*

우기가 다가오자, 나르마다계곡의 주민들과 활동가들은 사르다르 사로바르 댐 저수지 수위가 높아져 마을이 물에 잠기게 되더라도 꼼짝도 하지 않겠노라고 선언했다. 높이 차오르는 위험한 물살 속에서도 버티고 서서 저항 의지를 표명하겠다는 것

---

*Hooker. 창녀라는 뜻.

이었다.

우리는 계곡을 따라 걸으며 대대적인 댐 건설의 문제점을 이해하는 여정에 함께해달라는 호소문을 발표했다. 우리는 이 여정을 "계곡을 위한 행진"이라고 불렀다. 수백 명이 응했다. 프라디프, 골라크, 애니 역을 맡았던 아르준 라이나도 함께했다. 기자단도 대거 합류했는데, 호의적인 이들도 있었고 적대적인 부류도 있었다. 우리는 기차, 버스, 도보로 이동했다. 수천 명의 주민들이 모여 우리를 맞이하고 함께 이동했으며, NBA가 연 공청회에 참석했다.

NBA 활동가들은 뛰어난 연설가였다. 나는 무대 위로 불려 올라갈 때마다 괴로웠다. 그런 거대한 군중 앞에서 어떻게 말해야 할지 전혀 알 수 없었다. 그래서 나는 미리 준비한 말을 집회 때마다 바보처럼 되풀이했다. "맹 레키카 훈. 맹 순네 케리에 아이 훈, 볼네 케 리에 나힌. 나르마다 가티 진다바드(저는 작가입니다. 저는 여기 들으러 온 것이지 말하러 온 게 아닙니다. 나르마다계곡 만세)." 나의 힌디어 실력은 "수바 우트케 데카 토 쿠티야 마리 파디 티(주인이 아침에 일어나 보니 암캐는 죽어 있었다)" 시절에 비하면 일취월장했지만, 공개석상에서 연설하는 건 완전히 다른 문제였다.

이 소심함에서 벗어나기까지는 몇 년이 더 걸렸다.

나는 곧 작가 겸 활동가로 불리기 시작했는데, 내겐 그 말이 우스꽝스럽게 느껴졌다. 마치 사람들의 삶에 중대한 영향을 미치는 일에 대해 글을 쓰는 것이 작가의 소관이 아닌 것처럼, 그래서 따로 명칭을 부여하는 것처럼 들렸던 것이다. 내게 '작가 겸 활동가'는 마치 소파베드와도 같은 말이었다.

나의 비간디주의적, 비활동가적 태도는 종종 간디주의 활동가 친구들을 난처하게 만들었다. 그 정도가 아주 심할 때도 가끔 있었다.

나는 「권력의 정치학」이라는 에세이를 쓴 적이 있었는데, 인도의 신경제, 기존에 보호받던 시장을 규제 없는 자본에 개방하는 정책, 무분별한 민영화와 구조조정의 위험성에 대해 다룬 글이었다. 또한 사르다르 사로바르 댐에서 상류 쪽으로 가장 가까이에 위치한, 민간기업에서 짓고 있던 재앙적인 마헤슈와르 댐에 대해서도 상세히 다뤘다.

NBA는 인도르에서 기자회견을 열었고, 나도 그 자리에 발언자로 참석해야 했다. 그런데 일부 기자들은 실제 기자라기보다 민간기업이 보낸 전투견처럼 보였다. 그들은 내가 토착민의 땅을 훔쳐 정글에 불법으로 저택을 지었고 따라서 환경문제를 논할 자격이 없다고 소리치며 기자회견을 망치려 했다. 파츠마리 근처 마을 숲가에 프라디프와 골라크가 지은 집을 말하는 것이었다. 물론 그 집은 불법도 아니었고, 내 소유도 아니었다.

나는 정말이지 역겨웠다. 우리의 이 위대한 사회("여긴 인도예요, 아가씨")에서는 아들이 모든 재산을 상속받는 것이 너무도 당연한 일이었고, 이와 동시에 여자들이 자기 소유도 아닌 것에 대해 비난받는 것 역시 지당한 일이었다. 나는 그 전투견들에게 내 대답을 들으러 온 건지 아니면 그저 짖으러 온 건지 물었다. 그러자 그들은 조용해졌다. 그다음에 내가 한 말은, 로이 여사가 조회 시간에 남학생들에게 자신의 브라를 보여주면서 그 쓰임새에 대해 설명했던 것과 같다고 할 수 있을 것이다.

"편의상 제가 아주 나쁜 사람이라고 가정해봅시다. 제가 정글에 불법 궁전을 짓고, 거기 마약을 가득 채워놓고, 토착민들을 노예처럼 부린다고 합시다. 게다가 처녀도 아니죠. 좋아요. 그런데, 댐을 왜 짓는 거죠?"

불쑥 나온 말이었다. 평소에 깊이 생각해본 적도 없었다. 잠시 충격어린 침묵이 흘렀다. 기자회견은 금세 끝났다. 하지만 정글 속 불법 궁전에 대한 비난은 그후로도 수년 동안 나를 따라다녔다. 마헤슈와르 댐을 건설하던 그 민간기업보다 더 오래 살아남았다. 그 기업은 결국 무너졌고, 마헤슈와르 댐은 반쯤 지어진 채 버려져 있다. 탐욕과 무책임의 기념비처럼.

* * *

나는 「공공의 더 큰 이익」에 이어 나르마다강에 있는 댐들에 관한 글을 몇 편 더 발표했다. 나는 강을 따라 위아래로 오르내

326

리며 여행했다. 때로는 육로로, 때로는 부커상 상금으로 NBA
에서 구입한 배를 타고 다녔다. 깔끔이 산제이가 그 여정에 종
종 함께했는데, 그는 댐 건설 반대운동에 대한 장편 다큐멘터
리 〈물위의 말들Words on Water〉을 찍기 시작한 참이었다. 나는
프라디프를 지원했던 것처럼 그를 지원할 수 있어서 기뻤다.
산제이와 프라디프가 본인들이 원하는 속도와 방식으로 출판
사나 투자자들이 쉽게 지원하지 않는 종류의 책을 쓰거나 영화
를 만들 수 있도록 돕고 싶었다. 나는 모두가 쉽게 투자받을 수
없는 그런 작품들을 만들 수 있기를 바랐다. 우리 모두가 알고
있듯이, 큰돈은 언제나 예리한 모서리를 무디게 하고 현상만
유지하려는 경향이 있으니까. 때로는 노골적으로, 때로는 정교
하고 우회적인 방식을 통해. 작은 돈이 언제나 더 전복적이다.

　나는 단 한 권의 책으로 『작은 것들의 신』처럼 거금을 벌어
들일 수 있으리라곤 꿈에도 생각하지 못했다. (록스타나 영화
배우의 기준이 아니라, 철저히 내 기준에서 하는 말이다.) 나
는 나르마다계곡을 여행하며 삶과 땅과 역사가 물에 잠겨버렸
거나 잠길 예정인 사람들, 완전히 지워질 운명에 처한 극빈자
들을 만나면서 내 책이 전 세계에서 수백만 부가 팔리고 내 통
장 잔고가 불어나는 것에 약간의 죄스러움과 당혹감을 느꼈다.
책을 안 읽거나 못 읽는 몹시도 가난한 사람들이 대부분인 나
라에서 유명하고 부유한 작가가 된다는 것이 편치 않았다. 그
것은 무엇을 의미하는가? '나'라는 존재의 의미는 무엇인가?

　많은 여성들이 그렇듯, 나 역시 나 자신과 이른바 성공에 대

해 미안해하는 마음을 갖게 되었다. 가끔은 『작은 것들의 신』속의 모든 다정한 순간들을 은화와 바꿔버린 것 같은 기분이 들기도 했다. 그리고 조심하지 않으면 내가 차가운 은 심장을 가진 차가운 은 조각상 같은 존재가 되어버릴 것만 같았다.

*　　*　　*

이번에도, 그러나 전혀 반대되는 이유로―너무 적어서가 아니라 너무 많아서―나는 과도하게 돈에 휘둘리기 시작했다. 도무지 마음의 갈피를 잡을 수가 없었다. 그래서 최대한 빨리 돈을 나눠주기 시작했다. 자식들에게 '은행' 행세를 하던 로이 여사 밑에서 자란 나는 누구에게 무엇을 주건 절대 조건을 달지 않겠노라고 다짐했다. 내 좌우명은 "주고 잊어버리기"였다. 그러나 그것도 잘 되지 않았다. 받는 기술도 주는 기술만큼이나 복잡하며, 똑같은 품격을 요구하기 때문이다. 나는 지나치게 여성적인 자기희생은 결국 사람들이 냉담한 특권의식과 심각한 무례함을 드러내며 의존하게 만들 수도 있다는 비싼 교훈을 얻었다. 내가 사는 세상에서 사람들(여성 포함)이 가장 사랑하는 존재는 자기희생적이고 눈에 띄지 않는 여성이다. 이따금 나는 세상에서 가장 눈에 잘 띄는 보이지 않는 여자가 된 것 같은 기분을 느꼈다.

경제적으로 독립한 건 기뻤다. 하지만 나에게는 나 자신과 프라디프와 아이들, 친구들을 위해 필요한 금액 이상의 돈이 있었다. 아름다운 일을 하는 사람들, 도움이 필요한 사람들에게 풍족히 나눠주고도 남을 만한 돈이었다. 내가 성스러운 자선가로 보이는 건 생각만 해도 역겨웠다. 그렇다고 선량하고 눈에 띄지 않는, 자기희생적인 여성이 되고 싶지도 않았다. 미쳐버릴 것 같았지만 동시에 흥미로운 딜레마였다.

나는 이 윤리적 수렁에서 오랫동안 허우적거리다가 비로소 길을 찾았다. 몇몇 활동가, 변호사들과 함께 신탁을 만들어 매년 들어오는 인세의 일부를 그 신탁에 넣었다. 신탁은 내 이름을 달지 않았고, 다른 사람에게서 돈을 모으거나 받지도 않는다. 오직 내 기이한 인세를 나누기 위해 존재한다. 그 돈은 시대의 흐름에 맞설 용기를 지닌 언론인, 활동가, 교사, 변호사, 예술가, 영화인에게 돌아간다. 기업형 NGO나 국제 재단의 정치적 속성을 이해하고 그들로부터 돈을 받기를 거부하는 사람들에게 간다. NGO 기계가 좋아하는 매끄러운 제안서를 만들 줄 모르거나 만들고 싶어하지 않는 사람들에게 간다. 신탁치고는 규모가 아주 작지만, 우리가 돈을 나누는 사람들과 전혀 동떨어져 있지 않다. 그리고 우리는 그 돈을 자선이 아니라 연대의 정신으로 나눈다. 우리는 이 일을 하면서 극도로 신중을 기해야 한다는 것을 모두 알고 있다. 돈은 해방을 줄 수도 있지만 인간을 나약하게 만들 수도, 핵폐기물처럼 파괴적일 수도 있기 때문이다. 내 책이 더이상 팔리지 않아 돈이 떨어지면, 신탁은 문을 닫을 것이다. 로리 베이커의 건축처럼 영원히 지속되도록 만들어진 것은 아니다. 하지만 지금은, 골라크에게서 차용한 우리의 슬로건을 갖고 있다.

"야호, 우리 부자다."

           *   *   *

혹여 잘못된 인상을 줄까봐 말해두는데, 나는 자기희생적이
거나 관대했던 게 아니었다. 나는 "희생하는 사람을 조심하라"
는 격언을 믿는다. (희생하는 이들은 곧 견디기 어려운 존재가
되어 자신이 희생한 것보다 훨씬 더 큰 대가를 요구하기 때문
이다.) 나에게도 죄스러워하지 않는 순간들이 분명 있었다. 나
는 친척 Z씨에게 은행 잔고 증명서를 팩스로 보내며 이제 내가
그를 부양할 수 있게 되었으니 킵해둬도 되느냐고 물었다. 가
게에 들어가 가격도 묻지 않고 물건을 집어드는 내 모습에서
반항적 자부심을 느끼기도 했다. 여행에서 돌아올 때면 여행가
방이 프라디프와 아이들, 그리고 나를 위한 옷과 신발들로 불
룩했다는 것도 고백한다. 로이 여사에게도 그런 전환점들이 —
특히 극빈자 신세에서 벗어나 경제적으로 숨통이 트였던 시기
에 — 있었다. 어린 시절 코타얌에서 그녀와 함께 쇼핑을 가서
그런 장면을 목격할 수 있었다. 특히 사리 가게에서.

이것들 살게요…… 네. 다섯 벌 다요. 그리고 저 초록색도요.

또다시 법정에 서다

2001년, 나르마다계곡 주민 수백 명이 델리로 이동해 대법원 앞에 모여 사르다르 사로바르 댐 건설 재개를 허용한 판결에 항의했다. 그들은 며칠 동안 대법원 정문 밖에 앉아 노래를 부르고 구호를 외쳤다. 나는 그 시위에 참석하지 않았지만, 남성 변호사 다섯 명(두번째 5인조)이 경찰을 찾아가 메다 파트카르, 프라샨트 부샨(NBA의 변호사), 그리고 내가 그들을 폭행했다고 신고했다. 그들은 내가 스카프로 그들 중 한 명을 목 졸라 죽이려 했다고 주장했다. 완전히 터무니없는 주장이라, 그날 현장에 출동했던, 내가 거기에 없었다는 사실을 아는 경찰들은 신고 접수조차 거부했다.

그러자 두번째 5인조는 대법원으로 직행했다. 대법원은 엄격할 뿐 아니라, 지방법원과 고등법원을 건너뛰고 법적 절차를 우회해 직접 소송을 제기하는 청구인들에게 종종 징벌적으로 대응한다. 대법원에는 수십 년 묵은 사건들이 수만 건씩 밀려 있기 때문이다. 수십만 명의 미결수들이 마지막 심판을 기다리며 붐비는 교도소에 갇혀 있다. 그들에게 대법원은 천국만큼이나 닿기 어려운 곳이다. 그래서 우리는 백주에 겨우 옷가지를 무기로 삼아 살인을 시도한 혐의에 대해 법정에 직접 출두하여 소명하라는 소환장을 받았을 때 충격을 받았다. 대법원이 그 다섯 변호사의 기이한 탄원을 왜 받아들였는지는 지금까지도 알 수 없다.

첫 심리에서 나는 변호사를 선임하지 않고 답변 진술서를 직접 작성했다. 판사들은 메다와 프라샨트는 기각시켜주었지만, 내 답변서 내용에 불쾌함을 느꼈는지 직접 나서서 나를 법정 모독죄로 고소했다. 나는 사과를 요구받았지만, 무엇에 대해 사과하라는 건지 알 수 없었다. 나는 "합리적인 사람"처럼 행동하지 않는다는 말을 들었다. 법의 눈에 나는 "그 여자"에서 "(비)합리적인 사람"으로 진화한 셈이니, 어떤 의미에서는 진전을 이루었다고 볼 수도 있었다.

이 사건은 전국적인 논쟁거리가 되었다. 국민들에게 사랑받는 전직 판사가 신문에 글을 써서 법원에 무례를 범한 나를 꾸짖었다. 그런데 다음 기고문에서 그는 나르마다강 댐사업을 비판하면서 내 에세이의 문장들을 그대로 베껴 썼다. 그는 훌륭한 인물이었고 뛰어난 판사였다. 하지만 나는 그가 나를 가르치려 들거나 내 글을 표절하거나 둘 중 하나만 했으면 좋았으리라 생각했다. 그 두 가지를 동시에 하니 내 작은 머리로는 좀 혼란스러웠다.

심리가 모두 끝나고 공판은 휴정되었다. 선고는 2002년 3월 초로 예정되어 있었다.

그 무렵, 세상이 바뀌었다.

또다시.

*   *   *

테러와의 전쟁 —그게 무엇을 의미하든—이 시작되었다. 미군이 아프가니스탄을 침공했다. 미국의 극단적 민족주의가 전 세계를 정면으로 강타하면서 우리의 인도식 민족주의는 초라한 중고품 신세가 되었다. 9·11 테러가 비극적인 건 사실이지만 진공상태에서 벌어진 사건이 아니라 역사적 맥락을 지녔다는 해석은 테러리즘의 정당화라는 거센 비판을 받았다.

내가 쓴 에세이 「무한 정의의 대수학The Algebra of Infinite Justice」은 사람들의 만류를 무릅쓰고(나를 사랑하고 내가 잘되기를 바라는 이들의 만류였기에 더 힘들었다) 미국을 제외한 전 세계 신문들에 실렸다. 그 제목은 미국의 아프가니스탄 침공 당시 초기의 작전명이었던 '무한 정의 작전'에서 따온 것이었다. 나중에 그 작전명은 '항구적 자유 작전'으로 바뀌었다. 우리는 그걸 두고 아서 스팅크스Arthur Stinks*라는 사람이 기를 쓰고 이름을 존 스팅크스John Stinks로 바꾼 꼴이라고 농담하곤 했다.

국제적인 이슬람 혐오는 인도의 힌두 민족주의자들에게 신의 선물과도 같았다. 조지 W. 부시 대통령이 "우리 편이 아니면 테러리스트 편"이라고 말했을 때, 인도 BJP 정부는 기쁨을 감추지 못했다.

누군가 스위치라도 켠 것처럼, 인도는 일련의 '테러 공격'으로 요동쳤다. 그 사건들에는 즉각 '인도의 9·11'이라는 꼬리표가 붙었다. 젊은 무슬림 남성들이 체포되거나 경찰이 '교전'이라고 부르는 상황에서 총격으로 사살되는 일이 소름 끼치도록 규칙적으로 반복되었다. 당시 인도 정치권에서 가장 자주 반복되던 가장 어리석은 말은, "모든 무슬림이 테러리스트는 아니지만, 모든 테러리스트는 무슬림이다"였다.

* * *

로이 여사는 내 글을 단 한 편도 놓치지 않고 열심히 챙겨 읽었다. 그녀는 『아웃룩』과 『프런트라인』을 정기 구독했기에 내가 무슨 글을 발표했는지 따로 알려줄 필요가 없었다. 내겐 그것이 사랑처럼 느껴졌다. 그녀가 몹시 걱정하고 있다는 걸 나도 알고 있었다. 그녀는 쿠루삼말(이제는 너무 늙어서 사리에 싸인 작은 건포도처럼 보이는)과 학교의 몇몇 교사들에게 걱

* stink는 '악취'라는 부정적 의미를 갖고 있다.

정을 털어놓았고, 내가 방문할 때 그들이 그 이야기를 전해주었던 것이다. 그러나 내 앞에서는 절대 불안한 기색을 내비치지 않은 채 철저히 무심하게 굴었다. 내 에세이에 대한 그녀의 평은 이런 식이었다.

"넌 일부러 고약하게 굴고 있어."

하지만 나보고 물러서라고 말한 적은 단 한 번도 없었다.

그녀는 무정한 무쇠 천사처럼 내 주위를 맴돌았다. 그녀가 무쇠 날개를 펄럭이며 내는 금속성의 소리는 나로 하여금 작은 싸움이 아니라 큰 싸움을 선택하게 만들었다. 내가 그녀를 만나러 코타얌의 집에 가면 ─잠깐, 표현을 바꾸겠다─ 내가 코타얌에 있는 그녀의 집을 방문하면, 그녀는 고학년 학생들에게 내가 하는 일에 대해 이야기해달라고 부탁하곤 했다. 내가 하는 말이 학부모들을 불편하게 만들 때도 있었다. 로이 여사는 아랑곳하지 않았다.

그곳 학생들은 여전히 거의 모두 시리아 기독교인이었다. 그들의 부모는 배타적이고 안락한 삶을 살았으며, 자녀들에게도 배타적이고 안락한 삶을 기대했다. 어느 날 나는 고학년 학생들과 이야기하는 자리에서 졸업생 부모로부터 자녀가 옥스퍼드, 하버드, 존스홉킨스에서 공부하고 있다는 자랑을 듣는 것이 조금 지겹다고 말했다. 그리고 자신의 아들이나 딸이 신념을 지키기 위해, 일신의 영달이나 가족이 아닌 다른 무언가를 위해 싸우다가 감옥에 갔다고 자랑스럽게 말하는 부모를 만날 날을 기다린다고 토로했다. 몇몇 부모들은 그걸 선을 넘는 발언으로 받아들였다. 항의가 들어왔다. 로이 여사는 그들의 불만을 다 듣고 나서 자신도 내 말에 동의한다고 말했다.

나는 반국가주의자로 몰릴수록 인도는 내가 사랑하는 곳이고 내가 속한 곳이라는 확신이 더욱더 강해졌다. 내가 인도 말고 다른 어디에서 이런 난동꾼 노릇을 할 수 있겠는가? 내가 그토록 존경하는 동료 난동꾼들을 인도 말고 또 어디서 만날 수 있겠는가? 그리고 모두가 동등하다고 여기는 우리 중 누가 무엇이 '친'국가적이고 무엇이 '반'국가적인지 결정할 권리를 갖고 있단 말인가?

외할머니는 병에 걸려 병원에 입원하자 그것이 마지막이 될 것임을 예감하고 딸에게 와달라고 애원했다. 로이 여사는 거절했다. 그녀는 나에게 그랬던 것처럼 자신의 어머니에게도 무쇠 날개를 펼쳤다. 두 사람은 차로 불과 15분 거리에 살았지만 수년간 만난 적이 없었다. 로이 여사는 재판 기간 내내 어머니가 장남 편을 들면서 딸의 명예를 짓밟는 문서에까지 아들의 요구대로 모두 서명한 것에 원망을 품고 있었다. 로이 여사는 오래전 오갈 데 없는 우리를 내쫓으려고 G. 아이작을 대동하고 우티까지 찾아왔던 나의 외할머니를 절대 용서할 수 없었다. 그 이후로 외할머니는 변덕스러운 딸과 괴짜인데다 특권의식으로 가득한 아들 사이의 총격전에 휘말린 눈멀고 주눅든 노파가 되어갔다. 그녀의 유일한 위안은 바이올린이었지만, 바이올린을 연주하는 날들도 끝나버렸다.

외할머니가 세상을 떠났을 때, 오빠와 나는 장례식에 갔다.

로이 여사는 참석하지 않았다.

외할머니의 장례식은 내가 젊었을 때 썼을 법한 단편소설 같 았다. 주교들이 뻣뻣한 턱수염을 쓰다듬으며 할머니가 누워 있는 열린 관 옆에 서서 음악과 희생과 식품 가공으로 이루어진 그녀의 경이로운 삶에 대해 기계적으로 설교하는 동안, 키가 내 어깨쯤 오고 하얗게 센 머리를 쥐꼬리처럼 단단하게 땋아내린 작은 노파가 사람들 사이를 헤치고 내 옆으로 다가왔다. 사람들이 아멘을 외치는 사이사이에 나눈 그녀와의 대화는 잊을 수 없는 경험이었다.

"나는 『작은 것들의 신』이 정말 좋았어요."

"고맙습니다."

"어느 부분이 제일 좋았는지 말해줄까요?"

"나중에 들어도 될까요?"

"물속에서 방귀 뀌는 장면! 우리 다 해봤잖아요."

내가 그녀 쪽을 돌아보았을 때, 그 작은 요정은 이미 사라지고 없었다. 나는 그녀가 누구인지 끝내 알아내지 못했다.

외할머니가 돌아가신 직후, 로이 여사는 제국 곤충학자의 조상 대대로 내려온 집에서 G. 아이작을 퇴거시키기 위한 소송을 냈다. 퇴거 명령이 떨어지자, 그녀는 대로에 세워둔 차 안에 앉아 경찰이 G. 아이작과 그의 아내 수시를 강제로 내쫓는 광경을 지켜보았다. 나는 오빠에게 그 이야기를 전해듣고 감탄을 보내면서도 한편으로는 슬픔을 느꼈다. 감탄했던 건 로이 여사의 강철 같은 끈기 때문이었다— 그런 일을 끝까지 해낼 배짱을 가진 여자는 별로 없을 것이다. 그리고 슬펐던 건 G. 아이작을 사랑했기 때문이었다.

그는 퇴거 직후 시내의 월세 아파트로 이사했다. 그후 결국에는 코타얌에서 몇 킬로미터 떨어진 논 가장자리에 작은 집을 지어 그곳에서 아내와 어머니의 낡은 피아노, 그리고 옥스퍼드 베일리얼 칼리지의 조정 팀에서 받은 노와 함께 살았다. 말라바르 코스트 식품회사는 문을 닫아야 했다. 조상 대대로 내려온 집은 팔렸고, 돈은 형제자매가 나누어 가졌다. (그리고 모두 써버렸다.) 새 주인이 그 집을 헐고 흉물스러운 다층 쇼핑몰을 지었다. 나는 그 앞을 지날 때마다 외면한다.

* * *

나라들이 침공당하고, 강에 댐이 생겨나고, 지구가 도는 속도가 지나치게 빨라지고, 내가 합리적인 사람처럼 행동하지 않았다는 이유로 재판을 받고 있는 동안, 미키 로이가 사라졌다.

미키와 함께 지내던 고모의 딸, 즉 내 사촌이 어느 날 아침 전화를 걸어와 그가 사라졌다고 말했다. 며칠째 행방불명이라는 것이다.

"못 찾으면 죽을 거야."

나는 몹시 동요했고, 그런 나 자신이 놀라웠다. 아무 감정도 느끼지 않도록 스스로를 단련해왔다고 생각했기 때문이었다. 내 주변에는 술이나 약물에 중독된 사람이 미키만이 아니었다.

그래서 나는 모든 감정, 관계, 선한 의도가―그들의 것뿐만 아니라, 나의 것도―중독의 갈망 앞에서는 무력해진다는 걸 뼈저리게 깨달은 상태였다. 내가 할 수 있는 일이라곤 판단을―가능하다면 희망까지도―보류하되, 사랑이나 애정을 거두지 않으려고 애쓰는 것뿐이었다. 물론 알고는 있었다. 하지만 우리가 아는 것은 우리가 느끼는 것이나 행동하는 것과 언제나 일치하지는 않는다.

나는 고모가 살고 있는 델리 외곽의 노이다로 급히 달려갔다. 그리고 사촌과 함께 몇 시간 동안 동네를 돌아다니며 담배가게 주인, 구두 수선공, 택시 기사들에게 그가 있을 만한 곳을 아는지 물었다. 모두 그를 알고 있었고, 그의 이름을 꺼내자 얼굴이 미소로 구겨졌다. 미키는 그들의 편지 대필자이자 서류 작성자, 그리고 술친구였다. 해가 질 무렵 우리는 한 공사장에서 그를 찾아냈다. 그는 벵골인 릭샤 기사 친구와 함께 시멘트 포대, 모래 더미, 철근 사이에 있는 판잣집(남은 자재로 뼈대를 만들고 양철판을 얹어서 임시로 지은)에서 살고 있었다. 둘다 완전히 취한 상태였다. 미키는 문간에 서서 비틀거리며 두 사람이 오래전에 헤어진 형제이고 돈을 모아 서벵골의 고향으로 돌아갈 계획이라고 즐겁게 말했다.

나는 속임수를 써서 그를 차에 태운 다음 병원으로 직행해 며칠간 금주 치료를 받을 수 있도록 입원시켰다. 그는 성냥개비 같은 팔로 허공을 때리며 "너, 이리 와! 귀싸대기 한 방 맞아봐!"라고 외쳐 젊은 주치의를 자기편으로 끌어들였다. 나는 우티에 살 때 네 살밖에 안 된 오빠가 "나는 캐시어스 클레이다!"라고 외치며 허공에 주먹을 휘두르던 모습이 떠올랐다.

미키가 똑바로 걸을 수 있고 술냄새도 풍기지 않게 되자, 나는 그와 함께 마드라스로 날아갔다. 그곳에 있는 재활센터에 8주간 입원하도록 예약을 해두었던 것이다. (인세에 감사한다.)

그 이후 그를 어떻게 해야 할지 난감했다. 고모는 그를 다시 받아줄 생각이 없다고 했다. 나는 그를 돌볼 만한 나만의 집이 없었다.

오빠(이제는 아버지에 대한 초기의 열정이 식어버린)와 나는 케랄라의 호산나 마운트라는 곳에 있는 작은 오두막 하나를 빌리기로 했다. 여섯 채의 독립된 오두막, 가난한 환자들을 위한 완화치료 병원, 여러 단체가 세미나와 회의를 열 수 있는 시설을 갖춘 연구센터가 있는 아름다운 캠퍼스였다. 운영자는 비밀 유지를 약속하며 미키를 가능한 모든 방식으로 잘 보살피겠다고 했다. 그리고 미키가 절대 알코올에 접근하지 못하도록 철저하게 관리하겠다고 했다. 문제는 로이 여사와 미키가 같은 케랄라에, 차로 두어 시간밖에 안 걸리는 곳에 살게 된다는 점이었다. 무슨 일이든 벌어질 수 있었다. 세상이 끝날 수도 있었다. 하지만 다른 선택지가 없었기에 위험을 감수하기로 했다.

8주가 지난 후, 나는 미키를 데리러 마드라스로 갔다. 그는 자신의 방에 본드 흡입자, 감기약 중독자, 약물과 알코올중독자, 간호사와 의사들까지 모아놓고 군림하고 있었다. 모두 그의 말 한마디 한마디에 귀를 기울였고, 그의 농담에 폭소를 터뜨렸다. 모두 그를 사랑했고, 내가 그들의 분위기 메이커를 데려가버리는 걸 못마땅해하는 듯했다.

나는 그와 함께 케랄라로 가서 호산나 마운트에 입주시켰다. 그는 재활센터에서 동료 중독자들과 함께 동지애와 형제애를 나눈 뒤라 고독에 적응하는 데 어려움을 겪었다. 나는 그를 자주 찾아갔고, 도널드 브래드먼 기념품—크리켓 모자, 배지, 사인이 든 사진, 그리고 미키 말로는 브래드먼이 좋아했다는 보브릴까지—을 열심히 구해다줬지만 별 효과가 없었다. 미키는 그곳에서 외롭고 불행했다. 그는 말라얄람어를 못했기 때문에 자신을 돌봐주는 사람들을 쉽게 구슬릴 수도, 동네 담배 가게나 상점 주인을 설득해 술을 몰래 들여오게 할 수도 없었다. 그는 전처에 대해 한마디도 묻지 않았다. 결국 그는 그곳에서 몇 달밖에 버티지 못했다. 그는 델리로 돌아가기를 갈망했다.

다행히 마음씨 착한 누나가 그를 용서하고 집으로, 그리고 그의 TV가 놓여 있는 그의 방으로 다시 들였다.

한편, 그의 딸은 교도소에 들어갈 준비를 하고 있었다.

죄수

선고일 아침, 나는 법정에 출두하기 전에 로이 여사에게 작별 인사를 하려고 전화를 걸었다. 법정모독죄 최고형인 징역 6개월형을 예상하고 있었다.

"잘 가라, 아가야."

그 말은 그녀에게 이번 일이 부커상 수상만큼이나 큰 사건이라는 뜻이었다. 내게는 그보다 더 큰 일이었다.

법정 입구는 경찰 병력으로 막혀 있었다. 기자단과 수백 명의 군중이 밖에 모여 있었는데, 그중 대다수는 나에게 지지를 보내기 위해 나르마다계곡에서 먼길을 달려온 사람들이었다. 나는 그렇게 많은 인원이 그 먼길을 오려면 얼마나 많은 돈과 준비, 조직적 노력이 필요한지 알고 있었다. 그 생각을 하자 눈시울이 뜨거워졌지만 황급히 눈물을 닦아냈다. 카메라들이 노려보고 있었고 사람들은 그걸 두려움이나 후회의 눈물로 오해할 것이기 때문이었다. 나는 혼자 법정 안으로 들어가야 했다. "합리적인 사람"이 되어 사과할 수 있는 마지막 기회가 주어졌다. 나는 정중히 사양했다. 나는 하루 징역과 소액의 벌금형을 선고받았다. 벌금을 내지 않으면 6개월간 수감되어야 했다. 참 친절하기도 했다. 어떤 사람들은 벌금을 내지 말고 교도소에 남아 내게 적용된 법정모독죄("법원을 중상모략하고 위엄을 떨어뜨린")가 얼마나 우스꽝스러운 조항인지에 대한 정치적 메시지를 던지라고 조언했다. 그건 법원을 공적 비판에서 배제시키는 것과 다름없는 조항이었다. 일리 있는 말이었지만, 나는 이미 충분히 그런 메시지를 전했다고 생각했다.

나에 대한 처벌은 결국 상징적인 것에 그쳤음에도 신문에 대서특필되었다. 하지만 훨씬 더 중대한 일이 벌어지고 있었기에 내 이야기는 그렇게 대대적으로 보도될 만한 사건이 아니었다. 내가 「상상력의 종말」에서 언급했던 오래된 흑백 영상—대량학살과 혼란, 난민 수용소로 몰려드는 도망자들—이 그대로 되풀이되고 있었다. 우리의 현재는 정말로 과거를 향해 달리고 있었다.

내 선고를 앞두고 며칠 동안 구자라트에서는 힌두 급진 조직에 속한 폭도들이 BJP와 RSS의 이념적 동지임을 나타내는 주황색 머리띠를 자랑스럽게 두르고 대낮에 거리에서 날뛰며 무슬림 수천 명을 학살했다. 1984년 델리에서 시크교도들을 대상으로 자행된 대학살과 같은 규모였다. 차이가 있다면, 1984년에 의회당원들이 저지른 시크교도 학살은 정치적 보복이었고, 의회당의 공식적인 이념과도 배치되었다. 두 학살은 법적, 도덕적으로 똑같이 비난받아 마땅한 일이었지만 이념적으로는 전혀 달랐다. 구자라트에서 벌어진 일은 힌두 민족주의의 이념 전술을 그대로 실행한 것이었다. 그리고 그 장면은 TV로 전국에 생중계되고 있었다. 폭도들은 가스통을 쌓아두었고, 무슬림의 집과 사업체 주소록을 갖고 있었다. 무슬림들은 구타당하고, 강간당하고, 산 채로 불태워졌다. 경찰은 개입을 거부했다. 병원에서도 부상자가 무슬림이면 치료를 거부했다. 2천 명이 넘는 사람들이 학살되었다. 그리고 수만 명이 집을 버리고 도망쳐 난민 수용소 신세를 져야 했다.

모든 학살은 미국 9·11 테러가 발생하고 3주 뒤 BJP가 낙하산으로 꽂은 구자라트 새 주지사의 눈 하나 깜짝하지 않는 차가운 시선 아래 벌어지고 있었다. 그의 이름은 나렌드라 모디였다. (그는 선출되지 않은 상태에서 취임한 뒤 보궐선거에서 간신히 이겼다.) 그는 성인이 된 이후 줄곧 RSS 소속이었다. 당은 그가 어떤 인물인지 잘 알고 있었다. 그래서 그들은 카르페디엠*의 순간을 위해 그를 선택한 것이다. 그들의 관점에서 보면 그보다 더 나은 선택은 없었다.

학살은 선고 며칠 전인 2002년 2월 말에 시작되었다. 내가 구치소로 이송되고 있을 때에도 사람들은 계속해서 살해당하

* 눈앞의 기회를 놓치지 말라는 의미.

344

고 있었다.

그 살육은 2월 27일에 발생한 끔찍한 비극에 대한 '힌두교'의 복수로 정당화되었다. 아요디아에서 출발한 열차 한 칸이 구자라트의 고드라역에서 화마에 휩싸였던 것이다. 쉰아홉 명이 불에 타 죽었다. 그들은 무너진 바브리 마스지드 폐허 위에 새로 세울 사원을 위해 상징적 벽돌을 봉헌하고 돌아온 독실한 힌두교 신자들, 카르 세바크들이었다. 기본 사실에 대한 예비 조사도 이루어지기 전에 신통력을 지닌 L. K. 아드바니 내무부 장관은 이를 테러 공격이라고 발표했다. 순례자들의 시신은 공개적으로 전시되었고, 모디는 암시와 비난의 뉘앙스로 가득한 연설을 하며 대중의 분노에 불을 붙였다. 그뒤에 학살이 이어졌다.

이 사건은 결과적으로 그의 영광스러운 정치 경력의 첫 디딤돌이 되었다.

*   *   *

나는 하루만 수감될 거라는 사실을 알고 있었지만, 뒤에서 감옥 문이 쾅 닫히는 소리는 섬뜩했다. 나는 분명히 평행 우주에 들어간 것이며 그 안에 있는 동안은 무방비 상태일 수밖에 없었다. 내가 그날 밤을 보낸 수감동은 단층 건물이었고 안뜰을 빙 둘러싸고 감방이 들어서 있었다. 수감자들은 밤에만 감방에 갇혔다. 내가 안으로 들어서자 여자들이 몰려와 내 죄목을 알아내려 했다. 그들은 자세한 내용에는 관심이 없었다. 내가 형법의 어떤 조항으로 체포되었는지에 대해서만 알고 싶어 했다. 그들 대부분은 네 가지 범주 가운데 하나였다. 며느리에게 추가 지참금을 요구하며 괴롭힌 혐의, 성매매, 경제 범죄, 그리고 살인(남편 또는 며느리를 살해한 죄). 그들은 나를 남편 살해범으로 추정했다.

"302조? 남편을 죽였어?"

내 복잡한 혼인 상태에 대해 설명할 자리는 아니었다.

"아니, 아니요…… 살아 있어요. 밖에 있어요."

잠시 그들은 내게 흥미를 잃었다.

"밖에 있다고? 뭐하는 사람이야?"

"나무에 관한 책을 써요."

그들은 다소 실망한 듯 보였다. 나무에 관한 책을 쓰는 남자가 무슨 쓸모가 있단 말인가?

"그럼 넌 여기 왜 들어왔어?"

"법원을 모욕했다고들 하네요."

"모욕?…… 걔네들은 모욕보다 훨씬 심한 걸 당해도 싸."

수감자들은 사법부와 무관하다고 할 수는 없다. 내가 아는 사람 중 사법부에 대해 이처럼 흔들림 없는 편견을 지닌 이는, 수감자들처럼 사적인 이유를 가진 G. 아이작뿐이었다. 그가 로이 여사에게 패소한 후 오빠와 나는 그를 만나러 갈 때마다 인도 사법제도의 구조적 결함에 대한 이야기가 얼마나 빨리 나올지를 두고 내기를 하곤 했다. 선택지는 2분, 3분, 7분이었다.

7분까지 가는 경우는 드물었다.

* * *

나는 감옥에서 하루를 보내는 동안 아프산을 만났다. 그녀는 남편 샤우카트, 그리고 다른 두 명의 카슈미르 남성과 함께 몇 개월 전인 2001년 12월에 일어난 인도 의회 습격 사건의 공모자로 체포되었다. 물론 BJP 소속의 총리 아탈 비하리 바지파이는 즉시 그 사건을 9·11 테러와 비교하며 파키스탄을 비난했다. 수백 개의 새로운 민영 텔레비전 뉴스 채널(과거의 고루한 단일 뉴스 채널인 두르다르샨의 시대는 지나갔다)은 이미 아프산 일행을 유죄로 단정했다. 그들은 경찰 기소장에 적힌 확인되지 않은 정보를 절대적이고 논쟁의 여지 없는 사실인 양 보도했다. 한 채널은 아예 경찰측 주장만을 바탕으로 장편영화를 제작해 방영했고, 그걸 "진실"이라고 불렀다. 총리도 그 영화를 지지했다. 격분한 대중은 "테러리스트들"을 즉각 교수형에 처하라고 요구하고 있었다. 습격 사건이 발생한 지 며칠 만에 50만 명의 인도 병력이 파키스탄 국경으로 이동했다. 핵전쟁 발발을 우려한 외국 대사관들이 델리에서 철수했다. 광기어린 히스테리가 절정에 달해 있었다.

인도 의회 습격을 9·11 테러와 비교하는 것은 미국에서 벌어진 일의 참혹함과 규모를 모욕하는 행위였다. 2001년 12월 13일 아침 델리에서는 무장한 남성 다섯 명이 낡은 앰배서더

차량을 타고 국회의사당 정문을 통과해 뛰어내린 뒤 총을 난사했다. 그들은 여덟 명의 경비원과 한 명의 정원사를 죽인 후 사살되었다. 차량 앞유리에 붙어 있던 전단은 누구나 쉽게 이해할 수 있는 분명하고 단순한 언어로 그들의 목적을 밝히고 있었다.

인도는 정말 나쁜 나라이고 우리는 인도를 증오한다 우리는 인도를 파괴하고 싶으며 신의 은총으로 그렇게 할 것이다 신은 우리와 함께 있고 우리는 최선을 다할 것이다. 멍청이 바지파이와 아드바니 우리는 그들을 죽일 것이다. 그들은 많은 무고한 사람들을 죽였고 아주 나쁜 인간들이다 그들의 형제 부시도 아주 나쁜 인간이다 그가 다음 목표가 될 것이다 그 역시 무고한 사람들을 죽인 자이며 그는 죽어야 한다 우리가 그렇게 할 것이다.

습격 하루 만에 델리 경찰 특수수사대는 사건을 "해결했다"고 발표했다. 그다음날 "공모자들"이 체포되었다. 경찰에 따르면 "주모자"는 델리대학교에서 아랍어를 가르치는 젊은 카슈미르인 교수 S. A. R. 길라니였다. 언론은 그를 평생 테러리스트 양성에 힘써온 냉혈한 살인자로 몰아갔다. 체포된 네 명 모두 내가 수감되어 있던 당시 델리의 티하르교도소에 있었다.

내가 감옥에서 아프산을 처음 봤을 때, 그녀는 임신한 몸이었다. 눈빛은 흐릿하고 동공은 확대되어 있었다. 자신이 왜 감옥에 있는지조차 모르는 것처럼 보였다. 그녀는 바닥에 누워 혼란에 빠져 울부짖고 있었다. 다른 수감자들은 대부분 그녀를 테러리스트로 여기며 멀리했다. 나에겐 그녀의 괴로움과 혼란이 진실해 보였다. 나는 그녀에게 변호사가 있는지, 내가 나간 뒤 도와줄 일이 있는지 물었다. 그녀는 멍한 표정으로 나를 바라보며 말했다. "수건 있어요? 난 수건이 없어요. 잃어버렸어요."

나는 감방에 갇힐 시간이 될 때까지 그녀와 함께 있었다. 독방을 선택할 수도 있었지만 다른 수감자들이 혼자 있는 건 좋지 않다며 그러지 말라고 했다. 나는 세 명의 미결수와 함께 더블침대 크기의 감방에서 밤을 보냈다. 그들은 아들을 재혼시키면서 새며느리를 들여 추가 지참금을 받으려고 며느리를 불태워 죽인 혐의로 기소되었다. 우리는 불을 켠 채로 바닥에서 잤다. 안뜰은 칠흑처럼 캄캄했다. 늦은 밤, 남자들의 목소리가 들렸다. 누군가 쇠창살 사이로 내게 손전등을 비췄다. 동물원에 새로 들어온 동물을 점검하듯이. 나는 점검자들을 볼 수 없었다. 함께 있는 사람들이 아무리 극악무도한 범죄자들이라 해도 그들과 함께 있어서 다행이라는 생각이 들었다. 나는 다음날 아침에 석방되어 교도소 밖에서 밤새 나를 기다린 나르마다계곡의 동료 수백 명의 품에 안겼다.

         *   *   *

아프산은 교도소에서 아이를 낳았다. 그녀와 함께 기소된 이들은 '패스트트랙' 법정에서 재판을 선고받았다. 남자들은 사형을, 그녀는 10년 징역형을 받았다. 언론이 불러일으킨 피에 굶주린 소음 속에서도, 몇몇 사람들은 끔찍한 오심이 있었음을 깨달았다. 경찰의 이야기는 허점투성이였다. 무엇 하나 맞아떨어지는 것이 없었다. 유명 인권변호사 난디타 하크사르가 나섰다. 그녀는 의회 습격 사건의 주모자로 의심받던 S. A. R. 길라니를 위한 전인도변호위원회를 꾸렸다. 그녀는 주모자가 무죄이고 누명을 쓴 것임을 입증할 수 있다면 사건 전체가 무너질 거라고 생각했다. 산제이와 나는 대중의 분노와 증오를 감수할 각오가 된 몇몇 사람들과 함께 위원회에 참여하기로 했다. (산제이도 난디타처럼 카슈미르 힌두교도였다. 카슈미르 힌두교도가 카슈미르 무슬림을 돕는 일에 앞장서는 경우는 드물었다. 그 점은 거짓을 뚫고 나가는 데 도움이 되었다.)

난디타는 젊은 활동가 단체와 함께 막강한 캠페인을 펼쳤다.

2003년, 아프산과 길라니는 2년 복역 후 모든 혐의에서 무죄를 선고받고 풀려났다. 아프산의 남편 샤우카트의 형량은 10년으로 감형되었다.

이제 주모자 없는 공모만 남게 된 셈이었다. 하지만 그건 전혀 문제가 되지 않았다. 경찰의 시나리오에서 그동안 단순한 하수인 역할을 맡고 있던 네번째 인물이 순식간에 승진했다.

아프잘 구루가 새 주모자로 떠오른 것이다. 고등법원은 그에게 사형을 두 번 선고하고 종신형도 몇 번 내렸다. 누군가는 처벌을 받아야 했다. 2005년 대법원의 최종 판결문은 이러했다. "형법상 공모를 입증할 직접 증거는 없지만, 많은 인명 피해를 초래한 이 사건은 국가 전체를 뒤흔들었으며, 사회의 집단적 양심은 오직 범인에게 사형을 부과할 때에만 충족될 것이다." 한 인간의 목숨이 광기에 사로잡힌 국가를 달래기 위한 진정제로 처방된 셈이었다.

나는 아프산이 석방된 후에도 현실을 이해하지 못한 그 멍한 표정을 잊을 수가 없었다. 나는 이 사건에 집착하게 되었다. 델리 경찰이 처음에 주모자로 지목한 S. A. R. 길라니가 석방되자 나는 그를 만나러 갔다. 그는 구금 당시 그들이 모두 어떻게 고문당하고, 구타당하고, 소변을 억지로 마시고, 자백서에 서명하도록 강요받았는지 이야기해주었다. 그는 끝까지 거부했지만 카슈미르에 젊은 아내와 아들이 있는 아프잘은 결국 굴복했다. 그는 경찰이 자백 영상을 촬영하도록 허락했는데, 한 번이 아니라 여러 번이었고 이야기도 제각각이었다. 경찰이 자신들의 구미에 맞게 골라 쓸 수 있도록 일부러 그렇게 촬영했던 것이다.

나는 구할 수 있는 법률 문서를 모두 여행가방에 넣어 고아로 날아갔다. 우기가 절정인 때라 관광객들은 모두 떠난 상태였다. 나는 텅 빈 해변의 야외 식당에서 나와 함께 먹고 마실 친구들 자리에 서류 더미를 쌓아놓은 채 홀로 앉아 있었다. 그

서류들을 다 읽은 후에도 의회 습격 사건에 대한 음모론을 밝혀낼 순 없었다. 지금도 누가 그 일을 벌였는지 모른다. 하지만 적어도 그들이 말한 사람들이 한 짓이 아니라는 것, 우리가 모든 면에서 거짓말을 들었다는 것은 확신한다.

그리고 고아에서 나는 또하나의 일을 했다. 옛 연인이었던 JC를 만난 것이다. 그는 여전히 그곳에 살고 있었다. 우리가 헤어진 지 스무 해가 지나 있었다. 나는 그를 만나 무척 기뻤다. 하지만 그도 나와 같은 감정이었던 것 같진 않다. 그는 차분했고, 약간 경계하는 듯했다. 이해할 수 있었다. 그는 두 아이를 둔 행복한 가장이었으니까. 나는 법원 문서와 테러 사건을 만지작거리며 위험한 물살 속을 떠돌고 있었고.

나의 선동가 정신

나는 의회 습격 사건에 대해 알면 알수록 아프잘 구루에게, 그리고 그와 오랫동안 관계를 맺어오면서 이 사건에 지문을 수두룩하게 남긴 다빈더 싱이라는 고위 경찰관에게 강한 흥미가 생겼다. (그는 훗날 또다른 사건으로 투옥되었는데, 양다리 걸치기, 즉 이중플레이 혐의를 받았다. 결국 재판 당시 아프잘이 그에 대해 말했던 내용은 사실임이 어느 정도 입증된 셈이었지만, 너무 늦은 일이었다.) 나는 이제 카슈미르에 갈 때가 되었다고 판단했다.

나르마다계곡이 내 뼈대를 다시 맞춰주었다면, 카슈미르계곡은 내 마음을 뒤흔들어놓았다. 인도 신문이나 텔레비전에서 무엇을 읽고 보든, 그것만으로는 카슈미르의 현실에 대비할 수 없다. 나는 그곳 주민들에게 민주주의라는 이름으로 자행되는 잔학행위의 범위와 심도, 패륜성, 그리고 그 기상천외함을 도무지 믿을 수가 없었다. 그곳 사람들은 그것을 "악마의 광기"라고 불렀고, 실제로 악마의 광기가 맞았다. 카슈미르계곡에는 인간의 본성이 영구 전시되어 있다. 그 사악함뿐만 아니라 회복력까지.

1990년 자결권을 위한 투쟁이 무장봉기로 전환되었을 때 수만 명의 젊은 카슈미르 남성들이 목숨을 잃었다. 계곡에 공동묘지가 우후죽순처럼 생겨나 거의 마을마다 하나씩 있었다. 공동묘지가 없는 마을은 다른 마을 사람들에게 그 이유를 설명하느라 애를 먹었다. 죽고 죽이는 이야기, 상상조차 할 수 없는 고문으로 신체적, 정신적으로 훼손된 사람들의 이야기, '실종된' 수천 명의 아들과 남편을 둔 어머니들과 '반半과부'들 이야기, 배신과 협력, 무장단체들 사이의 암투 이야기에 더해 나에게 커다란 충격으로 다가온 건 평범한 카슈미르 사람들에게 강요되던 삶의 방식이었다. 그들은 일상적인 굴욕을 당연시하며 살아야 했다.

군인들은 도처에 있었다. 그들은 거리, 시장, 병원, 고속도로, 마을, 숲, 계곡이 내려다보이는 산길까지 모조리 통제했다. 모든 것이 그들의 조준경 안에 있었다. 그들은 총구를—비유적으로뿐 아니라 말 그대로—일상의 가장 사적인 틈새에까지 들이밀었다. 사람들이 숨을 들이쉬고 내쉬는 것까지 통제했다.

내가 그 광경을 접하고 처음 한 말은 "여긴 군사 점령지처럼 보인다!"였다.

나는 새 다큐멘터리를 촬영중이던 산제이와 함께 여행하고 있었다. 그는 나에게 조용히 하라고 말했다. 그의 아버지는 퇴역한 인도 육군 장교였다. 산제이의 가족에게 그런 말은 신성모독이나 다름없었다. 그들은 카슈미르 판디트(브라만)였고, 특권층 힌두교 소수집단인 판디트는 파키스탄의 지원을 받는 공개적인 이슬람 무장봉기가 시작되자 거의 모두 계곡을 떠났다. 1947년 분할 이후의 불안정한 세월 동안, 그리고 카슈미르계곡의 무슬림 다수집단이 자결권을 공개적으로 요구하기 시작한 뒤로, 카슈미르 판디트 대부분은 일관되게 인도 국가와 스스로를 동일시해왔다. 이런 현상은 봉기 초기 몇 년 동안 200명 이상의 카슈미르 판디트가 무장세력에 의해 살해되고 그로 인해 트라우마에 사로잡힌 공동체 전체가 카슈미르계곡을 탈출한 후 더욱 확고부동하고 쓰라린 현실이 되어갔다. 하지만 산제이는 영화—〈자슈네 아자디(우리는 자유를 어떻게 기념하는가)〉—촬영을 마칠 무렵 그동안 보고 겪은 일들로 인해 시각이 크게 변했고, 그의 가족 역시 마찬가지였다(산제이는 사랑받는 아들이었으니까). 그의 마음도 바뀌었다. 그는 현대 카슈미르 정치의 연구자가 되었다. 글과 말에서 그는 나보다 훨씬 신중하고 조심스럽고 실증적이다. 그럼에도 대부분의 카슈미르 판디트들은 그를 배교자라고 비난한다.

카슈미르계곡에서 나오는 모든 뉴스는 검열되거나 인도 정부의 서사에 맞게 왜곡된다. 모든 카슈미르 무슬림 기자들이 감시 대상이다. 사람들은 협박과 위협의 대상이 되거나, 서로를 감시하고 정보원이 되도록 뇌물을 받는다. 이중간첩, 삼중간첩, 사중간첩까지 있다. 사회 전체가 스스로를 신뢰하지 못하도록 경험을 통해 학습된다. 보상과 승진 체계는 민간인에 대한 군인들의 잔혹함만을 강화했다.

아프잘 구루는 이러한 악의적이고 그늘진 동굴 속에서 존재했고(살았던 것이 아니라), 그저 목숨을 부지하기 위해 애쓰고 있었던 것이다.

내가 의회 습격 사건에 대해 쓴 연작 에세이 중 첫번째 글의 제목은 「그리고 그의 삶은 소멸되어야 한다」였다. 아프잘을 사형에 처한 대법원 판결문에서 따온 문장이었다. 『아웃룩』 편집장 비노드 메타가 유일하게 재고해달라고 말했던 글이었다. "밖은 아주 험합니다"라고 그가 경고했다. 그가 옳았다. 비록 BJP가 2004년 총선에서 패배하고 의회당 정부가 집권하고 있었지만, 수면 아래에서는 초국가주의적 힌두 우월주의의 기류가 세력을 더해가며 임계점을 향해 나아가고 있었다. 에세이가 발표된 후, 편집장 앞으로 온 한 편지에는 이렇게 쓰여 있었다. "아프잘 구루는 살려주고 아룬다티 로이를 교수형에 처하라."

* * *

나는 카슈미르에서 나눴던 아주 가벼운 대화들조차 마음에 걸렸다.

사람들이 꾹꾹 억누른 차가운 분노와 원한이 마치 자본주의 경제에서 은행에 넣어둔 돈처럼 축적되고 있는 것이 보였다. 그들의 분노에는 이자가 붙을 것 같았다. 어떤 식으로든. 언젠가는.

위정자들의 체계적인 잔혹함을 견뎌야 하는 카슈미르 무슬림들의 유일한 방패는 종교적 위안과 끈끈한 가족이라는 안식처였다. 물론 인도에서도 가족은 끈끈하다. 가족이라는 밧줄에 온 세상이 매달려 흔들린다. 그러나 카슈미르에서는 그 의미가 전혀 달랐다. 슬픔, 상실, 분노, 두려움, 수치—가족들은 이 가혹한 고통의 끈으로 단단히 묶여 있었다. 하지만 그 끈끈함이 또다른 형벌을 불러왔다. 안보기관에서는 종종 카슈미르 무슬림 가족 구성원이 서로 대체 가능한 존재인 것처럼 다루었다. 형제가 형제를 대신해 체포되거나 살해될 수 있었다. 아버지는 아들을 내놓을 때까지 고문당할 수 있었다. 가족 구성원 중 한 사람이 했을지도 모르는 일 때문에 가족 전체가 여러 방식으로 처벌받았다. 카슈미르에서 모든 고통은 가족관계의 격자구조 안에서—피해자뿐 아니라 가해자에 의해서도—견뎌지고, 기록되고, 기념되고, 계산되고, 평가되었다.

나처럼 다른 종류의 깃발을 들고 살아온 사람에게 그런 격렬한 가족애와 그 사랑에서 비롯된 무한한 슬픔을 목격하는 건 몹시도 불편한 일이었다. 역설적이게도 나는 쓸쓸함과 끔찍한 외로움을 느꼈다. 내가 사랑하고 살아온, 공인되지 않은 이런 방식이 진짜 역경을 견디기엔 너무 위태롭고 약하지 않을까 걱정되었다. 나는 이미 너무 멀리 와버렸기에 돌아갈 수 없다는 것을 알면서도 나 자신, 내가 내린 결정들, 내가 포기한 안식처, 그리고 내가 살아온 방식에 회의를 품게 되었다. 나는 가장 가까운 친구 중 하나인 쇼히니에게 그런 심정을 토로했다. 내 뜻을 이해해줄 수 있는 유일한 사람이라고 생각했기 때문이었다.

그녀는 미소 지으며 나를 안아주었다. "나는 괴짜고 너는 괴랄하지."*

괴랄한 여자가 카슈미르를 여행할 때, 그녀는 마치 공적 분쟁지역을 떠도는 사적 분쟁지역과도 같았다. 그녀는 카슈미르의 괴짜들과 괴랄한 사람들에 대해 생각했다. 누가 그들을 보호해줄까? 누가 그들을 애도할까? 누가 그들을 위해 기도할까? 인정받지 못한 그들의 슬픔을 누가 정당화해줄까? 누군가는 분명 그렇게 해줄 것이다.

양심이 한 조각이라도 남아 있는 인도 시민이라면, 카슈미르 방문으로 삶의 기반이 흔들리는 경험을 하게 될 것이다. 카슈미르를 대면한 후에는 예전의 대화와 농담들, 악의 없는 장난으로 돌아갈 수 없기 때문이다. 대부분의 인도인들이 카슈미르에서 자신들의 이름으로 벌어지고 있는 일에 대해 국가와 언론이 주입하는 대로 믿는, 다분히 의도적이면서 도덕관념이 없는 순진한 태도를 보이는 걸 견디기 어려워진다. 내가 거의 의식

---

* 원문은 I'm queer and you are qwicked이며 qwicked는 queer와 wicked를 합성한 신조어라 역시 신조어인 '괴랄'로 옮겼다.

하지 못하는 사이에 나의 가까운 친구들이 바뀌었다. 나도 변했다. 내 유머도 변했다. 나는 약간 카슈미르적으로—더 암울하고 더 어두워진 것이다.

수년에 걸쳐 깊은 유대가 생겼다. 그런 우정은 작가가 바랄 수 있는 최고의 선물이다. 어느 카슈미르 출신 기자가 내게 카슈미르에 관한 책을 쓸 생각이 있는지 물었다. 나는 감히 카슈미르에 관한 책을 쓰진 못하겠지만, 내가 쓰는 모든 책에는 카슈미르가 들어 있을 거라고 대답했다. 그 신비로운 아름다움을 지닌 계곡에서는 갈등의 양편에 선 사람들 모두—나 자신을 포함한—의 영혼이 생겨나는 동시에 부식되고 있었으니까. 거기에 순진함은 존재하지 않았다.

바로 그 영혼의 문제 때문에 나는 그 계곡에 이끌렸다.

그 경험은 내 글쓰기를 이판사판의 도박, 지뢰가 깔린 댄스 플로어에서 추는 아슬아슬한 왈츠로 만들어놓았다.

나에게 다행인 것은, 로이 여사는 카슈미르에 대해 놀라울 만큼 신선한 견해를 갖고 있었다는 점이다. 그녀는 그곳에 가본 적이 없었다. 대부분의 인도인과 마찬가지로 그곳에 대해 잘 몰랐고 그들과 똑같은 선전을 주입받았다. 그러나 그녀는 그 선전을 믿지 않았다.

"그들이 우리를 원하지 않는다면, 왜 우리가 그들에게 억지로 들이대는 거지? 너무 추잡하잖아."

내 집

━━━━━

카슈미르에서 내가 보고 배운 것들에 대해 조심스럽고 외교적인 태도로 행동하는 것은 쉽지 않았다. 가벼운 대화든 공식적인 발언이든, 글이든 말이든, 내가 말하는 모든 것은 격렬한 반응을 불러왔다. 경찰에 고발되기도 했다. 정치인들은 나를 체포하라고 요구했다. 내가 연설하는 공개 행사들은 공격을 당했다. BJP나 RSS와 손잡은 폭력배들이 "아룬다티 로이 가다르 해, 파키스탄 카 야르 해(아룬다티 로이는 배신자다, 그녀는 파키스탄의 친구다)"라는 구호를 외치며 행진했다. 나는 행사에 내가 참석한다는 정보를 듣고 찾아온 범죄 담당 기자들이나 전문 선동꾼들의 얼굴을 알아보는 즉시 문제가 생길 걸 예상하는 법을 배웠다. 훼방꾼들은 늘 사전에 언론사 친구들에게 연락했다. 국수주의적 분노는 단순히 표현하는 것만으로는 부족했다. 퍼포먼스가 되어야 했다.

때때로 소규모 군중과 기자들을 가득 태운 밴들이 프라디프의 집 앞에 나타났다. 내가 아직 그 집에 사는 줄 알았던 것이다. 나를 세입자로 들인 집주인이 나 때문에 골머리를 앓게 되는 건 시간문제였다. 그래서 내 소유의 집을 마련하기로 마음 먹었다.

내가 찾은 집(물론 3층이었다)은 예전에 니잠우딘 다르가에서 자전거를 타고 출근하면서 지나다니던 가로수 길에 있었다. 테라스에서 과거의 나―자전거를 타고 지나가는―에게 손을 흔들 수 있었다. 처음에는 아파트를, 그것도 델리의 아름다운 지역에 있는 아파트를 소유한다는 것이 다소 낯설었다. 하지만 이제는 익숙해졌고, 내 집을 사랑한다. 문학으로 벌어들인 돈으로 산 나의 인세 집. 위험하지만 내 것이며, 누구도 나더러 나가라고 할 수 없다. 때때로 나는 집의 벽에 입을 맞추고 잠을 들며 비평가들을 향해 가운뎃손가락으로 욕을 날린다. 그들은 내가 이런 글을 쓰고 이런 말을 하려면 거짓으로 빈곤을 연출하며 살아야 한다고 생각하는 것 같다.

다행히 나는 아파트가 아직 공사중일 때 이 집을 샀다. 그 덕에 내가 직접 대부분의 인테리어를 할 수 있었다.

목재와 목재 마감에 관한 전문가가 된 프라디프는 내 집의 문과 창문 설치를 도와주었다. 그는 새집 마련 선물로 살바도르 달리의 화풍을 연상시키는 멋진 나무 시계―정확히 말하면 '비非시계'―를 조각해주었다. 물결처럼 휘어 있는 나무 바늘이 항상 두시 십 분 전을 가리키고 있었다. 『작은 것들의 신』에서 일곱 살짜리 라헬이 차고 다니던 장난감 플라스틱 시계에서 착안한 것이었다. 그 시계도 항상 두시 십 분 전을 가리키고 있었다.

그의 휴대용 도감 『델리의 나무들*Trees of Delhi*』이 막 출간된 상태였다. 그는 거의 숭배에 가까운 사랑을 보내는 독자층을 얻었다. 나를 누나라고 부르는 우리 아이들은 이십대 중반과 후반이었다. 그들은 여전히 아버지와 함께 살고 있었다. 그리고 여전히 십대처럼 아버지와, 그리고 서로 다투었다. 나는 여전히 부적절할 정도로 돈을 많이 벌었고, 여전히 아래층의 삶을 경제적으로 부양하고 있었다. 이상하게도 프라디프의 시계는 정확했다. 내 삶의 어떤 부분에서는 시간이 정지해 있었다. 언제나 두시 십 분 전이었다. 그건 안심이 되면서도 동시에 불안감을 느끼게 했다.

나는 아파트 건물에 반드시 엘리베이터가 있어야 한다고 생각했다. 로이 여사가 나를 방문할 수 있도록 말이다. 하지만 막상 그런 일이 벌어지면 내가 어떻게 버틸지 걱정되기도 했다. 결국 그녀는 오지 않았는데, 그 무렵 델리의 공기는 그녀처럼 천식이 심한 사람에게는 거의 치명적일 정도로 오염되어 있었기 때문이었다. 권투선수의 아들 미키 로이도 나의 새집에 오지 못했다. G. 아이작은 왔다. 다만 그는 내가 더이상 프라디프와 함께 살지 않는 걸 못마땅하게 여겼는데, 프라디프가 자신과 같은 베일리얼 칼리지 출신이란 이유로 그에게 특별한 친근감을 느끼고 있었던 것이다.

이사 들어온 날, 아래층에 사는 부인이 올라와서 나에게 몇 번이나 "용감하다"고 칭찬했다. 나는 그녀가 책을 읽지 않는다는 걸 알고 있었기에 그 말이 무슨 뜻인지 짐작조차 할 수 없었다. 나중에 알고 보니 그녀가 나를 용감하다고 칭찬했던 건, 나의 집 현관문이 부엌과 식당으로 바로 연결되어 하인들이 일할 숨겨진 공간이 없었기 때문이었다. 그녀는 내 아파트는 되팔 때 가격이 낮을 거라고 했다. 나는 도무지 믿을 수가 없었다. 파렴치하기 짝이 없는 인도의 상류층. "여긴 인도예요, 아가씨."

지복

버려진 아기, 갓 태어난 물개처럼 매끄럽고 검푸른 피부를 가진 아기가 늦은 밤 뉴델리의 보도 위에 나타난다. 그 아기는 쓰레기로 만든 구유에서 포대기에 싸인 채 누워 있고, 모기떼가 기둥처럼 서서 그 아기를 지켜보고 있다. 그 아기는 누구인가? 누구의 아기인가? 누구의 아기가 될 것인가?

나의 두번째 소설 『지복의 성자』는 그런 식으로 내 머릿속에서 형태를 갖추기 시작했다. 『작은 것들의 신』과 마찬가지로 그 소설 역시 처음에는 하나의 이미지로 찾아왔다.

왜 소설이 나를 다시 찾아왔을까? 솔직히 말해 나도 알 수 없다. 하지만 그건 축복처럼 느껴졌다.

폭풍우가 치던 여름날 나는 식탁에 앉아 『지복의 성자』를 쓰기 시작했다. 바람이 아파트를 둘러싸고 울부짖었다. 나는 집안을 어룽거리는 초록빛으로 가득 채운 웅장한 멀구슬나무를 지켜보고 있었는데 나무가 메트로놈처럼 흔들리며 시야에서 사라졌다가 나타나기를 반복했다. 그 흔들림의 진폭이 놀랄 만큼 커졌다. 나무는 아래로 꺾이더니 다시는 모습을 드러내지 않았다. 나는 눈물을 흘리고 있었다. 폭풍 속으로 나가보니 나무가 뿌리째 뽑혀 흡사 얻어맞은 짐승처럼 옆으로 쓰러져 있었고 뿌리에는 흙덩이가 매달려 있었다. 그건 저주였을까? 새 책, 내가 쓰려는 이야기에 내려진 저주? 두번째 소설의 저주?

폭풍우가 그치자 집안에 나무 대신 하늘이 가득찼다. 위안이 되었던 구체적인 것, 분명한 형태와 경계를 가진 것이 사라지고, 그 대신 애매하고 위험하며 변덕스럽고 열려 있는 것이 들어섰다. 묘사되기를 기다리는 것. 어린 회색 코뿔새 한 마리가 획 날아와 내 발코니에 앉았다. 그리고 로이 여사처럼 내게 소리를 질렀다. "책을 쓰려면, 제대로 앉아서 써야지!"

그래서 나는 복종했다.

평화로운 시기였다. 아니, 그렇다고들 했다.

오전 내내 뜨거운 바람이 도시의 거리에 휘몰아치며 먼지와 소다수 병뚜껑들, 비디 꽁초들을 몰아다가 자동차 앞유리와 자전거 탄 사람 눈에 내동댕이쳤다. 바람이 잔 후에는 이미 중천에 뜬 해가 안개 속에서 타오르면서, 다시 오른 열기가 거리 위에서 벨리댄서처럼 아른아른 빛났다. 사람들은 늘 먼지 폭풍을 따라오는 천둥을 동반한 소나기

를 기다렸지만 비는 내리지 않았다. 불길이 강둑에 옹기
종기 모여 있는 판잣집들 사이로 미쳐 날뛰며 순식간에
2천 채 이상을 파괴했다.

그래도 아말타스는 찬란하게, 도전적인 노랑으로 꽃을 피
웠다. 타는 듯이 더운 여름마다 아말타스는 높이 뻗어올
라 뜨거운 갈색 하늘을 향해 속삭였다. 엿 먹어라.

그녀는 자정이 조금 지나서 아주 갑작스럽게 나타났다.
노래하는 천사들도, 선물을 가져오는 현자들도 없었다.
하지만 그녀의 도착을 알리기 위해 동쪽 하늘에 수백만
개의 별이 떴다.

내가 글에서 묘사한 폭풍은 방금 목격한 그 폭풍이 아니었
다. 새 폭풍이 옛 폭풍의 기억을 되살려냈다. 내가 처음 경험했
던 델리의 먼지 폭풍, 건축학교 기숙사 잔디밭에 있는 벽돌 조
형물의 뒤집힌 아치 안에 앉아, 생애 처음으로 피운 대마초에
취해 바라보던 그 폭풍.

그 장의 제목은 「탄생」이었다. 나중에 그 책의 세번째 장이
되었다. 그해 여름 동안 그 어린 회색 코뿔새가 거의 매일 찾아
와 나에게 소리를 지르며 어서 글을 쓰라고 재촉했다. 나는 그
새를 마트라고 불렀다. 그 새의 꾸짖음을 축복으로 받아들였
다. 마트 시니어, 즉 로이 여사의 꾸짖음을 그렇게 받아들였던
것처럼.

『지복의 성자』는 묘지들 사이의 대화로 발전했다. 하나는 아

름다운 카슈미르계곡, 종종 '잔나트(파라다이스)'라 불리지만 그곳에는 무덤이 겹겹이 쌓여 있다. 또다른 하나는 델리 성곽 도시 바깥에 있는 공동묘지로, 주요 인물 중 한 사람인 안줌이 그곳에 살며 방마다 무덤이 하나씩 있는 '잔나트 게스트하우스'로 만들어가고 있다.

  잔나트 게스트하우스의 CEO(그리고 소설의 CEO이기도 한) 안줌은 올드델리의 시아파 무슬림 가정에서 태어났다. 안줌은 소년—아프타브—으로 길러졌지만 안줌으로 바뀌어가면서 집을 떠나 자신과 같은 사람들이 사는 콰브가(꿈의 집)로 들어간다. 그곳 사람들은 스스로를 히즈라, 즉 신성한 영혼이 깃든 몸이라고 부른다. 2002년, 안줌은 아버지의 친구 자키르 미안과 구자라트의 아메다바드로 여행을 떠났다가 구자라트 학살에 휘말린다. 자키르 미안은 살해되지만, 힌두 자경단은 히즈라를 죽이면 불운이 따른다고 믿었기에 안줌은 목숨을 건진다. 충격에 빠져 콰브가에서의 옛 삶으로 돌아갈 수 없게 된 안줌은 몇 가지 안 되는 소지품을 챙겨 자신의 가족이 묻혀 있는 공동묘지로 가서 그곳에서 살기 시작한다.

  안줌이 강인한 정신을 되찾는 데는 오랜 시간이 걸렸지만 예전의 자신으로 돌아간 그녀는 잔나트 게스트하우스를 짓기 시작한다. 잔나트 게스트하우스는 세월이 흐르면서 잔나트 게스트하우스 겸 장례식장으로 확장된다. 그곳은 인도의 엄격한 카스트, 종교, 성별, 민족의 그물망에서 떨어져나간, 갈 곳 없는 이들과 부랑자들이 묻히는 장소이며, 모든 종류의 기도가 올려지고 모든 종류의 시가 낭송되는 곳이다.

잔나트 게스트하우스는 다른 세계에 대한 꿈이나 동경이 아니다. 그곳 자체가 바로 다른 세계다. 사람들의 눈에 띄지 않는 곳에서 날마다 매 순간 벌어지고 있는 전복적 혁명이다. 그것을 보려면, 그것에 대해 알려면, 그저 관심만 기울이면 된다.

『지복의 성자』는 나를 그 안에 품었다. 그 소설은 내가 살던 도시였다. 내가 헤엄치던 강이었다. 그 등장인물들은 내 집으로 몰려들어와 나가기를 거부했다. 내가 여행을 가면 그들도 함께 따라와 저마다의 연줄과 관계를 만들고 저마다의 결론에 도달했다.

나는 급할 것이 없었다. 그들도 그랬다.

다행이었다.

그 책을 완성하기까지 꼬박 10년이 걸렸으니까.

마담 후디니와 아무것도 아닌 남자

안줌과 함께 올드델리의 공동묘지에서 시청 공무원들을 매수하고 꼬드겨 게스트하우스를 방 하나씩, 무덤 하나씩 확장하는 비밀 작전을 펼치는 동안, 나는 서너 달에 한 번꼴로 코타얌에 가서 로이 여사를 만났다. 그곳만큼은 안줌을 동반하지 않고 늘 혼자 갔다. 성격으로나 다른 면으로나 안줌은 로이 여사와 맞먹을 만한 인물이었기 때문이다. 둘이 잘 지내는 모습은 상상이 되지 않았다. 둘을 만나게 하는 위험을 감수할 순 없었다.

로이 여사는 이제 일흔 중반이었다. 그녀는 기력이 쇠하면서 눈에 띄게 약해지고 있었다. 오빠의 아내인 메리 로이 주니어가 학교 행정 업무의 상당 부분을 넘겨받은 상태였다. 그녀는 시어머니 집에서 조심스레 지내며 로이 여사의 사나운 성미를 건드리지 않는 선에서 자신이 할 수 있는 일을 하고 있었다.

로이 여사가 나를 대하는 태도는 그녀와 함께 일하는 모든 사람들에게 기묘하고 복잡한 방식으로 위안이 되었다. 친딸에게도 저러니 우리를 함부로 다루는 것에 대해 너무 속상해하지 않아도 되는 거 아닐까? 내가 그들의 인내심을 끌어올려준 셈이었다. 나도 모르는 사이에 엄마가 다른 사람들에게 못되게 굴 여지를 넓혀준 것이기도 했다. 우리 모두가 매맞는 아내나 학대받는 자식, 혹사당하는 직원들이 구명보트처럼 의지하는 진부한 합리화에 매달려 있었다. 우리를 사랑해서 그러는 거야.

우리 중 가장 큰 희생자는 로이 여사의 충직한 비서 머시 기바게스였다. 그녀는 로이 여사가 수많은 위기―각종 소송과 충돌―를 겪는 동안 항상 곁을 지킨 사람이었다. 머시는 수십 년 동안 밤낮없이 비서의 직무를 훨씬 넘어서는 일을 해왔다. 로이 여사가 아슬아슬한 극적 상황에 관여될 때마다 발 벗고 나서서 로이 여사의 말을 받아적고 문서를 준비했다. 머시가 학대당하는 모습을 지켜보는 건 견디기 힘든 일이었다. 그렇다고 개입할 수도 없었던 것이, 그녀의 세 자녀가 학교에서 장학금을 받으며 최상의 교육을 받고 있었고 그녀는 자녀들에게 주어진 기회를 망치고 싶어하지 않았다. 그녀는 은퇴한 지 오래된 지금까지도 내가 찾아가면 소파에 앉아 허공을 바라보며 오랜 세월 자신이 얼마나 모욕을 당해왔는지 되새기며 눈물을 흘린다. 하지만 나와 함께 로이 여사의 전설적인 장면들을 재연하며 눈물을 거두고 웃음을 터뜨릴 때도 가끔 있다. 우리는 누가 더 큰 소리로 "나가!"를 외칠 수 있는지 겨루기도 한다. 머시는 내가 아는 가장 웃긴 사람 중 하나다.

＊　　＊　　＊

　로이 여사는 자연요법사의 상담을 받으면서 식단과 흡입기 사용법을 대대적으로 바꿨고 그 덕분인지 조금 나아지는 듯했다. 그런데 그 자연요법사는 비의학적인 조언을 건네는 실수를 저질렀다. 그는 로이 여사에게 『작은 것들의 신』은 당신을 위해 쓰인 책이자 당신에게 바치는 책이라며 몸이 좋아지려면 과거에 대해 딸과 진지한 대화를 나누어야 한다고 말한 것이다. 나는 이 이야기를 그 자리에 함께 있었던 메리 로이 주니어에게서 들었다. 나는 소설에 대한 그의 환원주의적 해석이 그다지 달갑지 않았다. 하지만 로이 여사는 그 대화를 완전히 다르게 기억했다.

　"새 의사가 그러는데, 내가 아픈 건 전부 다 너 때문이란다."

　정말 최고의 술책이었다. 브루스 리도 박수를 쳤을 것이다.

　새로 바뀐 식단과 흡입기 사용법은 천식 발작의 횟수와 강도를 조절해주었다. 하지만 그녀의 폐는 점점 약해지고 탄력을 잃어갔다. 가벼운 흉부 감염만 생겨도 폐가 견뎌내지 못했다. 산소 포화도는 곤두박질치고 혈중 이산화탄소 수치는 치솟았다. 그로 인해 뇌에 염증이 생겨 의식이 흐려지면서 환각 증세까지 나타났다. 의식이 흐려지는 기미가 보이면 곧바로 병원으로 달려가야 했다. 그녀가 입원할 때마다 우리는 그녀가 살아

나지 못할 수도 있는 가능성에 대비했다. 그녀가 케랄라에 살고 있는 것은 행운이었다. 그곳에는 거의 모든 도시와 마을에 뛰어난 의료진을 갖춘 작은 병원들이 있었다.

로이 여사는 코타얌에 있는 병원에서 위상이 높았다. 그 병원은 그녀의 옛 제자 두 사람이 소유하고 운영하는 곳이었다. 로이 여사를 담당했던 닥터 라제시는 자녀들을 그녀의 학교에 보내고 있었다. 모두가 그녀를 사랑했고, 무한한 인내와 쾌활한 태도로 그녀의 난동을 견뎠다. 그녀는 병원 전체를 손에 쥐고 흔들었다. 입원하는 순간부터 소란을 피우기 시작해 온 병원을 뒤집어놓으며 빨리 퇴원시켜달라고 아우성을 쳤다. 나는 종종 델리에서 비행기를 타고 내려가 코치공항에서 병원으로 직행했다. 중환자실 바깥에 서 있으면 그녀가 고함지르는 소리가 들렸다.

"난 아룬다티 로이 엄마야! 나 좀 내보내! 경찰에 신고할 거야!"

하지만 나를 만나면 험악하게 노려보면서 피해망상 증세를 보였다.

"여기 있는 사람들 다 너한테만 관심 있어, 내가 아니라."

개인 병실로 옮겨도 마찬가지였다. 그곳에서도 아수라장을 만들었다. 그녀는 병원 간호사들과 자신의 직원들에 대해 무작위로 극단적인 호불호를 드러냈다. 마음에 드는 사람들에겐 그녀를 위해 기꺼이 목숨까지 바치고 싶도록 잘해주었다. 마음에 들지 않는 이들은 울면서 방을 나가게 만들었다. 안줌이 공동묘지 안에 있는 잔나트 게스트하우스에서 손님을 대하는 방식과 똑같았다. 안줌은 어떤 손님은 반갑게 맞이하며 몇 달이고 공짜로 묵게 하고 어떤 손님은 섬뜩한 불호령과 함께 내쫓았다. 그 성정은 어디서 나온 걸까? 아마도 "여긴 인도야, 아가씨" 댁의 메리 로이 씨겠지.

엄마는 언젠가 웃으며, 그러나 자부심을 숨기지 않고 이렇게 말한 적이 있다. 사람들은 내가 푸루샤프라프티(남성의 지위)를 얻었다고 생각하지. 어떤 면에서 그녀의 여정은 안줌과는 정반대였다.

어느 날 아침, 닥터 라제시가 로이 여사의 상태를 보려고 병실에 들어왔다. 그는 다정하고 수줍음 많은 남자로 귀여운 혀짧배기소리로 말했다. 종종 로이 여사의 집에도 들렀고 그녀의 병력을 잘 알고 있었다. 그가 들어왔을 때 그녀는 환자복을 입고 침대에 앉아 있었다. 그녀는 상대의 마음을 녹이는 미소를 지었다. 그녀의 보조개는 익사할 수도 있을 만큼 깊었다.

"라제시 선생님, 나를 아주 많이 사랑하죠?"

닥터 라제시는 그녀의 행동에 익숙해졌지만 몹시 당황했다.

"그럼요, 로이 여사님. 모두가 당신을 사랑합니다."

그러자 그녀의 표정이 순식간에 바뀌었다. "아, 그거 잘됐네. 왜냐면, 난 당신이 싫거든! 여기서 나 좀 내보내줘!"

이윽고 퇴원이 결정되자, 나는 그녀가 탄 휠체어를 밀고 병원 복도를 지나갔다. 복도 곳곳에서 환자들이 그녀가 지역을 위해 해온 일들에 대한 존경을 표하기 위해 일어섰다. 그녀는 얼굴을 잔뜩 찡그린 채 그들에게 알은체도 하지 않다가 나를 향해 고개를 틀더니 이렇게 말했다.

"전부 다 너 때문이지, 그렇지?"

구경꾼들 눈에는 다정한 어머니와 그녀를 돌보는 딸로 보였을 것이다.

어느 해 크리스마스이브, 로이 여사가 짧게 입원했다가 집으로 돌아왔을 때 나는 코타얌에 있었다. 그녀는 나에게 침대 옆에 놓을 이동식 변기—휴대용 화장실—를 장만하라고 했다. 그러면서 어떤 변기를 사야 하는지 구체적으로 지시했다. 올케가 전화를 몇 통 걸었고, 몇 시간 뒤 세일즈맨 몇 명이 각종 이동식 변기를 들고 급커브 길을 올라왔다. 그들이 모두 모이자 로이 여사는 나를 불렀다. 그녀는 침실 옆 대형 평면 TV가 놓인 방에서 작은 장미목 원형 테이블 앞에 앉아 있었다. 그녀의 왼쪽에는 이동식 변기를 든 남자들이 초승달 모양으로 서 있었고, 오른쪽에는 크리스마스 케이크를 들고 온 은행원, 상점주인, 문구 도매상들이 또하나의 초승달을 이루고 있었다. 그녀는 나를 손짓해 부르더니 모두가 들을 수 있을 만큼 크게 속삭였다.

"이게 바로 여성의 힘이라는 거야."

맞는 말이었다. 하지만 그건 계급의 힘이기도 했다. 그리고 다른 모든 신비한 힘이기도 했다.

나는 코타얌에 갈 때마다 아예메넴에 들렀다. 미나찰강에 사는 물고기들과 강둑의 나무들을 만나야 했다. 그곳을 찾는 건

노스탤지어 때문이라기보다는 나의 해묵은 유령들을 내 눈으로 직접 보면서 떨쳐내고 다른 유령들을 붙잡고서 내 위대한 탈출 이야기를 들려주고 싶은 갈망 때문이었다. 하지만 나는 그것이 불가능함을 깨달았다. 나처럼 모든 유령을 품고 살거나, 오빠처럼 전부 몰아내야 한다. 유령과는 흥정이 통하지 않는다. 아예메넴에 갈 때면 옛 로터리클럽에도 자주 들렀다. 나는 그곳에 조부모에게 느낄 법한 정 같은 애착이 있었다.

아래층의 자동차 정비소는 더이상 거기 없다. 기름때도 사라졌다. 클럽은 다른 곳으로 옮겨갔고, 방들은 잠겨 있다. 그러나 전혀 바뀌지 않았다. 재채기를 유발하던 거친 콘크리트 바닥도 그대로이고, 밖에는 아기 세면대가 줄지어 있다. 흐릿한 유리창을 들여다보면 시간이 멈춘 것 같다. (두시 십 분 전이다.) 행복한 아이들의 환호성이 여전히 공중에 떠돈다. 매슈스 부인의 떨리는 분노가 보이고, 우리의 비기독교적인 바라타나티얌 수업에서 첼라펜바바니가 바통으로 나무토막을 두드리며 스타카토 박자를 맞추는 소리가 들린다. 어린 내 모습도 보이는데, 낮은 걸상에 앉아 수업에 집중하는 척하지만 다리 뒤로 식은땀이 흘러내리는 걸 느끼며 코타얌의 산타 때문에 임신한 게 아닌가 걱정하고 있다. 천장 선풍기가 나에게 곧 닥칠 파국을 예고하며 천천히 돌아가는 소리도 들린다.

＊　＊　＊

　로이 여사는 2007년 7월에 중태에 빠지면서 생명의 위기를 겪었다. 그때 나는 마흔일곱 살이었다. 늘 그렇듯 그해 델리의 여름은 무더웠다. 마치 불길한 전조처럼 나는 가벼운 천식을 앓기 시작했다. 그 끔찍한 해가 끝나자 천식은 사라졌고 재발하지 않았다. 45년 동안 서로 만나지도, 연락도 하지 않고 살았던 메리 로이와 미키 로이가 같은 날 병원에 실려간 사실을 나는 지금까지도 이해할 수 없고 뇌리에서 떨쳐낼 수도 없다. 미키는 델리에서, 메리는 코타얌에서. 그들은 서로의 소식을 몰랐다. 나는 미키와 함께 있었고 오빠는 메리와 함께 있었다.

　수년 동안 자신이 저지른 여러 행위에서 구제되었던 미키는 처음 나를 만났을 때 내게 멀리하라고 경고했던 그 노란색 술과 오렌지색 술로 다시 돌아갔다. 그가 마신 밀주에 지나치게 많이 든 바니시가 그의 장기를 너덜너덜하게 만들었다. 그는 내출혈을 일으켰다. 의사들은 복막염이라고 했다. 그에게 마지막이 찾아온 것이다. 미키는 그 사실에서도 쾌활한 모습을 보였다. 그는 인공호흡기를 달고 있어 말을 할 수 없었다. 복강에서 흘러나온 피가 관을 따라 이동해 그의 침대 뒤에 걸린 병에 차오르고 있었다. 그는 글을 쓰고 싶다는 의사표시를 했다. 나는 그에게 펜과 봉투를 건넸다.

　나 어디가 잘못된 거니? 사실대로 말해줘.

　나는 복막염이라고 말했다.

브래드먼도 복막염으로 죽었지.

그러더니.

칩 오십 개만 줄 수 있니? 간호사들 팁 줘야지. 난 수요일에 퇴원할 거다.

그가 점점 가라앉는 게 보였다. 하루 뒤 오빠의 전화를 받았는데, 로이 여사도 가라앉고 있다고 했다. 나는 끔찍한 선택을 해야만 했다. 다행히 고모와 사촌들이 미키 곁에 있었다. 나는 그와 작별인사를 하고 케랄라로 향했다. 다시는 그 사랑스러운 말썽꾼을 보지 못하리라는 걸 알고 있었다.

코타얌 병원에 도착했을 때, 로이 여사는 거의 혼수상태였다. 병실에 들어가려는 순간, 사촌에게서 메시지가 왔다. 미키가 죽었다는 소식이었다. 그는 신문에서 '밀주 비극'이라 부르는 사건의 통계자료에 숫자 하나를 보탰다. 나는 그를 애도할 시간조차 없었다. 미키가 죽은 지 20분도 되지 않아, 로이 여사가 인공호흡기를 달기 위해 중환자실로 옮겨졌다. 이 모든 일들의 타이밍에 심원한 의미를 부여하지 않기란 어려운 일이다.

델리에서 미키의 담당 의사들은 노인이 인공호흡기를 떼고 회복하는 건 불가능에 가깝다고 말했다. 엄마는 거의 일흔넷이었다. 의사들은 가능성이 희박하다고 했다. 마치 내가 죽어가는 느낌이었다. 나의 용감한 장기-아이 시절이 다시 밀려왔다. 나는 그녀 대신 숨을 쉬려 애썼다. 나는 기도했다는 것을 인정한다. 내가 아는 유일한 신에게, 개의 신, 무화과말벌의 신, 줄무늬와 점박이의 신에게…… 제발, 신이여. 제발 제발 제발…… 중

환자실 밖 복도에는 그녀를 위해 우는 사람들이 가득했다. 이제 여든을 넘긴 G. 아이작도 와 있었다. 여동생 마트를 위해.

누군가 우리의 기도를 들었다. 무언가가 작동했다. 몇 시간 후 마담 후디니가 눈을 떴다. 우리는 면회를 허락받았다.

자신이 인공호흡기를 단 걸 알게 된 로이 여사는 걷잡을 수 없는 분노에 휩싸였고 그 분노는 온전히 나를 향했다. 나는 그녀의 분노에 익숙했지만, 이번에는 그 의미를 읽을 수 없었다. 그녀의 불타는 눈빛이 나에게 깊이 박힌 채 내가 가는 곳마다 따라다녔다. 그 안에는 분노뿐만 아니라 노골적인 증오까지 담겨 있었다. 나는 당혹스러웠다. 내가 무슨 짓을 한 건지, 아니 그녀는 내가 무슨 짓을 했다고 생각하는 건지 도무지 알 수 없었다.

몇 달이 지난 뒤에야 학교 행정실에서 오래전에 그녀가 내게 쓴 편지를 전해주었다. 거기엔 자신이 연명 치료를 원하지 않으며 그 뜻을 지켜주는 것이 딸의 책임이라고 적혀 있었다. 그제야 나는 그녀의 분노가 내가 전혀 알 수 없었던 배신감에서 비롯되었음을 알 수 있었다. 며칠 동안 의사들은 그녀의 인공호흡기를 떼려고 애썼지만 실패했다. 그녀의 폐는 스스로 숨을 내쉴 힘이 없었다. 우리는 그녀를 코친에 있는 더 큰 병원으로 옮기기로 결정했다.

그녀는 대형 병원에서 3주 동안 인공호흡기에 의존했다. 그녀의 고통은 말로 표현할 수 없었다. 미치광이 같고, 예측 불가능하며, 마법 같고, 자유롭고, 사납던, 강인한 여성 로이 여사가 비참할 정도로 무력해진 모습을 지켜보는 것 자체가 또다른 종류의 고통이었다. 우리는 그녀가 침대에서 벌떡 일어나 우리를 몰아내기를 갈망했다. 그녀는 목에 꽂힌 주입구를 통해 스테로이드를 투여받고 있었다. 팔은 온통 주삿바늘에 찔려 짙은 보랏빛으로 변해 있었다. 어떤 날에는 너무 난폭해져서 묶어두어야 했다. 하지만 그 병원의 중환자 치료 베테랑인 닥터 모한 매슈는 그녀가 회복할 거라고 믿어 의심치 않았다. 통제 불가능한 분노는 결코 포기하지 않는 투쟁 의지를 보여준다고 했다. 그의 말이 옳았다. 기적처럼, 어느 날 아침 그녀는 인공호흡기를 뗐다.

하지만 그녀는 딴사람이 된 것 같았다. 의사들은 스테로이드 부작용과 장기간의 중환자실 체류가 일시적 정신병을 유발할 수 있다는 사실을 우리에게 미리 알려주지 않았다. 그녀는 자가호흡이 가능해졌고 산소 포화도도 안정적이었지만, 정신이 완전히 혼미해졌다. 동공이 확대되었다가 갑자기 좁아지면서 눈빛이 교활하고 음험하게 변했다. 그녀는 편집증과 불안증에 사로잡혀 있었다. 오빠와 내가 자신을 납치해 억류하고 있으며, 우리가 그녀의 학교를 장악하려 하고, 그 모든 계획의 배후가 바로 나라고 생각했다. 그녀는 누구도 믿지 않았다. 며칠씩 잠을 자지 않았고 복용하는 약도 의심했다. 간호사들에게 뇌물을 주고 탈출하려 했다. 심지어 그들에게 전 재산을 넘겨주겠다고 제안하기도 했다.

중환자실에서 개인 병실로 옮기던 날, 병원 엘리베이터가 고

장나는 바람에 그녀는 들것에 실려 계단으로 올라가야 했다. 그 광경은 흡사 베르너 헤어조크의 영화 〈피츠카랄도〉에서 사람들이 작은 배를 들고 산을 넘는 장면을 방불케 했다. 병원 계단은 혹독한 순례의 마지막 험난한 구간처럼 보였다. 의심과 분노에 찬 로이 여사가 단단히 묶인 채 누워 있는 들것을 네 사람이 짊어지고서 위태로울 정도로 가파른 각도로 운반했다. 그 뒤로 학교 직원들이 그녀의 옷, 침대 시트와 베개, 식기, 커튼, 흡입기와 분무기를 들고 따라갔다. 그리고 대추가 담긴 커다란 병을 든 사람이 맨 끝에 자리했다. 로이 여사가 대추에 집착하게 된 것이다.

그녀는 개인 병실로 옮겨서도 상태가 진정되지 않았다. 여전히 잠을 못 잤다. 의사들은 심각한 폐질환을 가진 환자에게는 진정제 처방을 꺼렸다. 그게 정신병 증상이고 시간이 지나면 사라질 거라는 사실을 미리 알았더라면 훨씬 견디기 쉬웠을지도 모른다. 하지만 나는 그걸 몰랐고, 어느 누구도 그녀의 편지를 나에게 보여줄 생각을 하지 않았기 때문에 그녀가 나에게 보인 고조된 적대감이 그녀의 진심이며 이제 너무 아파서 그걸 감출 힘조차 없는 것처럼 느껴졌다. 그녀의 숨김없는 증오는 나를 지치게 했다. 그녀는 또다른 이상한 집착을 보였다. 나는 그게 진심인지, 아니면 나를 괴롭히기 위해 일부러 그러는 건지 알 수가 없었다. 그녀는 자신을 돌보는 모든 의사, 간호사, 청소부의 종교와 카스트를 알고 싶어했다. 그리고 끊임없이 중얼거렸다. 그 사람은 진짜 시리아 기독교인이 아냐. 그는 어부 카스트 출신이야. 그 여자는 초와티야. 저 남자들은 전부 파라야고…… (파라야는 케랄라의 달리트 계급 중에서도 가장 하층으로 여겨진다.) 나는 믿을 수가 없었다. 이해할 수도 없었다. 전혀 그녀답지 않았다. 나는 그런 말들에 너무 화가 나서 그녀 곁에 있기가 힘들었다.

어린 시절 오빠와 내가 진짜 시리아 기독교인이 아니라고 수군대던 사람들이 떠올랐다. 그들의 수군거림 때문에 로이 여사는 우리를 맹렬히 보호했다. 하지만 가끔 그녀는 그 모욕들을 우리에게 전해주곤 했다.

"사람들이 너희를 뭐라고 부르는지 아니? 주소 없는 아이들."

그 말은 아마도 우리보다 그녀에게 더 큰 상처를 주었을 것이다. 우리는 너무 어려서 그 의미를 몰랐으니까. 그 비방은 우리가 아버지의 집, 즉 주소가 없다는 뜻이라기보다는 아버지가 없다는 것, 제대로 된 가문의 이름도, 오빠가 물려받을 고무나 커피나 향신료 농장도 없다는 뜻에 더 가까웠다. 사실 우리 아버지가 누구인지 누가 알았겠는가? 회색 앨범 속 사진들 말고는 우리도 몰랐다. 우리는 기회만 생기면 그 사진들을 유심히 들여다보곤 했다. 따라서 "주소 없는 아이들"이라는 말은, 좋게 말하자면 "잡종 꼬마들", 나쁘게는 "후레자식들"이라는 의미였다.

병원에서 그녀가 카스트와 종교 타령을 하는 것에 대해 내 안에서 쌓여가던 분노는 단지 정치적이거나 이타적인 것만이 아니었다. 개인적인 것이기도 했다.

　수면 부족은 그녀의 정신을 더 혼미하게 만들었다. 정신과의사가 가벼운 항우울제를 처방해주었지만 즉각적인 효과는 없었다. 병원 내 감염도 늘 걱정이었다. 그녀가 거의 잠을 못 자는 상태로 3주가 지나자 의사들은 익숙한 환경이 회복에 더 도움이 될 거라고 판단했다. 그래서 퇴원을 결정했지만, 우선 코친에 있는 오빠의 아파트에서 며칠 머물면서 상태를 지켜본 뒤 코타얌으로 가라고 했다.

　병원 간호사들은 지칠 줄 모르는 쾌활함과 전문성을 보였다. 그들 없이 아파트에서 엄마를 돌보는 건 힘든 일이었다. 우리는 밤낮없이 그녀 곁을 지키며 끝도 없는 요구에 시달리느라 뼛속까지 지쳐 있었다. 선풍기 켜라, 꺼라, 커튼 쳐라, 열어라, 양말 벗겨라, 다시 신겨라, 기저귀 갈아라, 또 갈아라. 그게 다 광증의 일부였는데 우린 그걸 모르고 있었다. 우리는 그녀를 교대로 돌보려 했지만 그녀가 허락하지 않았다. 그녀는 우리 모두가 항상 대기하고 있기를 원했다. 그녀는 끊임없이 나를 찾았고 내가 자고 있다는 말을 들으면 노발대발했다. 나는 델리로 돌아가고 싶었지만, 오빠 부부에게 그 악몽 같은 상황을 떠넘기고 떠날 수는 없었다. 차라리 그랬다면 더 나았을지도 모르겠다.

　어느 날 밤, 나는 자다가 그녀의 방으로 불려갔다. 그녀는 눈을 뜬 채 누워 있었는데 나를 거의 알아보지도 못했다. 필요한 것도 없었지만 그냥 내가 거기 서 있기를 원했다. 나는 금방이라도 무너져버릴 것 같은 기분을 느꼈다. 갑자기 그녀가 비정상적으로 큰 목소리로 말했다. "저 파라야들한테 이리 들어와서 내 몸 좀 닦으라고 해."

나도 모르게 침대 옆 의자를 번쩍 들어 바닥에 내동댕이쳤다. 그녀의 몸이 움찔했다. 나는 그 소리가 그녀의 몸을 관통하는 걸 볼 수 있었다. 내 인생에서 엄마에게 그렇게 즉각적으로 반응한 건 그때가 처음이자 마지막이었다. 그리고 그 반응은 너무나도 끔찍했다. 나는 그녀를 죽였다고 생각했다. 하지만 아니었다. 내 안의 무언가를 죽였을 뿐이었다.

그녀는 절대적인 복종에 익숙했다. 그 누구도 그녀에게 그런 식으로 대응한 적이 없었다. 그 충격에 그녀는 일시적으로 정신이 또렷해졌다. 예전의 모습으로 돌아온 듯 보였다. 그녀는 오빠를 부르라고 했다. 오빠가 오자, 나는 방을 나왔다. 그녀는 오빠에게 어떤 상황에서도 나와 같은 집에 살지 않을 거라며, 오빠가 나에게 나가라고 하지 않으면 자신이 나가겠다고 말했다. 오빠는 그녀에게 원하면 가도 된다고 대답했다.

우리 엄마는 늙었고 많이 아팠다. 그러나 우리의 영혼을 짓누르는 돌덩어리들도 마찬가지였다. 그 돌덩이들은 가끔 우리가 올바른 일을 하는 걸 불가능하게 만들었다. 심지어 무엇이 올바른 일인지 알지도 못하게 했다. 그녀는 자신의 차와 학교 차, 그리고 두 대의 렌터카를 부르라고 했다. 그녀의 호송대(대추와 함께)는 새벽에 출발했다. LKC와 나는 걱정이 되어 안전한 거리를 두고 뒤따라갔다.

그날 밤—그 복잡한 감정들, 꼬이고 엉킨 분노, 우리가 서로에게 가장 가까워질 수 있는 광기의 순간, 심신이 약해진 순간, 죽음의 순간에까지 우리의 영혼으로 기어드는 악취 풍기는 계급과 봉건적 위계—을 떠올리면 생각 자체가 멈춘다. 우리 안에 살고 있는 이 공포를 몰아내려면 우리는 어머니를 죽여야 하는 걸까? 그녀가 정말 죽었더라면? 내가 정말 그녀를 죽였더라면? 그랬다면 내가, 어린 시절 그녀를 대신해 숨을 쉬었던 용감한 장기-아이가, 어떻게 살아남을 수 있었겠는가? 어쩌면 그녀는 내가 자신을 죽일 사람이라는 걸 늘 알고 있었는지도 모른다. 그래서 내게 그토록 모질게 굴었던 건지도 모른다.

그녀가 학교로 돌아왔을 때, 컬트 집단 구성원들이 기숙사에서부터 그녀의 집까지 길가에 줄지어 서서 그녀를 맞이했다. 그들은 야자수 잎만 흔들지 않았을 뿐, 모든 것을 다 했다. 오빠와 나는 그 찬양의 시간이 끝난 후 조용히 차를 몰고 들어가 슬그머니 집안으로 잠입했다. 로이 여사는 침대에 눕혀졌다. 그녀의 물건들도 제자리를 찾아갔다. 대추 병도 침대 테이블 위 분무기 옆에 놓았다. 폭우가 내렸다. 전압이 약해지면서 불빛이 희미해졌다. 두어 시간도 안 되어 그녀의 산소 수치가 떨어지기 시작했다. 불안정한 상태가 되었다. 그녀는 오빠를 포함해 아무도 알아보지 못했다. 나는 살며시 방으로 들어가 그녀에게 다가갔다. 그녀는 나를 쳐다봤지만, 내가 누구인지 모르는 눈빛이었다. 그녀는 방안에 중국인들이 있다고 했다. 그리고 수많은 수탉들이 가구를 쪼아대고 있다고 했다. 그러더니 고개를 뒤로 젖히고 늑대처럼 울부짖기 시작했다. 나는 그녀

옆에 앉아 팔로 감싸안았다.

"왜 그러는 거예요?"

그녀는 멍한 표정으로 미소 지었다. "개들도 그러잖아?"

나는 코친의 모한 매슈 박사에게 전화를 걸었다. 나는 그가 베푼 은혜를 평생 갚을 수 없을 것이다. 그는 구급차를 타고 지옥에서 탈출하는 박쥐처럼 맹렬한 속도로 코타얌으로 달려왔다. 그는 아무 말 없이 약 20분간 그녀를 지켜보았다. 그러더니 들것을 가져오라고 해서 그녀를 구급차에 싣고 떠났다.

호송대도 뒤따랐다. 침대 시트, 베개, 수건, 흡입기, 커튼, 옷, 그리고 물론 대추도. 그 선두에, 구급차 바로 뒤에서 따라가는 차에 살인자 둘이 타고 있었다. 오빠와 나.

우리는 어둠 속을 달리고 있었다. 우기가 절정에 이른 때였다. 케랄라의 우기는 언제나 신이 중개인 없이 우리에게 직접 말을 거는 것처럼 느껴졌다. 하늘은 천둥이었다. 공기는 물이었다. 빗줄기가 내리꽂혔다. 앞이 거의 보이지 않았고 와이퍼와 앞에서 달리는 구급차의 흐릿한 미등만 겨우 보였다. 우리의 심장은 차가 움직이는 속도보다 500배는 빠르게 뛰고 있었다. 구급차가 도로의 움푹 팬 곳을 피하려고 멈추거나 속도를 늦출 때마다 우리는 모든 게 끝났다고 생각했다. 우리에게 그녀는 코타얌-코친 고속도로의 움푹 팬 곳 개수만큼 죽은 셈이었다. 병원에 도착했을 때 우리는 구급차를 따라 응급실 후문 출입구로 들어갔다. 병원 현관의 양철 지붕을 두드리는 빗소리는 싸구려 공포영화의 사운드트랙 같았다. 하지만 병원 안은 쥐죽은듯 조용했다. 우리는 모든 일이 반복될 경우를 대비하고 있었다. 인공호흡기, 스테로이드, 사이코드라마. 다행히 그런 일은 일어나지 않았다. 의사들은 그녀에게 이중형 양압기BiPAP 를 달아주었는데, 아이들 자전거에 달린 보조바퀴 같은 폐의 보조장치였다. 그 장치는 세심하게 조절된 압력으로 폐가 들이쉬고 내쉬는 일을 계속할 수 있게 도와주었다. 며칠 뒤 그녀는 중환자실을 나와 개인 병실로 옮겨졌다. 2주 후에는 집으로 돌아왔다.

나는 그녀 가까이에 머무르면서 눈에 띄지 않게 지냈다. 그녀가 생명 유지 장치를 달지 말아달라고 내게 쓴 편지를 마침내 읽었다. 그걸 더 일찍 읽지 않은 게 다행이었다. 그랬다면 나는 그녀의 지시에 따랐을 테고, 그녀는 인공호흡기를 뗀 후 15년이나 더 살았으니까. 회복하는 데에는 몇 달이 걸렸고 완전히 회복된 건 아니었지만, 그녀는 충만한 삶을 살았다.

로이 여사는 하루에 몇 시간씩 산소가 필요했다. 의사들은 밤에는 이중형 양압기를 쓰라고 권했다. 우리는 그 기계를 샀지만, 그녀는 단호히 거부했다. 우리가 샀다는 이유 때문이었다. 그녀는 여전히 의심이 많고 피해망상적이었다. 약을 먹이기도 힘들었다. 그녀는 병원에서 보낸 몇 주, 인공호흡기를 달았던 일, 코친으로 실려갔던 것에 대해 기억하지 못했다. 확실한 기억은 단 하나, 내가 그녀에게 사과해야 한다는 것이었다. 무엇에 대해, 왜 사과해야 하는지는 잘 모르는 것 같았다.

나는 사과할 수 없었다. 그래서 델리로 돌아가 그녀가 진정

될 때까지 기다리기로 했다. 우리는 그녀에게 아직 미키 소식을 알리지 않았다. 건강이 좀 회복되면 말할 생각이었다. 하지만 괜한 걱정이었다. 결국 소식을 알렸을 때, 그녀는 아무렇지도 않은 듯했다.

그저 무심하게 이렇게 중얼거렸다. "불쌍한 사람. 정말 아무것도 아닌 남자였지."

＊　＊　＊

델리로 돌아온 나는 미키의 무덤을 찾아갔다. 그는 안줌의 묘지에 묻혔어야 했다. 그랬다면 안줌의 잔나트 게스트하우스에서 그의 무덤 주위로 방을 만들어 거기서 그와 함께 살 수 있었을 텐데. 그는 델리 외곽 부라리 지역의 인도 기독교 공동묘지에 묻혔다. 키 큰 풀숲 사이로 작은 동물들이 뛰어다니는 어수선하고 야생적인 곳이었다. 거기엔 수백 개의 무덤이 있었는데 대부분 임시로 만든 소박한 무덤이었다. 빈자들의 무덤. 그냥 둘러봐서는 절대 미키의 무덤을 찾을 수 없을 것 같았다. 나는 그의 사망일을 알고 있었기에 입구에 있는 작은 사무실을 찾아가 장부를 보여달라고 했다. 거기, 누더기가 된 장부 속에, 고故 C. 베티 바로 밑에 그의 이름이 적혀 있었다. 라지브 마이클 로이, 파레시 로이의 아들.

권투선수의 아들 미키 로이.

사무실 직원이 무덤까지 안내해주었다. 내 사촌이 녹색 대리석 묘비를 마련해준 듯했다. 묘비에는 "있는 그대로의 나"라고 적혀 있었다. 그녀는 정말 삼촌 미키를 사랑했던 것이다. 나는 한참 동안 미키와 함께 앉아 있었다. 무그라한 모습을 보이지 않으려고 애쓰면서. 엄마와 그를 한 액자에 담는 건 불가능했다. 그가 술값을 요구하지 않은 건 이번이 처음이었다. 차라리 달라고 했으면 좋겠다는 생각이 들었다. 좋은 위스키라도 한 병 가져올 걸 그랬다는 생각도 들었다. 무덤에서 떠날 때 그가 성냥개비 같은 다리로 벌떡 일어나 두 손으로 쌍안경을 만들어 나를 들여다볼 것만 같았다.

"그럼 안녕. 잘 가. 착하게 살지 마."

* * *

몇 달이 걸리긴 했지만, 결국 로이 여사와 나의 관계는 회복 되었다. 내가 먼저 전화를 걸어 〈올드 맨 리버〉와 그녀가 좋아 하던 또다른 노래 〈하이 릴리 하이 로〉를 불러주었다. 그녀도 따라 부르려 애썼다.

사랑의 노래는 슬픈 노래
하이 릴리 하이 릴리 하이 로
사랑의 노래는 슬픔의 노래
그걸 어떻게 아느냐고 묻지 마세요

그녀의 노랫소리에 나는 마음이 갈가리 찢어지는 형언하기 힘든 아픔을 느꼈다.

그녀는 더이상 사무실로 내려가지 않았다. 회의도 대부분 집에서 했다. 그녀는 걸을 수 있는데도 절대 걷지 않고 휠체어를 고집했다. 친척들과 옛 제자들이 찾아오면 점심이나 저녁을 대접하곤 했는데, 식사 도중 슬그머니 사라지거나 아예 나타나지도 않았다. 손님들은 직원들이 차려주는 음식을 먹었다. 그들이 너무 편안해지거나 분위기가 지나치게 즐거워지면 침실에서 쪽지가 날아왔다. 목소리 좀 낮춰줘.

나는 다시 그녀를 찾아가기 시작했다. 그녀는 집에 갇혀 사는 신세가 되면서 매일 아침저녁으로 좁은 현관에 나가 휠체어에 앉아서 무용 수업, 수영 강습, 연극 연습을 위해 언덕을 오르내리는 아이들을 지켜보았다. 그녀는 이미 오래전에 교단을 떠났기에 새로운 세대의 학생들에겐 그저 따개비 붙은 바위 혹은 경외감과 적지 않은 두려움을 불러일으키는 일종의 기념비 같은 존재였다. 생일이면 에비타 페론이나 발리우드 영화배우처럼 발코니에 모습을 드러냈고, 아이들은 그 아래에 모여 노래를 불렀다. 아이들은 그녀를 메리 암마치(할머니)라고 불렀다. 저학년 영어 몰입 교육이 폐지되면서 미시즈 로이라는 이름도 사라졌다. 아이들은 이제 말라얄람어를 배우고, 영어는 고학년이 되어서야 배웠다. 더이상 체벌도 없었다.

메리 암마치 역시 여든 줄에 말라얄람어 읽기와 쓰기를 배우고 있었다. 그녀는 햇빛이 강한 날이면 내가 칸국제영화제 심사위원을 할 때 선물로 받은 멋진 크리스천 디올 선글라스를 썼다. 그 선글라스를 쓰면 혼자서라도 세상에 정면으로 맞설 수 있을 것처럼 보였다. 힌두교단 지도자, 무슬림 학자, 기독교 주교, 공산당 간부, 탐욕스러운 기업가들—다 별거 아니었다. 그녀의 뒤편 벽에는 무시무시한 주둥이를 가진 거대하고 사악한 모기를 그린 흑백 잉크 드로잉과 학생이 말라얄람어로 쓴 모기에 관한 동시를 담은 포스터가 붙어 있었다. 그녀는 교사들이나 자신을 찾아온 졸업생들 앞에서 말라얄람어 실력을 뽐내기 위해 그 시를 더듬거리며 읽곤 했다. 내가 아는 사람 중에 그 공연의 매력에 놀라지 않은 이가 없었다.

> 물리 파투 파디 바룬노루
> 초라 쿠디얀 쿠루콤반……
> (무해한 윙윙거림으로 다가오네,
> 작은 엄니 달린 흡혈귀……)

　그녀는 죽을 때까지 배우기를 멈추지 않았고, 정체되지 않았으며, 변화를 두려워하지 않았고, 호기심을 잃지 않았다.
　그녀의 첫 제자 중 한 명이 그녀의 삶에 관한 책 『벽돌을 쌓아올리듯Brick by Brick』을 출간했다. 그녀는 몸소 편집을 맡아 페이지를 통째로 가차없이 날리고, 다른 사람을 조금이라도 칭찬하는 문단은 잘라냈으며, 마치 학생이 제출한 방학숙제를 고쳐주듯(그 졸업생은 이미 오십대 중반이 되었는데도) 문장을 다시 썼다. 그녀는 그 칭송 일색의 전기에 한 페이지짜리 서문을 쓰고 수표라도 발행하듯 맨 아래에 서명까지 넣었는데, 그 내용은 전부 대문자로 적혀 있었다.

젊은이들의 신뢰를 얻는 것보다 더 보람된 일은 없다. 그들을 가르치고, 그들에게서 배우고, 그들이 자신의 능력을 활용해 세상을 더 나은 곳으로 만들 준비가 된 성인으로서 사회로 나아가도록 이끌어주는 것—그보다 더 큰 보상은 없다.

그녀는 실제로 그렇게 제자들을 길러냈다. 의심의 여지 없이. 하지만 오빠는 그걸 읽으며 고개를 뒤로 젖히고 특유의 유쾌한 웃음을 터뜨렸다.

"맞아, 맞아."

그녀는 오빠와 나에게 구하기 힘든 물건들의 쇼핑 목록을 주면서 우리의 효심을 시험했다. 대부분 옷과 신발이었다. 내가 그것들을 사서 가져가면 그녀는 전부 한꺼번에 입어보곤 했다. 어느 날 나는 그녀의 높은 침대 옆에 앉아 있었다. 그녀는 코에 산소 주입관을 낀 채 침대 끝에 걸터앉아 다이아몬드 귀걸이를 달고, 연보라색 44DD 사이즈의 레이스 브라와 성인용 기저귀, 그리고 그녀가 "안정감을 위해서"라고 설명했던 나이키 하이톱 농구화를 착용하고 여학생처럼 신이 나서 다리를 흔들고 있었다.

그 순간 이런 생각이 들었다. 도대체 내가 정상에 가까운 삶을 살 가능성이 있기나 할까?

그녀는 자신을 사랑했다. 자신의 모든 것을. 나는 그녀의 그런 점을 사랑했다.

✳   ✳   ✳

나는 특히 그 브라가 마음에 들었다. 그녀가 요구하는 정확한 사양 때문에 구하기가 정말 어려웠다. 그 브라는 내가 이탈리아 페라라에서 사온 것이었다. 〈지저스 크라이스트 슈퍼스타〉 공연을 금지시킨 코타얌 행정관에게 선물하고 싶었던 책에 나오는 핀치콘티니 가문의 도시. 나는 그 도시에서 열린 작은 축제에 초대받았다. 나를 그 축제로 이끈 가장 큰 매력은, 나의 사랑하는 친구이자 내가 아는 작가들 중 가장 다정하고 세심하며 아름다운 글을 쓰는 존 버거가 그곳에 온다는 사실이었다. 많은 이들이 그의 『다른 방식으로 보기_Ways of Seeing_』를 읽으며 자라지 않았던가. 내가 나르마다강 댐 관련 에세이를 발표한 직후 그는 내게 편지를, 정확히 말하면 팩스를 보내왔는데, 특유의 그림 같은 필체로 이렇게 쓰여 있었다. 당신의 소설과 논픽션은 마치 당신의 두 다리처럼 세상을 두루 돌아다니게 합니다. 그는 내 소설과 논픽션이 서로 대립하는 것으로 여기지 않은 몇 안 되는 사람 중 하나였다.

축제가 끝난 뒤 나는 그가 살고 있는 프랑스 알프스의 마을에서 그와 함께 시간을 보낼 예정이었다. 페라라를 떠나기 전, 존 버거와 나는 로이 여사의 브래지어를 사기 위해 반나절을 돌아다녔다. 상점에 들어갈 때마다 나는 뒤에 물러서서 너무도 잘생긴 이 팔십대 남자가 영국식 억양이 섞인 이탈리아어로 "실례합니다, 44DD 사이즈 제품 있나요?"라고 말하는 모습을 지켜보는 즐거움을 누렸다. 그가 내 어머니의 란제리를 사는 일을 도와준다는 게 좋았다. 나는 가끔 이렇게 기묘하고 은밀한 작은 놀이를 스스로에게 허락했다.

그의 집에서 보낸 첫날, 저녁을 먹고 함께 설거지를 마친 뒤 존이 앞치마를 두른 채 내게 말했다.

"당신이 지금 뭔가 쓰고 있다는 거 알아요. 나한테 읽어주면 좋겠어요."

나는 책을 쓰고 있다는 암시조차 한 적이 없었기에 그의 담담한 말에 적잖이 놀랐다. 나는 쓰고 있는 소설을 읽는 것을 힘들어한다. 그러면 그 소설이 벌떡 일어나 떠나버릴 것만 같다. 하지만 존 버거 앞에서는 그 일이 너무나 자연스럽게 느껴졌다. 산속의 고요한 밤에 나는 그에게 『지복의 성자』를 읽어주었다. 처음부터, 안줌의 이야기부터 시작했다.

그녀는 묘지에서 나무처럼 살았다. 새벽이면 까마귀들을 배웅하고 집으로 돌아오는 박쥐들을 맞이했다. 해질녘엔 반대로 했다. 새벽과 저녁 사이엔 그녀의 높은 가지들에 흐릿한 형체로 앉아 있는 유령 독수리들과 교류했다. 가

지를 살며시 감아쥔 독수리 발톱이 절단된 사지의 통증과
도 같은 느낌을 주었다.

존 버거는 '듣기(Ways of Listening)'에 관한 책을 쓸 수도
있었을 것이다. 그는 온몸으로 들었다. 마치 내 말들이 빗물이
고 그는 흙인 듯했다. 그는 한 방울도 놓치지 않고 모두 흡수했
다. 그의 듣는 눈은 마치 높은 산속의 호수 같았다. 그것은 사
랑이었다. 다른 말로는 표현할 수 없었다. 그런 고요함, 그런
집중력은 태어날 때부터 휴대폰을 빨며 자라는 디지털시대 인
간들에게는 애초에 불가능한 것이다. 그런 집중력을 지닌 세대
는 영원히 사라진 듯하다.

내가 읽기를 마치자 그가 말했다. "집에 돌아가서 이 책을
반드시 완성하겠다고 약속해줘요. 다른 건 아무것도 하지 말
고 오로지 이 책에만 매달려요. 혹시 열받는 일이 생기면, 내가
당신 뒤에 서서 늙은 코끼리처럼 귀를 펄럭이며 열을 식혀주고
있다는 걸 기억해요."

그건 타인이 내게 해준 말 중 가장 아름다운 말이었다. 그가
그 말을 해주기 전까지 나는 늙은 코끼리가 내게 얼마나 절실
히 필요했는지조차 몰랐다. 그때부터 나는 그를 "점보"라고 불
렀고, 그는 나를 "지복"이라고 불렀다. 나는 그에게 엄숙하게
약속했지만, 집에 돌아가자마자 거의 곧바로 그 약속을 어겼
다. 그럴 수밖에 없었다. 그는 이해해주었다.

동지들과 걷는 길

2010년이었다. 나는 존과 약속한 대로 열심히 『지복의 성자』를 쓰고 있었다. 그때 밀봉된 봉투 하나가 문 아래 틈새로 들어왔다. 인도 공산당(마오주의), 즉 낙살파가 보낸 초대장으로 바스타르의 단다카란야숲으로 오라는 내용이었다. 그곳에서는 피비린내나는 전쟁이 한창이었다. 새로운 전쟁이었지만, 아주 오래된 이야기이기도 했다. 광산회사, 돈, 거짓말, 군인, 게릴라, 자경단, 야만적인 폭력, 그리고 땅을 파괴하는 만행. 진보와 행복과 문명 자체의 의미에 반하는 일이었기에 듣고 또 들어야 하는 오래된 이야기였다.

　당시 델리의 의회당 정부는 수백 건의 양해각서를 체결하고 보호구역이던 토착 부족들의 고향을 광산 및 인프라 기업들에 넘겼다. 대규모 강제 이주와 환경 파괴에 맞선 싸움은 나르마다계곡에서의 투쟁과 크게 다르지 않았다. 다만 깊은 정글 속 마을에서는 불어난 물과 싸우는 반면, 이곳에서는 날아드는 총알과 싸우고 있을 뿐이었다.

정부는 기업들 편에 서서 땅을 비우기 위해 수만 명의 준군사 병력을 숲에 들이부었다. 그리고 추방되는 토착민들 중에서 모집한 자경단 군대, 살와 주둠('정화 사냥'이라는 뜻)을 조직했다. 살와 주둠은 해묵은 반목과 혈족의 복수를 무기삼아 수백 개의 마을을 불태우고 주민들을 강간하고 살해하면서 임무를 수행했다. 이 강제 이주 작전의 공식 명칭은 '초록 사냥 작전'이었다.

숲속에서는 마오주의인민해방게릴라군PLGA의 병력이 전례없는 규모로 늘어나고 있었다. 그들은 초록 사냥 작전에 살해, 지뢰 폭발, 보안군 호송대 매복 공격으로 대응했다. 의회당 소속 총리 만모한 싱은 낙살파를 "인도 최대의 국내 안보 위협"이라고 불렀다. 그의 말이 옳았다. 극심한 빈곤이야말로 과거에도, 지금도 인도 최대의 국내 안보 위협이고 그래야 마땅했다.

봉투 속 쪽지에는 차티스가르 단테와다에 있는 마아단테슈와리 사원으로, 제시된 이틀 동안의 네 개 시간 중 아무 때나 와달라고 적혀 있었다. 나는 언론에서 조성중인 위협적인 거짓 여론을 타파하는 데 조금이라도 기여하려면 그곳에 가야 한다고 생각했다.

나는 낙살파를 처음 알게 되었던 때의 기억을 떠올렸다—코타얌의 기숙사 겸 집에 처음 전화를 놓은 날, 신문 1면에 실린 참수된 지주의 사진. 그날 엄마는 나를 "개 같은 년"이라고 불렀다. 나는 단다카란야숲에 들어가는 게 즐거운 소풍이 아니라는 걸 알고 있었다. 마오쩌둥 주석의 유명한 말을 빌리자면, 디너파티도 아니었다. 또한, 그 숲의 동지들은 내가(힌두교도라고도, 기독교인이라고도, 공산주의자라고도 할 수 없는) 그들의 우상인 위대한 조타수*나 붉은 차르**에게 맹종하지 않으리란 걸 알 터였다. 그럼에도 그들은 나를 초대했다. 그래서 나도 가기로 했다.

프라디프도 거기서 멀지 않은 숲에서 배회하고 있을 거라는 생각에 나는 혼자 미소 지었다. 그는 다음 대작 『중부 인도의 정글 나무들*Jungle Trees of Central India*』을 집필하기 위해 숲속 나무들을 연구하며 사진을 찍고 있었다. 우리의 세계는 그렇게 가깝고도 멀었다.

떠나기 전날 나는 로이 여사의 전화를 받았다. 그녀는 내가 하려는 일에 대해 전혀 모르고 있었다. 하지만 그녀의 복잡 미묘한 영혼 깊숙한 곳 어딘가에 아직도 어머니의 본능 같은 것이 남아 있었던 듯하다.

"내가 생각해봤는데 말이야⋯⋯ 이 나라에 진짜 필요한 건 혁명인 것 같다."

어떻게 그녀를 사랑하지 않을 수 있겠는가?

* 마오쩌둥.
** 스탈린.

그리고 어떻게 그녀를 안다고 말할 수 있겠는가?

* * *

나는 라이푸르까지 비행기를 타고 간 뒤, 단테와다를 향해 짙은 안개를 뚫고 열 시간을 차로 달려 마아단테슈와리 사원에 정해진 시간에 맞춰 도착했다. 나는 독실한 힌두교 순례자로 위장하기 위해 흰색 살와르 카미즈에 샛노란 두파타를 두르고, 투박한 가짜 진주 귀걸이를 달았다. 평생 그렇게 우스꽝스러운 복장을 한 적이 없었다. 나와 동행한 사람은 오래전 로이 여사의 편지를 대신 읽어주었고, 내가 결혼할 때 신부 아버지 역할을 했으며, 이제 탁월한 장편 다큐멘터리를 만드는 감독으로 유명해진 산제이 K였다. 산제이는 몰랐지만, 안줌도 함께하고 있었다. 둘은 서로 나와 함께하고 있다는 걸 몰랐다. 그들은 내 자문위원이었다. 우리는 필요한 물건들을 등에 짊어지고 다녔다. 이 여정에서 가장 위험한 부분은 숲으로 들어가는 것과 숲에서 빠져나오는 것임을 우리 모두 알고 있었다. 이전에 단테와다를 방문했을 때, 한 고위 경찰관이 인드라바티강의 하얗고 평평한 모랫둑을 가리키며 내게 말했다. "저 강 건너편은요, 선생님, 우리가 파키스탄이라고 부르는 곳입니다. 저쪽에서는 우리 애들을 발견하면 즉시 사살합니다." 나라의 한가운데에 국경이 존재했던 셈이다.

우리는 마아단테슈와리 사원에서 안내인을 만났는데, 그

의 너덜너덜한 티셔츠에 이렇게 적혀 있었다. **찰리 브라운, 흔한 돌대가리가 아님**CHARLIE BROWN, NOT YOUR ORDINARY BLOCKHEAD. 아마도 홍수 구호 물품이었을 것이다. 나도 그런 옷을 입었던 시절이 있었다. 그가 우리를 안전하게 숲속으로 안내해준 뒤에야 우리는 그가 순박한 시골 청년 행세를 하며 정체를 숨기고 있어도 사실은 훈련된 게릴라 전사이며 AK-47도 다룰 수 있다는 걸 알게 되었다. 분명 국가 안보에 위협이 되는 인물이었다.

다음 몇 주 동안 우리는 낙살파 게릴라 부대와 함께 단다카란야숲 속을 걸었다. 바깥에서 잠을 잤고, 캠프에서 지내다가도 보초병이 경보를 울리면 즉시 이동했다. 우리는 불에 타서 폐허가 된 마을들을 지났다. 수천 명이 전쟁으로 인해 삶의 터전을 잃었다. 사람들은 몇 달 동안 숲속에서 잠을 잤는데, 준군사조직과 살와 주둠은 주로 밤에 마을을 습격했기 때문이었다. 우리는 상상도 할 수 없는 폭력에 관한 증언을 들었고 당연히 여성들이 집중적인 표적이 되었다. 그 결과 PLGA 무장 게릴라의 거의 절반이 여성으로 이루어졌다. 분노한 여성들이었다. 그들은 붙잡히면 단순히 목숨만 잃는 게 아니라 몸이 잔혹하게 훼손되었다. 어떤 이들은 강간과 구타를 당한 뒤 자신이 겪은 일을 동지들에게 전하라고 돌려보내지기도 했다.

여성 게릴라들은 남성과 어깨를 나란히 하고 똑같은 무게의 짐을 짊어지고 걸었다. 커다란 냄비, 신선한 채소, 쌀과 밀가루 자루. 문서가 잔뜩 든 가방들. 그리고 자기 짐과 무기까지. 우리는 붉은개미 처트니와 밥, 과일을 먹었고 가끔은 신선한 민물고기나 닭고기를 대충 요리해 먹었다. 나는 여자 게릴라들의 보호를 받으며 강에서 목욕했다. 가끔 함께 목욕하는 여자들의 모습에 압도되곤 했다. 우리는 농부였고, 군인이었으며, 작가였다. 우리는 가수이자 춤꾼이기도 했고, 문화 공연단의 일원이기도 했다. 몇 주 동안의 숲속 생활에서 가장 즐거웠던 순간은 코야 부족이 영국에 맞서 봉기한 1910년 붐칼 반란 기념일 행사였다. '붐칼'은 지진을 뜻한다. 수천 명의 마을 사람들이 모였고, 마을마다 공연단이 있었다. 밤새 북소리가 울려퍼졌다. 그들이 들려주는 이야기들은 백인 식민 지배자들과 새로운 침략자들인 갈색 피부의 기업가들 사이를 자연스럽게 오갔다. 춤은 밤새 그치지 않았고 다음날 한낮까지 이어졌다.

그 몇 주는 내 삶에서 가장 강렬하고 특별한 시간이었다. 안줌에게도 그랬다.

숲에서 동지들이 서로에게 "랄 살람(붉은 경례)"이라고 인사할 때, 그들에게 보이지 않는 안줌은 늘 "랄 살람 알레이쿰"*이라고 답했다. 존재해야 하지만 존재하지 않는 독특한 연대 방식이었다. 그건 안줌과 나만의 비밀이었다.

멀리 프랑스 알프스에서는 한 늙은 코끼리가 그 이야기가 쓰이기를 끈기 있게 기다리고 있었다.

---

* 공산주의자의 인사 '랄 살람'과 '당신에게 평화가 있기를'이라는 뜻의 무슬림 인사 '살람 알레이쿰'을 결합한 인사.

*   *   *

단다카란야를 빠져나오는 일은 들어갈 때만큼이나 까다로웠다. 아래는 내가 델리로 돌아온 뒤에 썼던 책 한 권 분량의 에세이 「동지들과 걷는 길」의 마지막 몇 문단이다.

새벽녘, 나는 마드하브와 주리, 어린 망투, 그리고 다른 모든 동지들에게 작별을 고했다. 찬두 동지는 이미 오토바이를 준비하러 떠났고, 나와 큰길까지 동행할 것이다. 라주 동지는 오지 않는다(그 가파른 오르막은 그의 무릎에게는 지옥일 테니). 니티 동지(지명수배자), 수크데브 동지, 캄라, 그리고 다섯 사람이 나를 데리고 언덕을 올라갈 것이다. 걷기 시작하자마자 니티와 수크데브가 아무렇지도 않게, 그러나 동시에 AK의 안전장치를 풀었다. 그들의 그런 모습을 본 건 처음이었다. 우리는 '국경'에 다가가고 있었다.

"사격을 받으면 어떻게 해야 하는지 알아요?" 수크데브가 세상에서 가장 자연스러운 일인 것처럼 물었다.

"네," 내가 말했다. "즉시 무기한 단식투쟁을 선언해야죠."

그는 바위에 앉아 웃었다. 우리는 한 시간쯤 언덕을 올라갔다. 도로 바로 아래, 바위로 둘러싸인 작은 굴 같은 곳에 매복조처럼 앉아 오토바이 소리를 기다렸다. 소리가 들리면 작별인사는 짧게 끝내야 한다. 랄 살람, 동지들이여. 뒤돌아보니 그들은 여전히 그 자리에 있었다. 손을 흔들며. 작은 매듭 모양의 무리. 세상이 악몽 속에서 살아가는 동안 꿈을 안고 살아가는 사람들. 나는 매일 밤 그 여정을 생각한다. 그 밤하늘, 그 숲의 오솔길. 내 손전등 불빛에 비친, 닳아서 해진 샌들을 신고 걷는 캄라 동지의 뒤꿈치. 그녀는 지금도 어딘가에서 걷고 있을 것이다. 자신만을 위해서가 아니라, 우리 모두의 희망을 지탱하기 위해 행진하고 있을 것이다.

『아웃룩』편집장은 한 호 전체를 「동지들과 걷는 길」에 할애했다. 그후 또다시 나를 체포하라, 교수형에 처하라, 총살하라는 요구가 빗발쳤다. 나는 공산당의 여러 파벌들이 서로에게 퍼붓는 흥미로운 모욕들의 궤도에 갇히기도 했다. 그런 고상한 논쟁은 물론 필요했다. 하지만 그 숲 또한 필요했다. 사람들이 낙살파를 어떻게 생각하든, 그들이 없었다면 그 숲도 존재하지 못했을 것이다.

논쟁거리가 되는 골치 아픈 문제들에 대해 글을 쓰는 일은 단순한 글쓰기로 끝나는 경우가 거의 없다. 내 꿈은 숲에서 보고 들은 것들로 가득차 있었다. 나는 몇몇 사람들과 함께 '초록 사냥 작전'에 반대하는 캠페인을 시작했다. 우리는 대학에서, 프레스클럽에서 연설했고 전국에서 집회를 열었다. 우리는 '도시 낙살파', 즉 지식인 '테러리스트'라는 별칭까지 얻었다. 이런 캠페인 집회에서 종종 함께 발언대에 섰던 사람 중 하나가 내 친구 G. N. 사이바바였다. 그는 델리대학교에서 문학을 가르쳤다. 텔랑가나 농촌의 가난한 집에서 태어났고, 어린 시절 소아마비를 앓아 하반신 마비가 되었다. 사이바바는 언론과 정부의 특별한 표적이 되었다. 낙살파이자 지하 마오주의 공산당의 지상 조직원이라는 혐의였다. 그후 3년 동안 그는 주기적으로 협박을 받았고, 수차례 가택수색을 당했으며, 장시간 경찰의 심문에 시달려야 했다.

우리는 위험한 시대로 들어서고 있었다. 총선이 다가오고 있었다. 양대 정당은 치열한 선거전에 제물로 바칠 희생양을 골랐다. 반부패운동이라는 대대적이고 멍청한 포퓰리즘 정책으로 힘이 빠진 의회당은 경제성장을 내세우며 G. N. 사이바바 같은 사람들로 대표되는 '반개발' 도시 낙살파를 표적으로 삼았다. BJP는 무슬림 억압의 시대로 시곗바늘을 되돌려 힌두의 영광스러운 과거를 되찾겠노라 선언했다. 그 영광의 길을 가로막는 악당은 '무슬림 지하디'였고, 의회 습격 사건의 주범으로 11년째 수감중이던 아프잘 구루가 상징적 인물이 되었다. BJP의 선거 구호 가운데 하나가 "데쉬 아비 샤르민다 해, 아프잘 아비 비 진다 해(국가가 수치심에 고개를 숙인다. 아프잘이 아직도 살아 있다)"였다. 의회당 정부는 고조되는 집단 히스테리와 BJP에 유리하게 조성되는 힌두 민족주의를 잠재우기 위해 2013년 2월 9일 밤 비밀리에 아프잘 구루의 교수형을 집행하는 용서받을 수 없는 비겁함을 보였다. 심지어 가족에게조차 미리 통보하지 않았다. 나중에 의회당 전직 내무부 장관이자 저명한 변호사는 "그 사건은 올바르게 판결되지 않았을 수도 있다"고 인정했다.

그들은 선거에서 이기기 위해 한 사람의 목숨을 앗아갔다.

1년 남짓 지나서 사이바바의 차례가 되었다. 그는 대학에서 집으로 돌아가던 중이었는데 경찰이 그의 차를 세웠다. 사이바바는 사실상 납치되어 비행기에 실렸고, 나그푸르 중앙교도소로 이송됐다. 의회 습격 사건 때와 똑같이 언론은 때맞춰 그를 위험한 테러리스트 '싱크탱크'로 낙인찍는 무자비한 캠페인을 펼쳤다. 자와할랄네루대학교의 젊은 학생을 포함해 다섯 명이 더 체포되었다. 여론을 유리하게 움직이기 위해, 사이바바가 극악무도한 범죄를 저질렀다고 추정되는 마을의 병원이나 재판정으로 이송될 때마다 언론은 무장 경찰이 잔뜩 탄 호송 차량 행렬을 방송에 내보냈다. 병원에서는 그를 침대에 쇠사슬로 묶어놓고 무장 경비원이 옆에서 감시했다. 거의 전신마비 상태의 교수를 위험한 테러리스트로 만드는 데 그 방법 말고 무엇이 있었겠는가?

하지만 아프잘 구루를 교수형에 처하고 도시 낙살파를 체포하고도 의회당은 선거에서 승리하지 못했다. 그들은 BJP에 완전히 밀려났다. 2014년 5월, 나렌드라 모디가 총리 취임 선서를 했다. 그는 구자라트에서 델리로 이동할 때 일부러 거대 광산기업의 전용기를 이용했는데, 그 전용기에는 아다니ADANI라는 기업의 로고가 큼지막하게 박혀 있었다. 그건 힌두 민족주

의와 기업 자본주의가 융합되어 새로운 합금이 만들어졌음을
의미했다. 그 합금은 인도의 사회구조와 근본적인 개념 자체를
갈가리 찢어놓을 터였다.

*　　*　　*

사이바바 수감 1주년에 나는 「전쟁포로 교수Professor POW」라
는 에세이를 썼다. 그리고 내 생애 세번째로 다섯 명의 남성 변
호사(세번째 5인조)의 표적이 되었다. 그들은 자신들에게 우
호적인 정부가 들어섰다고 확신하며 나를 법정모독죄로 기소
하고 체포하라고 나그푸르 고등법원에 청원을 냈다. 그들이 제
기한 혐의 중에는 내가 한 치안판사를 "소도시 사람"이라고 불
렀다는 내용도 포함되어 있었다. 문제가 된 문장은 다음과 같
았다. "2013년 9월 12일, 그(사이바바)의 집은 마하라슈트라
의 소도시 아헤리의 치안판사가 발부한 장물 수색영장을 들고
온 쉰 명의 무장 경찰에게 급습당했다."

나는 나그푸르 고등법원에 직접 출석하라는 명령을 받았다.
법정은 나를 조롱하고 구경하러 온 사람들로 가득했다. 나의
주요 고발자―세번째 5인조의 중심인물―는 반지와 금목걸
이를 얼마나 주렁주렁 걸고 왔는지 흡사 금은방을 턴 도둑 같
았다. 그는 두 가지 헤어스타일을 하고 있었는데, 가발과 그 밑
으로 삐져나온 진짜 머리카락이 질감도 색도 완전히 달랐다.
그는 나를 법정으로 끌어들여 사람들 앞에 전시하는 데 성공한

것이 무척 기뻤던지 그의 친구들이 흡족한 얼굴로 바라보는 가운데 나에게 꽃다발까지 건넸다. 다행히 판사는 이후의 재판에는 내가 직접 출석하지 않아도 되도록 면제해주었고 대법원에 항소하도록 허가했다. 그 사건은 수년이 지난 지금까지도 대법원에서 기나긴 대기 행렬에 낀 채로 계류중이다.

내가 나그푸르 고등법원에 출석한 날, 인근 도시에서는 화려한 문학 축제가 열리고 있었다. 그 축제는 해마다 광산기업들과 그들의 확성기 역할을 하는 극렬 힌두 민족주의 TV 채널의 후원을 받고 있었는데, 국제적 명성을 자랑하는 스타 작가들이 패널로 나와 검열의 위험성에 대해, 그리고 표현의 자유가 얼마나 중요한지에 대해 유창하고 감동적인 연설을 했다.

재판부는 사이바바에게 종신형을 선고했다. 무려 천 페이지에 달하는 판결문에서 판사는 사이바바에게 적용된 법 조항들이 자신이 내리고 싶은 사형선고를 허용하지 않는 것에 대해 유감을 표했다. 만일 사형선고가 허용되었더라면 내 친구 사이바바는 아프잘 구루처럼 "사회의 집단적 양심을 충족시키기 위해" 교수형에 처해졌을 것이다. 그렇게 되었더라면, 우리는 교수형에 어떤 밧줄이 사용되었는지, 그 밧줄의 질은 어땠는지, 어디서 만들어졌는지, 사형집행인은 누구인지, 자녀가 몇 명인지, 자신의 직업에 대해 어떻게 생각하는지, 감정은 어떻게 다스리는지 등에 대해 자세히 다룬 익숙한 유형의 언론 보도를 접했을 것이다.

＊　　＊　　＊

우리는 이미 힌두 민족주의 지옥이라는 암흑기로 깊이 들어와 있었다. 무슬림에 대한 공개적 린치, 그 린치를 담은 영상, 공개적 채찍질, 채찍질 영상, 집단 살해, 집단 살해 영상, 칼을 휘두르며 거리로 쏟아져나와 공개적으로 무슬림 집단학살을 외치는 군중들. 델리의 자와할랄네루대학교 학생들이 아프잘 구루 처형 3주기를 맞이해 시위를 열기로 했다. 이 역시 주요 언론의 광란을 유발했다. TV 채널 진행자들이 고래고래 소리를 질러대며 조작된 영상을 내보냈다. 그들은 학생들을 하나하나 지목하고, 따라다니며 괴롭히고, 거짓을 퍼뜨리며 파키스탄 간첩이라고 몰아붙였다. 그 광기는 특히 무슬림, 그중에서도 카슈미르 출신 학생들에게 집중되었다. 경찰이 캠퍼스에 들이닥쳐 학생들을 체포했다. 황금 시간대에 뉴스를 진행하는 한 앵커는 방송중에 카메라를 똑바로 바라보며 나에게 직접 말했다. "아룬다티 로이, 우리는 당신이 역겹다고 생각합니다." 그는 밤마다 외쳤다. "왜 그녀는 체포되지 않았을까요? 왜 그녀는 아직도 자유의 몸인가요?"

그 무렵 나는 『지복의 성자』 탈고를 불과 몇 주 남겨놓고 있었다. 그때는 교도소에 들어간다는 생각만으로도 끔찍했다. 거의 완성된 원고는 작가를 피해망상과 두려움에 시달리게 할 수 있다. 나는 안줌과 책 속의 모든 인물들에게 책임감을 느꼈다. 내가 교도소에 간다면 그들도 나와 함께 갇히게 될 터였다. 그들을 세상으로 이끌어 살아 있는 책꽂이에서 그들의 목소리가 다른 이야기들과 섞이게 하는 것이 내 의무라고 생각했다. 나는 그들을 지키기 위해 내가 결코 하지 않으리라 생각했던 일을 했다. 도망쳤다. 런던행 비행기표를 샀다. 자괴감이 극에 달했다. 아침에 눈을 뜨자 끔찍한 호텔방에 걸린 그림이 눈에 들어왔다. 진짜 밀짚 치마를 입은 아프리카 무용수들을 그린 인종차별주의적인 그림이었다. 아침을 먹으러 식당에 내려가서 울음을 터뜨렸다. 내 처지와 내 나라 때문에, 불길에 휩싸인 모든 것들 때문에. 하루 만에 나는 돌아가야 한다는 생각이 들었다. 왜냐하면 나는 안줌의 묘지에 서 있는 한 그루의 나무였으니까. 다른 숲으로 옮겨 심어지면 내 잎은 떨어질 테니까. 나는 일주일도 안 되어 다시 집으로 돌아왔다.

그렇게 많은 사람들이 체포되는 동안 왜 나는 체포되지 않았을까? 누가 알겠는가? 어쩌면 나의 독자들이 지켜주었는지도 모른다. 어쩌면 나의 무쇠 천사가 지켜준 것일 수도 있다.

* * *

세상의 소음과 수많은 친구들이 수감된 현실의 아픔을 외면하고 『지복의 성자』 집필로 돌아가는 것은 힘든 과제였다. 그 책을 마무리했을 때쯤 나의 점보 존 버거는 서서히 가라앉고 있었다. 나는 원고를 들고 파리로 날아갔다. 그는 오랜 동반자인 러시아 작가 넬라 비엘스키와 함께 살기 위해 그곳으로 거처를 옮겼다. 『지복의 성자』는 그가 세상을 떠나기 전에 읽은 마지막 책이었다. 나는 그가 잔나트 게스트하우스에 있다고 생각하고 싶다. 그는 흙, 나는 비, 그리고 우리는 서로 역할을 바꾸기도 한다. 그는 이제 귀를 펄럭이며 나에게 바람을 보낼 필요가 없다. 내가 집중만 하면 된다. 그러면 늙은 코끼리만이 만들어낼 수 있는 그 시원한 바람을 느낄 수 있다.

＊　＊　＊

『지복의 성자』는 2017년에 출간되었다.

뉴욕에서 열린 출간 기념회에서 사인을 받으려고 줄을 선 사람들 중에는 국회의원이었던 에흐산 자프리의 딸 니슈린 자프리도 있었다. 에흐산 자프리는 모디가 주총리였던 2002년 구자라트에서 벌어진 집단학살 때 힌두 폭도들에게 칼로 난자당해 살해되었다. 그는 죽기 몇 주 전 보궐선거에서 나렌드라 모디와 경쟁을 벌였고 모디가 간신히 승리를 거두었다. 자프리가 집에 숨겨주었던 예순 명의 이웃과 친구들도 함께 살해되었다. 니슈린의 어머니 자키아 자프리는 안줌처럼 그 참화에서 살아남았다. 살해범들은 나중에 카메라 앞에서 자신들이 어떻게 에흐산 자프리를 칼로 난도질하고 불태웠는지 자랑했다. 자프리는 살해되기 전 수백 통의 전화를 걸어 도움을 청했다. 어느 정당에서도 그를 도우러 오지 않았다. 경찰도 방관했다. 학살의 목격자인 그의 아내는 수년 동안 법정에서 살인범들뿐 아니라 모디와 그의 행정부의 책임을 묻기 위해 싸웠다. 하지만 실패했다. 그녀를 도운 사람들만 감옥에 갔다.

나는 니슈린의 책에 사인하면서 우리의 나라가 부끄러웠다.

인도로 돌아온 후, 악명 높은 나그푸르 교도소의 '안다(달걀)' 감방에 수감된 사이바바가 안줌에게 쓴 편지를 받았다.

안줌에게,

안녕하세요? 잔나트 게스트하우스 식구들과 잘 지내고 있기를 바랍니다…… 절친한 친구로서 당신에게 편지를 쓸 수도 있었겠지만, 최근 당신의 삶을 보니 식구들이 계속 불어나면서 점점 더 바빠지는 듯합니다. 문득 이런 생각이 들었어요. 세상에서 내 편지를 진지하게 받아들이고 내 자유를 위해 실제로 뭔가 해줄 사람은 당신뿐이라는.

안줌은 편지를 쓰는 성격이 아니었기에, 나는 그녀를 대신해 답장을 썼다.

사이바바는 체포 및 구금된 수백 명 가운데 한 사람일 뿐이었다. 그들 중 다수가 활동가, 변호사, 학생, 기자였고, 나의 소중한 친구들이었다. 사이바바는 결국 10년 가까이 수감 생활을 한 뒤에야 나그푸르 고등법원에서 모든 혐의에 대해 무죄를 선고받았다. 그에게 무죄를 선고한 판사는 이렇게 말했다. "이 사건에는 아무것도 없었다." 아무것도. 재판을 할 근거도 없었다. 단 하루라도 투옥할 이유도 없었다.

나의 친구 사이바바는 석방된 지 겨우 일곱 달 만에 세상을 떠났다. 담낭 수술 뒤 감염이 생겼다. 그리고 10년의 수감 생활로 약해진 몸은 그것을 이겨낼 힘이 없었다. 그의 석방을 위해 싸우느라 10년 세월을 바친 아내와 딸은 아무것도 얻지 못했다. 아무것도. 사과조차도.

나에게 남은 건 그가 나를 위해 특별히 담가준 망고 피클 한 병뿐이다. 아마 평생 간직하게 될 것이다.

그를 떠나보내고 일주일 뒤, 나는 니티 동지(지명수배자)의 사망 기록을 읽었다. 내가 단다카란야에서 보낸 몇 주 동안 함께 걸었던 동지였다. 우리의 여정이 끝났을 때 국경을 넘어 도로까지 우리를 배웅하고 손을 흔들어준 여덟 사람 중 한 명이기도 하다. 기록에 따르면 그녀는 그 숲에서 준군사조직에게 살해된 서른 명에 속했다. 어떤 여성은 머리채를 잡힌 채 거친 자갈길 위를 질질 끌려가다가 두개골에서 두피가 벗겨졌다고 했다. 그것이 니티 동지였는지 아니면 다른 사람이었는지는 알 수 없었다. 니티 동지는 길고 아름다운 머리카락을 가지고 있었다.

"그녀의 출생증명서는 신이 보낸 사과문"

인도에서 『지복의 성자』가 출간되었을 즈음, 유명한 힌디어 영화배우이자 BJP 소속 국회의원이, 그의 주장에 따르면 내가 카슈미르에 대해 썼거나 말한 것(결국 그 자신 혹은 가짜 뉴스 판매자의 상상력이 만들어낸 허구임이 밝혀졌지만)에 분노하여 나를 지프차에 묶어 카슈미르 작전에서 인도군의 인간 방패로 사용해야 한다고 제안했다. 그러면서 그건 오직 현지 카슈미르 무슬림 민간인들에게만 주어진 특권이라고 했다. 실제로 현지의 한 카슈미르 재단사가 그렇게 인간 방패로 사용된 사건을 두고 그런 만행이 만족스럽다는 듯이 한 말이었다.

TV 앵커들은 그 문제에 대해 뜨거운 논쟁을 벌였다. 그 배우가 그런 견해를 가질 권리가 있는가? 내가 인간 방패로 사용되어야 하는가, 그렇지 않은가? 자신에게 쏟아진 관심에 신이 난

배우는 결정타를 날렸다. "그 여자가 태어났을 때, 그녀의 출생증명서는 신이 보낸 사과문이었습니다."

내 어머니가 그 말에 동의했을지도 모른다는 걸 그가 알았더라면 얼마나 기뻐했을까. 하지만 내가 그 방면에서는 네이비실[*] 수준의 훈련을 받고 자라서 그 정도의 공격에는 눈도 깜짝하지 않는다는 걸 그가 알았더라면 얼마나 실망했을까.

* * *

로이 여사는 둘째 아이, 즉 나를 임신했다는 사실을 알았을 때의 비참한 심경에 대해 내게 자주 말했다. 그녀는 아삼의 차 농장에서 미키와 함께 사는 삶이 얼마나 외로웠는지에 대해서도 이야기했다. 집 베란다에 서서 울타리 너머 풀밭에서 코뿔소들이 풀을 뜯는 모습을 몇 시간씩 바라보며 자신이 선택한 삶에 대한 욕지기와 불안감을 느꼈다고 했다. 첫아이가 겨우 9개월밖에 안 되었는데 벌써 둘째를 갖게 된 것이었다.

내가 모든 걸 이해할 수 있을 만한 나이가 되자 그녀는 여러 방법으로 낙태를 시도했던 이야기도 들려주었다. 그중 가장 덜 끔찍한 방법은 익지 않은 파파야를 잔뜩 먹는 것이었고, 가장 끔찍한 방법은 철사 옷걸이를 사용하는 것이었다. 엄마가 딸에게 할 이야기는 아니었지만, 나는 신중하게 생각해보지도 않고

---

* Navy SEAL. 미국 해군 엘리트 특수부대.

결혼과 출산의 삶으로 무심코 걸어들어가서는 안 된다는 경고로 받아들였다. 나는 그녀의 처지가 너무 안타까웠다. 지금 생각해도 나는 완전히 내 편이 아니다. 외딴 차농장에서 술 취한 남편과 어린 아기, 그리고 뱃속의 아기와 함께 있는 외롭고 아픈 그녀를 상상한다. 물론 코뿔소들이 내 편에 조금 유리하게 작용하긴 하지만, 나는 덜 익은 파파야와 옷걸이에 마음이 끌리는 그녀를 이해한다. 나는 그런 낙태 시도들이 실패한 결과로 태어난 존재다. "널 고아원에 버렸어야 했어" "넌 내 목에 매달린 맷돌이야" "내 병은 다 너 때문이다" 그리고 물론 "개 같은 년". 그 실패에서 비롯된 엄마의 구박이었다.

그녀가 실패로 끝난 낙태 시도에 대해 이야기할 때마다, 나는 〈매시 사히브〉를 촬영하던 당시 내가 시도한 낙태가 성공적이었다는 사실에 안도감을 느꼈다. 그리고 내가 세상에 데려온 인간에게 엄마가 나에게 종종 느꼈던 분노와 원망을 쏟아붓지 않아도 된다는 사실에 감사했다.

수년 뒤, 로이 여사의 영국인 동서 제인이 그녀가 두번째 임신으로 얼마나 비참했었는지에 대해 증언해주었다. 제인은 미키의 큰형과 결혼했는데 그는 형제들 중 유일하게 술을 마시지 않았다. 로이 여사는 미키와 헤어진 후로 제인과 한 번도 만나지 못했다. 내가 제인을 만났을 때, 그녀는 델리로 이사를 온 상태였다. 제인은 거의 아흔 살이 다 되었고 치매가 진행되고 있었다. 그녀는 재미있고 말수가 적었지만, 과거 캘커타 시절에 살고 있는 듯했다. 그녀는 나를 보자 나를 임신한 로이 여사로 착각했다.

"메리, 그 아이를 원하지 않는다는 건 알지만, 이제 너무 늦었어. 의사는 뭐래?"

나는 그런 이야기에 당황했어야 마땅했지만, 그때쯤엔 이미 많은 일들을 견딘 후라 모름지기 어머니는 사랑과 보호의 보금자리여야 한다는 관념에서 너무 멀리 떨어져 있었다. 그래서 이런 생각만 들었다. 그거 참 유감이네요, 여사님들. 난 이미 여기 있으니.

* * *

로이 여사는 그 문제 외에는 그 힌디어 영화배우와 의견이 맞는 게 별로 없었을 것이다. 그녀가 심한 천식 발작으로 병상에 누워 있을 때 BJP 당원 몇 명이 학교로 쳐들어와 당에 후원금을 내라고 요구했다. 교사들은 잔뜩 겁을 먹었다. 케랄라에는 아직 BJP가 발을 들이지 못하고 있었지만, 교사들은 학교에 난입한 사람들의 지휘 계통이 나렌드라 모디 총리까지 이어져 있다는 걸 잘 알고 있었다. 그가 아주 작은 거절도 가볍게 넘기는 사람이 아니라는 것도 알았다. 그 학교는 '소수집단 기관'인 기독교 학교라 특히 취약했다. 교사들은 자신들의 지휘 계통에 호소하기로 했다. 그들은 무거운 발걸음으로 언덕 위 로이 여사의 집으로 올라가 조심스럽게 상황을 보고했다. 그녀는 침대에서 일어나 꼿꼿하게 앉아서 말했다.

"절대 안 돼!"

* * *

로이 여사는 여전히 신문을 챙겨 읽었지만 긴 글을 읽는 건 힘들어했다. 그녀는 『지복의 성자』도 읽으려 했지만 역부족이었다. 그녀는 너무 쇠약해져서 코타얌에서 출간 행사를 준비하고 그걸 망쳐버릴 힘도 없었다. 기억도 장난질하기 시작했다. 그녀는 도망자 신분으로 러시아로 피신한 미국의 내부고발자 에드워드 스노든이 자신을 만나러 코타얌에 왔다고 주장했다. 때로는 "그 줄리언이라는 사람"이라고도 했다. 줄리언 어산지를 말하는 것이었다. 그게 아니라고 누가 설득하려 하면 그녀는 이를 악물고 격노했다. 그녀가 스노든으로 착각한 사람은 몇 년 전 코타얌에 와서 그녀를 직접 방문했던 내 친구이자 배우인 존 큐잭이었다. 큐잭과 나는 모스크바에서 스노든을 만나고 런던에 있는 에콰도르 대사관에 망명중이던 어산지를 찾아간 여정을 담은 『말할 수 있는 것과 없는 것들*Things That Can and Cannot Be Said*』을 함께 쓰고 있었다. 우리는 모스크바에 다니엘 엘스버그—70년대의 스노든—와 함께 갔는데, 그는 펜타곤 문서를 폭로해 베트남전쟁을 종식시키는 데 큰 역할을 한 인물이다.

큐잭과 나의 오빠는 지금도 큐잭이 "어머니가 우리에게 차나 한잔하겠느냐고 물었을 때 두려움을 모르는 아룬다티 로이의 얼굴이 공포에 질리던 모습"을 흉내낼 때면 숨을 씨근덕거리며 발작적인 웃음을 터뜨린다.

반면 G. 아이작은 『지복의 성자』를 수없이 읽어서 아예 외울 정도였다. 그 시절에 우리가 전혀 예상하지도, 상상하지도 못했던 변화가 일어났는데, G. 아이작과 그의 여동생 마트 로이가 둘도 없는 친구가 된 것이다. G. 아이작은 일주일에 두 번 이상 동생을 찾아왔다. 두 사람은 손을 잡고 옛 노래들을 함께 불렀다. 그녀는 코에 산소 주입관을 꽂고 있어서 더이상 노래를 부를 수 없었지만 그래도 따라 부르려고 애썼다. 두 사람은 아버지 집을 팔아 나눠 가진 돈을 다 썼다. G. 아이작은 막대한 빚을 갚았고, 로이 여사는 학교 땅을 더 샀다. 더 넓은 운동장을 만들기 위해서였다. 그들이 평생 싸웠던 건 서로를 적수로 존중했기 때문인 듯했다. 서로가 아니면 싸움이 재미도 의미도 없었을 테니.

*　　*　　*

집에 갇혀 지내던 로이 여사는 이제 거의 방에 갇힌 신세가 되었지만 저녁마다 자주 학교 차를 타고 드라이브를 나가 사람들을 만났다. 누군가의 집에 도착하면 마피아처럼 선글라스를 쓴 채 진입로나 대문 밖에 세워둔 차 안에 앉아 차창이나 문을 열고 그들과 몇 마디 나누다 돌아왔다. 방문은 몇 분 만에 끝났다. 그리고 자신의 집에도 예전만큼 손님을 자주 초대하지 않았다. 로이 여사는 여전히 아침저녁으로 집 앞 현관에 나와 앉아 있었지만, 집안은 조금 쓸쓸하고 아주 조용했다. 아이들의 들뜬 목소리가 창문으로 흘러들어왔지만, 실내에서는 어떤 인간의 소리도 허용되지 않았다. 모두 속삭이며 발끝으로 걸어야 했다.

집은 수리가 시급했다. 로리 베이커의 필러 슬래브에는 위험한 균열이 생겼고 철근이 드러나 녹이 슬어 있었다. 흰개미가 창문과 문틀을 사정없이 갉아먹었다. 갈라진 시멘트 바닥을 가리기 위해 덮어둔 비닐 시트는 끔찍하게 벗겨져 있었다. 하지만 로이 여사가 먼지와 소음을 견딜 수 없었기 때문에 아무것도 손댈 수 없었다. 그녀는 학교 일에서 완전히 손을 뗐다. 나의 유능한 올케가 학교 행정을 맡았다. 그리고 로이 여사의 옛 제자가 새 교장으로 들어왔다. 로이 여사의 옛 제자가 오래 비어 있던 로이 여사의 교장실, 로이 여사의 의자에 앉는 순간은 학교 역사에서 슬픔과 안도감이 뒤섞인 감동적인 순간이었다. 의자 뒤쪽 벽에는 〈지저스 크라이스트 슈퍼스타〉 공연 당시 발부받았던 사전 보석 허가서가 담긴 액자가 여전히 걸려 있었는데, 그건 학교를 운영하는 사람이라면 누구든 선임자의 강철 같은 의지가 필요하다는 사실을 일깨워주는 듯했다.

인수인계는 매끄러웠고, 학교는 멈추지 않고 발걸음을 이어갔다. 그곳은 여전히 훌륭한 학교로 남아 있으며, 그 예측 불가능하고 대체 불가능한 미친 천재성의 불꽃만이 사라졌을 뿐이다.

은퇴

학교에서 은퇴한 후에도 로이 여사의 성미는 죽지 않았다. 음식이 마음에 들지 않으면 여전히 접시와 그릇을 집어던졌다. 누군가에게 화가 나면 오래전에 준 선물이나 돈을 돌려달라고 요구했다. 그러다가도 가끔 후회 비슷한 말을 내비치기도 했다.

"오늘은 내가 좀 고약하게 굴었지."

내가 다섯 살 때 처음 만난 사랑하는 쿠루삼말은 더이상 그곳에 없었다. 그녀는 은퇴 후 우티로 돌아가 평생 모은 돈으로 산 아파트에서 가족과 함께 살고 있었다. 그녀의 집에서는 제국 곤충학자의 별장이 있던 자리가 내려다보였다. 그 별장에서 그녀는 뜨거운 물 한 냄비로 우리 남매를 씻기고 손수 짠 스웨터를 입혀주곤 했었다. 여주인에게 배운 게 많은 쿠루삼말은 작은 마피아 두목처럼 자식들과 손주들을 지배했다. 나는 그녀가 세상을 떠나기 이틀 전 그녀를 찾아갔다. 그녀는 주변 사람들에게 소리를 지르며 나와 은밀한 미소를 주고받았다. 우리는 그녀의 침대에 나란히 누워 그녀가 로이 여사에게 해준 요리들의 이름을 마치 점호라도 하듯 외쳤다.

라삼!

타이루 사담!

대추야자 처트니!

피시 파이!

파리푸 파야삼!

로이 여사가 혹독하게 부리던 암말은 이제 학교 바로 바깥에 위치한 작은 집에서 언니 마리암마와 함께 살고 있었다. 암말은 사랑하는 주인이 언덕 위 높은 곳에서 학교를 내려다보았던 것처럼 현관에 서서 하루종일 사람들이 오가는 모습을 지켜보았다.

암말은 로이 여사를 24시간 돌보는 네 명의 간병 팀으로 오래전에 대체되었다. 낮에 두 명, 밤에 두 명이 로이 여사를 돌봤다. 온화한 제시와 엄격한 리나는 자매였고, 인디라는 전직 간호사였으며, 역시 간호사 출신인 안남마는 소리를 느리게 만드는 재능이 있는 듯했다. 누가 말을 하면 항상 몇 초 뒤에야 들었다. 네 사람은 깊은 헌신과 사랑으로 로이 여사를 돌봐주었고, 그것은 나에게 큰 위안이 되었다. 그들은 천식 발작이 얼마나 갑작스럽게, 예고 없이 시작되는지 알고 있었다. 마치 보이지 않는 주먹이 로이 여사의 폐를 갑자기 움켜쥐는 것 같았다. 그래서 그들은 밤이고 낮이고 호출벨 소리만 들리면 집안 어디에서든 하던 일을 내팽개치고 로이 여사의 방으로 달려가는 법을 배웠다. 로이 여사의 침대 뒤에는 벨이 줄지어 달려 있었다. 어떤 것은 새소리처럼 울렸다. 정전이나 '부하 차단'이라 불리는 상황일 때 사용하는 작은 황동 종도 있었다. 정전이 한 시간 이상 지속되는 경우도 있어서 전력 중단에 대비한 구식 종도 필요했다. 최근에는 자동으로 켜지는 디젤 발전기가 있어서 정전에 신경쓸 필요가 없었다. 로이 여사가 가장 자주 울린 벨은 〈아 유 슬리핑, 브라더 존〉 멜로디가 나오는 것이었다.

그녀의 하루하루는 학교를 운영하던 때만큼이나 바쁜 듯했다. 그때와 마찬가지로 긴장되고 예측 불가였다. 달라진 건 활동 목록뿐이었다. 로이 여사의 아침 목욕과 그후의 몸단장은 정교한 일과가 되었다. 제시, 리나, 인디라, 안남마는 자기 몸보다 그녀의 몸을 더 잘 알고 있었을 것이다. 그들은 커다란 스테인리스 양동이에 펄펄 끓는 물을 준비해놓은 다음, 로이 여사를 시멘트 좌석에 앉히고 벽에 등을 기대게 하는 법, 가슴을 들어올리고 그 아래에 비누칠을 하는 법, 팔을 어깨보다 높이 들어올리지 않는 법을 알고 있었다. (로이 여사는 아주 작은 통증이나 불편에도 요란하게 소리를 질러댔다. 만화책 속 캐릭터처럼. 아아아악! 아야야야!)

수많은 아이들에게 목욕하는 법을 가르쳤던 사람이 이제 거꾸로 목욕을 받는 입장이 된 셈이었다.

일요일에 목욕 팀의 한 사람이 교회에 가고 싶어하면 언덕 아래 사무실에서 일하는 브린다가 대신 합류했다. 브린다는 키가 문손잡이 높이밖에 안 될 정도로 작았고, 한 가닥으로 땋아 내린 검은 머리는 거의 그녀의 키만큼 길었다. 그녀는 금세공사인 아버지가 딸의 자그마한 몸에 맞게 만들어준 정교한 장신구를 늘 걸고 다녔다. 그래서 발 가락지, 작은 팔찌, 줌카 귀걸이가 어두운 욕실에서 반짝였다. 그녀는 쿠르타와 살와르 위에 '브린다 사이즈'의 고무 앞치마를 걸쳤다. (말라얄람 사람들은 이 펀자브 지방의 옷차림을 아주 좋아했다.) 브린다의 손에 들린 투명한 호박색 피어스 비누는 벽돌만큼 커 보였다. 그녀에겐 로이 여사의 가슴을 들어올리는 게 여간 중노동이 아니었기에 그녀가 낑낑대는 모습을 보면서 로이 여사를 포함한 주위의 모든 여자들이 웃어댔다.

내가 로이 여사 집에 있을 때면 그녀는 목욕할 때 종종 나를 불렀다.

"네 엄마 목욕하는 거 볼래? 사진이라도 찍지 그래?"

"알았어요. 아무한테도 안 보여줄게요."

"그럼 뭐하러 찍어?"

그건 매혹적인 구경거리였지만, 그 이상의 의미가 있었다. 로이 여사의 생이 끝나가면서 그녀의 목욕은 일종의 의식이자 성례, 삶의 특정한 이정표들을 상징하는 것이 되었다. 그것은 과거에 그녀를 꺾고 억누르려 했던 실제 혹은 가상의 모든 적들에 대한 승리의 선언이었다. (이제 그녀는 당나귀 젖으로 목욕하는 클레오파트라였다.) 또한, 자신을 돌보는 여성들에게 권위를 행사하는 방식이기도 했다. 내가 해야 하는 딸의 의무를 다른 이들이 대신하고 있다는 걸 나에게 알려주는 방식이기도 했다. (나도 가끔 욕조에 들어가 목욕 팀에 합류했다.) 하지만 무엇보다도 그것은 만성적인 병약함에 대처하는 그녀만의 방식이었다. 그녀는 육체적 취약함을 적절히 활용하면 그것이 얼마나 강력한 무기가 될 수 있는지 일찌감치 터득한 상태였다.

목욕과 단장은 그녀와 돌보미들 사이에 우리 모녀 사이보다 더 깊고, 더 분명하고, 더 확고하며, 덜 가시 돋친 친밀감과 결속을 만들어냈다. 그녀는 자신을 돌봐주는 사람들을 너그럽고 세심하게 돌봐주기도 했다. 그녀의 욕실로 불려갔을 때 나는 뜨거운 김이 뿌옇게 낀 비누 향기 가득한 그 공간에서 불안과 긴장만이 아니라 사랑도 느낄 수 있었다.

내가 숲에서 동지들과 했던 목욕과는 정반대인 로이 여사의 목욕 의식은 인근 마을에 살던 어느 늙은 가장의 강물 목욕 이야기를 떠올리게 했다. 그 노인의 비대한 몸은 부와 혈통을 말해주는 자랑스러운 상징이지 결코 부끄러운 게 아니었다. 그의 가문은 한때 계피―아마 그게 맞을 것이다―업계를 평정했다. 그가 강에 목욕하러 갈 때면 하인들이 먼저 내려가 주인이 차가운 강물에 놀라지 않도록 뜨거운 물을 양동이로 퍼부었다. 그가 강에 들어가서 물속의 이끼 낀 단 위에 우뚝 서 있으면 하인들이 아기 코끼리를 목욕시키듯 그의 몸에 비누를 칠하고 문질렀으며, 그동안 작은 물고기들이 그의 젖꼭지를 쪼아댔다. 그러던 어느 날, 하인 하나가 그의 살에 파묻힌 열쇠를 발견했다. 며칠 전 사라진 금고 열쇠라 모두들 기뻐서 환호성을 지르며 물장구를 쳤다. 하인들이 열쇠를 훔쳐갔다고 의심받고 있었던 것이다.

나는 로이 여사와의 충돌을 최소화하는 가장 좋은 방법은 그녀를 자주 방문하되 한 번에 며칠 이상 머물지 않는 것임을 깨달았다. 그녀의 궤도 안에 진입할 때는 거미줄을 피해 드나드는 영리한 벌레처럼 날개를 접고 표면적을 최소화해서 들어갔다가, 나올 때는 들어갈 때 확보해둔 길을 따라 조심스럽게 물러나면서 그녀의 거미줄에 걸리지 않도록 최선을 다해야 했다. 나는 옛 속담을 비틀어 내 상황에 끼워맞추는 취미가 생겼다.

뜻이 있는 곳에 빠져나오는 길이 있다.

나는 희생양이 아니라 구사회생양이다.

그녀는 여전히 내 신경을 긁으려고 애썼지만, 나는 예전보다 훨씬 능숙하게 그녀의 도발에 응수할 수 있었다. 어떤 대화들은 웃음을 자아낼 정도였다. 이를테면, 그녀는 결혼에 대해 다음과 같은 수정된 의견을 내놓았다.

"지금 넌 한심하게 살고 있어. 결혼은 정말 좋은 거야."

"나한테요, 아니면 엄마한테요, 코참마?" 그 무렵 나는 목욕팀처럼 그녀를 코참마(작은 어머니)라고 부르기 시작했다.

"그야 당연히 나한테지."

"그럼, 엄마가 지금 결혼한 상태였다면 뭐가 달랐을까요?"

"여기 남자가 하나 있겠지."

"뭘 하면서요?"

424

"아…… 그거야, 남자들이 하는 일이지."

그녀는 너무 당연한 일이라 설명할 필요도 없다는 듯 퉁명스럽게 대꾸했다. 그녀에게선 보기 드물게 모호한 태도였다.

로이 여사를 가장 화나고 좌절하게 만든 건 사랑하는 교정을 걸어다닐 수 없게 된 사실이었다. 학교 전체가 그녀의 머릿속에 들어 있었다. 그녀는 학교 곳곳에서 어떤 일들을 해야 하는지 소름 끼칠 정도로 정확하게 알고 지시를 내렸다.

식당 지붕 누수는 고쳤나?

기숙사 3동 세면대는 교체했어?

아추한테 운동장에 있는 늙은 망고나무 긴 가지 좀 다듬으라고 해.

조핀한테 물리실험실 건에 대해 할 얘기가 있으니까 나한테 오라고 해.

그녀의 몸은 침대에 갇혀 있었지만 영혼은 아직도 정기적으로 학교를 순찰하고 있는 것 같았다.

그녀는 자신이 평생 쌓아올린 ― 그렇다, 벽돌을 하나씩 쌓아올리듯 ― 업적을 다른 사람들이 맡아서 관리하는 걸 견디지 못했다. 어느 날 밤 나와 함께 현관에 앉아 있을 때 그런 심정을 토로하기도 했다.

나는 모두에게 질투가 나.

가끔 그녀는 몇 주씩 껍질 속으로 숨었다. 말도 하지 않고, 먹지도 않고, 하루종일 잠만 잤다. 의사들이 항우울제를 처방해줬다.

나는 슬픔을 치료하는 약을 먹고 있어.

코로나가 우리를 덮쳤을 때, 나는 델리에 갇혀 로이 여사에게 갈 수 없었다. 나는 그녀가 그 시기를 넘기지 못할 것만 같았다. 그녀의 삶은 이미 산소통, 산소 포화도 측정기, 이중형 양압기 같은 기계로 가득차 있었다. 그 악몽 같은 기간에 델리에는 산소가 동이 나고 화장터에 자리도 없었다. 나는 그녀가 코로나에 걸렸다는 전화가 걸려올까봐 두려웠다. 그녀 주변 사람들이 모두 코로나에 걸렸다. 제시, 리나, 인디라, 안남마까지. 하지만 그녀는 아니었다. 마담 후디니가 또다시 승리한 것이다. 그녀를 거의 죽음에 이르게 한 것은 침묵에 잠긴 학교였다. 텅 빈 수영장, 텅 빈 강당, 텅 빈 기숙사. 그녀는 온라인 수업이라는 것을 이해하지 못했다.

이제 다 구름(클라우드) 같은 데로 옮겨졌다고 하더라.

그녀는 사람들이 교육을 단지 교실 수업만의 문제로 생각하는 걸 도무지 믿을 수 없다고 했다. 그녀는 진짜 벽돌과 시멘트로 된 학교의 시대가 끝났다고 확신했다. 그녀의 아이는 죽었다. 평생의 업적이 구닥다리로 전락했다. 앞을 향해 나아가는 인류 역사에서 하나의 작은 과거로 남게 된 것이다. 옛날에는 작은 인간들이 무언가를 배우던 학교라는 게 있었지……

나는 그녀를 꼭 안아주며 다 괜찮을 거라고 말해주고 싶었다. 하지만 가시투성이 호저를 껴안을 수는 없다. 전화상으로도.

나는 결국 로이 여사가 눈을 감기 전에 학교가 다시 문을 열고 아이들이 돌아오게 된 것이 얼마나 감사한지 모른다.

사랑의 선언

2022년 1월이었다. 나는 델리에 있는 산제이의 작은 아파트에 있었다. 그는 혼자 살았다. 나처럼. 우리는 카슈미르 출신의 친한 친구 두 명과 함께 저녁을 먹고 있었는데, 내 휴대전화로 메시지가 도착했다. 엄마가 보낸 것이었다. 산제이를 포함해 그 방의 남자들은 모두 어머니의 무조건적인 사랑을 받고 자란 아들들이었기에 내 얼굴에서 핏기가 싹 가시는 걸 보고 무슨 일인지 궁금해했다. 내가 그토록 겁에 질린 건 어머니에게서 사랑한다는 메시지를 받았기 때문임을 그들에게 어떻게 설명할 수 있었겠는가.

로이 여사는 몸소 휴대전화를 사용하기엔 너무 오만한 성격이라 직원에게 메시지를 불러주고 대신 보내게 했다. 따라서 그녀의 문자 메시지는 결코 가볍게 보낸 것이 아니었다. 그건 선언이었다. 정견 발표와도 같은 것이었다. 그날 밤 내가 받은 메시지는 다음과 같았다. 이 세상에서 내가 제일 사랑한 사람은 너다.

그동안 우리 사이에 있었던 모든 일들에도 불구하고, 나는 그 말이 진실임을 알 수 있었다. 평생 어떤 상황에서도 그녀에 대한 사랑을 거두지 않은 끝에 마침내 그녀의 장벽을 뚫은 것이다. 가슴 가득 행복감이 밀려드는 동시에 어린 시절의 그 차가운 나방이 내려앉았다. 나는 그녀의 죽음이 가까워졌음을 직감했다. 나는 떨리는 손으로 답장을 보냈다. 엄마는 저에게 세상에서 제일 특별하고 멋진 여성이에요. 마음 깊이 사랑해요.

나도 선언할 수 있었다. 그리고 나의 선언 역시, 그녀의 선언처럼, 진실이었다.

1월이었다. 델리는 매섭게 추웠다. 하지만 나는 온몸이 땀에 젖어 있었다.

그후로 나는 늘 불안하고 초조했다. 오빠는 내게 전화할 때마다 '여보세요'라고 하는 내 긴장된 목소리에 마녀처럼 낄낄거렸다.

"엄마는 괜찮아, 쿠리아코세, 멀쩡해. 그러니까 긴장 풀어. 그 일 때문에 전화한 거 아냐."

오빠는 뜬금없이 나를 쿠리아코세라고 불렀고, 나는 오빠를 쿠타펜이라고 부르기 시작했다.

그러다 9월의 어느 날, 오빠에게서 전화가 왔는데 이번엔 웃지 않았다.

＊　　＊　　＊

　　로이 여사와 함께한 마지막 저녁식사에는 케이크가 있었다. 한 학생의 생일이라 학교 주방에서 작은 초콜릿 케이크가 올라온 것이다. 그녀는 자신의 몫을 순식간에 먹어치운 다음 내 것에 눈독을 들였다. 나는 그녀에게 내 케이크 접시를 밀어주었다. 그리고 그녀는 한 조각 더 먹을 준비가 되었다. 결국 그녀는 세 조각을 먹었다. 나는 무척 기뻤다. 과식으로의 복귀는 수명 연장과도 같고, 적어도 몇 년은 더 살 거라고 생각했던 것이다. 그녀는 나에게 미소를 보냈다. 그녀 특유의 사랑스럽고 장난기어린 미소였다.

　　"코참마, 보조개 있는 사람은 무슨 짓을 해도 다 용서받는 거 알죠?"

　　그녀는 미소를 거두고 차가운 눈으로 나를 응시했다. 그녀의 아버지의 눈. 제국 곤충학자의 눈. 가족 앨범에 있는, 저 유명한 할리우드 스튜디오에서 찍은 증명사진 속의 그 차가운 눈. 나는 그가 왜 그런 행동들을 했는지 늘 궁금했다. 그걸 알아야 그의 딸이 왜 그런 행동들을 했는지 이해할 수 있으리라 생각했던 것이다. 나는 그녀와의 마지막날까지도 햇빛이 그림자로 돌변하는 그런 갑작스러운 기분 변화에 익숙해지거나 그걸 예측할 수 없었다. 하지만 나는 그 분노의 채찍질, 그 날카로운 발톱의 사정거리 바깥에 서 있는 법을 터득했다. 내 생각엔 그랬다. 물론, 종종 오판이 따랐다. 사실 나는 그 잔해로 만들어

사랑의 선언　429

진 사람이다.

다음날 아침 내가 델리로 떠나기 직전, 그녀가 나를 불렀다. 그녀는 미소를 지으며 자기 보조개를 손가락으로 톡톡 쳤다.

"사진 찍어."

나는 사진을 찍었다.

그것이 내가 찍은 그녀의 마지막 사진이다. 지금 보면, 맨눈으로는 보지 못했던 것을 카메라 렌즈가 잡아냈다는 걸 알 수 있다. 풍성하고 건강해 보였던 머리카락은 푸석푸석하게 죽어 있었다. 거의 투명해진 피부 아래에는 가느다란 혈관들이 숨겨진 도시의 지도처럼 뒤엉켜 있었다. 그녀는 이미 여행을 시작하고 있었다. 초콜릿 케이크는 여행길에 들고 갈 양식이었다.

내가 델리로 돌아온 지 이틀 뒤인 9월 1일 아침, 그녀는 깨끗한 옷으로 갈아입고(갈아입혀지고), 아침을 잘 먹고, 침대에 누워 숨을 거뒀다. 얼굴은 평온했다. 미세한 떨림도, 찡그림도, 고통의 흔적도 없었다. 완벽한 죽음이었다. 그녀의 병력을 고려하면 기적 같은 일이었다. 그녀가 침대에 등을 대고 누워 있지 않았더라면 누구도 그녀의 죽음을 알지 못했을 것이다. 그녀는 절대 침대에 등을 대고 눕지 않았다. 항상 베개를 벽처럼 높이 쌓아놓고 거기 기대어 옆으로만 누웠다.

마침내, 그 강인하고도 문제가 많았던 심장이 멈췄다.

내가 코타얌에 도착했을 때는 밤이 늦은 시각이었다. 그녀는 식당에 마련된 관에 누워 있었다. 온도 조절이 되고 유리 덮개가 달린 관이었다. 사람들이 작은 무리를 이루고 있었는데 신문사 사진기자들도 몇 명 있었다. 그녀의 한평생은 다음날 신문에서 몇 줄 기사로 요약될 터였다.

그녀는 학교 캠퍼스에 묻히는 걸 원하지 않는다고 늘 단호하게 말했다.

"애들이 내 귀신이 학교를 떠돈다고 할 거야."

"하지만 우린 코참마가 우리 곁을 떠돌기를 원해요. 영원히 우리 곁에 있어주세요."

나는 삽화가 들어 있는 오래된 『폭풍의 언덕』 책에서 히스클리프가 캐시의 무덤 위에 누워 있는 그림을 보여주었다.

"봐요…… 난 이렇게 할 거예요."

그녀는 감명받지 않았다. 우리 둘 다 그 대화가 탁상공론일 뿐이라는 걸 알고 있었다. 사유지에 시신을 매장하는 건 불법이었다. 그리고 교회 묘지에는 그녀—이혼한 여성이자 기독교 율법에 도전한 인물인—가 들어갈 자리가 없었다. 그녀는 화장을 원했다. 잭프루트나무 두 그루를 골라 그 나무들을 베어 장작으로 쓰라고 표시해두었다. 자신을 보내는 데 거대한 나무 두 그루가 필요할 거라는 그녀의 믿음은 줄어들지 않은 자존감의 크기를 말해주었다. 다행히 나무를 베어낼 필요는 없었다. 대단히 문명화된 코타얌시에는 이동식 화장 시설이 있었던 것이다. 가스 실린더로 작동하는, 굴뚝 달린 관 같은 장치였다. 마침 학교가 문을 닫는 날이라 그녀는 학교에서 화장될 수 있었다. 그리고 우리는 그녀의 유골을 미나칠강에 뿌릴 수 있었다.

하지만 그것으로는 마음에 차지 않았다. 그녀를 화장하고 유골을 뿌리는 것만으로는 충분하지 않다는 느낌이 들었다. 그녀에게 뭔가 더 해주고 싶었다. 무엇을 할 수 있을까?

우리는 밤새 그녀 곁에 앉아 그녀에 대한 이야기를 나누며 웃기도 하고 눈물짓기도 했다. 새벽이 밝아오자 우리는 그녀를 꽃으로 뒤덮인 아름다운 영구차에 태워 언덕을 내려가 새로 지은 초등학교 건물 강당으로 향했다. 조문객이 그녀에게 작별 인사를 할 수 있도록 그곳에 빈소를 마련한 것이다. 학교가 로터리클럽에 있던 시절, 로이 여사에게 첫번째로 자녀를 맡겼던 쿤주몰 코참마가 가장 먼저 도착했다. 그녀는 끝까지 자리를 지켰다. 다른 조문객들도 밀려들었다. 친척, 학부모, 교사, 학생, 졸업생, 옛 교사들, 자녀를 학교에 보낸 졸업생들, 로이 여사가 보호해주었던 여성들, 장학금을 줬던 고아들, 코치에 있는 오빠의 사무실에서 일하는 모든 직원들. 코타얌 버스정류장 근처에 있는 A-1 레이디스 스토어 주인인 내 친구도 왔다. 모두 로이 여사를 사랑한 사람들이었다. 그래서 나는 그들을 보고 놀라지 않았다. 하지만 시간이 지나면서 놀라운 일이 벌어졌다. 케랄라 전역에서 사람들이 몰려오기 시작한 것이다. 한

때 그녀 밑에서 일했던 사람들, 그녀와 다퉜던 사람들, 그녀에게 해고된 사람들, 30년 전 그녀를 돌봐주었던 의사들, 경쟁 노조원들, 건설 노동자들, 지역 정치인과 상인들, 예전에 그녀를 비판했던 기자들, 그녀와 의견이 달랐던 성직자들까지.

나의 셰퍼드 디도도 머리에 총알구멍이 난 채 그 자리에 온 것 같았다. 할리우드에서 특수효과 책임자로 일하는 옛 제자가 보낸 조의문 메시지를 디도가 보았다면 무슨 생각을 했을지 궁금했다. 그분은 저에게 단순한 교장 선생님이 아니었습니다. 어머니나 다름없었으며…… 학교에서 온갖 동물을 키우도록 허락해주셨습니다…… 오늘날 그런 걸 허락하는 학교는 단 한 곳도 없을 것입니다.

어쩌면 디도는 오빠처럼 낄낄 웃으며 "맞아, 맞아"라고 했을지도 모른다.

암말은 가슴을 치며 통곡하면서 절뚝거리는 걸음으로 들어왔다. 눈이 슬픔으로 흐려져 있었다. 로이 여사를 메리라고 부를 수 있는 세상에서 하나뿐인 사람 G. 아이작도 아내 수시와 함께 왔다.

50여 년 전 로리 베이커의 숙련된 석공이었던 툴라시다란은 밝은 분홍색 셔츠를 입고 로이 여사의 부고가 실린 신문을 둘둘 말아 겨드랑이에 끼고서 멀리 트리반드룸에서 와주었다. 학교 부지가 아직 '모타 쿤누(민둥산)'이던 때 베이커, 로이 여사와 함께 초석을 놓은 사람이었다.

"그땐 여기 아무것도 없었어요," 그가 내게 말했다. "뱀과 도마뱀, 새 뼈다귀 말고는 정말 아무것도 없었죠. 우린 여기가

귀신 들린 곳이라고 생각했어요. 밤에는 여기 사는 게 무서웠
죠. 로이 여사는 아무것도 없는 곳에서 이 모든 걸 만들어냈어
요. 놀라운 여성이었죠. 나는 그녀가 어떻게 일하는지 지켜봤
어요. 무얼 해내는지. 혼자서."

"알아요."

"그녀에겐 아이가 둘이었는데 항상 제멋대로 뛰어다녔죠.
그애들은 어디 있나요?"

"여기요. 지금 당신 앞에."

"하지만 당신은 그 작가 아닌가요? 아룬다티 로이?"

"작가도 아이였던 때가 있죠."

원하는 사람은 누구나 발언할 수 있도록 오픈 마이크가 마련
되었다. 많은 이들이 나와서 이야기를 했다. 옛 제자 조 이카레
스는 기타를 들고 왔다. 그는 코타얌 행정관 때문에 공연이 좌
절된 〈지저스 크라이스트 슈퍼스타〉에서 유다 역을 맡았었다.
조는 유다의 오프닝 곡 〈헤븐 온 데어 마인즈〉를 불렀는데, 노
래에 나오는 지저스를 모두 메리로 바꿨다. 내가 보기엔 신중하
게 생각해서 한 행동은 아닌 것 같았다.

메리!
사람들이 당신에 대해 하는 말들을
당신도 이제 믿기 시작했죠.
당신은 진실로 믿고 있어요
신에 대한 이야기가 진실이라고.

434

그는 자신의 실수를 깨닫고 노래를 멈췄다. 멋쩍게 웃으며.

몇몇 사람들은 트라반코르 기독교 상속법과 그 법에 맞서 싸운 그녀의 용기에 대해 말했다. 나는 G. 아이작이 거의 귀가 먹은 것에 감사했다(그나마 성한 귀에 가까이 대고 말해야 겨우 알아들었다). 그는 사람들의 이야기를 알아듣지 못하고 더없이 행복한 미소를 짓고 있었다.

그는 로이 여사를 위해 노래하고 싶다고 말했다. 나와 함께 관 앞까지 걸어가는 동안 그가 내게 물었다. "가슨 호바트가 좋아하는 위스키 이름이 뭐였더라?"

"카두."

"아, 맞아."

가슨 호바트, 본명은 비플랍 다스굽타인 그는 『지복의 성자』에 등장하는 퇴폐적이면서도 천재적인 인도 정보부 요원이다.

G. 아이작은 관 앞에 서서 〈주님은 나의 목자〉를 불렀다. 여동생 마트를 위해. 나는 가슴이 찢어질 듯 아팠다. 정확히 1년 뒤 그 역시 세상을 떠난다. 내 삶을 그토록 기발하고 마법적인 방식으로 풍요롭게 해준 인물. 세상에 그런 남매는 다시없을 것이다. 마트와 G. 아이작.

(그는 교회 묘지에 묻혔다. '아웃사이더'와의 결혼, 이혼, 초기의 '험버트 험버트적 삶' 같은 건 문제되지 않았다. 왜냐하면 그는 남자였으니까. 여긴 인도예요, 아가씨.)

로이 여사를 언덕 위에 있는 집 뒤편으로 옮겨 화장할 시간이 되어갈 무렵, 코타얌 행정관이 도착했다. 오래전 악의적이었던 전임자와는 완전히 다른 사람이었다. 그녀는 코타얌 경찰 악대를 데려왔다. 그들이 조금 새는 듯한 나팔로 〈날이 저물고 해가 졌네Day Is Done, Gone the Sun〉를 연주했다.

그 곡. 그 곡은 늘 내 마음을 살짝 춤추게 한다. 우리가 다니던 기숙 군사학교의 창립기념일 분열식에서 매년 소년악대가 퇴각 의식으로 그 곡을 연주했다. 키 작은 7학년 학생으로 나팔을 불었던 LKC는 메아리를 담당했다. 그는 멀리 떨어져 있는, 사람들에게 보이지 않는 수영장 다이빙대에 서서 그 곡을 몇 초 늦게 연주해야 했다. 그후로 나는 〈날이 저물고〉를 들을 때마다 미소를 짓는다. 메아리 쿠타펜. 지금은 손주가 둘, 기타 세 개를 가진 배부른 자본가가 된 메아리.

경찰악대는 언덕 위로 천천히 올라가는 영구차와 나란히 행진했다. 이동식 화장로에 불이 붙기 전, 그들은 로이 여사를 위해 스물한 발의 예포를 쏘았다. 경찰이 캠퍼스 안에 들어온 건, 30년 전 〈지저스 크라이스트 슈퍼스타〉 최종 리허설 비디오를 찾아내어 그녀를 체포하려고 들이닥친 이후 처음이었다.

엄마의 장례식은 내 상상력으로는 써내지 못했을 한 편의 소설이었다.

아침부터 나는 로이 여사를 위해 어떤 기념물을 만들 수 있을지 고심했다. 불꽃이 로이 여사의 육신을 태워 재로 만들고 있을 때, 답이 떠올랐다. 나는 오빠에게 무덤 대신 작은 숲을 만들자고 제안했다. 내가 설계하겠다고 했다. 물고기와 개구리, 식물이 있는, 살아 숨쉬는 공간이어야 했다. 우리가 가서 그녀와 이야기할 수 있는 곳. 살아 있을 때 하고 싶었던 이야기들을 건넬 수 있는 곳. 그런 생각을 하며 상상의 나래를 펼치자 슬픔이 조금 누그러졌다.

모두가 떠난 뒤, 변호사가 상속인들 앞에서 유언장을 읽는 것이 자신의 의무라고 선언했다. 나는 이미 내 몫을 전부 포기한 상태였다. 정부의 표적이 된 나 때문에 로이 여사의 학교나 프라디프와 아이들이 해코지를 당할까봐 걱정되었던 것이다. 그래서 학교 부지의 일부를 소유한 조합에서 탈퇴했고, 프라디프에게는 그와 결혼할 때처럼 진지함이 결여된 마음으로 이혼하자고 제안했다. 그와 아이들이 (그리고 그들의 재산이) 나와 법적으로 얽히지 않게 하려는 목적이었다. 아마도 역사상 가장 다정한 이혼이었을 것이다. 우리는 법원에서 차례를 기다리는 동안 바보 같은 장난을 치고 지나치게 많이 웃어서(프라디프의 실없는 농담에) 변호사로부터 주의를 받았다. 변호사는 판사가 우리의 태도를 불쾌하게 받아들일까봐 걱정했다. 이혼 판결문은 장례식 전날 아침, 그러니까 로이 여사가 세상을 떠난 바로 그 순간에 도착했다. 그래서 나는 자유의 몸으로 자유낙하하게 되었고, 아무런 상속권이 없었다. 하지만 나는 우리의 위대한 유언장 작성자 로이 여사의 유언장 내용이 궁금했다.

우리는 식탁에 둘러앉았다─학교 회계 담당자, 변호사, 오빠와 올케, 그리고 나. 봉투에는 유언장이 여러 개 들어 있었다. 그중 가장 최근에 작성된 것을 찾아야 했다. 역시 로이 여사는 위대한 유언장 작성자로서 내 기대에 부응했다. 그녀의 유언장은 정확하고 분명하며 세심했다. 평생 유언장에 집착해 온 사람에게 어울리는 문서였다. 그녀는 자신을 돌봐준 모든 사람에게 아무리 작더라도 무언가를 남겼다. 오빠와 올케는 학교가 세워진 땅을 소유한 조합의 주요 지분을 넘겨받았다. 학교는 이사회를 가진 운영위원회가 관리했다. 모든 절차가 끝난 뒤, 오빠가 내게 할말이 있다고 했다.

"네가 우리한테서 연기처럼 스르르 떠나게 두지는 않을 거야."

나는 떠날 생각이 없다고 말했다.

"여기에 네 것도 있어야 해. 네 소유물."

그는 로이 여사의 집과 그 주변 땅을 학교와 분리해서 내 이름으로 등기하겠다고 고집했다. 비록 그 집에는 그의 아내 메리 주니어가 살고 있고 남는 방은 방문 교사들과 손님들이 사용했지만, 그 집은 내 것이어야 한다고 했다. 오빠는 정말 우리 엄마의 아들이었다. 유산을 독차지하는 아들이 되는 걸 원치 않았다. 사실 우리 둘 다 아무것도 물려받고 싶어하지 않았다. 나는 여러 이유로 마음이 내키지 않았다. 집은 아름다웠지만, 그 집과 거기에 담긴 기억이 나를 조금 두렵게 했다. 그 집에서 사는 내 모습을 상상할 수 없었다. 나는 오빠 역시 과거의 기억을 떨쳐내지 못해 그 집에서 단 하룻밤도 보내고 싶어하지 않는다는 걸 알고 있었다. 그때 안줌이 내 귀에 살며시 속삭였다. "우리가 그녀를 위한 기념관을 짓는다면, 그건 우리의 잔나트 게스트하우스가 될 거야. 그건 우리만이 할 수 있어. 그리고 이 집을 봐, 쓰러져가고 있잖아. 누가 이 집을 고칠까? 누가 이 집을 사랑해줄까?" 그녀 말이 맞았다. 나는 테이블 주위를 둘러보았다. 이미 집안에는 전보다 훨씬 많은 말소리와 웃음소리가 있었다. 그건 오랫동안 억눌려 있었던 불경함처럼 느껴졌다.

"그럼 이제 이 집이 내 거라는 말이야?"

모두 고개를 끄덕였다.

"그렇다면…… 당장 내 집에서 나가!"

우리의 웃음소리가 밤공기 속으로 퍼져나갔다. 로이 여사도 그 농담을 알아듣고 미소 지었다. 나는 그녀가 이렇게 말하는 소리를 들은 것 같았다. "오늘은 내가 좀 고약하게 굴었지. 그냥 휙 떠나버렸으니 말이야."

로이 여사가 없는 세상에서의 첫 밤, 나는 좌표도 없이 우주를 떠도는 기분이었다. 나는 그녀를 중심으로 나 자신을 구축해왔다. 그녀를 받아들이기 위해 지금의 특이한 모습으로 자라났던 셈이다. 나는 그녀를 패배시키고 싶지 않았고 이기고 싶지도 않았다. 그녀가 늘 여왕처럼 퇴장하길 바라왔다. 그리고 이제 그녀가 그렇게 퇴장하자, 나는 더이상 스스로를 이해할 수 없었다.

로이 여사를 만난 적도 없는 델리의 친구가 우르두어 이행시를 보내줬는데, 그 시는 그 누구의 어떤 말보다도 큰 위로가 되었다. 나는 그 시 덕분에 육신이라는 감옥에서 해방된 로이 여사의 행복한 모습을 볼 수 있었다. 나는 그녀가 다시 교정을 거니는 모습을 보았다. 그녀는 편안하게 호흡하고 있었다. 허리를 구부려 꽃향기를 맡기도 하고, 위로 시선을 들어 잭프루트와 코코넛을 세기도 하면서, 실로 수년 만에 학교 이곳저곳을 점검하고 있었다.

오늘밤 나는 열린 길 위를 거닐겠네
오늘밤 나는 꿈에서조차 잠시 벗어나겠네

우리는 그녀의 유골 일부는 미나칠강에, 일부는 바다에, 그리고 나머지는 그녀를 기념하는 숲이 조성될 집 뒤편의 키 큰 대나무 숲 아래에 묻기로 했다.

나는 무슨 이유에선지 바다에 유골을 뿌리던 때의 기억이 자꾸 떠오른다. 파도가 그녀를 멀리 데려가는 모습을 지켜보는 건 끔찍하게 고통스러웠다. 그 광경을 영원히 잊을 수 없을 것 같다. 나는 늘 그녀가 또렷하게 보인다. 그녀는 물위를 걷고 있다. 그러나 보행기의 도움을 받고 있다. 그녀는 별 아래서 완전히 혼자다. 흡입기나 다른 도구들을 들어줄 사람도 없다. 양말을 신겨주고 벗겨줄 사람도, 선풍기를 켜고 꺼줄 사람도, 불을 켜고 꺼줄 사람도 없다. 그녀의 대추 병을 들어줄 사람도 없다. 내가 해주고 싶다. 하지만 그녀에게 다가갈 수가 없다.

나는 집을 보수하는 일과 숲을 조성하는 일을 동시에 시작하기로 했다. 로리 베이커의 제자들인 동료 건축가들에게 자문을 구했다. 그들은 집 상태가 너무 나빠 보수할 가치가 없다고 말했다. 철거 후 다시 짓는 편이 낫다는 조언이었다. 나는 그 생각에 동의할 수 없었다. 차라리 집이 스스로 무너질 때까지 기다리는 게 나을 것 같았다. 그리고 집이 무너지면 그 폐허를 소중히 여겼을 것이다. 하지만 집을 허무는 건 있을 수 없는 일이었다. 나는 위험을 감수하더라도 복원에 도전하고 싶었다. 내 결정을 지지해줄 골라크를 불렀다. 그는 내 부름에 응했고, 우리는 그게 옳은 일이라는 데 의견을 같이했다. 그리하여 나는 수년 동안 떠나 있었던 건축 일로 돌아갔다. 수술―건축계의 관상동맥 우회술―이 시작되었다. 나는 그 복원이 그녀의 영혼을 기리고 동시에 내 마음을 치유해주길 바랐다. 그곳이 쿠타펜이 편히 자고 기타를 마음껏 칠 수 있는 집이 되길 바랐다. 친구들이 와서 머물 수 있는 보금자리가 되길 바랐다. 묘지의 게스트하우스처럼 말이다.

그 건축적 관상동맥 우회술은 거의 1년이 걸렸다. 우리는 필러 슬래브 안의 녹슨 철근을 잘라낸 후 교체해야 했고, 균열을 메우고 지붕 전체를 방수해야 했으며, 문과 창틀을 모두 교체하고, 바닥도 모두 새로 깔고, 배관과 배선도 전부 바꿔야 했다. 약한 노출벽돌 구조물에 그 모든 작업을 해야만 했다. 결국 그 집은 테세우스의 배처럼, 모든 부분이 교체되었지만 여전히 그 집으로 남게 되었다. 로리 베이커가 살아 있었다면 전혀 베이커답지 않은 비용에 탐탁지 않아했을 것이다. 하지만 안줌은 그것이 건축을 넘어서는 일임을 알았다. 그건 마법이고 영혼의 일이었다.

우리는 하늘 높이 우뚝 솟은 대나무 숲 아래에 숲을 만들었다. 대나무숲은 아마도 민둥산 시절부터 거기 있었을 것이다. 그 대나무들은 말하는 대나무들이었고, 하고 싶은 말, 들려줄이야기가 많은 듯했다. 밤낮으로 신음하고, 삐걱거리고, 바스락거리고, 휘파람 불고, 노래했다. 우리는 연마하지 않은 검은화강암으로 작은 방 크기의 낮은 단을 만들고, 네 귀퉁이에 오래되고 거친 돌기둥을 세운 다음, 그 위에 티크 목재 격자지붕을 얹었다. 그리고 덩굴이 격자를 뒤덮게 만들었다. 그 작은 구조물 주변에는 로이 여사가 사랑했던 식물들을 심었다—바나나, 생강, 고추, 후추, 고사리, 난초. 화강암 단상 중앙에는 물고기와 개구리와 수련이 살 수 있도록 산소 공급 장치가 달린골동품 돌구유를 두었다. 그리고 구유 바로 뒤에 거친 돌로 된네모진 석판을 배치했는데, 구유 안쪽을 향해 비스듬히 기울어지도록 뒤쪽을 받쳐서 세웠다. 돌구유에는 (토니 모리슨에게고개를 끄덕여 인사하듯) 이렇게 새겼다.

BELOVED.*

묘비에는 이렇게 새겼다.

메리 로이,

* 토니 모리슨의 소설 『빌러비드』에서 따온 단어로 '사랑하는 사람'이라는 뜻.

꿈꾸는 사람 전사 선생님
1933.11.07. ‒ 2022.09.01
팔리쿠담 설립자

오빠도, 나도 이런 평범한 구절을 새길 생각은 아예 하지도 않았다. (쿠타펜과 쿠리아코세)의 어머니, 혹은 (아무것도 아닌 남자)의 아내. 그녀도 그걸 좋아하지 않았을 것이다. 그녀가 애써 받으려 했던 훈장이 아니니까.

집이 수리되고 추모 공간이 완성된 후, 다시금 슬픔의 파도가 나를 덮쳐왔다. 그걸 막아낼 방법은 계속 추모 공간을 손보는 것, 그걸 영원히 만지작거리는 것뿐인 듯했다.

"쿠타펜, 이제 우리 뭘 해야 하지? 기둥에 서라운드 스피커를 달고 블랙 사바스라도 틀까?"

"안 돼, 쿠리아코세! 그러면 로이 여사가 뛰쳐나올 거야. 벌떡 일어나서."

"그랬으면 좋겠어. 돌아왔으면 좋겠어."

"아니. 이제 됐어. 그대로 쉬게 해드려."

우린 이제 늙었지만(카를로처럼), 그래도 가끔은 우리가 가져본 적 없는 어린 시절을 이제야 누리는 아이들처럼 행동하곤 한다.

나는 지금도 그녀가 또렷이 보인다. 언제나. 그녀는 거친 바다 위를 걷고 있다. 폭풍우 속에서나 물결이 잔잔할 때나, 햇빛 속에서나 빗속에서나. 밀물에서나 썰물에서나 계속 걷는다. 내가 잠에서 깰 때도, 잠이 들 때도 걷는다. 비틀거리며 잔걸음을 내딛지만 멈추지 않는다. 지나가는 배를 바라볼 때, 아니면 바다에 떠다니는 쓰레기 대륙을 보고 얼굴을 찌푸릴 때만 멈춘다. 그녀는 늘 혼자다. 그녀는 홍해에 있다. 모로코에 있다. 스코틀랜드 해안에 있다. 갈라파고스에 있다. 그녀는 여전히 바라본다. 여전히 배운다. 여전히 말라얄람어 모기 시를 읽는 연습을 한다. 여전히 다음 움직임을 궁리한다. 옷차림은 좀 허술하다. 흰 살와르에 부드럽고 헐렁한 홍찻빛 갈색 티셔츠. 그리고 하이톱 농구화.

안정감을 위해서.

이따금 그녀는 잠시 멈추어 자기 방 거울을 보는 것처럼 서 있다. 그러다 어깨를 곧게 펴고 다시 걷는다. 늘 그랬듯이.

나는 해변에 서서 두 손으로 쌍안경을 만들어 그녀를 바라본다.

바람이 거세진다. 나도 어깨를 펴야겠지. 왜냐하면

    (a) 누구에게나 무슨 일이든 일어날 수 있다.

    (b) 미리 대비하는 것이 최선이다.

안녕, 마트 로이.

또 만나요.

감사의 말

나의 뛰어난 편집자들. 처음부터 이 책을 쓰는 게 나에게 얼마나 힘든 일인지 알아준 사이먼 프로서. 그의 격려가 없었다면 이 책은 존재하지 못했을 것이다. 험난한 물살을 헤치고 이 책을 이끌어준 낸 그레이엄과 캐스린 벨든. 글을 매끄럽게 정리해준 세라제인 포더. 그리고 마무리를 도와준 마나시 수브라마니암.

내가 지금까지 쓴 모든 글을 출판해준 앙투안 갈리마르와 루이지 브리오스키.

언제나 거기 있어준 한스 발메스.

소중한 친구이자 나의 문학 에이전트이기도 한 리제트 베르하겐과 앤서니 아노브. 두 사람이 없었다면, 나는 익사했을 것이다.

내게 마음을 내어주고, 표지에 실린 젊은 시절의 나와 나이든 내 모습을 사진에 담아준 마얀크 오스틴 수피와 카를로 불드리니.

디자인 스튜디오에서 단순한 작업 이상의 열정을 바친 아디티아 판데. 종이와 인쇄에 관한 전문 지식을 아낌없이 발휘해준 카우시크 라마스와미.

나를 버티게 해주는 아쇼크 쿠마르와 크리슈나.

사랑과 하르카트(활력)를 준 베굼 필시 잔과 마티 K 랄.

그리고 마지막으로, 이 책에 이름은 나와 있지 않지만 그들이 없었다면 내 삶이 황량했을 모든 사랑하는 사람들. 아이자즈 후사인, 아라다나 세스, 디파 베르마, 자베드 나크비, 지텐 야다브, 나오미 클라인, 니킬 데, 파르바이즈 부카리, 프라샨트 부샨, 리베카 존, 사바 나크비, 샤 알람 칸, 샤르밀라 미트라, 슈리파드 다르마디카리, 수만 파리하르, 수슈루트 자다브, 타룬 바르티야, 우파사나 가나이크, 그리고 V.

그리고 정말 마지막으로, 피아와 미트바. 훨훨 멀리 날아간, 자유로운 존재들.

이 모든 이들에게 감사한다.

폭풍을 향한 너그러운 시선

아룬다티 로이가 1997년에 첫 소설 『작은 것들의 신』으로 부커상을 받으며 세계 문학계에 혜성처럼 떠올랐을 때, 존 업다이크는 "타이거 우즈 같은 데뷔"라며 천재적인 신인의 등장을 반겼다. 시나리오 작가로 활동하다가 온전히 홀로 글을 쓰고 싶은 열망으로 소설이라는 새로운 영역에 도전하여 단숨에 정상에 오른 서른여섯 살의 작가는 부커상 시상식 날 밤 수상자로 호명되어 상을 받으러 나가면서 황홀한 기쁨 속에서도 금빛 새장에 갇힐 것만 같은 위기감을 느낀다. 아직 쓰지도 않은 책의 출간 계약을 맺고 세상의 기대와 요구에 부응하여 『작은 것들의 신』 복제품을 기계적으로 찍어내는 끔찍한 미래를 예감한다. 그리하여 차기작에 대한 상투적인 질문을 받았을 때, 다음에 또 쓸 책이 생기면 그때 쓸 거라고, 상을 받았기 때문에 글을 쓰진 않을 거라고 방어적으로 답한다. 명예와 성공의 덫에 걸리지 않고 자신이 원하는 때에 원하는 방식으로 원하는 글을 쓰는 자유로운 작가로 남고 싶었던 것이다.

　두번째 소설 『지복의 성자』가 발표된 건 2017년, 무려 스무 해가 지난 후였다. 인도 여성 작가 최초로 부커상의 영예를 안으면서 세상의 주목을 받게 된 아룬다티 로이는 국가와 사회에 대한 책임에서 자유로울 수 없었고, 인도의 고질적인 문제들(정치적 부패와 종교 갈등, 신분제의 폐해)을 적나라하게 비판하면서 인권 옹호와 환경 보호에 앞장섰다. 무분별한 댐 건설로 수몰 위기에 처한 나르마다계곡 살리기 운동에 뛰어들었고, 인도의 핵실험에 반대하는 목소리를 냈으며, 힌두 민족주의자들의 무슬림과 시크교도, 원주민에 대한 무자비한 탄압을 규탄했다. 카슈미르 분쟁의 실체를 파헤치고, 마오주의 게릴라들과 함께 몇 주간 숲속 생활을 한 다음 그 체험을 책 한 권 분량의 논픽션 『동지들과 걷는 길』에 담아 발표하기도 했다. 이렇듯 거대 권력에 온몸으로 맞선 그녀는 반국가적 선동가로 낙인찍히고 법정모독죄로 수감되는(하루에 불과했지만) 고초를 겪기도 했으나 사회적, 경제적, 환경적 정의를 위해 헌신한 공로를 인정받아 2002년 랜넌 재단 문화 자유상을 수상하고, 2014년에는 『타임』이 선정한 '세계에서 가장 영향력 있는 100인'에 올랐다. 그렇게 활동가로서 일련의 논픽션 작품들을 통해 긴급한 목소리를 내던 아룬다티 로이는 마침내 두번째 소설 『지복의 성자』를 내놓는데, 남자도 아니고 여자도 아닌 동시에 남자이기도 하고 여자이기도 한 기구한 운명의 '히즈라' 안줌이 델리의 공동묘지에 작은 파라다이스를 만들어가는 이야기를 담은 이 작품은 다시금 소설가 아룬다티 로이의 탁월함을 보여주며 전 세계 독자들의 사랑을 받는다.

2025년, 아룬다티 로이는 첫 회고록 『어머니 내게 오시네』로 다시 독자들을 찾아온다. 2022년에 어머니 메리 로이가 세상을 떠나자 "안식처이자 폭풍"이었던 어머니를 추모하며 지난 삶을 돌아보게 된 것이다. 메리 로이는 인도 케랄라에서 '팔리쿠담'이라는 학교를 세우고 운영한 저명한 교육자이자, 보수적인 시리아 기독교 공동체의 차별적 상속법에 맞서 딸도 아들과 동등한 상속권을 갖도록 대법원의 역사적 판결을 이끌어낸 전설적인 인물이었다. 하지만 그 강인한 의지와 카리스마 뒤에는 예측 불허의 심각한 분노조절장애라는 어두운 그림자가 숨어있었기에 딸 아룬다티 로이에게 어머니는 평생 경외와 두려움의 대상이었다. 메리 로이는 제국 곤충학자로 명예를 떨쳤으나 아내와 자식들에게 폭력을 일삼던 아버지에게서 벗어나기 위해 자신에게 처음 청혼한 남자와 결혼하지만, 아삼 차농장에서 일하던 남편 미키 로이는 알코올중독자에 "아무것도 아닌 남자"였다. 결국 메리는 어린 두 자녀(네 살 된 아들 LKC와 세 번째 생일을 앞둔 딸 아룬다티)를 데리고 남편을 떠난다. 그녀는 친정어머니와 오빠가 사는 고향 케랄라에 정착하게 되는데,

이혼한데다가 어린 자식이 둘이나 딸리고 천식까지 심하여 미래가 암울하기만 한 처지인지라 가족들에게조차 환영받지 못한다. 다행히 교사 자격증을 갖고 있던 메리는 로터리클럽 소유의 작은 홀 두 개를 빌려 학교를 열고, 그 학교는 날로 번창하여 결국 멋진 캠퍼스를 갖춘 명문 학교로 성장한다. 한편, 그녀는 자식들에겐 가혹하리만큼 엄격하여 "넌 내 목에 매달린 맷돌이다" "네가 태어난 날 바로 고아원에 버렸어야 했다" 같은 폭언을 서슴지 않으면서 정서적으로 학대하고 절대적인 복종을 요구한다. 어릴 적에는 어머니를 "비이성적으로, 속절없이, 두려움 속에서, 완전하게" 사랑했던 딸은 성장하면서 영혼을 짓밟고 자존감을 무너뜨리는 그 미친 폭풍 같은 존재를 견디기 힘들어진다. 결국 아룬다티 로이는 델리 건축학교에 다니던 열여덟 살에 어머니를 완전히 떠나는데, 그건 생존을 위한 도망이었고 어머니를 계속 사랑하기 위해 선택한 거리두기였다. 그리고 7년이 지나 어머니와 재회하며, 이제 독립적인 성인으로서 차갑고 이성적으로 어머니를 바라보게 된다.

『어머니 내게 오시네』에서 아룬다티 로이는 소설의 미학과 논픽션의 사실성이 절묘하게 어우러진 강렬한 서사를 선보인다. 케랄라 작은 마을의 초록빛 강물 속을 헤엄치는 물고기와도 같았던 어린 시절 이야기는 성장소설을 방불케 하는 아름다움과 서정성으로 가득하다. 그다음엔 먼지 폭풍 거센 삭막한 대도시 델리로 무대가 바뀌면서 가난하고 열정 가득했던 건축학도 시절, JC와의 사랑과 이별, 영화감독 프라디프와의 만남을 계기로 영화배우로 데뷔한 뒤 시나리오를 쓰게 된 사연, 첫 소설 『작은 것들의 신』의 황홀한 성공담, 아버지 미키 로이와의 블랙코미디 같은 만남, 프라디프와의 결혼, 논픽션 작가이자 활동가로서의 치열한 시간들, 20년 만에 탄생한 두번째 소설 『지복의 성자』의 배경과 의미, 그리고 부모님의 죽음에 대한 이야기가 솔직하고 담담하게 전개된다. 그리하여 우리는 이 회고록에서 인간 아룬다티 로이의 생생하게 살아 숨쉬는 자화상을 접하게 된다. 그녀의 가슴에 이따금 날아드는 차가운 나방, 사랑에 안주하지 못하고 도망쳐버리는 자기파괴적 습성, 인세 수입을 가치 있는 일에 쓰기 위해 "신탁"을 만든 나눔의 정신, 사회의 부조리와 폭력에 대한 맹렬한 저항, 그리고 무엇보다도, 무시무시한 폭군 같았지만 마지막 순간에 딸에게 "이 세상에서 내가 제일 사랑한 사람은 너다"라는 메시지를 보낸 어머니 메리 로이를 향한 너그럽고 애정어린 시선. 이 모든 것들이 하나로 결합된 아룬다티 로이의 자화상은 우리의 마음에 깊이 새겨져 그곳에 오래도록 남을 것이다.

민승남

옮긴이 **민승남**
서울대학교 영어영문학과를 졸업하고 현재 전문 번역가로 활동중이다. 2021년 『켈리 갱의 진짜 이야기』로 제15회 유영번역상을 수상했다. 옮긴 책으로 『지복의 성자』 『그레이트 서 클』 『마지막 이야기들』 『북과 남』 『시핑 뉴스』 『레슨』 『나 같은 기계들』 『넛셸』 『솔라』 『데 어 데어』 『바퀴벌레』 『스위트 투스』 『사실들』 『빌리 린의 전쟁 같은 휴가』 『그해 봄의 불확 실성』 『별의 시간』 『빨강의 자서전』 『한낮의 우울』 『기러기』 『밤으로의 긴 여로』 『인도로 가는 길』 등이 있다.

어머니 내게 오시네

1판 1쇄 2026년 4월 13일
1판 2쇄 2026년 5월 8일

지은이 아룬다티 로이 | 옮긴이 민승남

책임편집 전민지 | 편집 신귀영 오동규
디자인 최윤미 이주영 | 저작권 박지영 형소진 주은수 오서영 조경은
마케팅 정민호 서지화 박치우 한민아 왕지경 이민경 정유진 정경주 김예진 김혜원 이서진
브랜딩 함유지 이송이 박민재 김하연 신은서 이준희
미디어콘텐츠 함근아 김은솔 박다솔 배진성
제작 강신은 김동욱 이순호 | 제작처 한영문화사

펴낸곳 (주)문학동네 | 펴낸이 김소영
출판등록 1993년 10월 22일 제2003-000045호
주소 10881 경기도 파주시 회동길 210
전자우편 editor@munhak.com
대표전화 031) 955-8888 | 팩스 031) 955-8855
문학동네카페 http://cafe.naver.com/mhdn
인스타그램 @munhakdongne | 트위터 @munhakdongne
북클럽문학동네 http://bookclubmunhak.com

ISBN 979-11-416-1544-4 03840

잘못된 책은 구입하신 서점에서 교환해드립니다.
기타 교환 문의 031)955-2661, 3580

www.munhak.com